Marina Heib
Puppenspiele

PIPER

Zu diesem Buch

Wie Puppen liegen die jungen Frauen in sperrigen Holzkisten: weiß gepudert, ohne ein Körperhaar, mit einer roten Narbe quer über dem Herzen. Die erste Lieferung erhält der Zirkus Krone in München, die zweite Madame Tussauds in Berlin. Wer hat sie getötet? Und was hat die grausige Inszenierung zu bedeuten? Die Mordserie führt Kommissar Beyer und sein Ermittlerteam zurück in die Achtzigerjahre, als die Devise einiger Wissenschaftler »Fortschritt um jeden Preis« hieß. Den späten Preis muss Sybille Weininger nach über zwanzig Jahren zahlen. Und der kann teurer nicht sein – sie zahlt mit dem Leben ihres einzigen Kindes, ihrer Tochter Mira, einer jungen Studentin. Christian Beyer und sein Team müssen den Mörder finden, denn Sybille Weininger ist nicht die einzige Mutter, die diesen späten Preis zu zahlen hat.

Marina Heib, geboren in St. Ingbert / Saarland, lebt als Schriftstellerin und Drehbuchautorin in Hamburg. Nach ihren Kriminalromanen »Weißes Licht«, »Eisblut« und »Tödliches Ritual« (alle bei Piper) folgt mit »Puppenspiele« der vierte Fall für die Sonderermittler um Christian Beyer.
Weiteres zur Autorin:
www.marinaheib.de

Marina Heib

Puppenspiele

Thriller

Piper München Zürich

Mehr über unsere Autoren und Bücher:
www.piper.de

Von Marina Heib liegen bei Piper vor:
Weißes Licht
Eisblut
Tödliches Ritual
Puppenspiele

Originalausgabe
Oktober 2010

Umschlagkonzept: semper smile, München
Umschlaggestaltung: Cornelia Niere, München
Umschlagmotiv: Artwork Cornelia Niere;
Clayton Basttiani / trevillion images (Frau)
Autorenfoto: Marion Beckhäuser
Satz: Kösel, Krugzell
Papier: Munken Print von Arctic Paper Munkedals AB, Schweden
Druck und Bindung: CPI – Clausen & Bosse, Leck
Printed in Germany ISBN 978-3-492-25956-9

für meinen Bruder Rainer

TEIL I

MACHTSPIELE

23. Februar 2009: Hamburg.

Kurz vor Mitternacht betrat Clarissa Wedekind die Bar »20up« des Hamburger »Riverside«-Hotels. Es war ein Montagabend und die Bar nicht so gut besucht wie an Wochenenden, an denen man einen Platz reservieren musste, um die spektakuläre Aussicht auf den Hafen zu genießen. Nicht mal ein Dutzend Gäste besetzten die Poleposition an der verglasten Frontseite.

Clarissa ließ ihren Blick durch den Raum schweifen. Sie würde sich nach links auf einen Barhocker an einem der Stehtische setzen, so weit weg von den anderen Gästen wie nur möglich. Das fröhliche Getue von Menschengruppen war Clarissa zuwider. Doch zuerst ging sie zur Fensterfront und warf einen Blick auf den Hafen in etwa neunzig Meter Tiefe. Schließlich hatte sie nur wegen des viel gerühmten Panoramas in diesem Hotel eingecheckt. Über die Zimmer ließ sich nichts Bemerkenswertes sagen, es sei denn, man wollte das Bemühen und gleichzeitige Scheitern der Innenarchitekten kommentieren. Der Blick von hier oben jedoch war tatsächlich beeindruckend. Ein großes Kreuzfahrtschiff wurde gerade mit unglaublicher Behutsamkeit in ein Dock eingefädelt. Das Dock war so schmal, dass dem Schiff auf beiden Seiten anscheinend nur wenige Zentimeter blieben, um nicht die Mauern zu touchieren. Vor allem die männlichen Gäste starrten wie gebannt auf das sich bietende Schauspiel und bestaunten die Fähigkeiten des Kapitäns mit angeberischem Halbwissen über Umkehrschub und Wendegetriebe.

Schlepper, Dickschiffe, Docks und Containerterminals waren beleuchtet von unzähligen weißen, orangefarbenen und roten Lichtern, deren Spiegelungen auf der dunklen, kaum bewegten Wasseroberfläche der Elbe sanft und glitzernd schaukelten.

Wenige Meter von Clarissa entfernt stand eine sehr hübsche, sehr junge, sehr blonde Frau eingehakt am Arm eines anscheinend gut situierten älteren Herrn, der vermutlich ihre Brillantohrringe bezahlt hatte. Sie betonte ihre jugendlich-romantische Seite, indem sie immer wieder aufstöhnte: »Mein Gott, ist das schön!« Clarissa war sich sicher, dass die junge Frau ihrem väterlichen Begleiter wenig später mit ähnlichen Worten einen Orgasmus vorspielen würde. »Schau doch, Hartmut, die vielen Lichter! Als würden Sterne im Wasser schwimmen«, ereiferte sich die Blondine in einem Anfall verbaler Sensitivität.

Clarissa wusste, dass empfindsame Gemüter bei derartigem Anblick in Verzücken gerieten. Für sie war das Glitzern jedoch nur eine Frage der Lichtbrechung und das Panorama lediglich ein beleuchteter Hafen, in dem sich tätowierte Kerle mit ölverschmierten Fingern rund um die Uhr die Knochen wund rieben. Clarissa hatte nichts übrig für die Poesie der Nacht. Sie nahm das Hamburger Postkartenmotiv mit interesselosem Wohlgefallen zur Kenntnis, wandte sich den Stehtischen zu und bestellte einen achtzehn Jahre alten schottischen Single Malt. Clarissa trank selten Alkohol, sie bevorzugte einen klaren Kopf. Doch heute gab es etwas zu feiern. Die letzte Runde der Fusionsverhandlungen mit dem konkurrierenden hanseatischen Unternehmen war zu ihrer vollen Zufriedenheit verlaufen. Sobald in einigen Wochen die Verträge unterzeichnet sein würden, konnte Clarissa mit ihrer Wahl zur Vorstandsvorsitzenden des global operierenden und börsennotierten Kosmetikkonzerns »Aglaia« rechnen, für den sie in Düsseldorf seit mehr als fünfzehn Jahren arbeitete – zuerst als Chemikerin in der Forschung, inzwischen in der Chefetage. Dann würde sie endlich da sein, wo sie von Anfang an hinwollte: ganz oben.

Der Single Malt schmeckte wunderbar nach trockenem, würzigem Küstenwhisky voller Seeluft und Torf, sodass Clarissa kurz geneigt war, wenigstens ihrer Zunge eine poetische Ader zuzugestehen. Sie hatte den Whisky noch nicht ausgetrunken, als ein junger Mann an ihren Stehtisch trat. Mit einem entschuldigenden Lächeln nahm er ihr Glas und schnupperte dezent daran.

»Ein schottischer Single Malt. Rauchig, salzig, sehr torfig. Ich vermute ein Talisker von der Isle of Skye oder ein Lagavulin von der Isle of Islay? Ja, es ist ein Lagavulin! Da kommen selbst Sherry-Fässer kaum gegen den kräftigen Grundton an.«

»Mussten Sie den Kellner bestechen, oder hat er Ihnen die Information freiwillig rausgerückt?«, fragte Clarissa halbwegs amüsiert. Mit einem kurzen Blick hatte sie festgestellt, dass der junge Mann nicht nur äußerst attraktiv war, sondern auch gepflegt bis in die Fingerspitzen. Er trug seinen maßgeschneiderten Anzug mit angenehmer Lässigkeit und einen edlen, aber nicht protzigen Chronograf.

»Ich habe lediglich zehn Euro investiert. Was für ein Idiot, dieser Kellner! Ein gutes Entrée bei einer Frau wie Ihnen ist unbezahlbar. Darf ich mich vorstellen?« Er deutete eine kleine Verbeugung an, die keineswegs aufgesetzt oder peinlich wirkte. »Stephan Wöhler, Atomphysiker auf 400-Euro-Basis.«

Clarissa lachte: »Dafür bekommen Sie nicht mal einen Ihrer Manschettenknöpfe.«

Sie bot Stephan einen Platz an. Er bedankte sich höflich und bestellte zwei Lagavulin.

»Was machen Sie hier, Herr Atomphysiker? Die Aussicht bewundern?«

Stephan deutete mit dem Kinn unauffällig auf die junge Frau an der Fensterfront: »Und in konvulsivische Zuckungen geraten wegen des bunten Geglitzers, das wie ein Sternenhimmel auf der Elbe liegt? Ich könnte der Dame etwas über Lichtbrechungen erzählen, aber ich fürchte, das interessiert sie nur in Bezug auf Diamanten. Nein, ich arbeite in Genf bei CERN, das ist eine geschlossene Anstalt für Wissenschaftler. Ich bin bis morgen in Hamburg, weil ich mit einem Kollegen bei DESY, ebenfalls eine geschlossene Anstalt, supersymmetrische Materiezustände diskutiert habe. DESY und CERN arbeiten gemeinsam am derzeit leistungsfähigsten Teilchenbeschleuniger der Welt, dem Large Hadron Collider oder kurz LHC. Aber ich will Sie nicht langweilen. Erzählen Sie bitte von sich, das ist weitaus interessanter!«

Clarissa hätte Stephan aufklären können, dass ihr sowohl CERN als auch DESY durchaus geläufig waren. Doch ihr stand nicht der Sinn nach wissenschaftlichem Austausch, zumal sich mit dem jungen Mann hervorragend flirten ließ. Nach fünfzehn Minuten war Clarissa äußerst angetan von Stephan und seiner auf hohem Niveau geführten Konversation. Nach einer weiteren Stunde nahm sie ihn mit aufs Zimmer. Ihr war sehr wohl bewusst, dass Stephan vermutlich Ende zwanzig und damit knappe dreißig Jahre jünger war als sie. Aber sie ging dank ihrer hervorragenden Kontakte zur Schönheitsindustrie noch gut als Mittvierzigerin durch. Außerdem zwang sie ihn schließlich zu nichts. Im Gegenteil: Stephan hatte ein beeindruckendes Spektrum an charmanter Verführungskunst aufgeboten, bis er sie so weit hatte. Nun wollte sie in vollen Zügen genießen.

Die Nummer war hart, schnell und mechanisch, doch Clarissa störte sich nicht daran. Bei einem so jungen Mann erwartete sie keine erotische Raffinesse noch obszöne Spielereien, mit denen sich so manch älterer Liebhaber über seine mangelnde Standfestigkeit hinwegtröstete. Stattdessen bekam sie junges, festes Fleisch und sorglose, um nicht zu sagen rücksichtslose Männlichkeit. Außerdem roch er gut.

Nach knappen zwanzig Minuten ging Clarissa ins Bad, um sich frisch zu machen. Entspannt betrachtete sie ihren nackten Körper im Spiegel. Das Hochgefühl, begehrt zu werden, hatte ihre durchtrainierte schmale Linie noch zusätzlich gestrafft. Sie lächelte, fühlte sich erhaben wie die Königin von Saba. Auf den erfolgreichen Tag war unverhofft eine aufregende Nacht gefolgt. Sie wusch sich, frisierte ihr Haar mit den Fingern, puderte ihre Nase, sprühte etwas Chanel auf ihr Dekolleté und ging zurück ins Zimmer. Ob sich die schnelle Nummer noch einmal wiederholen ließe?

Doch in den wenigen Minuten ihrer Abwesenheit war die Stimmung umgeschlagen. Alle Lampen brannten, ihr helles Licht zerstörte jegliche Intimität, die Zimmertemperatur schien sich durch einen unerklärlichen Temperatursturz halbiert zu haben. Stephan saß vollständig angezogen in einem der beiden Sessel und nippte an einem Whisky, den er sich offensichtlich aus der Minibar genehmigt hatte. Seine ganze Haltung drückte plötzliche Distanz aus. Zum Bett und zu Clarissa. Irritiert sah sie in seine Augen. Sie waren kalt. Der betörende Charme wie ausgeknipst.

Clarissa verstand. Wie konnte sie nur so blöd gewesen sein! Das Gefühl von Erhabenheit war in Sekunden zerplatzt, von Königin keine Spur mehr. Sie war nur noch eine Frau, die sich auf einen Schlag ihres Alters, ihrer Müdigkeit und ihrer Nacktheit bewusst wurde. Fröstelnd nahm sie den Bademantel, der auf dem Sessel neben Stephan lag, und zog ihn über.

»Ich vermute, du willst Geld?«, fragte sie kühl. Es war nicht das erste Mal, dass Clarissa mit einem Gigolo im Bett gewesen war. Doch normalerweise wurde mit offenen Karten gespielt. Eine eindeutige Geschäftsvereinbarung zu beiderseitigem Vorteil. Stephan jedoch hatte sie getäuscht. Und sie war auf ihre eigene Eitelkeit hereingefallen. Auf ihre Hoffnung, dass sie immer noch eine sehr attraktive Frau war, die selbst so junge Männer wie diesen hier in den Bann ziehen konnte. Dass sie mit ihrem erlesenen Stil, ihrer Intelligenz und Erfahrung jedem noch so hübschen Mäuschen aus irgendeiner Bar meilenweit überlegen war. Irrtümer. Wunschdenken. Clarissa riss sich zusammen. Wenn sie schon so unsanft aus ihrem dummen Ausflug in die Welt der Illusionen herauskatapultiert wurde, wollte sie wenigstens ihre Würde bewahren.

Ohne sich irgendeine Regung anmerken zu lassen, zog Clarissa ihr Krokodilleder-Portemonnaie aus ihrer Krokodilleder-Handtasche. »Wie viel?«

Stephan sah sie kalt lächelnd an. Der Temperatursturz musste mit diesem Lächeln zusammenhängen. »Eine Million.«

Clarissa lachte laut auf und steckte ihre Geldbörse wieder in die Handtasche: »Bist du verrückt? Für diese schäbige Nummer?«

Stephan faltete entspannt die Hände in seinem Schoß und

schlug die Beine übereinander. »Du wirst mir die Million geben. Soll ich dir sagen, warum?«

»Ich bin gespannt«, gab Clarissa spöttisch zurück.

Er sagte es ihr.

Clarissa rannte ins Badezimmer und übergab sich. Entsetzliche Minuten später kam sie ins Zimmer zurück. Und überwies mit ihrem Laptop per Onlinebanking eine Million auf Stephans Schweizer Nummernkonto.

3. Februar 2009: Tübingen.

Der Wasserkessel auf dem Gasherd fing mit einem schrillen Ton an zu pfeifen. Als Elisabetha Stamminger, genannt Liesel, in die Wohnküche geschlurft kam, war das Fenster zum Hinterhof schon vollständig beschlagen. Mit einem selbst gehäkelten Topflappen zog Liesel den Kessel vom Feuer und öffnete das Fenster. Sie brühte sich einen Darjeeling auf und ließ am Tisch sitzend ihren Blick auf der Kanne ruhen, solange der Tee zog – fast wäre sie dabei eingenickt. Doch dann hörte sie Stimmen von unten. Sarah hatte wohl Besuch und ebenfalls das Fenster geöffnet. Durch den winzigen Hinterhof konnte man jedes Wort aus den anderen Wohnungen verstehen. Liesel empfand das nicht als Belästigung, sondern als unterhaltsames Hörspiel, das sie mit ihren vierundsiebzig Jahren in das Leben der jungen Menschen um sie herum einband.

Außer Liesel wohnten nur Studenten im Haus. Ihr gegenüber, ganz oben im dritten Stock, waren es die zwei hübschen Schwestern aus Speyer. Von denen bekam sie aber relativ wenig mit, weil ihre Zimmer nach vorne zur Straße lagen. Unten im Erdgeschoss lebte der Türke Memet, der Arzt werden wollte. Das Studium des weiblichen Körpers betrieb er auch privat höchst intensiv und an ständig wechselnden Fallbeispielen. Ein Mal in der Woche kam Memet zu Liesel, um ihren Blutdruck zu überprüfen. Ansonsten lebte Liesel eher zurückgezogen.

Überhaupt war es im letzten Jahrzehnt in der Studentenhochburg Tübingen ruhig geworden. Heutzutage lief keiner mehr hinter einem her und forderte mit strenger Stimme, aus der Kirche aus- und in den Spartakusbund einzutreten. Liesel gehörte nicht zu den Alten, die behaupteten, dass früher alles besser war. Aber bunter war es gewesen. Vor allem in den Sechzigern und Siebzigern. Auch wenn Liesel damals nicht mitmarschiert war. Sie kümmerte sich da schon mit ihrem – leider viel zu früh verstorbenen – Erwin um ihren kleinen Blumenladen in der Altstadt. Aber sie hatte es insgeheim aufregend gefunden, was um sie herum so passierte. Liesel mochte die jungen Leute. Auch heute noch. Obwohl ihr deren Dauerbeschäftigung mit den Computern fremd war. Sie las lieber Bücher. Am liebsten Krimis.

Direkt unter Liesel, da wohnte Sarah. Sarah war ihr Augenstern. Sie studierte Völkerkunde und war ein äußerst liebenswürdiges Mädchen von dreiundzwanzig Jahren. Sarah hatte Liesel sogar angeboten, die Wohnungen zu tauschen, damit Liesel nicht mehr in den dritten Stock hinaufsteigen musste. Aber Liesel hatte dankend abgelehnt. Sie wohnte nun schon dreiundvierzig Jahre in der Wohnung und war gewissermaßen mit jedem Kratzer im alten Porzellanspülbecken verwachsen.

Die Stimmen von unten aus Sarahs Wohnung wurden lauter. Sarah klang aufgeregt. Erst gestern hatte Sarah bei Liesel gesessen und sie um Rat gefragt. Ihr Freund, den sie erst seit sechs Wochen kannte, wollte sie heiraten und gemeinsame Kinder. Am liebsten sofort. Sarah war hin- und hergerissen. Einerseits hatte sie die Nase voll von den kurzlebigen Beziehungen ihrer letzten drei Jahre. Andererseits flößte ihr das Tempo des jungen Mannes Angst ein. Er hieß Frank und war erst vor wenigen Wochen in Tübingen aufgetaucht. Er wollte irgendeine Dozentur an der Uni übernehmen. Jedenfalls hatte sich dieser Frank Hals über Kopf in Sarah verliebt.

Das spontane Gefühl konnte Liesel gut verstehen. Das Drängen des jungen Mannes auf eine sofortige Familiengründung gefiel ihr aber nicht. Sarah war viel zu jung zum Heiraten. Liesel war insgeheim sogar überzeugt, dass Sarah viel zu jung war, um von »kurzlebigen Beziehungen« die Nase voll zu haben. Sie hatte Sarah geraten, sich Zeit zu lassen. Ihr Herz zu prüfen.

Sarah hatte sie ganz offen angeblickt und vermutet, dass Liesel etwas gegen Frank habe. Liesel hatte sich ein wenig ertappt gefühlt. Zweifellos, dieser Frank war ein Mann wie aus dem Bilderbuch. Hübsch wie der junge Hotte Buchholz. Aber die zwei, drei Mal, die Liesel ihm im Hausflur begegnet war, da war es ihr kalt den Rücken runtergelaufen, egal, wie warm er sie angelächelt hatte. Als sie das Sarah gestand, hatte Sarah mit ernstem Blick genickt. Als wüsste sie genau, wovon Liesel sprach.

Und jetzt stritt sich Sarah mit Frank. Heftig. Liesel konnte jedes Wort verstehen.

»Das geht mir zu schnell, Frank. Wir kennen uns kaum! Und ich finde es nicht okay, dass du mich unter Druck setzt!«

»Entweder man weiß, was man will, oder man weiß es nicht. Ich will ein Kind!«

»Du sagst das so ... so wie ... ›ich will Vanilleeis‹.«

»Weißt du denn, was du willst?« Auch Franks Ton war schärfer geworden.

»Ja ... Nein! Nein, ich weiß es nicht! Lass uns doch erst mal sehen, wie sich unsere Gefühle füreinander entwickeln.«

»Gefühle! Wichtige Entscheidungen trifft man mit dem Kopf!«

Liesel hatte fast ein schlechtes Gewissen, weil Sarah anscheinend auf ihren Rat hörte und deswegen diesen Zwist vom Zaun brach.

Inzwischen schrie Sarah: »Dann trennen wir uns eben! Glaub bloß nicht, dass ich wegen dir heule! Du bist kalt wie ein Fisch – absolut herzlos!«

Franks Antwort kam so leise, dass Liesel sie kaum verstand. Dennoch erschrak sie über seinen Ton bis ins Mark.

»Das wirst du nie wieder zu mir sagen, hörst du? Nie wieder!«

Das Fenster unter Liesel wurde geschlossen. Sie hörte nur noch einen kurzen Wortwechsel, konnte aber nichts mehr verstehen. Dann war es still.

Liesel nippte an ihrem Tee und dachte an Erwin. Was hatte sie sich mit ihm gestritten! An die vielen nichtigen Gründe konnte sich Liesel nicht mehr erinnern. Nur an die Versöhnungen. Die waren noch intensiver als die Auseinandersetzungen gewesen.

Nach etwa einer halben Stunde hörte sie unten die Wohnungstür zuschlagen. Liesel stand auf und bereitete ihr Abendbrot zu. Nachdem sie gegessen hatte, überkam sie eine leichte Unruhe. Aus Sarahs Wohnung war nichts zu hören. Keine Musik, nichts. Vielleicht saß Sarah allein auf ihrem Sofa und weinte? Liesel wollte nicht aufdringlich sein. Doch nach einer weiteren Stunde ging sie hinunter und klingelte. Sarah machte nicht auf. Ob sie mit Frank zusammen weggegangen war? Liesel klingelte wieder. Und klopfte. Sarah war eine junge Frau, die noch schnell etwas einkaufen gegangen sein konnte. Oder mit ihrem Freund im Restaurant saß. Kein Grund zur Besorgnis. Doch Liesel war beunruhigt. Sie wusste nicht wieso. Sie stieg die Treppe hoch und holte Sarahs Wohnungsschlüssel. Liesel und Sarah hatten die Schlüssel schon vor einem knappen Jahr ausgetauscht. Zum Blumengießen während des Urlaubs und für den Fall der Fälle. Sie fühlte, dass dies der Fall der Fälle war.

Als sie vorsichtig rufend Sarahs Wohnung betrat, roch sie als Erstes den scharfen Geruch von Allzweckreiniger. Es war gerade geputzt worden. Alles sah sauber und aufgeräumt aus. Bis auf das Sofa im Wohnzimmer. Da lag Sarah. Ein großes Küchenmesser steckte in ihrer Brust.

Liesel wankte mit letzter Kraft nach oben in ihre Wohnung, nahm zitternd ihre Tropfen gegen Bluthochdruck. Dann rief sie die Polizei. Kurz darauf beschrieb sie den Beamten den jungen Mann, der aussah wie Hotte Buchholz aber Frank hieß und an der Uni als Dozent anfangen sollte. In den darauffolgenden Tagen stellte sich allerdings heraus, dass an keiner einzigen Tübinger Fakultät irgendein Frank eine Stelle antreten sollte. Es gab keine Spur von ihm. Nirgends. Als hätte es den jungen Mann nie gegeben.

15. August 2009:
Hamburg.

Hauptkommissar Christian Beyer wuchtete den großen Koffer auf das Laufband. Wenige Minuten später hatten Anna und Pete für ihren Flug in die USA eingecheckt. Es blieb noch ausreichend Zeit für einen Kaffee oder ein Bier, bevor die beiden durch die Sicherheitskontrolle mussten und Christian in Hamburg zurückbleiben würde. Pete gab vor, einige Zeitschriften und Bücher für den langen Flug kaufen zu wollen und zog los, um Anna und Christian Abschied nehmen zu lassen. Es war ein Abschied für vier Wochen. Pete, ein ehemaliger Profiler vom FBI, hatte im Hauptsitz in Quantico einen Lehrauftrag für drei Monate bekommen. Anna ging vier Wochen mit, um ihrer Zusatzausbildung zur forensischen Psychologin den letzten Schliff zu verleihen. Offiziell begrüßte Christian die beruflichen Pläne seiner Lebensgefährtin. Schließlich hatte sie ihn bei den letzten drei Fällen schon mit großem Fachwissen und gutem Gespür unterstützt. Die Reise bekam lediglich einen heiklen Beigeschmack für ihn, wenn er daran dachte, dass Anna, bevor sie sich in ihn verliebt hatte, Petes Affäre gewesen war. Des smarten, attraktiven und den Frauen sehr zugeneigten Pete, der nun mit Anna für einen langen Monat in Quantico leben würde.

Als Christian vor einigen Jahren als Leiter der neu gegründeten Soko Bund einen Kindermörder jagte, hatte ihm das BKA den Profiler Pete Altmann aufs Auge gedrückt. Christian war von Anfang an gegen Pete gewesen. Das hatte vor allem an seiner heimlichen Eifersucht wegen dieser Psychologin Anna Maybach gelegen, die er Pete nicht gönnte. Seinen Kollegen gegenüber hatte Christian seine deutliche Antipathie jedoch damit begründet, Pete gewissermaßen als Aufpasser vom BKA ungern in sein eingespieltes Team einbinden zu wollen. Die erste Sonderkommission in Deutschland mit länderübergreifenden Kompetenzen galt damals als Experiment, um reisende

Serienkiller nicht durch föderalistisches Gerangel und Kompetenzstreitigkeiten durch die Lappen gehen zu lassen. Inzwischen war Christians Truppe durch diverse spektakuläre Erfolge etabliert und stieß nur noch selten auf das zu Anfangszeiten deutliche Misstrauen bei den lokalen Mordkommissionen, denen die Soko Bund bei schwierigen Fällen vom BKA zur Unterstützung zugeteilt wurde. Längst war auch das Verhältnis zwischen Christian und Pete geklärt. Die beiden respektierten sich als Kollegen und waren sogar trotz aller charakterlichen Gegensätze fast so etwas wie Freunde geworden. Fast. Außerdem lag die Affäre zwischen Anna und Pete schon lange auf dem Dachboden der Vergangenheit und zerfiel dort zu dem Staub alter Erinnerungen.

Kein Grund, sich Sorgen zu machen, dachte Christian.

»Kein Grund, sich Sorgen zu machen«, sagte Anna lächelnd beim Kaffee und zwirbelte ihr halblanges braunes Haar auf dem Hinterkopf mit einem Gummi zusammen. Sie wusste, warum Christian so schweigsam war.

»Ich ärgere mich nur, dass ich jetzt keinen Profiler in der Truppe habe. Eine beschissene Planung! Weiß der Himmel, warum ich Pete drei Monate Sonderurlaub genehmigt habe!«

»Du bist früher sehr gut ohne Profiler ausgekommen. Wie hast du sie so gerne genannt? Nutzloses, arrogantes Pack, das nichts als bescheuerte Theorien von sich gibt und von der Praxis keine Ahnung hat?« Anna erlaubte Christian nur zu gerne, seine miese Stimmung auf beruflichen Unbill zurückzuführen. Auch sie war keine Freundin sentimentaler Abschiedsszenen.

Kurz darauf sah Christian zu, wie Anna mit Pete an ihrer Seite durch die Sicherheitskontrolle ging. Er wandte sich abrupt um, verließ das Flughafengebäude, stieg in den Dienstwagen, den er mit einem Einsatzschild direkt vor dem Terminal geparkt hatte, und fuhr für einen Hüter der Gesetze recht aggressiv nach Hause – zu Annas kleiner Stadtvilla im Generalsviertel, wo er seit knapp zwei Jahren mit ihr lebte.

Es war unnatürlich still. Selbst wenn Anna stumm auf dem Sofa gesessen und gelesen hätte, wäre es nicht so still gewesen.

Christian wurde sich einmal mehr bewusst, dass Annas Anwesenheit die Luft immer zum Knistern brachte. Da gab es einen unhörbaren Grundton, eine kaum merkliche Schwingung, die ihn spüren ließ, dass er nicht allein war. So wie jetzt. Er würde sich wieder daran gewöhnen müssen, zumindest für vier Wochen. Bevor er Anna kennengelernt hatte, war er sehr lange allein gewesen. Daran hatten auch seine gelegentlichen Affären nichts geändert. Diese unverbindlichen Liebschaften während und nach seiner Ehe hatten ihm nur noch deutlicher vor Augen geführt, wie abgeschottet er innerlich war. Doch hatte es ihn damals nicht gestört. Im Gegenteil. Seine Einsamkeit war ein selbst gewählter Zustand gewesen, geboren aus einem unüberwindbaren Misstrauen der Liebe gegenüber. Erst Anna hatte diese Mauern in Schutt und Asche gelegt. Seitdem fühlte Christian sich als ein ganzer Mensch. Sie fehlte ihm jetzt schon.

Christian warf seine Cordjacke in die Ecke und ging in die Küche, um einen anständigen Nachschub an Bier kalt zu stellen. Sein bester Freund und langjähriger Kollege Volker Jung wollte zum wöchentlichen Schachspiel vorbeikommen. Christian hatte sich gerade eine Flasche geöffnet, als es klingelte. Vor der Tür stand allerdings nicht nur der glatzköpfige Volker in seiner ganzen Größe von knapp zwei Metern, sondern auch Eberhard Koch, der Tatortspezialist der Soko Bund.

»Skat spielt man zu dritt. Schach nur zu zweit«, sagte Christian zur Begrüßung.

»Ich freue mich auch, dich zu sehen«, erwiderte Eberhard, wegen seiner Kochkünste und des passenden Nachnamens nur »Herd« genannt. »Deine schlechte Laune wird gleich noch mieser, pass auf.«

»Wir spielen nämlich kein Schach. Und auch keinen Skat. Wir spielen Räuber und Gendarm. In Berlin«, fügte Volker hinzu.

Wenige Stunden zuvor:
Berlin.

»Hey, Kalle, komm ma rüber, wir haben hier 'ne Lieferung!«

Kalle hob verwundert den Blick von seinen Exportlisten und schlurfte durch die Halle nach vorne zur Rampe. Dort stand sein Kollege, ein kleiner dunkelhaariger Mann mit wolligem Brusttoupet, in das sich eine Kette mit Goldkreuz eingenistet hatte. Er nannte sich Chico, weil er bei den Damen vom Kiez gegenüber gern als Latin Lover gelten wollte. Dabei war er waschechter Berliner, was man selbst hörte, wenn er noch so verbissen das R rollte.

»Wir kriegen heute keine Lieferung. Nix bestellt«, sagte Kalle unwirsch, wobei er sich auf seiner Eingangsliste vergewisserte. Bei Kalle hatte alles seine Ordnung.

Nichtsdestotrotz stand vor der Rampe ein Lieferwagen der weltweiten Post-Logistik samt uniformiertem Fahrer, der gerade eine große, hochkant stehende Kiste auf die Rampe wuchtete und wütende Blicke zu Kalle und Chico warf, die keine Anstalten machten, ihm zu helfen. Die Kiste war etwa anderthalb Meter hoch und einen Meter breit und aus massiven, vernagelten Holzlatten gezimmert.

»Da steht's«, sagte der Fahrer und hielt Kalle einen zerknitterten Wisch mit Kaffeefleck unter die Nase. »Ne Wachsfigurenspende für Madame Tussauds Horrorkabinett. Könnt ihr mir jetzt endlich den Empfang quittieren?«

»Wir stellen unsere Figuren selbst her. Außerdem haben wir hier kein Horrorkabinett. Nur Stars aus Politik und Kultur. Merkel, Wowereit, Britney Spears, Michael Jackson, Tom Cruise ...«

»Also doch 'n Horrorkabinett. Sogar 'n ganz finsteres.« Das Grinsen des Fahrers verschwand bei einem Blick auf die Uhr. »Jetzt unterschreib mal, ich hab heute noch jede Menge Touren vor mir.«

Kalle kratzte sich unschlüssig am Hinterkopf. »Das ist

bestimmt für London. Die haben dort so 'ne Art Folterkammer.«

»Ruf doch ma oben an«, riet Chico. Kalle schlurfte zum Telefon. Er sprach kurz mit der Verwaltung und kam dann zur Rampe zurück. Die Kiste stand immer noch da, aber Lieferwagen und Fahrer waren weg.

»Hast du quittiert?«, fuhr Kalle seinen Kollegen scharf an.

»Mann, der Typ musste weg. Was hat der Chef denn gesagt? Nicht annehmen?«

»Annehmen. Gucken, was drin ist.«

»Na, also«, grinste Chico. »Alles richtig gemacht.«

»Eben nicht! Du hast kein Recht zu quittieren, das mach ich, klar?!«

Chico nickte devot. Immerhin war Kalle schon sechzehn Jahre in dem Laden. Chico hingegen war erst ein knappes Jahr da, hatte also ganz klar die Fresse zu halten. Er holte eine Sackkarre, mit der sie die große Kiste vorsichtig nach hinten in den Lagerraum brachten.

Kalle griff zu einem Brecheisen, Chico tat es ihm nach. Mit gewohnter Umsicht lösten sie die vordere Holzfront aus ihrer Vernagelung. Jede Menge Putzwolle kam ihnen entgegen. Sie nahmen das Dämmmaterial weg und besahen sich die in Klarsichtfolie eingepackte Figur, die zum Vorschein kam. Es war eine junge Frau in sitzender Stellung, mit feinen Drähten auf einen Stuhl fixiert. In ihrer linken Hand hielt sie eine Spiegelscherbe. Die Figur war komplett nackt, hatte keinerlei Körperbehaarung appliziert und trug auch keine Perücke. Das einzig Auffallende an ihr war eine große, wulstige rote Narbe in der Herzgegend mit schwarzen Fäden darin vom Zusammennähen. Ansonsten war sie weiß, ganz weiß, von Kopf bis Fuß mit Theaterschminke bedeckt. Sie sah unwirklich aus, nicht wie ein Mensch, sondern eher wie die einfallslose Vision eines Aliens aus einem zweitklassigen Hollywoodfilm.

»Die ist garantiert für London, so was brauchen wir hier nicht. Außerdem ist sie nicht gut gemacht. Sieht nicht echt aus. Die Haut ist viel zu kalkig. Und die Augen sind total glasig.

Zeig ma den Lieferschein, wer schickt denn so 'n Mist?«, sagte Kalle. Chico reichte ihm den Zettel.

»Was ist das denn für ein Chaos?« Kalle schüttelte den Kopf. Das hatte er in sechzehn Jahren noch nicht erlebt. Kein Absender, nur ein Vermerk mit »Spende«. Kalle stand kopfschüttelnd vor der Figur und blickte sie ratlos an. »Was machen wa jetzt damit? Ich ruf ma den Chef runter.«

Auch Peter Jensen, der Verwaltungschef von Madame Tussauds, stand ratlos da, sowohl vor der Figur als auch vor dem Lieferschein. Er wollte schon wieder nach oben gehen, um London anzurufen und nachzufragen, als Chico innerhalb der Klarsichtfolie zu Füßen der Figur einen Umschlag entdeckte.

»Guck ma, Chef, da is noch 'n Lieferschein!« Gemeinsam mit Kalle entfernte er vorsichtig die Folie von der Figur. Die Folie knisterte, als würde man einen Blumenstrauß auswickeln. Kalle und Chico arbeiteten sich von oben nach unten vor. Aus der Folie waberte ein leichter Geruch von Konservierungsmittel.

Chico drehte angewidert den Kopf weg. »Was war 'n das für 'n Amateur? Die stinkt!«

Beim Auswickeln streifte Kalle mit seiner Hand den wächsernen Oberschenkel des gelieferten Ausstellungsstückes. Erschrocken fuhr er zurück. Weit zurück. Kalle fing an zu zittern.

Chico bemerkte das und beruhigte ihn sofort: »Hast nix kaputt gemacht, alles noch dran an der Puppe.«

Doch Kalle schüttelte den Kopf und starrte die Figur an. »Nee, Scheiße, Chico, halt die Fresse! Scheiße, Chef! Nee, nee! Scheiße! Die ist echt! Die Puppe ist echt! Das ist kein Wachs, ganz sicher nicht! Das is 'ne Leiche, Leute!«

Chico erblasste sichtlich unter seiner künstlich gezüchteten Bräune. Dem Impuls der Neugier folgend, streckte er die Hand aus. Seine Fingerspitzen näherten sich dem nackten Schenkel der Frau.

»Nicht anfassen!«, zischte Jensen entsetzt.

Diese Warnung war unnötig. Chicos Hand stoppte etwa drei Zentimeter bevor seine Fingerspitzen die Haut hätten berühren können. Seine Hand war wie in der Luft fixiert, ganz so als umgäbe eine Art Kraftfeld die Frau, das nicht zu durchdringen war. Die Aura des Todes. Chicos Hand fing leicht zu zittern an, und Kalle bemerkte, wie sich die schwarzen Haare auf Chicos Unterarm aufrichteten. Kalle legte beruhigend seine Hand auf Chicos ausgestreckten Arm. Erst jetzt konnte Chico ihn wieder senken.

»Bist du sicher, Kalle?«, flüsterte Jensen.

Kalle nickte nur. Jensen nahm sein Handy aus der Brusttasche seines Hemdes und rief die Polizei an. Eine halbe Stunde später wimmelte es in Kalles Hoheitsbereich von Beamten. Chico, Kalle und Jensen ließen ihre Personalien sowie erste Aussagen über das Geschehen von einer hübschen jungen Polizistin aufnehmen, die in Chico wieder alle Lebensgeister weckte. Andere Beamte sperrten das Gebiet um die Kiste samt Inhalt und die Rampe herum ab, sicherten die Spuren und machten Fotos. Inzwischen hatten sich fast alle Mitarbeiter von Madame Tussauds eingefunden. Die Ausstellung war geschlossen, und die Besucher zum Gehen aufgefordert worden. Einige der Mitarbeiter freuten sich über den verfrühten Feierabend und zogen sich ins Privatleben zurück. Die meisten jedoch standen hinter der Absperrung und versuchten, einen Blick in die Lagerhalle zu erhaschen. Sie wussten nur, dass eine Leiche aufgetaucht war, die genaueren Umstände waren nicht bekannt. Doch auch an Kalle oder Chico kamen sie nicht heran. Deswegen zerstreuten sich schließlich die Angestellten in der Hoffnung, morgen bei der ersten Kippenpause auf dem Hof en détail informiert zu werden.

Der Leiter der Berliner Mordbereitschaft, Hauptkommissar Dietmar Striebeck, traf kurz nach seinen Kollegen von der Spurensicherung ein. Grübelnd stand Striebeck vor der geöffneten Kiste, Auge in Auge mit der Leiche.

»Was für ein Mist!« Er stand kurz vor der Pensionierung und freute sich auf seine Datscha am Müritzsee, wo er mit seiner Frau Elena beim abendlichen Grillen von pommerschen Würstchen die Sonnenuntergänge genießen wollte. Weit weg von seinem ehemals so geliebten Berlin der Kodderschnauzen und Schrebergärten, das er in den letzten, von kosmopolitischem Getue geprägten Jahren nicht mehr wiedererkannte. Raus aus der Berliner Luft, die im Sommer nicht mehr nach Holzkohle roch und nach Fassbrause schmeckte, sondern nur nach Coffee to go mit Zimt oder Vanille und Fudge Brownies mit Macadamianüssen. Dietmar Striebeck war ein frustrierter und müder Mann, der seine Ruhe haben wollte. Ein kranker Killer passte nicht ins Konzept seiner bevorstehenden Zivilisationsflucht. Was er hier vor sich sah, war schmutzig, widerwärtig und pervers und würde demzufolge auch großes Interesse bei den Medien wecken.

Vorsichtig zog sich Striebeck seine Schutzhandschuhe über, griff in die Kiste und zog zu Füßen der Leiche den Umschlag hervor. Normalerweise hätte er die Kiste samt Inhalt unangetastet in die Rechtsmedizin bringen lassen, damit nicht das kleinste Hautschüppchen verloren ging. Aber in Striebeck keimte ein böser Verdacht, den er überprüfen wollte. Sofort. Striebeck öffnete den unbeschrifteten Umschlag und entnahm vorsichtig den Bogen Papier. Nur eine einzige Zeile stand darauf geschrieben:

Menschen! Das dritte Geschlecht ist in der Welt.

Er fluchte leise. Das hatte er befürchtet. Sorgfältig faltete er das Papier wieder zusammen, steckte es zurück in den Umschlag und diesen dann in die Papiertüte zur Beweissicherung, die ihm sein junger, ehrgeiziger Kollege Ali Cenkel reichte. Striebeck griff nach seinem Telefon und rief das BKA an. Als er aufgelegt hatte, fuhr Ali ihn an: »Was soll das? Wir schaffen das auch ohne Hilfe! Das ist unser Fall!«

Striebeck schüttelte den Kopf: »Ich habe keine Lust, diese Scheiße allein auszubaden. Die hier ist kein Einzelstück. Hast du nicht mitbekommen, was im April in München los war?«

Ali stutzte kurz und ärgerte sich, weil er den Zusammenhang nicht sofort erkannt hatte.

»Das hier ist ein Fall für Christian Beyer«, sagte Striebeck.

»Dieser Typ von der Soko Bund?« Ali hatte die Einrichtung

der bundesweit operierenden Sonderkommission und ihre bisherigen Fälle mit großem Interesse verfolgt.

»Genau der.«

Ali überlegte. Sollte Striebeck doch am Müritzsee mit seiner Alten verschimmeln. Beyer und seine Soko – vielleicht war das gar nicht schlecht. Bundesweit. Ein bisschen wie das FBI. Und er konnte dabei sein. »Kennst du Beyer?«, fragte er Striebeck.

Striebeck nickte: »Vor Jahren mal mit ihm zu tun gehabt. Ein harter Hund. Falls du dich bei ihm einschleimen willst … Wenn er eintrifft und sich alles ansieht, schätzt er es sehr, wenn er sofort über den Stand der Dinge informiert wird.«

Während die Soko Bund auf dem Weg nach Berlin war, kümmerte sich Striebeck um den sauberen ersten Abschluss der Fundortsicherung, Zeugenbefragung und die sofortige Dokumentation des ersten Befundes. Er schickte zwei Beamte zur Zentrale der Post, um eventuell etwas über den Auftraggeber der Lieferung herauszufinden. Die Chancen waren gering. Striebeck ging nicht davon aus, dass der Mörder so blöd gewesen war, seinen Auftrag mit korrektem Absender zu versehen. Aber jede noch so unbedeutsam scheinende Information konnte wichtig sein. Und mit viel Glück erinnerte sich irgendjemand an den Mann mit der auffallend großen Holzkiste und konnte eine Beschreibung abgeben. Ali setzte er auf den Fahrer an, der die Kiste geliefert hatte. Er sollte ihn auftreiben und ohne Vorwarnung seine Fragen stellen. Eine gute Stunde später war Ali zurück. Aus dem geschockten Fahrer war keinerlei verwertbare Information herauszuholen gewesen. Er war lediglich mit dem Grauen beschäftigt, den halben Tag unwissentlich eine Frauenleiche in seinem Lieferwagen quer durch Berlin chauffiert zu haben, bis er sie laut Tourplan schließlich bei Madame Tussauds abgeliefert hatte.

Es war kurz nach neun Uhr abends, als Christian, Herd und Volker in Berlin eintrafen. Sie hatten den Zug genommen. Die Bahn war auf der Strecke Hamburg – Berlin schneller als jedes Auto, selbst wenn Verkehrsrowdy Volker am Steuer gesessen hätte. Am Lehrter Bahnhof trafen sie sich mit Karen Kretschmer, die sich wegen eines Ärztekongresses in der Hauptstadt befand. Karen, eine vierunddreißigjährige Hamburger Rechtsmedizinerin, arbeitete seit Jahren mit Christians Soko zusammen. Sie war am Institut für Rechtsmedizin der Hamburger Universitätsklinik angestellt, konnte sich aber je nach Bedarfslage von ihren alltäglichen Arbeiten befreien lassen, um ausschließlich Christian und seinen Spezialfällen zur Verfügung zu stehen. Die Soko schätzte Karens Arbeit über alle Maßen, denn sie war nicht nur eine extrem konzentrierte Medizinerin, der kein noch so winziges Detail entging. Sie hatte auch ein Gespür für – wie Karen es gerne nannte – die »Seele eines Verbrechens«, die sie aus den geschundenen Körpern der Opfer herauslas wie aus einem geöffneten Buch. Außerdem sah sie atemberaubend gut aus mit ihren hüftlangen goldblonden Haaren, der perfekten Figur und den ebenmäßigen Gesichtszügen einer klassischen Schönheit. Christian und sein Team amüsierten sich jedes Mal, wenn Kollegen aus einer anderen Stadt Karens Bekanntschaft machten und ihren ganzen Charme aufboten, um sie zu beeindrucken. Was stets gründlich schiefging. Karen ließ alle Bewerber unterkühlt abperlen oder machte sich einen Spaß daraus, sie mit ihrem grenzwertigen Pathologenhumor abzuschrecken. Manch junger Polizist war schon kotzend aus Karens gekacheltem Obduktionsraum gerannt, weil sie ihm plötzlich blutige Innereien unter die Nase gehalten hatte.

Zu viert zwängten sie sich in ein Taxi vom Lehrter Bahnhof zur Prachtallee Unter den Linden. Unterwegs informierte Volker Karen über die wenigen Details des Falles, die ihnen bislang bekannt waren. Als sie bei Madame Tussauds ankamen, ging gerade die Julisonne hinter dem Brandenburger Tor unter. Das Berliner Wahrzeichen leuchtete vor kobaltblauem Himmel. Die Quadriga, im Berliner Volksmund »Retourkutsche« genannt, wurde von der Westseite her rotgolden angestrahlt und wirkte von der Ostseite wie ein mächtiger Schattenriss von vergangenem Glanz und Gloria.

Ein Beamter nahm die Gruppe in Empfang und führte sie

zum Ort des Geschehens, wo Striebeck müde auf sie wartete. Christian und er begrüßten sich wortkarg, aber respektvoll. Dann stellten beide ihre Mannschaft vor. Striebecks Spurensicherung unterbrach ihre Arbeit und zog sich bis auf Weiteres zur Zigarettenpause auf den Hof zurück, wo sich eine junge, noch unerfahrene Staatsanwältin übergab, die selbst erst vor einer halben Stunde am Fundort eingetroffen war.

Wie immer hielt sich Christian nicht lange mit Freundlichkeiten auf. Mit langsamen Schritten näherte er sich der Kiste. Die Leiche der jungen Frau war unangetastet. Die Klarsichtfolie lag zusammengeknittert wie achtlos aufgerissenes Geschenkpapier zu ihren Füßen. Christian nahm zuerst den Gesamteindruck des Bildes in sich auf und speicherte ihn ab, mitsamt den noch undefinierbaren Gefühlen, die das Arrangement hervorrief. Er hatte schon vieles in seinem Leben gesehen. Vergewaltigte und zerstückelte Frauen. Missbrauchte Kinder. Zu Tode Gefolterte. Viele seiner Kollegen ertrugen ihren Beruf nur, wenn sie die Leichen emotionslos als Spurenträger betrachteten. Er konnte das nicht. Er sah immer auch den Menschen. Hier und heute jedoch fiel ihm das schwer. Die Frau, die mit Drähten fixiert auf einem Stuhl vor ihm in der Kiste saß, war ihrer Menschlichkeit beraubt. Die gewalttätige Degradierung des Opfers zu einer Art Ausstellungsstück erweckte Abscheu in ihm. Er spürte, wie immer, wenn er vor einem Verbrechen stand, das Aufsteigen eines grimmigen Jagdinstinkts. Es begann stets mit einer gewissen Mattigkeit, als würde er vor der Krankheit der Welt kapitulieren müssen und steigerte sich dann in ein heißkaltes Fieber, in dem er keine Ruhe fand, bis er die Krankheit besiegt hatte. Bis zum nächsten Ausbruch.

Herd, Volker und Karen hielten sich abseits. Sie kannten Christian. Nicht so Ali. In dem Bemühen, keine Zeit zu verlieren und erste Punkte bei dem neuen Boss zu sammeln, stellte er sich neben ihn und fasste ihm präzise die bisherigen Erkenntnisse zusammen: die Aussagen von Kalle und Chico, die Auffindesituation, die Aussage des Lieferanten …

Christian würdigte Ali zuerst keines Blickes und versuchte,

seine Konzentration bei der Leiche zu halten. Nachdem Ali ihn jedoch zwei Minuten mit verbalem Sperrfeuer belegt hatte, wandte Christian sich nach ihm um: »Halt endlich die Klappe. Ich arbeite.«

Christian wusste, dass er sich unkollegial verhielt. Seine Truppe würde mit den Berlinern mehr oder weniger Hand in Hand arbeiten müssen, und der junge Beamte hatte mit den besten Absichten gehandelt. Doch das war Christian jetzt egal. Für den ersten Kontakt mit einem Verbrechen brauchte er seine Ruhe, da interessierten ihn die Befindlichkeiten eines Kollegen herzlich wenig. Deswegen hatte er bei vielen Polizisten in Hamburg und darüber hinaus den Ruf eines arroganten Arschlochs. Nicht ganz zu Unrecht.

Beleidigt wich Ali ein paar Meter zurück und stellte sich zu Striebeck und den anderen.

»Christian hasst es, wenn man ihn bei der ersten Tuchfühlung stört. Aber das kannst du ja nicht wissen«, meinte Herd zu Ali.

Ali warf Striebeck einen wütenden Blick zu. Striebeck grinste nur.

Nach wenigen stillen Minuten kam Christian zurück zu seinen Leuten und nickte ihnen zu. Herd, Volker und Karen begannen mit ihrer Arbeit. Herd fotografierte und vollzog die bisherige Arbeit der Berliner Spurensicherung nach, denn er wusste, dass Christian sich ungern auf andere verließ. Auch das wirkte unkollegial auf Striebecks Team, das sich überprüft und gegängelt fühlte. Herd versuchte, die Berliner so gut es ging einzubinden und die Situation, die ihm aus anderen Städten nur allzu bekannt war, mit einigen Scherzen zu entschärfen. Es gelang ihm nicht vollständig. Volker ging mit Ali die Notizen der ersten Zeugenvernehmungen durch und wählte aus, welche zu einer zweiten Befragung ins Präsidium gebeten werden sollten. Karen besah sich die Leiche, bevor sie zur Obduktion abtransportiert wurde.

Striebeck reichte Christian ein Paar Handschuhe und die Beweismittelsicherungstüte, in der die Nachricht verpackt war.

»Weißt du, ob die in München eine ähnliche Botschaft bekommen haben?«, fragte Christian.

Striebeck nickte. »Ich kenne aber nicht den Wortlaut. Ich habe noch nicht mit den Kollegen dort gesprochen. Wollte dir Strategie und Zeitpunkt überlassen.«

Christian winkte Volker zu sich heran. »Wir zwei, auf nach München. Karen bleibt hier für die Obduktion. Wenn sie fertig ist und ein paar Stunden geschlafen hat, kommt sie auch nach München, um sich die Leiche dort anzusehen. Falls sie glaubt, dass sich das lohnt. Die Entscheidung liegt bei Karen. Herd bleibt ebenfalls hier, der Tatort in München ist kalt.«

»Deswegen wundere ich mich, dass du überhaupt hinwillst«, warf Striebeck ein. »Was soll das bringen?«

Christian zuckte mit den Schultern: »Vermutlich nichts. Man wird sehen. Ich verschaffe mir gerne einen persönlichen Eindruck.« Er wandte sich an Ali: »Kümmere dich bitte um die Tickets für Volker und mich. Volker sagt dir Genaueres.«

»Bin ich eure Sekretärin?«, gab Ali empört zurück.

»Sekretärin?« Christian zog nur die Augenbrauen hoch, wandte sich ab und überwachte mit Karen den Abtransport der Kiste.

Volker grinste Ali an: »Vorauszusetzen, dass ein Mensch, der Sekretariats- oder Assistenzaufgaben übernimmt, auf jeden Fall weiblich zu sein hat, ist sexistisch und frauenfeindlich. Wir aber sind eine Truppe, die Frauen liebt und verehrt. Nun zum Business: Ich fliege morgen früh mit der ersten Maschine nach München, brauche also hier in Berlin ein Hotel, um ein paar Stunden zu schlafen. Christian nimmt den nächsten Nachtzug, braucht also ein Schlafabteil. Kleiner Tipp: Frag ihn nicht, warum er nicht fliegen will.«

Damit wandte sich auch Volker von Ali ab und ging seiner Arbeit nach. Ali blickte ihm wütend hinterher. Er wusste jetzt, dass er nicht zu Beyers Truppe gehören würde.

München.

Die einzige City Night Line zwischen Berlin und München war schon um zwanzig nach zehn Uhr abends losgefahren. Da hatte Christian sich gerade die Leiche angesehen. Also saß er statt in einem Schlafwagen in einem normalen ICE und versuchte, seine knapp ein Meter neunzig so gut es ging auf dem Sitzplatz in der ersten Klasse zu verstauen und ein wenig Schlaf zu finden. Es gelang ihm leidlich. Er wurde alle anderthalb Stunden wach und dachte voller Neid an Volker, Herd und Karen, die in weichen Berliner Hotelbetten schlummerten. Christian verfluchte seine Flugangst. Doch wenn er sich vorstellte, am nächsten Morgen in einen dieser fliegenden Särge steigen zu müssen, versöhnte er sich mit seiner Entscheidung für die Bahn. Und schlief eine weitere Stunde.

Als der Zug nach einer gefühlten Ewigkeit in München eintraf, taten Christian alle Knochen weh, und sein Nacken spannte schmerzhaft. Seine Laune war auf dem Nullpunkt. Das einzig Erfreuliche war eine SMS von Anna, die ihn liebevoll informierte, nach einem ruhigen Flug gut in Washington gelandet zu sein. Sie arbeitete immer noch subtil daran, seine Flugangst zu beschwichtigen. Wie oft hatte sie schon versucht, ihn zu einem dieser »Wir erklären euch wie ein Flugzeug funktioniert, und – schwupps! – ist die Angst verflogen«-Kurse bei der Lufthansa zu überreden. Doch Christian zeigte sich stur. Für ihn waren diese Kurse nichts als Gehirnwäsche durch Industrie-Schamanen, die nur eins zum Ziel hatten: ihm etwas auszureden, was er für äußerst vernünftig und höchst natürlich hielt. Der Mensch war nicht zum Fliegen geschaffen, sonst hätte die Natur ihm Flügel gegeben. Annas Argument, dass nach dieser Logik der Mensch auch nicht zum Fahren geschaffen war, sonst hätte er Räder und womöglich eine Gangschaltung, wischte der begeisterte Fahrradfahrer Christian als spitzfindig vom Tisch. Seitdem ließen sie das Thema.

Christian verließ innerlich und äußerlich zerknittert den Zug und setzte sich in das Bahnhofscafé, in dem er sich mit Volker verabredet hatte. Volker würde in etwa einer halben Stunde mit der S8 vom Flughafen am Hauptbahnhof eintreffen. Der Kaffee schmeckte nach Spülmittel mit Bitterstoffen und hob Christians Laune keineswegs. So war er denn auch extrem ungehalten, als Volker mit erheblicher Verspätung auftauchte.

»Hast du noch 'ne Stewardess gepoppt?«, knurrte Christian.

»Drei.« Volker ließ sich niemals aus der Ruhe bringen.

Übermüdet verzichtete Christian auf weitere Unhöflichkeiten und zahlte sein Spülwasser. Mit einem Taxi fuhren sie zum Polizeipräsidium in der Ettstraße. So wenig wie Christian gestern einen Blick für das Brandenburger Tor im Abendrot gehabt hatte, so wenig interessierte ihn nun die nahe gelegene Frauenkirche im Licht der Morgensonne.

Sie wurden von Hauptkommissar Udo Zeiner empfangen, einem etwa sechzigjährigen Mann mit schütterem Haar, gedrungenem Körper und feinen roten Verästelungen auf den Nasenflügeln. Zeiner begrüßte seine Gäste knapp und bot ihnen Platz an. »Ihr interessiert euch für den Fall bei Zirkus Krone im April? Mein Kollege, mit dem ihr telefoniert habt, meinte, letzte Nacht wäre in Berlin eine ähnliche Leiche aufgetaucht.«

Volker griff in seine Laptoptasche und zog einen USB-Stick hervor, den er Zeiner reichte: »Hier sind Fotos vom Fundort und von der Leiche sowie die erste Zusammenfassung der bisher bekannten Fakten.«

Zeiner überflog das Material und nickte. »Sieht in der Tat so aus, als suchten wir den Gleichen.« Er klickte ein paarmal auf der Tastatur seines Laptops herum und drehte den Bildschirm so, dass seine Besucher daraufsehen konnten. Die Leiche einer Frau, etwa Mitte zwanzig, stand in einer großen Holzkiste. Sie war nackt, weiß geschminkt und völlig haarlos. In der Herzgegend befand sich eine schlecht zusammengenähte Narbe. Ihre Glieder waren mit Drähten an den Innenseiten der Kiste fixiert, sodass sie nicht umkippen oder beim Bewegen der Kiste herausfallen konnte. Ihr linker Arm war ebenfalls mit Draht in eine erhobene, angewinkelte Stellung gebracht worden. In der

Hand hielt sie einen kleinen Spiegel. Der Kopf neigte sich dem Spiegel zu. Die Augen waren geöffnet.

»Künstlerisch ambitioniert wie die Körperwelten von Gunther von Hagen. Und genauso krank, falls euch meine Meinung interessiert«, kommentierte Zeiner.

»Wie ist der Stand der Ermittlungen?«, wollte Christian wissen. Diskussionen über Ästhetik interessierten ihn nicht.

»Nicht anders als im April. Nur um ein paar Akten fetter.« Zeiner wirkte verbittert. »Wir haben nichts herausgefunden. Nichts über den Täter. Das Opfer hieß Mira Weininger, 25 Jahre alt, Jura-Studentin. Sie wurde betäubt, aufgeschnitten, konserviert. Keine sexuellen Übergriffe, die sich nachweisen ließen. Abgesehen vom Ausbluten und der Entnahme des Herzens, keine Zeichen von Gewaltausübung. Die Leiche wirkte, wie unser Rechtsmediziner sagte, recht pfleglich behandelt. Das war keine Tat im Affekt. Alles war akribisch geplant. Den Rest erseht ihr aus den Akten.«

»Bevor wir uns da durchwühlen ... Gab es einen Brief in der Kiste?«, fragte Volker.

Zeiner stutzte: »Dann darf ich annehmen, dass die in Berlin auch eine Nachricht haben?« Er klickte wieder auf der Tastatur herum. »Wir haben die Details aus ermittlungstechnischen Erwägungen nicht an die Presse gegeben.«

»Genauso werden wir es weiter halten. Auch in Berlin«, versicherte Christian.

Zeiner zeigte auf den Bildschirm. Zu sehen war ein Scan der Nachricht, wie in Berlin mit unauffälliger Typo auf einem normalen DIN-A4-Bogen ausgedruckt:

Verstopft euch die Ohren, damit ihr den Schrei nicht hört!

»Was haltet ihr davon?«, fragte Christian.

Zeiner zuckte mit den Schultern. »Wir haben über Mögliches und Unmögliches nachgedacht. Aber es bleibt alles im Bereich reiner Spekulation. Vielleicht ist es besser, ihr sucht nach eurem eigenen Ansatz.«

»Könnt ihr bitte alle Dateien und Unterlagen zu unserem Büro in Hamburg schicken? Oder mailen.«

»Das meiste haben wir im Computer erfasst, auch Fotos von den Asservaten.« Er wandte sich an Volker: »Ich kann alles Verfügbare sofort auf dein Laptop senden. Den Rest bekommt ihr kopiert nach Hamburg.«

Volker gab ihm seine Mailadresse.

Christian wandte sich ebenfalls an Volker: »Die Fakten aus Berlin können auch schon mal nach Hamburg zu Daniel.«

»Ist erledigt. Habe ich heute Nacht schon vom Hotel in Berlin aus geschickt.«

Christian nickte zufrieden. Daniel arbeitete als Rechercheur der Soko Bund. Der ehemalige Hacker war zwar kein Kriminalist, noch mochte er auf Tuchfühlung mit Verbrechen und Verbrechern gehen, aber er kam an alle Informationen heran, die irgendwo durch das World Wide Web sausten oder auf Computern gespeichert waren. Dass er dabei nicht immer nur legale Pfade beschritt, akzeptierten seine Kollegen stillschweigend und ergebnisorientiert.

»Ich würde gerne mit der Mutter des Opfers sprechen«, sagte Christian zu Zeiner.

»Würde mich wundern, wenn ihr mehr erfahrt als das, was schon in den Akten steht. Aber bitte. Unsere Sekretärin wird euch die Adresse geben und einen Termin machen.« Zeiner wirkte leicht verschnupft.

Volker versuchte, ihn zu beschwichtigen: »Manchmal ist der persönliche Eindruck hilfreich.«

Zeiner reagierte mit kühlem Blick, sah auf die Uhr, erhob sich und komplimentierte seine Gäste hinaus. »Ihr habt euch sicher mehr von eurem Besuch hier versprochen. Tut mir leid. Wenn ihr mich jetzt bitte entschuldigen wollt? Ich habe gleich eine Konferenz wegen eines anderen Falles. Wir bleiben selbstverständlich in Kontakt und tauschen unsere Erkenntnisse aus.«

»Vielleicht gelingt es uns ja gemeinsam, den Kerl zu fassen.« Auch Christian hatte die plötzliche Spannung bemerkt.

Pünktlich zur Teestunde waren Christian und Volker in der Villa Weininger am Starnberger See geladen. Über München hatte sich ein Unwetter zusammengebraut. Es entlud sich in Starkregen, Blitz und Donner, als sie aus dem Taxi stiegen. Nach den zwanzig Metern Kiesauffahrt zum Hauseingang waren sie komplett durchnässt. Auf ihr Klingeln öffnete eine elegante Dame von gepflegten Anfang siebzig.

»Sie sind nass«, konstatierte sie vorwurfsvoll, als hätten die beiden sich böswillig verschworen, das Parkett der Weininger-Villa aufzuweichen. »Würden Sie bitte Ihre Schuhe ausziehen?«

Brav bückten sie sich und kamen der Aufforderung nach. Christian bemerkte, dass sein linker großer Zeh die Socke durchbohrt hatte. Verstohlen blickte er nach Volkers Fußbekleidung. Einwandfrei.

Frau Weininger bat ihren Besuch in den Salon. Wohlerzogen warteten Christian und Volker, bis ihnen Platz angeboten wurde und die Dame des Hauses den ihren eingenommen hatte. Nach einer kleinen Vorstellungsrunde eröffnete Martha Weininger mit hochmütigem Ton die Konversation: »Wie Sie sich denken können, bin ich die Großmutter von Mira. Sie verzeihen, wenn meine Tochter Sybille nicht anwesend ist. Aber seit Miras Tod ist sie psychisch sehr angeschlagen. Aufregung ist kontraproduktiv. Sie müssen mit mir vorliebnehmen.«

»Wir sind Ihnen sehr dankbar, dass Sie uns Ihre Zeit opfern«, erwiderte Christian.

»Zwei Hamburger Kommissare. Gehe ich recht in der Annahme, dass wieder etwas passiert ist?«

Christian nickte. »Wir vermuten, dass zwischen dem Tod Ihrer Enkelin und einem erneuten Leichenfund ein Zusammenhang besteht.«

»Woraus schließen Sie das?«

»Frau Weininger, mir wäre es erheblich lieber, wenn *wir* die Fragen stellen könnten.«

Die Frau ließ sich abgesehen von einem schmallippigen Zucken um die Mundwinkel keinerlei Regung anmerken. »Tun Sie das.«

Christian lehnte sich zurück und warf Volker einen auffordernden Blick zu. Ihm war diese Frau zu sperrig und zu arrogant. Christian wusste, wenn er das Gespräch weiterführte, würde es unweigerlich konfrontativ werden.

»Was war Mira für ein Mensch?«, begann Volker mit sanfter Stimme.

Die Frau schien sich sofort zu entspannen. Sie faltete die Hände im Schoß und blickte durch das Fenster zum Garten hinaus. »Sie war einfach wunderbar. Hübsch, wohlerzogen, äußerst klug und liebenswert.«

»Wieso hatte sie dann keinen Freund? Zumindest steht das so in den Akten«, warf Christian ein. Volker sah ihn sofort warnend an. Christian gab ihm insgeheim recht. Auch wenn die Frau ihm auf die Nerven ging, war es unklug, sie zu provozieren. Es verhärtete die Fronten, statt die Zeugin zu öffnen.

Entsprechend pikiert fiel die Antwort von Martha Weininger aus: »Wenn Sie glauben, dass erst ein Sexualpartner das Leben einer Frau vervollkommnet, dann mag das an Ihrer androzentristischen Mentalität liegen. Wir hingegen haben Mira zu einer selbstbewussten und unabhängigen jungen Frau erzogen!«

Christian wollte etwas antworten, doch Volkers eisiger Blick hielt ihn davon ab. Er lenkte Frau Weiningers Aufmerksamkeit wieder auf sich. »Die Münchner Kollegen haben keine Anhaltspunkte gefunden, warum ausgerechnet Ihre Enkelin dem Täter zum Opfer fiel. Sie hatte keine Feinde, war überall beliebt, pflegte nur den besten Umgang. Haben Sie vielleicht eine Idee, wieso Mira ins Visier geraten ist? Vor allem, wenn man die grauenvollen Umstände der Tat bedenkt.«

»Sie meinen, weil Mira als Lieferung für eine nicht existierende Freakshow beim Zirkus deklariert wurde?«

Volker nickte.

»Der Täter, zweifelsohne ein Mann, muss sehr gestört sein. An Mira war nichts, was eine solche Tat auch nur im Entferntesten begründen könnte, nicht mal bei einem sehr kranken Gehirn. Es ist absolut ausgeschlossen, dass die Tat irgendetwas mit Mira zu tun hatte. Meine Tochter und ich sind überzeugt, dass sie zufällig gewählt wurde.«

»Wie sieht das der Vater von Mira?«, mischte sich Christian

erneut ein, obwohl er aus den Akten wusste, dass Sybille Weininger unverheiratet war.

Martha Weiningers Lippen wurden wieder von säuerlicher Abschätzigkeit gekräuselt. »Meine Tochter ist nicht verheiratet und war es auch nie.«

»Das ist keine Antwort auf meine Frage«, insistierte Christian unterkühlt.

»In diesem Haushalt werden Männer nicht benötigt. Und das ist gut so.«

»Dann hat Ihre Tochter Mira gewissermaßen alleine großgezogen?« Volker versuchte die Wogen mit sanfter Stimme wieder zu glätten.

»Mich übersehen Sie dabei wohl, junger Mann!«

Plötzlich ging die Tür zum Salon auf. Eine unscheinbare, um nicht zu sagen unattraktive, kleine Frau mit birnenförmiger Figur kam mit bleicher Miene herein. Sie stellte sich schüchtern als Sybille Weininger vor. Sybille hatte absolut nichts von der gestrafften Grandezza ihrer Mutter, sondern wirkte eher wie die graue, gramgebeugte Zugehfrau der Hausherrin.

Genauso sprach Martha Weininger auch mit ihrer Tochter: »Was machst du hier unten? Ich habe dir gesagt, du sollst dich ausruhen!«

Sybille Weininger gab den Besuchern eine schlaffe und kalte Hand. »Sie haben über Mira gesprochen?«

Christian wollte Sybille Weininger über den Grund ihres Besuchs aufklären, doch da erhob sich Martha Weininger und schritt ein: »Meine Tochter ist absolut nicht in der Verfassung, diese schrecklichen Ereignisse zu repetieren. Wenn ich Sie also bitten dürfte!«

Martha Weiningers auffordernde Kopfbewegung wies zur Tür. Christian beherrschte sich nur mit Mühe und wandte sich, Martha ignorierend, an Sybille Weininger: »Ich wäre Ihnen sehr verbunden, wenn wir ein paar Worte mit Ihnen wechseln könnten.«

Doch Sybille erwies sich folgsam wie ein Kleinkind: »Meine Mutter hat recht. Ich gehe lieber wieder auf mein Zimmer.«

Mit dem gleichen kraftlosen Gang, mit dem sie den Salon betreten hatte, schlurfte Sybille Weininger wieder hinaus und verschmolz im Flur mit dem Schatten, den die dunkel getäfelten Wände auf die Eichendielen warfen. Martha Weininger blickte ihre Gäste mit leichtem Triumph an. Denen blieb nichts anderes übrig, als Sybille auf den Flur zu folgen, wieder in die durchnässten Schuhe zu steigen und sich einigermaßen höflich zu verabschieden.

»Als die ›junger Mann‹ zu dir gesagt hat, meinte sie wohl eher ›Kakerlake‹. Das war eine Suffragette der knallharten Schule«, wetterte Christian, als sie am Straßenrand standen und er per Handy ein Taxi bestellte. Es regnete immer noch in Strömen.

»Du weißt, dass du ein beschissener Berserker bist?«, fragte Volker in einem gleichmütigen Tonfall. Er war der Einzige, der mit Christian so reden durfte.

»Ja.« Genau wie seine Kollegen besuchte Christian brav jede Fortbildung in Vernehmungstechnik. Von Anna hatte er zudem eine Menge gelernt über neurolinguistisches Programmieren, über Rapport, Pacing, Matching, Leading und jede Menge anderen nützlichen Kram. Doch wenn er jemandem gegenübersaß, der ihm zutiefst zuwider war, gingen seine Gefühle mit ihm durch und er begann unkontrolliert zu provozieren. »Ich war unprofessionell und komplett idiotisch. Beim nächsten Zeugen, den ich am liebsten erwürgen möchte, halte ich einfach meine Klappe und überlasse ihn dir.«

»Dann wäre das ja geklärt«, meinte Volker und winkte das Taxi heran, das am Ende der Allee auftauchte. Kaum saßen sie im Wagen, meldete sich Karen bei Christian. Sie hatten die Berliner Leiche identifiziert. Die Mutter der Toten wollte dringend mit dem Chef des Ermittlungsteams reden.

»Wohin soll's denn jetzt gehen?«, fragte der Taxifahrer ungeduldig.

»Zum Bahnhof«, sagte Volker. »Und dann zum Flughafen.«

»Gleich zum Flughafen«, korrigierte Christian.

Das Reisen war eines der wenigen Dinge, die er an seinem Job hasste. Dabei hätte ihm gerade die Notwendigkeit des Reisens klar vor Augen stehen müssen, als er zum Chef der bundesweiten Sonderkommission ernannt wurde. Schließlich war die Grundidee, die hinter der Soko Bund stand, reisenden Mördern das Handwerk zu legen, ohne Zeit- und Reibungsverluste durch ständig wechselnde Zuständigkeiten in den einzelnen Bundesländern. Christian war damals von der Sinnfälligkeit dieses Konzepts so überzeugt gewesen, dass er nicht bedacht hatte, seinen mobilen Kunden auch mit dem Flugzeug hinterherhetzen zu müssen. Bei dem Gedanken, mal wieder in einen dieser fliegenden Särge zu steigen und dem sicheren Tod durch einen winzigen Fehler in der Technik oder einen depressiven Piloten oder irgendeinen blöden Vogelschwarm ins Auge zu sehen, bei dem ihm Stahlteile die Eingeweide zerfetzen würden, begann er jetzt schon zu schwitzen. Aber er wollte nicht erst mitten in der Nacht in Berlin eintreffen und das Gespräch mit der Mutter des neuen Opfers Striebeck überlassen. Der Fall in Berlin war brandheiß. Es galt, keine Zeit zu verlieren.

Berlin.

Die Landung war mit einem simulierten Absturz vergleichbar. Seit Wochen schon fegten ungewöhnlich heftige Sommerstürme über Deutschland. In einen davon geriet die Maschine bei ihrem Anflug auf Berlin. Böen von etwa neun Beaufort warfen die Boeing von einer Seite zur anderen, sodass die Tragflächenspitzen den Asphalt zu streifen drohten, und hoben die Maschine kurz vor Bodenkontakt wieder in die Luft, um sie dann wie mit einem gezielten Fausthieb auf der Landebahn niederzustrecken. Etwa die Hälfte der Passagiere, darunter selbst hartgesottene Vielflieger, schrie bei der unsanften Landung auf. Christian krallte sich mit geschlossenen Augen und angehaltenem Atem in seine Armlehnen, die Knöchel weiß vor Anstrengung, das Hemd komplett durchgeschwitzt.

Nach einer stummen Taxifahrt wurden sie von Striebeck im Polizeipräsidium empfangen. Es war inzwischen fast zehn Uhr abends. Man sah Striebeck an, dass er in den letzten vierundzwanzig Stunden kaum geschlafen hatte. Er sah fast so elend aus wie Christian, der die Überreste seiner Todesangst noch im Flughafengebäude in die Keramik gespuckt hatte. In Striebecks stickigem Büro saß Herd und telefonierte mit Daniel in Hamburg. Karen fehlte. Sie hatte die vergangene Nacht und weite Teile des Tages mit der Obduktion der Leiche und den dazugehörigen Untersuchungen verbracht und war ins Hotel gefahren, um sich für ein paar Stunden hinzulegen.

Striebeck öffnete die Fenster, um die vom ausgiebigen Regen frisch gewaschene Luft hereinzulassen. Er bot Christian und Volker Platz an, was bei den engen Räumlichkeiten und mangelnden Sitzgelegenheiten gar nicht so einfach war. Volker drehte einen leeren Papierkorb aus Metall um und nutzte ihn als Hocker. Selbst so niedrig sitzend wirkte er noch wie ein Furcht einflößender Riese.

»Die junge Frau aus unserer Holzkiste hieß Catrin Rahnberg, 23 Jahre alt. Sie studierte Wirtschaftswissenschaften an der Freien Universität Berlin.« Striebeck wandte sich an Christian. »Ihre Mutter hat sie gestern Morgen als vermisst gemeldet. Sie sitzt seit zwei Stunden im Nebenzimmer und wartet auf dich. Irgendeine Labertasche hier im Präsidium hat ihr gesteckt, dass die Soko Bund an dem Fall dran ist.«

»Hat Karen schon ihre Obduktionsergebnisse vorgelegt?«, wollte Christian wissen.

»Der Bericht ist noch nicht fertig geschrieben. Aber sie hat gesagt, dass die Todesursache eine Überdosis Narkosemittel ist, das Herz post mortem entfernt und die Leiche dann mit einem speziellen Stoff konserviert wurde. Den Rest erfährst du von ihr. Sie wollte von dir im Hotel angerufen werden, wenn ihr eingetroffen seid.«

Christian winkte ab: »Wir wecken sie, wenn wir selbst im Hotel sind. Das kann noch dauern. Wie ist die Mutter? Was weiß sie?«

»Ich habe ihr nur gesagt, dass ihre Tochter erstickt wurde. Sie weiß weder von dem fehlenden Herzen noch von der Nachricht auf dem Zettel. Das wollte ich dir überlassen. Karen hat die Leiche über den Zahnbefund identifiziert. Trotzdem wollte die Frau ihre Tochter sehen. Sie hat darauf bestanden. Wir haben ihr nur das Gesicht gezeigt, der Körper war abgedeckt.«

Christian nickte: »Gut. Wir halten vorerst ein paar Details zurück, um die Schmeißfliegen von der Presse soweit es geht auszubremsen und um falsche Geständnisse von den üblichen Irren ausschließen zu können. Kann man mit der Mutter vernünftig reden? Oder ist sie hysterisch?«

Striebeck schüttelte den Kopf: »Dann würden wir sie wohl kaum allein irgendwo rumsitzen lassen. Sie heißt Petra Rahnberg, Professorin für Literaturwissenschaften an der Humboldt. Sehr gefasst, sehr klar im Kopf, sehr bestimmt.«

Christian wusste sofort, was Striebeck gemeint hatte, als er Petra Rahnberg im geräumigeren Nebenzimmer gegenüberstand. Sie war eine attraktive Frau Anfang fünfzig und strahlte die unterkühlte Schönheit von Catherine Deneuve aus. Alles an ihr war perfekt, jedes Haar lag an seinem Platz, keine Träne hatte die dezent aufgetragene Wimperntusche verwischt.

»Frau Rahnberg, ich bin Christian Beyer und leite die Untersuchung.« Auch Volker stellte sich vor. Striebeck war mit Herd in seinem Büro geblieben, um Frau Rahnberg nicht durch ein zu großes Aufgebot zu irritieren. Christian allerdings gewann schnell den Eindruck, dass Frau Rahnberg sich nicht so leicht irritieren ließ.

Bevor er auch nur die erste Frage stellen konnte, hatte sie das Heft schon in der Hand: »Ich hoffe, das Fernbleiben von Hauptkommissar Striebeck deutet nicht darauf hin, dass ich ihn gekränkt habe. Ich halte es allerdings für sinnvoll, wenn ich direkten Kontakt zum Leiter der Ermittlungen habe. Selbstverständlich erwarte ich, über jeden einzelnen Schritt und Fortschritt auf dem Laufenden gehalten zu werden, und zwar ohne Zeitverzögerung.«

»Solange es im Rahmen der Ermittlungen möglich ist, gewiss, Frau Rahnberg«, erwiderte Christian reserviert.

»Sie dürfen mich *Professor* Rahnberg nennen. Als Erstes

würde ich gerne wissen, wieso der Leiter der Ermittlungen im Mordfall meiner Tochter zuerst einmal nach Bayern fährt, statt sich hier vor Ort um alles Notwendige zu kümmern. Herr Striebeck war so unfreundlich, mir darüber keine Auskunft zu geben.«

Christian begann innerlich zu schäumen. Die war ja noch schlimmer als die Großmutter in München! Er warf Volker einen auffordernden Blick zu. Wenn er noch zwei, drei weitere Sätze mit dieser Frau wechseln musste, würde er unweigerlich explodieren. Der Flug hatte seine Nerven schon genug zerschlissen.

»Frau Professor«, begann Volker mit seinem geheimnisvoll dunklen Blick. Er sah Frau Rahnberg unverwandt in die Augen. Sein Lächeln verschwand, und zurück blieb das Dunkel, in dem schon viele Zeugen die Fassung verloren hatten. Volker war dafür berühmt, selbst Steine zum Sprechen zu bringen, auch wenn niemand wusste, wie genau er das anstellte. »Ich will Ihnen den gebührenden Respekt erweisen, gleichzeitig aber auch die Distanz bitte ein wenig aufheben dürfen. Es sei denn, diese Distanz hilft Ihnen beim Kontrollieren Ihrer Trauer. Und Wut. Und Verzweiflung. Wenn wir uns gegenseitig helfen wollen, den Mörder Ihrer Tochter zu finden, dann müssen wir uns vertrauen.«

»Müssen wir das?« Frau Professor Rahnbergs standfestes Selbstbewusstsein trudelte langsam in die Tiefe von Volkers Blick.

Christian bewunderte seinen Kollegen einmal mehr für dessen einfühlsames und verlogenes »wir«. Volker konnte einfach gut mit Frauen. Obwohl er seit Jahren allein lebte. Aber möglicherweise lag es genau daran. Volkers Geduld wurde nicht auf der Streckbank des Alltags überdehnt.

Frau Rahnberg nickte nachdenklich und schwieg ein paar Sekunden. Die Stille im Raum war fast greifbar. Dann räusperte sich Frau Rahnberg: »Wie kann ich Ihnen helfen? Was kann ich tun?« Volker hatte im Schnelldurchlauf »Der Widerspenstigen Zähmung« aufgeführt. Zumindest fürs Erste.

»Wir waren in München, weil dort im April ein Mord begangen wurde, der dem an Ihrer Tochter außerordentlich ähnelt. Es ist im Bereich des Möglichen, dass es sich um den gleichen Täter handelt.«

Christian stimmte Volker zu: »Wir müssen überprüfen, ob es eine wie auch immer geartete Verbindung Ihrer Tochter zu dem Opfer in München gab. Dabei ist wichtig, dass wir genauestens über ihr Umfeld Bescheid wissen, über ihre Kontakte und ihre Lebensgewohnheiten.«

»Wie heißt das Opfer in München?«, fragte Petra Rahnberg leise.

»Mira«, sagte Volker. »Sie war zwei Jahre älter als Catrin. Mehr darf ich Ihnen zum jetzigen Zeitpunkt noch nicht sagen.«

»Fragen Sie die Mutter von Mira nach einem Thorsten.«

»Wer ist das? Was wissen Sie über diesen Thorsten?« Christian erinnerte sich nicht, dass in den Münchner Akten der Name erwähnt wurde.

»Viel zu wenig. Den Nachnamen kenne ich nicht. Meine Tochter hat mir vor etwa einer Woche von ihm erzählt. Sie hat ihn auf dem Campus kennengelernt und war begeistert von ihm. Er war neu in der Stadt und sollte im Fachbereich Geowissenschaften als Dozent anfangen. Kommissar Striebeck hat das schon überprüfen lassen. Es war eine Lüge. Wie vieles andere wohl auch.«

»Was hat Ihre Tochter noch von ihm erzählt?«

»Alles, was sie wusste. Ich war eine innige Vertraute für Catrin.« Nun schimmerte doch eine Anflug von Tränen in Frau Rahnbergs Augen. »Dieser Thorsten … Groß, schlank, sehr attraktiv, sehr männlich … Wenn meine Tochter groß sagt, meint sie mindestens einen Meter fünfundachtzig. Schöne gepflegte Hände, schwarze Haare, blaue Augen, höflich, charmant, klug … Sie ist zweimal mit ihm ausgegangen, leider weiß ich nicht, wohin. Vorgestern Abend wollte sie zu mir zum Essen kommen. Sie kam nicht. Zuerst dachte ich, sie hat ein aufregendes Rendezvous. Mit diesem Thorsten. Aber sie hat sich nicht gemeldet, um abzusagen. War nicht erreichbar. Das passte nicht zu ihr. Catrin ist ein sehr zuverlässiger Mensch.«

»Hatte Catrin vielleicht eine Freundin, die diesen Thorsten mal mit ihr gesehen haben könnte?«

»Ich habe sie schon alle angerufen. Leider nein. Catrins ehemals beste Freundin hat ihr den letzten Lover ausgespannt. Seitdem ist … war Catrin eher zurückhaltend beim Vorstellen ihrer neuen Eroberungen.«

»Was ist mit Catrins Vater?«, fragte Christian. Er wusste nicht wieso, aber Frau Professor war ihm plötzlich sympathisch. Vielleicht weil sie nun hinter ihren Schutzwall aus kühler Arroganz blicken ließ.

Frau Rahnbergs kurzfristig verletzlich wirkende Miene verschloss sich jedoch schnell wieder. »Ich bin geschieden. Mein Mann lebt seit elf Jahren mit seiner neuen Familie in Neuseeland. Er hat keinerlei Kontakt zu Catrin.«

Kurz darauf verabschiedete sich Professor Rahnberg. Sie hatte nichts Wesentliches mehr hinzufügen können. Sie steckte die Handynummern von Christian und Volker ein und ging.

Christian, Volker und Herd fuhren zu ihrem Hotel in Charlottenburg. Es war ein kleines Hotel mit altmodisch eingerichteten, aber großzügig geschnittenen Zimmern. Herd hatte das Hotel ausgesucht, weil sich direkt gegenüber auf einem kleinen, begrünten Platz ein Irish Pub befand. Dort machten sie ihre erste Station und trafen sich mit Karen, die sie auf der Fahrt telefonisch aus dem Bett geklingelt hatten.

»Mann, seht ihr scheiße aus!«, war Karens lapidare Begrüßung. Sie selbst sah wie immer hinreißend aus. Ausgeschlafen und unglaublich perfekt. Karen setzte sich. Die Bar war nur spärlich besucht. Im Hintergrund standen ein paar verlorene Gäste mit Schlagseite und diskutierten die Schiedsrichterentscheidungen einer Fußballspielwiederholung, die auf einem großen Bildschirm gezeigt wurde. Christian und sein Team waren gewissermaßen unter sich. Als vier Guinness in sprudelnder Frische vor ihnen standen, begann Karen ihren Bericht, wie immer ohne jegliche Unterstützung durch Notizen und in einer für Laien verständlichen Sprache: »Das Grundsätzliche hat euch Striebeck sicher schon weitergegeben. Ich mach's kurz: Das Opfer wurde betäubt mit Isofluran. Das war eine Zeit lang das am häufigsten benutzte Narkosemittel, ist es aber nicht mehr wegen der Nebenwirkungen. Wie dem auch sei. Durch eine Überdosis Isofluran kam es bei dem Opfer zu einer tödlichen Atemdepression.«

»Das heißt, sie ist erstickt, ohne es mitzubekommen?«, fragte Herd dazwischen.

Karen nickte: »So könnte man sagen. Kein Hinweis auf einen Kampf oder sexuelle Gewalt. Das Herz wurde nach dem Tod entfernt. Interessant hierbei ist, dass die Narbe recht stümperhaft zugenäht wurde, was auf einen Laien hindeutet. Ich vermute, hindeuten *soll*. Denn bei der Entnahme des Herzens wurde kein einziger überflüssiger Schnitt gemacht, alles andere als das Gemetzel eines Laien. Auf fundierte medizinische Kenntnisse lässt außerdem die Konservierung der Leiche schließen. Vor wenigen Jahren haben die Spanier eine neue Gruppe von Mitteln zusammengerührt, die das Konservieren von Leichen zu allen möglichen Zwecken erheblich vereinfacht. Unser Mann hat ›complucad tanas‹ benutzt ...«

Volker unterbrach sie: »Bingo. Genau das Gleiche hat der Rechtsmediziner in München herausgefunden. Es ist derselbe Mörder, gar kein Zweifel.«

Karen nickte. »Vermutlich. Complucad ist ein wunderbares Mittel, um für einige Tage zu konservieren. Nicht toxisch für den Konservator, stinkt nicht ... Einfaches Einreiben der Leiche genügt. Früher musste man zur Konservierung in aufwendigen Verfahren alle Innereien herausholen, das Blut komplett und sauber ausspülen, um dann ...«

»Kannst du mir bitte die Details ersparen? Ich will mein Guinness genießen!« Herd war nie sonderlich interessiert an den Feinheiten von Karens Job. Er weigerte sich strikt, sie in der Hamburger Rechtsmedizin auch nur zu besuchen. Die geöffneten Körper, die er an manchen Tatorten vorfand, reichten ihm vollkommen.

»Du vermutest also einen Arzt oder so was Ähnliches hinter unserem Täter?«, fragte Christian.

»Wer weiß? Ein Arzt, ein Pfleger, ein Pathologe, ein Tierpräparator, ein künstlerischer Metzger, ein Hobbychirurg ... Christian, du weißt selbst, wie unseriös solche Festlegungen sind. Fertigkeiten kann man sich aneignen, Informationen über alles Mögliche und Unmögliche sind heutzutage allgemein zugänglich. Gib mal im Internet das Schlagwort ›Konservierung‹ ein, da kannst du 'ne Menge lernen. Und an die Mittel, die er benutzt hat, kann man auf den verschiedensten Wegen kommen. Hersteller, Zwischenhändler, Krankenhäuser, Universitäten ...«

»Wenn man sie kennt«, gab Volker zu bedenken.

»Genau das! Euer Mann mag kein Profi sein. Aber er kennt sich aus. Er kennt sich sogar gut aus«, bestätigte Karen.

»Okay, danke fürs Erste, Karen.« Christian bestellte noch vier Guinness und blickte in die Runde: »Was wissen wir also bislang?«

»Zwei Frauen, Anfang/Mitte zwanzig. Studentinnen. Keine optisch auffälligen Übereinstimmungen. Aber beide hübsch, begabt, unauffälliges Sozialverhalten«, begann Herd.

»Zwei Großstädte. Der gleiche Modus Operandi«, fügte Volker hinzu.

»Saubere Ausführung, keine Zeugen, bislang keine verwertbaren Spuren. Ein umsichtiger, planender, organisierter Mörder«, ergänzte Christian.

»Zwei alleinerziehende Mütter aus gehobenen Kreisen. Die Opfer Einzelkinder«, sagte Herd.

»Guter Punkt«, bestätigte Christian. »Okay, weiter: Was haben wir für Fragen? Außer: Wer ist Thorsten? Und: Kannte auch Mira einen Thorsten?«

»Ich kümmere mich morgen darum«, sagte Volker.

»Wieso kennt er sich so gut aus, und wo bekommt er seine Chemikalien her?«, wollte Karen wissen.

»Wo präpariert er die Leichen? In seiner Wohnung? Hat er eine in Berlin und eine in München? Das wäre eher ungewöhnlich, oder?«, fragte Herd.

»Vielleicht in einem Hotel?«, stellte Karen zur Debatte.

»Kein Mensch bestellt sich eine solch riesige Holzkiste in ein Hotelzimmer. Viel zu auffällig«, gab Volker zu bedenken.

»Wo kriegt man solche Holzkisten? Bei Speditionen.« Herd machte ein paar Notizen in ein kleines Buch, das er stets bei sich trug.

»Wie sucht er seine Opfer aus? Zufällig? Wohl kaum, dazu sind sich die beiden zu ähnlich. Zwar nicht äußerlich, aber vom Profil her«, sinnierte Christian.

»Besteht eine Verbindung zwischen den Opfern? Gibt es eine vordeliktische Täter-Opfer-Verbindung, und wenn ja, welche?«, fragte Volker.

Christian mochte diese Art von knappem Brainstorming. Sein Team war schnell, erfahren und aufeinander eingespielt. Nur Anna fehlte. Oder Pete. Ein Profiler eben. Christian hätte das vor einem oder zwei Jahren noch ganz anders gesehen. Aber die letzten Fälle hatten ihn eines Besseren belehrt. Serienkiller zeichneten sich immer durch eine kranke Psyche aus. Das Motiv zu verstehen hieß, dem Täter ein entscheidendes Stück näherzurücken.

Christian überlegte laut: »Was bedeutet der Spiegel, den das Münchner Opfer in der Hand hielt? Die Spiegelscherbe bei der Berlinerin? Was bedeuten die Sätze, die bei den Opfern lagen? Was will er damit sagen?«

Herd nickte. »Daniel sitzt dran und recherchiert. Ein erstes, vorläufiges Ergebnis zu der Nachricht in Berlin hat er mir schon gesimst.« Herd klickte auf seinem Handy herum und las vor: »›Das dritte Geschlecht‹ bezeichnet Intersexualität, bzw. Transsexuelle. Hermaphroditen, Kastraten in Europa, Eunuchen in Indien … Hilft das? Details und Historie später per Mail. Daniel. – Er hat also bislang noch nicht mehr herausgefunden als Striebecks Leute und ich bei unserem ersten Surf im Internet. Ziemlich mager.«

»Aber eine Richtung. Das würde zu den Lieferadressen passen: die Freakshow und das Horrorkabinett. Zu der Aufmachung der Leichen passt es auch. Durch die Komplettrasur sahen beide Frauen nicht mehr sehr weiblich aus.«

Herd nickte: »Sie hatten was Androgynes, auch durch den weißen Puder, das stimmt. Sie sahen aus wie unheimliche Puppen. Hatten die beiden Mädchen was mit Transsexualität oder Transsexuellen zu tun? In den Münchner Akten steht nichts. Und unser Berliner Opfer scheint ja, zumindest nach bisherigem Erkenntnisstand, das übliche heterosexuelle Liebesleben geführt zu haben.«

»Wenn es um so was geht, warum operiert er ihnen dann das Herz heraus? Das Herz ist nichts Geschlechtsspezifisches. Sexuelle Übergriffe gab es auch nicht«, gab Karen zu bedenken.

»Vielleicht ist er impotent. Ein Eunuch«, mutmaßte Volker.

Die vier schwiegen und tranken synchron von ihren Bieren.

Christian räusperte sich: »Eine andere Frage haben wir auch noch nicht ausgesprochen: Wann und wo wird er wieder zuschlagen? Denn das wird er.«

Erneutes Schweigen und synchrones Trinken. Zumindest in dem Punkt war man sich einig.

»So viele Fragen«, sagte Volker.

»Und so wenige Antworten.« Herd sah betrübt in sein halb leeres Glas.

»Außer, dass er jung ist, groß, schlank, attraktiv und anscheinend unter falschem Namen als falscher Akademiker durch die Unis tourt«, ergänzte Volker.

»Das ist nicht viel«, meinte Herd.

»Aber mehr als nichts. Es ist ein Anfang«, sinnierte Christian und trank sein Bier aus.

Niklas stand in der Küche und ließ heißes Wasser ins Nirosta-Spülbecken laufen. Dann legte er die OP-Klammern, Messer und Skalpelle ins Wasser. Er trug rosa Gummihandschuhe. Er mochte den Geruch der Gummihandschuhe nicht sonderlich, er war banal. Aber nur mit den Handschuhen konnte er in das fast kochende Wasser fassen. Gründlich reinigte er alles Metall vom getrockneten Blut und klebenden Gewebeteilchen. Dann desinfizierte und polierte er seine Werkzeuge, bis sie wieder blinkten und mit keiner noch so modernen Technik Spuren eines Kontakts mit einem menschlichen Körper nachgewiesen werden konnten. Seine Gründlichkeit war keine reine Sicherheitsmaßnahme. Niklas mochte es sauber. Er mochte es perfekt. In seinem CD-Player lief Tom Waits' Song »Dead and lovely«. Darin ging es um ein Mädchen, das glaubte, die Welt im Griff zu haben. Bis sie auf einen jungen Mann trifft.

He had a bullet proof smile, he had money to burn
She thought she had the moon in her pocket
But now she's dead, she's so dead
Forever dead and lovely now

Die Letzte war ihm gut gelungen. Fast perfekt. Nach seiner Umformung sah sie endlich wahrhaftig aus. Er hatte ihr wahre Schönheit gegeben. *Seine* Schönheit. Er hatte sie ihr gezeigt. Doch sie wollte es nicht sehen. Deswegen der Spiegel. Als Unterstützung. Was er an den Menschen am meisten hasste, war ihre Tendenz zu leugnen. Er hatte gedacht – er hatte gehofft –, die von seinem Schlag, die müssten doch anders sein. Wissend. Sehend. Oder wenn sie unwissend waren und er ihnen die Wahrheit brachte, dann müssten sie froh sein. Dankbar. Zuerst irritiert. Gewiss, das war er ja auch gewesen, damals. Aber letztlich: froh. Es galt nur einen Schritt zu machen, einen kleinen Schritt. Grenzen waren dazu da, dass man sie ignorierte. Übertrat. Um sich grenzenlos zu fühlen – frei. Freiheit war Größe. Größe war Macht. Macht war alles. Warum verstanden sie das nicht? Wo sie doch angeblich so intelligent waren. So besonders. Aber sie waren undankbar. Dumm. Gewöhnlich. Das war das Schlimmste. Dass sie nicht waren wie er. Er war ungewöhnlich. Zufrieden summte er den Songtext mit: But now she's dead, forever dead, forever dead and lovely now …

Natürlich war es mal wieder eine aufwendige und vor allem gänzlich unnötige Spielerei gewesen, die Kiste zu zimmern und das Gesamtpaket an eine schräge Adresse zu schicken. Aber diesen kleinen Spaß wollte er sich gönnen. Wenn es denn wirklich nur reiner Sarkasmus war. Er musste aufpassen. Niklas überprüfte sich selbst immer und immer wieder. Kontrolle war das Wichtigste. Denn Fehler waren nicht nur lächerlich. Sie waren gefährlich. Nachdem er sein Werkzeug sicher und sauber verstaut hatte, ging er ins Wohnzimmer und legte sich aufs Sofa. Kein Licht, kein Fernseher störten seine Konzentration. Nur leise Musik. Die rostige Stimme von Tom Waits, die ihn entspannte und gleichzeitig bündelte.

Er musste alles noch einmal durchgehen. Sein Bedürfnis, die Leichen in einem sinnfälligen Kontext zur Schau zu stellen, durfte ihn nicht unvorsichtig werden lassen. Einige waren schon erwischt worden, weil sie das Licht der Öffentlichkeit suchten, Kontakt zu ihren Jägern aufnahmen, und Nachrichten hinterließen, die auf ihre Fährte führten. Eitelkeit. Eine der sieben Todsünden. Er durfte in diese Falle nicht tappen.

Niklas dachte an den gestrigen Abend. Er war zum Bebildern seiner düsteren Gedanken nach Luxemburg Stadt gefahren und in eine Diskothek gegangen. Es war wie immer, wenn er in Bars oder Diskotheken ging. Er stellte sich an den Tresen, orderte einen Drink und ließ träge seinen Blick schweifen. Die Frauen sahen ihn an. Egal, ob sie in männlicher Begleitung waren oder nicht. Einige sahen ihn verstohlen an, andere offen gierig. Wie immer dauerte es nicht lange, bis eine zu ihm kam und ihn zu einem Drink einlud. Vermutlich ging es so schnell, weil sie fürchteten, dass eine Konkurrentin ihnen zuvorkommen könnte. Gut aussehende Männer wie er, jung, sportlich, zurückhaltend und damit geheimnisvoll, waren dünn gesät. Sie kamen zu ihm, die Frauen. Sehnsüchtig. Hoffnungsvoll. Bereit. Er wusste, was sie wollten. Er konnte es ihnen geben. Alles. In Hülle und Fülle. Er hatte mehr, als sie wollten. Mehr als sie ertragen konnten.

Sie kamen zu ihm. Baggerten. Er wurde unhöflich. Sie waren beleidigt. Diese Schnallen hatten ja keine Ahnung, wie nett es von ihm war, sie zu ignorieren! Niklas verspürte absolut kein Verlangen, sich an den offenkundigen Angeboten zu delektieren und sich dadurch mit den anderen Anwärtern auf schnellen Sex gemeinzumachen. Das war unter seinem Niveau. Unendlich weit darunter. Wie fast alles. Wie fast alle.

Da gab es die gewöhnlichen Frauen. Die in den Diskotheken. Die ihn anbaggerten. Sie standen nicht zur Debatte. Sie fragten viel, erwarteten noch mehr und verdienten nichts. Subalterne Wesen. Dann gab es die Nutten. Sie fragten nichts. Erwarteten nichts. Und bekamen, was sie verdienten. Und dann gab es die wenigen anderen. Die auf seiner Liste. Erwarteten schlimmstenfalls zu wenig. Verdienten bestenfalls alles. Aber fragten falsch.

Everything has it's price
Everything has it's place
What's more romantic
Than dying in the moonlight?

Niklas lag auf seinem Sofa und hörte Tom Waits. Mehr gab es nicht zu tun für ihn in dieser Nacht. Doch bald. Bald würde er es wieder versuchen. Aber jetzt wollte er entspannen. Seiner Enttäuschung nachschmecken. Und der Strafe, die er für seine Enttäuschung verhängt hatte. Er fragte sich gewissenhaft, ob die Strafe ihn mehr zufriedenstellte als die Erfüllung seines Wunsches es hätte tun können.

Er musste aufpassen. Sich selbst immer und immer wieder

überprüfen. Er durfte seine Ziele nicht aus den Augen verlieren. Auch wenn ihm das zwischenzeitliche Scheitern noch so großes Vergnügen bereitete.

17. August 2009:
Düsseldorf.

Clarissa Wedekind durchquerte energischen Schrittes das Vorzimmer und betrat ihr Büro. Sie legte ihre Unterlagenmappe aus Krokodilleder auf den Tisch, ging zum Fenster und sah lächelnd hinaus. Es war ein sonniger Vormittag, nicht mal zwölf Uhr, doch für sie hatte der Tag seinen Höhepunkt schon erreicht. Sie war bei Rüdiger Roth, dem derzeitigen Vorstandsvorsitzenden des Konzerns, zu Hause zum Arbeitsfrühstück eingeladen gewesen. Es war bestens gelaufen. Der alte Roth hatte ihr volle Unterstützung zugesagt und würde all seine Kontakte nutzen, um Clarissa den Weg zu seiner Nachfolge zu ebnen. Jetzt konnte kaum noch etwas schiefgehen. Ihr einzig ernst zu nehmender Konkurrent um die absolute Führungsposition war Uwe Dietrich, ein hervorragender Volkswirtschaftler, der sich zäh nach oben gebissen hatte und ebenso wie sie mit harten Bandagen kämpfte. Sie gingen kollegial, fast freundschaftlich miteinander um. Doch eins war ihnen beiden bewusst: Hinter der entspannten Fassade wurde aufgerüstet. Clarissa hatte auf der Suche nach Angriffspunkten ein Dossier über Dietrich angelegt, das jedem Datenschutzgesetz spottete. Sicher tat er das Gleiche mit ihr. Wer von ihnen beiden auch nur einen Fehler machte, war aus dem Rennen. Natürlich würden sich weder Clarissa noch Dietrich die Blöße geben, den Gegner persönlich ans Messer zu liefern. Dafür gab es Handlanger. Aber dass keiner von ihnen auch nur eine Sekunde zögern würde, die Schmutzwäsche des anderen an die Öffentlichkeit zu zerren, war ebenso klar.

Clarissa wandte sich vom Fenster ab und setzte sich zufrieden an ihren Schreibtisch aus schwarzer Walnuss. Wenn Roth sie unterstützte, konnte sie sich getrost zurücklehnen. Der alte Mann hatte im Konzern und bei den Aktionären immer noch große Macht. Clarissa rief mit einem Knopfdruck ihre persönliche Assistentin herein. Tanja kam wie gewohnt innerhalb von Sekunden, die geöffnete und vorsortierte Post des Morgens unter dem Arm.

»Tanja, würden Sie bitte einen Blumenstrauß an Rüdiger Roths Frau schicken, mit Dank und Blabla für den schönen Brunch. Dezent, aber edel – wie immer.«

»Wird erledigt, Frau Wedekind. Die heutigen Termine sind auf Ihrem Computer. Und hier ist die Post. Das Päckchen wurde eben von einem Kurier gebracht mit dem Vermerk ›privat‹. Kann ich sonst noch etwas für Sie tun? Kaffee, frisch gepresster Mangosaft?«

Clarissa blätterte durch die Briefumschläge. »Beides. Ist die Sitzung mit den Abteilungsleitern vorbereitet?«

»Selbstverständlich. Herr Hansen aus der Forschung wird einen PowerPoint-Vortrag halten.«

»Will sich die Wurst wieder wichtigmachen?«

Tanja war schmunzelnd auf dem Weg nach draußen zu Kaffee und Mangosaft, als Clarissa das Päckchen öffnete. Doch Clarissas Schrei und ein lautes Poltern stoppten sie abrupt. Tanja drehte sich erschrocken um. Clarissa war aufgesprungen und hatte dabei ihren Schreibtischstuhl umgeworfen. Sie starrte entsetzt auf den Inhalt des Päckchens, den Tanja von ihrer Position aus nicht sehen konnte.

»Wer hat das gebracht?« Clarissas Stimme schien plötzlich heiser und brüchig.

»Ein Kurier. Absender steht nicht drauf. Wegen des Vermerks ›privat‹, habe ich es nicht geöffnet. Stimmt was nicht?«

Clarissa löste ihren Blick von dem Päckchen und starrte Tanja an, als würde sie sie zum ersten Mal in ihrem Leben sehen. Dann fasste sie sich wieder, hob den Stuhl auf und setzte sich hin. Mit beherrschter Stimme sagte sie: »Vergessens Sie's. Nur ein geschmackloser Scherz.«

»Soll ich es entsorgen?« Tanja war verunsichert. Noch nie

hatte sie gesehen, dass ihre Chefin die Beherrschung verlor, nicht mal für den Bruchteil einer Sekunde.

Mit einer wedelnden Handbewegung lehnte Clarissa ab. »Darum kümmere ich mich.«

»Wie Sie wünschen.« Tanja ging hinaus und schloss die Tür leise hinter sich.

Clarissa zog vorsichtig das Päckchen zu sich heran. Mit spitzen Fingern entnahm sie den Zettel, der beigepackt war und entfaltete ihn. Es standen nur zwei Worte darauf: *Innere Werte.*

Dann blickte Clarissa wieder auf das zweifelhafte Geschenk, das man ihr zugedacht hatte. Perfekt vakuumiert in einer dicken, durchsichtigen Plastikfolie. Sie hatte keine Ahnung, was es bedeuten sollte. Eine Drohung? Eine perverse Liebeserklärung? Clarissa war Biochemikerin. Deswegen wusste sie genau, was da vor ihr lag. Es war ein menschliches Herz.

20. August 2009:
Berlin.

Catrin Rahnbergs Beerdigung fand an einem schwülen Spätnachmittag auf dem Friedhof Grunewald-Forst statt. Kein noch so schwaches Lüftchen regte sich. Den Vögeln war es zu heiß zum Singen auf diesem idyllischsten der Friedhöfe Berlins, der in den kommenden fünfzig Jahren an die Natur zurückgegeben werden soll. Diese Vorstellung hatte Petra Rahnberg gut gefallen, und so inszenierte sie Catrins Beerdigung als eine Hommage an das Leben in seinem ständigen Wechsel von Werden und Vergehen. In der einigermaßen kühlen Kapelle wurde »Gracias a la vida« von Joan Baez gespielt. Die Trauerrede hielt Petra Rahnberg. Sie erinnerte an Catrins mutigen und spontanen Charakter, ihren Charme und ihre Klugheit, an all ihre liebenswerten Eigenschaften. Sie erzählte Anekdoten aus Catrins Kindheit und beschwor die schönsten und innigsten Momente herauf, die sie mit ihr verbunden hatten und immer verbinden würden. Als Petra Rahnberg bemerkte, dass unter den Trauergästen die Tränen flossen, lächelte sie wehmütig: »Ihr alle habt Catrin gemocht oder gar geliebt. Deswegen wisst ihr so gut wie ich, Catrin hätte gewollt, dass wir fröhlich nach vorne blicken, auch wenn wir sie noch so schmerzlich vermissen. Lasst uns diesen schweren Tag in ihrem Sinne begehen.« Die Tränen, vor allem unter Catrins Freundinnen, flossen nach diesen Worten umso heftiger.

Der Trauermarsch setzte sich Richtung Grabstätte in Bewegung, Christian und Volker schlossen sich diskret an. Herd war schon nach Hamburg zurückgefahren und fräste sich dort mit Daniel zum x-ten Mal durch den Berg der Münchner Akten. Striebecks junger Kollege Ali hielt sich irgendwo auf dem Friedhofsgelände auf und machte aus pietätvoller Entfernung Fotos von der anwesenden Trauergemeinde und eventuellen fremden Zaungästen. Es kam gelegentlich vor, dass Mörder die Beisetzung ihrer Opfer beobachteten, um die Empfindungen, die sie bei deren gewaltsamem Ableben gefühlt hatten, noch einmal zu intensivieren. Christian wollte nicht die geringste Chance verstreichen lassen, zumal sie mit den Ermittlungen in den letzten Tagen kaum vorwärtsgekommen waren. Die Herkunft der Holzkisten hatte über keinen der üblichen Lieferanten geklärt werden können. Vielleicht waren sie vom Täter persönlich gezimmert worden. Es gab keine Fingerabdrücke noch sonstige Spuren wie Haare, Hautpartikel oder etwas anderes Verwertbares. Die Befragungen im Freundeskreis von Catrin hatten keinerlei Hinweise ergeben. Dieser Thorsten war in ihrem Leben aufgetaucht wie ein Phantom und genauso wieder abgetaucht. Keiner außer Catrin hatte ihn gesehen, noch gab es eine Beschreibung, die Petra Rahnbergs Angaben ergänzte. Wie die Mutter schon vermutet hatte, war Catrin bei ihren Freundinnen wenig mitteilsam über ihre neue Bekanntschaft gewesen. Auch über die Bedeutung der den Leichen beigelegten Nachrichten rätselten sie weiterhin.

Christian war frustriert. Er wusste, wie entscheidend die Erkenntnisse der ersten achtundvierzig Stunden für einen Erfolg waren. Nun fürchtete er, auf Dauer mit leeren Händen dazustehen, ebenso wie die Münchner, die schon seit April am Fall Mira Weiniger verzweifelten. Leider hatten auch Rahnbergs Informationen die Münchner keinen Schritt weitergebracht. Weder Sybille noch Martha Weininger wussten etwas über die männlichen Bekanntschaften Miras. Und auch in Miras Freundeskreis gab es auf die Fragen nach einem Thorsten nur ratloses Kopfschütteln als Antwort.

In den letzten Tagen hatte Christian mehrfach mit Anna telefoniert und sie zu ihrer Interpretation der geheimnisvollen Nachrichten befragt. Aber auch sie hatte mit dem ›dritten Geschlecht‹ nicht mehr anzufangen gewusst als Daniel. Außerdem schien die Botschaft, die in München beigepackt worden war, in eine ganz andere Richtung zu zielen als die Botschaft in Berlin. Nur in welche, wusste keiner. Anna hatte spekuliert, dass der Täter vielleicht projizierte, also Sachverhalte über sich selbst auf seine Opfer übertrug. Schließlich gab es im Leben der beiden getöteten jungen Frauen keinerlei Zusammenhang zu einem ›dritten Geschlecht‹. Die Projektionsthese hielt Christian allerdings für einen Irrweg. Dieser Thorsten war von Catrin als gut aussehend, sehr männlich und eindeutig heterosexuell beschrieben worden. Das klang herzlich wenig nach einer Verwirrung der eigenen Geschlechtszugehörigkeit.

Als der Sarg von Catrin Rahnberg in die Graböffnung hinabgelassen worden war, warfen ihre Freunde und Freundinnen statt Erde oder Blumen persönliche Gegenstände in die Grube: Schokolade, Stofftiere, eine CD, ein Armreif, ein Gedichtband, sogar ein Cheeseburger war dabei. Unterdessen sang eine junge Frau mit Akkordeonbegleitung voller Inbrunst Edith Piafs »Je ne regrette rien«.

Christian beobachtete häufig die Beerdigungen von Opfern und blieb dabei ungerührt und professionell. Die Stimmung bei dieser Beisetzung jedoch bewegte ihn. Er hatte das Gefühl, er hätte Catrin gemocht, wenn er sie gekannt hätte. Irgendwie mochte er sogar die arrogante Professorin, wenn er sie jetzt so ansah in ihrer bemüht aufrechten Haltung. Petra Rahnberg besaß trotz allem noch die Kraft, Catrins weinenden Freundinnen mit kleinen Gesten Trost zu spenden. Christian empfand Respekt vor ihr.

Nach der Beisetzung und einigen Minuten stummen Gedenkens bestiegen die Gäste ihre Autos, um zum nahe gelegenen Haus von Frau Rahnberg zu fahren, wo eine Gartenparty stattfinden sollte. Petra Rahnberg stand noch etwas länger am Grab und ließ sich von Kollegen und entfernten Bekannten kondolieren. Als auch sie sich auf den Weg zu ihrem Auto machte, trat ihr ein fetter, stark schwitzender Mann in den Weg, der sich bislang ebenso wie Christian und Volker dezent im Hintergrund gehalten hatte.

»Frau Professor Rahnberg, verzeihen Sie mir bitte, dass ich Sie zu einem so unpassenden Zeitpunkt anspreche. Ich bin Jochen Kratz vom Berliner Morgenecho. Ich habe Ihnen schon mehrfach aufs Band gesprochen ...« Er streckte ihr seine feuchte Hand hin.

Petra Rahnberg übersah sie. »... und ich habe nicht zurückgerufen. Was schließen Sie daraus?«, unterbrach sie ihn mit dem ihr eigentümlichen Hochmut.

»Hören Sie mich bitte nur ganz kurz an. Ich habe Informationen über den Tod Ihrer Tochter, die man Ihnen bislang vorenthalten hat.«

Petra Rahnberg hatte dem Journalisten schon den Rücken zugewandt, um zu gehen, doch nun drehte sie sich wieder nach ihm um: »Welche?«

»Sie werden verstehen, dass ich Informationen gerne tauschen möchte.«

»Sagen Sie mir, was Sie wissen!«

»Und wer garantiert mir, dass Sie mir auch behilflich sein werden?«

»Niemand.«

Christian und Volker standen bei Striebeck neben dessen Dienstwagen und beobachteten aus der Ferne das Gespräch zwischen Petra Rahnberg und dem Mann.

»Weißt du, wer das ist?«, fragte Christian.

»Jochen Kratz vom Morgenecho.«

»Das ist die Zeitung, die direkt nach dem Mord ein Foto von der leeren Holzkiste mit dem Stuhl drin veröffentlicht hat, oder?«

Striebeck nickte: »Das Foto hatte er garantiert von einem Angestellten bei Madame Tussauds. Sah aus wie mit einem Handy geschossen.«

»Über die mangelhafte Abriegelung des Fundortes haben wir schon gesprochen. Wieso redet unsere Professorin auf der Beerdigung ihrer Tochter mit einem Schmierfinken von der Presse?«

»Jochen Kratz ist keiner von der ganz schlimmen Sorte. Er hält sich immer an die Fakten und manipuliert seine Leser nicht«, warf Striebeck ein. »Dass Frau Rahnberg mit ihm redet, ist allerdings kein gutes Zeichen. Kratz hat hervorragende Kontakte, vermutlich auch in Polizeikreisen.«

»Du meinst Informanten, die durch Weitergabe von zurückgehaltenen Fakten ihr Gehalt aufbessern und unsere Ermittlungen torpedieren?« Christians Laune verschlechterte sich zusehends.

Striebeck konnte keine Antwort geben, denn Petra Rahnberg näherte sich eilig, hielt vor Volker an und versetzte ihm mit beiden Händen einen Stoß, der für ihn so unerwartet kam, dass er nach hinten taumelte und sein kahl rasierter Schädel gegen den Stamm einer Buche schlug.

»Wir müssen uns gegenseitig vertrauen? Dann definieren Sie mir Ihr Verständnis von ›gegenseitig‹!«

Sie wandte sich an Christian: »Und wie kommen Sie dazu, mir zu verschweigen, dass meiner Tochter das Herz entfernt wurde? Genau wie bei dem Opfer in München?«

Christian wollte Volker ein Zeichen geben, den Journalisten für ein kleines, formloses Gespräch einzukassieren. Es war nicht nötig. Striebeck war schon auf dem Weg zu Kratz.

»Frau Rahnberg, was genau hat Ihnen der Journalist gesagt?«

»Es gibt also noch etwas, das Sie mir bislang verschwiegen haben?«

Christian war beruhigt. Anscheinend war noch nichts von den merkwürdigen Botschaften durchgesickert. Das mit dem

Herzen hätte er Petra Rahnberg sowieso gesagt. Zumal es in München im April auch in den Zeitungen gestanden hatte.

»Wir wollten Sie schonen. Und ich denke, gerade jetzt und hier ist nicht der richtige Zeitpunkt …«

»Wenn Sie das bitte mir überlassen würden! Was gibt es sonst noch, was mir vorenthalten wurde?«

»Man hat Ihnen als Todesursache Ersticken genannt. Catrin ist allerdings nicht mit einem Kissen oder Ähnlichem erstickt worden. Der Mörder hat ihr eine Überdosis Narkotika verabreicht, was in letzter Konsequenz zum Atemstillstand führte.«

Nun schwankte Petra Rahnberg doch leicht. Sie stützte sich an der Buche ab, gegen die sie Volker geschubst hatte. Ihre Stimme zitterte ein wenig: »Der Journalist hat gesagt, das Herz wäre erst nach Catrins Tod entfernt worden. Stimmt das?«

»Sie hat nicht gelitten.«

Frau Rahnberg atmete tief durch und straffte sich wieder: »Ich werde mich etwa zwei, drei Stunden um meine Trauergäste kümmern. Danach komme ich ins Polizeipräsidium. Ich erwarte, dass Sie anwesend sind und mir alle Unterlagen über den Tod meiner Tochter zeigen. Ich will die Fotos sehen und den Autopsiebericht lesen.«

Ohne ein weiteres Wort drehte sie sich um und ging zu ihrem Auto. Christian und Volker sahen ihr hinterher. Volker rieb sich den verbeulten Hinterkopf: »Starke Frau.« Christian nickte. Er begann Petra Rahnberg zu mögen.

Düsseldorf.

Clarissa Wedekind saß auf der Dachterrasse ihres Düsseldorfer Penthouses am Hofgarten mit Blick auf den Fluss und die Kö. Die Sonne ging blutrot unter, der Rhein schien in Flammen. Doch wie so oft fand Clarissa keinen Gefallen an der prachtvollen Aussicht, sie konnte nicht begreifen, was gerade mit ihrem Leben geschah. Punktgenau, kurz bevor sie den letzten Klimmzug zur höchsten Machtposition ausführen konnte, schien ihr alles aus den Händen zu gleiten, die Anstrengungen der letzten Jahre zu vernichten. Clarissa wusste, dass sie sich unterwegs jede Menge Feinde geschaffen hatte. Sie war mit Gegnern nie zimperlich umgegangen. Aber das hier war etwas anderes. Es war etwas Persönliches. Clarissa ahnte, worum es ging. Doch sie wollte es nicht wahrhaben. Alles, nur das nicht. Was wollte er von ihr? Sie hatte ihm das Geld gegeben. Wollte er mehr? Wollte er sie zerstören? Und wo hatte er das Herz her, das in diesem Päckchen war? Clarissa verbot sich jede Spekulation über die letzte, quälende Frage. Bei manchen Fragen kannte man die Antworten besser nicht. Vielleicht irrte sie sich. In allem. Und nicht *er* hatte ihr das Herz geschickt, sondern irgendein anderer Idiot. Vielleicht wurde sie langsam verrückt.

Während Clarissa über ihre Ungewissheit langsam in Wut geriet, verschwand das glühende Abendrot und wich einer dunklen Wolkenwand, die sich über Düsseldorf breitete wie eine zu schwere Daunendecke. Wind kam auf. Clarissa bemerkte es erst, als die leere Gießkanne mit lautem Scheppern umfiel und sie aus ihren düsteren Vorahnungen riss. Erste, dicke Regentropfen fielen. Sie lehnte den Kopf nach hinten und ließ ihr Gesicht von den Tropfen kühlen. Doch auch davon wurde ihr nicht wohler.

Sie ging hinein und zog die Terrassentür hinter sich zu. Der Wind wurde stärker und peitschte die Regentropfen gegen die Glasscheiben. Clarissa goss sich zwei Fingerbreit Cognac ein und sah sich um: Penthouse mit Concierge-Service rund um die Uhr. Alles vom Feinsten. Ihre Einrichtung war edel, stilsicher und repräsentativ. Vor drei Jahren war sogar eine Redakteurin von einer Architekturzeitschrift hier gewesen und hatte eine Homestory über die erfolgreiche Wissenschaftlerin und Managerin gemacht. Spätestens da hatte Clarissa gewusst, dass es für sie kein Halten mehr geben würde auf dem Weg nach oben. Und sie würde sich auch jetzt definitiv keine Knüppel zwischen die Beine werfen lassen, von nichts und niemandem!

Clarissa atmete tief durch, stellte entschieden das Glas ab und griff zum Telefon.

»Hallo, Herbert, ich bin's. Clarissa.«
»Clarissa, wie schön! Ist lange her.«
»Ich brauche deine Hilfe.«
»Offiziell oder inoffiziell?«
»Die Angelegenheit ist heikel. Sehr heikel.«
»Verstehe. Dringend?«
»Sehr dringend.«
»Dann komm morgen Abend zu mir. Gegen acht.«
»Danke. Bis dann.«

Clarissa legte auf und griff nach ihrem Cognac. Angespannt wollte sie einen Schluck nehmen, sah dann aber angewidert auf den Alkohol und stellte das Glas beiseite. Sie brauchte keinen Nerventrost, sondern einen klaren Kopf. Sie musste nachdenken. Was genau sie Herbert sagen würde. Und was genau sie von ihm wollte.

Berlin.

Jochen Kratz saß im Großraumbüro seiner Zeitung und konzentrierte sich auf die Arbeit. Seinen Artikel hatte er schon in Druck gegeben. Aber er war nicht zufrieden. Also ging er auch nicht nach Hause. Das Gerede der anwesenden Kollegen der Nachtschicht, ihr Gehacke auf den Tastaturen, das ständige Telefonklingeln, die Gerüche aus Kaffee, Pommes und Currywurst, die sich in dem überhitzten Raum vermengten – all das nahm Jochen Kratz nicht wahr. Er ging alle Informationen durch, die er über den April-Mord in München hatte sammeln können, und versuchte, sie in einen sinnvollen Zusammenhang zu den Geschehnissen in Berlin zu setzen.

Jochen nahm seine Arbeit als Kriminalreporter ernst. Er liebte sie. Schon als Kind hatte er unbedingt Detektiv oder Kommissar werden wollen. Doch sein ausgeprägter Hang zur Fettleibigkeit hatte der Sportprüfung bei der Polizei diametral entgegengestanden. Also hatte Jochen ein paar Semester Jura studiert und sich dabei zu Tode gelangweilt. Schließlich volontierte er beim Morgenecho. Mit dem einen Ziel: der beste Kriminalreporter Deutschlands zu werden. Jochen verachtete die meisten seiner Kollegen, die sich regelmäßig an den Tatorten versammelten. Die einen interessierten sich weder für die Tat noch für die Hintergründe oder die Opfer. Sie interessierten sich nur für die Auflage ihrer Zeitung und dass sie möglichst schnell wieder ins Bett kamen, nachdem sie ein paar müde Zeilen geschunden hatten. Die anderen waren sensationslüsterne Arschlöcher, ebenfalls nur interessiert an der Auflage und daran, ihren Namen möglichst groß auf der Titelseite zu sehen. Dafür verdrehten sie auch gerne mal Tatsachen, nahmen Vorverurteilungen bei Verdächtigen vor und hetzten die Öffentlichkeit gegen wen oder was auch immer. Es gab nur einen Kollegen, den Jochen schätzte, das war Nico vom Radio. Nico war ein hochsensibler freier Journalist, der unbedingt Kulturredakteur werden wollte. Da es in der Kultur aber keine freien Stellen gab, hielt er sich als Kriminalreporter über Wasser und versuchte, sich beim Sender seine Sporen zu verdienen, auf dass man ihn irgendwann einmal gnädig in die Kultur holen würde, wo er dann endlich Theater, Ballett und Ausstellungen besprechen konnte. Nico wurde jedes Mal übel, wenn er eine Leiche sah. Jochen machte das nichts aus. Wenn er an einem Fundort war, sah er das Gesamtbild. Die Leiche verschwand im Dekor.

Jochen betrachtete eingehend das ausgedruckte Handy-Foto von der Holzkiste mit dem leeren Stuhl darin, das er Chico von Madame Tussauds abgekauft hatte. Die Plastikfolie lag noch auf dem Boden der Kiste. Leider hatte Chico kein Foto von der Leiche machen können. Zuerst hatte sein Kollege neben ihm gestanden, dann war der Verwaltungsdirektor dabei, und schließlich hatte die Polizei den Ort abgeriegelt. Die Reporter waren auf besonderen Befehl eines Hamburger Sonderermittlers nicht vorgelassen worden. Jochen wusste inzwischen, wer der Hamburger war. Und er wusste auch, wenn Christian Beyer und sein Team angefordert wurden, dann fürchtete die Polizei, es mit einem Serientäter zu tun zu haben. Normalerweise sprach man erst ab der dritten Leiche von einer Reihe. Deswegen fragte sich Jochen, ob er irgendetwas verpasst hatte. Er vermutete jedoch eher, dass schon die zweite Leiche hier in Berlin genügt hatte, um Beyer auf den Plan zu rufen. Die Fälle standen so deutlich in Verbindung, dass es sich um ein und denselben Täter handeln musste. Zudem waren die Umstände der Taten derart bizarr, dass der Wiederholungszwang eines krankhaften Hirns zu befürchten stand. Chico hatte Jochen von dem weißen Puder auf der Leiche und der Komplettrasur erzählt. Jochen hätte es zu gerne gesehen. Außerdem war er brennend daran interessiert zu erfahren, was in dem beigelegten Brief gestanden hatte. Chico wusste es nicht. Und Jochen hatte keine Ahnung, wie er da rankommen sollte.

Er grinste. Hauptkommissar Striebeck hatte ihn heute auf dem Friedhof heftig ins Gebet genommen und versucht, den Namen seines Informanten aus ihm herauszupressen. Vergeblich. Aber es war klar gewesen, dass Striebeck eine undichte Stelle bei der Polizei vermutete. Davon träumte Jochen bislang nur. Ihm war leider kein extra Bestechungs-Budget bewilligt worden. Jochen besah wieder das Foto. Im Geiste setzte er die weiß gepuderte Leiche einer jungen Frau in die Kiste. Irgendwie hatte er das Gefühl, dass das Ganze einer Theaterinszenierung gleichkam. Er griff zum Telefon: »Hey, Nico vom Radio, Lust auf ein spätes Bier?«

Ein paar Kilometer weiter im Polizeipräsidium weinte Petra Rahnberg über den Fotos ihrer toten Tochter. Christian war aus Prinzip gegen dieses absolut unübliche Zugeständnis gewesen. Doch Frau Rahnberg hatte einen dermaßen selbstbewussten Auftritt hingelegt, dass er sich schließlich zum Nachgeben genötigt sah. Sie weinte still, die Tränen flossen ihr die Wangen herunter. Kein Schluchzen kam ihr über die Lippen. Christian, Volker und Striebeck saßen stumm daneben und warteten. Als sie die Fotos zurückgegeben hatte, schloss Christian die Akten sorgsam. Frau Rahnberg nahm einen Schluck aus dem Wasserglas, das Striebeck vor sie hingestellt hatte. »Was haben Sie noch?«, fragte sie.

»Frau Professor Rahnberg …«, begann Christian gewichtig.

»Nennen Sie mich Petra.«

»Gerne. Petra, es wird Ihnen sicher einleuchten, dass die Polizei bei schwierigen Mordfällen gern das ein oder andere Detail nicht an die Öffentlichkeit dringen lässt. Das hat ermittlungsbedingte Gründe.«

»Ich will alles wissen. Alles.«

»Wie ist Ihr Kontakt zu diesem Journalisten?«

»Kratz? Ich habe ihn heute erst kennengelernt. Er wird von mir nichts erfahren, was die Ermittlungen auch nur im Geringsten behindern könnte.«

»Das Problem ist, dass *ich* gerne entscheiden würde, was behindern könnte und was nicht.«

»Verstehe. Ich werde mich daran halten.«

»Gut, ich verlasse mich auf Sie. Was ich Ihnen jetzt zeige, gehört zur obersten Geheimhaltungsstufe.« Christian reichte Petra eine Kopie des Briefes, der bei der Leiche gelegen hatte.

Petra las ihn und schüttelte irritiert den Kopf. »Was hat das zu bedeuten?«

»Wir haben gehofft, das könnten Sie uns sagen …«, warf Striebeck ein.

»Das dritte Geschlecht ist gemeinhin eine Bezeichnung für Transsexuelle und Kastraten. Ich sehe keinerlei Zusammenhang zu meiner Tochter.«

»So weit waren wir auch schon«, merkte Christian enttäuscht an.

»Gab es in München auch eine solche Nachricht?«

Christian reichte ihr eine Kopie aus den Akten.

»Auch damit kann ich nichts anfangen. Sie?«

Christian und Striebeck schüttelten den Kopf. Nur Volker rührte sich nicht.

»Was hat die Mutter des Opfers in München dazu gesagt?«

»Es ist ihr ein Rätsel. Ich konnte leider nicht mit ihr persönlich sprechen. Sie ist immer noch … sehr geschwächt.«

Petra Rahnberg schwieg eine Weile. Dann erhob sie sich müde, gab allen die Hand und verabschiedete sich. »Ich danke

Ihnen, meine Herren, dass Sie so spät noch auf mich gewartet haben. Und für Ihre Offenheit. Bitte halten Sie es weiter so und informieren Sie mich, sobald es etwas Neues gibt. Sei es auch noch so unbedeutend.«

Jochen saß mit Nico vom Radio vor einem Bier in Berlin Mitte und zeigte ihm die Kopie des Holzkistenfotos. Nico warf nur einen kurzen Blick darauf. »Kenne ich. War in deiner Zeitung.«

»Jaja. Aber nun stell dir mal die nackte, völlig enthaarte, weiß gepuderte Leiche einer jungen Frau vor, der man das Herz herausgeschnitten hat. Die Narbe ist blutrot, die Augen sind geöffnet. Blau. Alles andere rein weiß, von Kopf bis Fuß. Wie sieht das für dich aus?«

»Widerlich. Angst einflößend. Krank.« Nico nahm sein Bier und trank es in einem Zug leer, als steckte die Vision, die Jochen gerade heraufbeschworen hatte, quer in seiner Kehle.

Doch Jochen ließ nicht locker. »Jetzt sieh mal kurz von deiner Panik vor Leichen ab. Betrachte nur das Bild, das ich dir beschrieben habe. Denk nicht an den Menschen, sieh dir das Bild an.«

Nico schloss die Augen. »Ich weiß, was du meinst. Ganz weiß, nur ein roter Farbfleck, der Aufmerksamkeit erzeugt und die blauen Augen. Die völlig glatte Struktur nackter Haut in einer grob gezimmerten Holzkiste. Die Befestigung mit Draht … Wenn ich das als Foto oder Installation sehen würde – ohne echten Körper selbstredend – würde es mich wohl faszinieren.«

»Und wie würdest du die Installation interpretieren, großer Kritiker?«

»Gibt es einen hilfreichen Titel für das Werk?«

Jochen zuckte bedauernd die Achseln. »Das vermute ich. Aber den kennen wir nicht. Nur zwei Adressaten: das Horrorkabinett von Madame Tussauds und die Freakshow vom Zirkus Krone. Wobei der Absender garantiert gewusst hat, dass beides nicht existiert.«

»Deswegen ist es eine Botschaft«, ergänzte Nico. Es erschreckte ihn gehörig, plötzlich mit den Augen eines Kulturliebhabers an einen Mord heranzugehen. Mord war schließlich das krasse Gegenteil – destruktiv in seinem ganzen Wesen, statt schöpferisch.

»Und was will die uns sagen?«, hakte Jochen ungeduldig nach. Nico war wirklich sehr langsam. Entschieden besser in der Oper aufgehoben als auf den Bühnen der wirklichen Welt.

Nico bestellte Bier nach. »Es gab mal einen Film ... Uralt. Von Ted Browning. Der heißt ›Freaks‹ und spielt in einer entsprechenden Kuriositätenshow bei einer Art Zirkus. Diese Freakshows waren damals weitverbreitet.«

»Und worum geht's da?«

»Ein Zwerg, heute würde man Kleinwüchsiger sagen, verliebt sich in eine normal große Trapezkünstlerin. Diese macht sich über ihn und seine Freak-Freunde lustig. Bis sie hört, dass der Zwerg reich ist. Da heiratet sie ihn und versucht ihn zu vergiften. Die Freaks aber bekommen das mit, retten ihren Kumpel und verstümmeln aus Rache die Trapezkünstlerin, die schließlich selbst Teil der Freakshow wird.«

»Willst du damit sagen, unser Mörder ist ein Zwerg? Oder eine ganze, gemeingefährliche Bande von Zwergen? Eine Art Mini-Mafia?« Jochen musste so lachen, dass sein Körperfett in Wellen um ihn herum wogte.

Nico war beleidigt: »Warum sagen bloß immer alle ›unser‹ Mörder? Das ist nicht *meiner*! Ich will mit dem Herrn nichts zu tun haben! Auch nicht, wenn er nur ein Meter zwanzig groß ist!«

Jochens Handy klingelte. Er musste hinausgehen, in der Bar hatte er kaum Empfang. Außerdem war es zu laut. Als er zurückkam, hatte Nico sein zweites Bier leer getrunken und schien nun etwas mittiger in sich selbst zu ruhen.

»Das war die Mutter des Berliner Opfers«, verkündete Jochen zufrieden.

»Was will die von dir?«

»Namen und Adresse der Mutter des Münchner Opfers. Wenn ich ihr das besorge, bekomme ich alle Infos von ihr exklusiv. Zu einem von ihr gewählten Zeitpunkt, aber immerhin.«

»Warum fragt sie nicht die Bullen nach der Münchnerin?«

»Sie hat ihre Gründe, sagt sie.«

»Mein Cousin ist beim Münchner Abendblatt.«

Jochen hielt ihm sein Handy hin. »Ruf ihn an und frag ihn!«

»Der ist Kulturredakteur. Kultur, verstehste?! Obwohl der Idiot Madonna nicht von der Mona Lisa unterscheiden kann.«

»Dann soll er seine Kollegen fragen! Los, ruf an!«

Nico sah vorwurfsvoll auf die Uhr, nahm aber das Handy. Das Telefonat währte nur kurz, denn sogar sein dämlicher Cousin hatte den Namen sofort parat. Ganz München wusste, wer die im April ermordete Mira W. gewesen war. Nämlich die Tochter von Sybille Weininger, einer kunstlerisch gescheiterten Malerin, und nicht zuletzt die Enkelin der Großindustriellen Martha Weininger, die mit eisenharter und äußerst erfolgreicher Hand das Stahlbau-Familienunternehmen nach dem frühen Selbstmord ihres Mannes zu ihrem ganz privaten Wirtschaftswunder gelenkt hatte. Kurz darauf waren Namen und Adresse bei Petra Rahnberg.

Christian fand keine Nachtruhe. Er lag in seinem Hotelzimmer zwischen verstreuten Dokumenten auf dem Bett, stand auf, ging hin und her, sah aus dem Fenster in den von Wolken verhangenen Himmel, rauchte eine Zigarette, legte sich wieder hin. Wieder und wieder ging er die bisherigen Einzelheiten des Falls durch, wieder und wieder rief er Anna an. Ihr Handy war ausgeschaltet. Vermutlich saß sie in irgendeinem FBI-Seminar und ließ sich von Pete und anderen jungen »special agents« ausbilden. Christian versuchte, nicht daran zu denken. Er hasste jedes Aufkeimen von Eifersucht, fühlte sich dabei albern und dumm wie damals als pubertierender Schüler mit Pickelfresse.

Zum x-ten Mal nahm er sich die Zeugenaussagen vor und bedauerte das völlige Fehlen irgendeiner Auffälligkeit, von heißer Spur ganz zu schweigen. Zum x-ten Mal besah er sich die Opferprofile: Beide Frauen waren jung, hübsch, klug, Einzelkinder von alleinerziehenden Müttern aus besseren Kreisen. Doch darüber hinaus gab es keinerlei sichtbare Verbindung zwischen ihnen. Mira und Catrin hatten sich nicht gekannt, nicht einmal flüchtig, ebenso wenig ihre Familien. Dass das Motiv des Mörders in den Biografien oder sozialen Beziehungen der Opfer begründet liegen könnte, schloss Christian erst einmal aus. Es musste, wie so oft, im Mörder selbst liegen. Was hatte es mit den Spiegeln auf sich? Wollte er den jungen Frauen Arroganz vorwerfen oder Eitelkeit? War er in sie verliebt gewesen? Hatten sie ihm »sein Herz gestohlen«, und er nahm nun das ihre als Rache?

Christian griff zum Telefon. Einmal mehr hätte er gerne Annas Sicht der Dinge gehört. Aber ihr Handy war immer noch abgeschaltet. Genervt packte Christian die Akten zusammen, zog sich nackt aus und legte sich schlafen. Es dauerte keine Minute, bis er zu schnarchen begann.

Kaum hatte er eine Viertelstunde geschlafen, rief Anna zurück. Christian war so froh, ihre warme Stimme zu hören, dass er seinen Fall vollkommen vergaß. Anna plauderte angeregt, erzählte von den Seminaren, von einer texanischen Agentin, mit der sie das karge Zimmer teilte und die ein fanatischer Waffennarr war, von der Body Farm, einem Gelände, auf dem das FBI unter realen Bedingungen wissenschaftliche Studien zu dem Verwesungsprozess von Leichen unternahm und und und. Christian hörte einfach nur zu und lächelte. Doch kaum kam Anna zum Ende und befragte Christian ein wenig außer Atem nach seinem Befinden und den Ermittlungen, da rief im Hintergrund jemand auf Englisch nach ihr. Hastig entschuldigte sie sich und vertröstete Christian auf das nächste Telefonat. Sie hatte gerade noch Zeit, ihm ein sanftes »Ich liebe dich« ins Ohr zu hauchen, dann war sie weg. Christian sank in sein Kissen zurück und dachte an Annas Duft, die Wärme ihrer Haut, ihre Lachfalten um die Augen und die Art, wie sie die Arme um ihn schlang, wenn sie morgens wach wurde und ihn an sich zog. Friedlich schlief er wieder ein.

21. August 2009: Bonn.

Clarissa Wedekind fuhr gegen sieben Uhr abends mit ihrem BMW Z8 die Auffahrt vor Herbert Ackermanns Villa hinauf. Sie hatte Herbert seit mindestens fünf Jahren nicht gesehen. Dennoch war er der einzige Mann, von dem sie in dieser kniffligen Situation Hilfe erhoffte. Ackermann war etwas über siebzig, aber immer noch hellwach, von großer Entschiedenheit und hohem Durchsetzungsvermögen. Außerdem pflegte er beste Kontakte. Auch solche, mit denen man keinen Staat machen konnte. Früher hatte Ackermann wortwörtlich »Staat gemacht«: Er war in den Achtzigern Leiter des BND gewesen, bis ihn gewisse politische Strömungen und einige kleine bis mittelgroße Ungereimtheiten in seiner Amtsführung aus dem Posten spülten. Voller Zorn und Enttäuschung hatte er sich damals von seinen politischen Überzeugungen losgesagt und der freien Wirtschaft zugewandt, wo Überzeugungen eher hinderlich waren. Seitdem schützte er nicht mehr den Staat und seine Bürger vor inneren und äußeren Feinden, sondern nur noch den Bürger, und zwar den zahlungskräftigen. Ackermann hatte einen privaten Sicherheits-Service aufgebaut, der nun schon seit Jahrzehnten von hochkarätigen Politikern, Stars und Wirtschaftsmagnaten auf verschiedenste Weise genutzt wurde. Vor wenigen Jahren hatte er die Firma an seinen Sohn weitergereicht und sich in den Ruhestand zurückgezogen.

Er begrüßte Clarissa galant mit einem Handkuss und führte sie in die Bibliothek. Clarissa legte ab und setzte sich in einen der schweren Klubsessel. Der Raum roch nach Leder, alten Büchern und vanilligem Pfeifentabak.

»Immer noch eine Vorliebe für 18-jährigen Single Malt?«, fragte Herbert, wartete die Antwort nicht ab und schenkte zwei Fingerbreit in zwei bereitstehende schwere Kristallgläser. Er setzte sich Clarissa gegenüber, sie lächelten sich stumm an, prosteten sich zu und tranken.

»Lange her«, sagte Herbert nach dem ersten Schluck.

Clarissa wusste nicht genau, ob er ihre letzte Begegnung bei einem offiziellen Treffen der früheren Bonner Hautevolée meinte, die bei dem Umzug nach Berlin vergessen worden war. Oder ihre heftige Affäre, die noch weitaus länger zurücklag. Sie wollte es aber auch nicht wissen. Ihr stand der Sinn nicht nach Nostalgie.

»Was kann ich für dich tun, meine Liebe? Ich nehme nicht an, dass du hier bist, um mit mir zu schlafen.«

Clarissa überging die Anspielung: »Ich werde erpresst.«

»Aha«, sagte Herbert, nahm einen Schluck von seinem Whisky und forderte Clarissa mit einer Handbewegung auf, weiterzureden.

»Er hat mich im Februar in Hamburg in einem Hotel abgepasst und abkassiert.«

»Persönlich?«

Clarissa nickte.

»Das ist ungewöhnlich. Womit erpresst er dich?«

»Wie wohl bei den meisten Erpressungsopfern mit etwas, über das ich nicht reden möchte.«

»Es gibt also einiges über dich, was ich nicht weiß. Spannend! Wie viel hast du gezahlt? Nur, damit ich die Größenordnung deines Geheimnisses einschätzen kann.«

»Eine Million.«

Herbert pfiff leise durch die Zähne. »Dann steht dir das Wasser wohl bis zum Hals, meine Liebe.«

Clarissa blieb kühl: »Ich werde mit an Sicherheit grenzender Wahrscheinlichkeit demnächst zur Vorstandsvorsitzenden des Konzerns gewählt. Da kommt jede noch so kleine Irritation ungelegen.«

»Was weißt du über ihn?«

»So gut wie nichts. Wie er aussieht. Und dass er den falschen Namen Stephan Wöhler plus eine erfundene Biografie als Atomphysiker angegeben hat.«

»Der hat sich ja richtig Mühe mit dir gegeben. Scheint etwas Persönliches zu sein.«

»Das sind Erpressungen doch immer, oder?« Clarissa gingen Herberts scheinbar harmlose Bemerkungen auf die Nerven. Aber wenn er ihr helfen sollte, musste sie ihm Rede und Antwort stehen. Bis zu einer gewissen Grenze.

»Eben nicht, meine Liebe. Die typische Erpressung ist von rein finanziellen Motiven bestimmt. Dabei bleibt der Erpresser normalerweise hübsch im Hintergrund und plaudert mit seinem Opfer nicht über phantasievolle berufliche Werdegänge. Der Kerl war sich wohl sicher, dass du nicht zur Polizei gehen würdest.«

»Vermutlich weiß er Bescheid über meine Ambitionen, was den Vorstandsvorsitz betrifft. Das ging durch die Fachpresse. Er kann sich also denken, dass ich keinerlei Risiken eingehen werde, was meinen Ruf in der Öffentlichkeit betrifft.«

Herbert betrachtete Clarissa nachdenklich. Es war klar, dass sie um den wunden Punkt herumredete.

»Warum kommst du erst jetzt zu mir? Statt gleich im Februar? Hat er sich wieder gemeldet und will mehr Geld?«

Clarissa hielt seinem forschenden Blick stand. »Ich habe eine Art Drohung per Post erhalten und bin mir ziemlich sicher, dass sie von ihm ist. Von Geld war nicht die Rede. Noch nicht.«

»Sag ich doch: etwas Persönliches. Aber wenn du nicht reden willst … Würdest du mir diesen Drohbrief zeigen?«

»Habe ich entsorgt.«

»Das war unklug.«

Clarissa nippte schweigend an ihrem Whisky.

»Okay.« Herbert entließ sie für den Moment. »Komm morgen Abend wieder her. Dann wird Thomas Howela da sein. Er wird sich darum kümmern.«

»Wer ist das?«

»Er war früher bei der Abwehr, mehr musst du nicht wissen.«

»Ist er zimperlich?«

»Er war bei der Abwehr.«

»Diskret?«

»Er war bei der Abwehr.«

»Ist er gut?«

»Bei guter Bezahlung ist er gut. Bei bester Bezahlung ist er der Beste, den du kriegen kannst.«

»Geld spielt keine Rolle.«

Herbert nickte zufrieden. »Es wäre hilfreich, wenn du morgen die ein oder andere Information für Howela hättest. Er braucht irgendeinen Ansatzpunkt.«

»Wird er bekommen.« Clarissa prostete Herbert zu.

22. August 2009:
Tübingen.

Liesel Stamminger saß in ihrer Wohnküche und tunkte sich zum Frühstück etwas Weißbrot in die warme Milch. Wie jeden Morgen hatte ihr junger Nachbar Memet Brötchen aus der Bäckerei gegenüber mitgebracht und sie samt seiner Tageszeitung vor Liesels Tür gelegt, bevor er zur Universitätsklinik ging. Memets Tageszeitung war das Berliner Morgenecho, denn Memet war Berliner und hatte von seinen Kumpels dort zum Abschied, beim Umzug ins Schwäbisch Ländle, seine heimatliche Gazette im Jahresabo geschenkt bekommen. Liesel bekam die Zeitung immer einen Tag nach Erscheinen, aber das störte sie nicht weiter. Sie fand es schick, eine Zeitung aus der Hauptstadt zu lesen.

Die große Weltpolitik und das ewige innenpolitische Gehacke interessierten Liesel genauso wenig wie der Wirtschaftsteil. Sie mochte am liebsten Vermischtes oder Klatsch und Tratsch. In Berlin passierte von all dem weitaus mehr als im provinziellen Tübingen. Da qualmte es in der S-Bahn, da wurde eine Kassiererin gekündigt, weil sie Pfandmarken im Wert von einem Euro dreißig unterschlagen haben sollte, da beschädigte eine psychisch kranke Frau Kunstwerke in einer Ausstellung und bespuckte die Besucher. Berlin war aufregend. Liesel hatte immer mal nach Berlin gewollt, aber Erwin hatte nicht durch die Zone reisen wollen. Und als plötzlich die Mauer wegfiel, war Erwin tot und Liesel allein. Allein verreisen war nicht nach ihrem

Geschmack, genauso wenig wie sie sich Heizdecken auf irgendeiner bescheuerten Kaffeefahrt andrehen lassen würde. Memet hatte ihr schon mehrfach fest versprochen, sie in den nächsten Semesterferien mal mit nach Berlin zu nehmen. Dann würde seine Mutter sogar mit ihr in eine Moschee gehen. Allerdings war bislang immer etwas dazwischengekommen, denn Memet arbeitete in den Ferien stets an der Uniklinik, um sein Studium zu finanzieren.

Liesel blätterte nach vorne. Auch sie pflegte die rätselhafte Angewohnheit, eine Zeitung von hinten nach vorne zu lesen. Auf der zweiten Seite prangte in großen Lettern die Überschrift: »Der Mörder, der die Herzen stiehlt«. Voller Neugier las Liesel den spannend geschriebenen Bericht eines Reporters namens Jochen Kratz. Es ging um zwei Morde an jungen Frauen, einer Studentin in München, einer in Berlin. Der bislang unbekannte Mörder, vermutlich ein junger Mann, hatte der Berlinerin das Herz herausgeschnitten. Ebenso war es dem Opfer in München im April ergangen.

Liesel Stamminger spürte, wie ihr eigenes Herz zu klopfen begann. Jeden Tag dachte sie daran. Fragte sich, ob sie es hätte verhindern können, wenn sie nicht einfach so am Küchentisch gesessen hätte wie jetzt. Dagesessen und zugehört hatte sie und vermutet, dass sich das junge Paar sicher wieder versöhnen werde. Wenn sie hinuntergegangen wäre und sich eingemischt hätte in den Streit, würde Sarah noch leben. Sie hörte es noch allzu deutlich. Wie Sarah ihrem neuen Freund an den Kopf warf, dass er kein Herz habe. Und wie er bedrohlich flüsterte, dass sie das niemals, niemals wieder zu ihm sagen wird.

Liesel befiel die gleiche innere Unruhe, die sie an jenem Februartag verspürt hatte, als sie mit Sarahs Wohnungsschlüssel in der Hand die Treppe hinuntergestiegen war. Und Sarah tot auffand. Mit einem Messer im Herzen, und von dem Freund keine Spur.

Berlin.

Nach einer recht erholsamen Nacht nahm Christian mit Volker im Hotel ein kräftiges Frühstück zu sich. Er erzählte ihm von Annas ersten Seminaren in den USA und der Body Farm des FBI. Bis schließlich der Hotelchef zu ihnen an den Tisch trat und diskret darum bat, ihre Gesprächsthemen zu wechseln. Den Gästen neben ihnen, die Christian nicht einmal bemerkt hatte, war über ihrem Rührei schlecht geworden. Sie hatten sich beim Hotelmanager beschwert und ihm nahegelegt, die Polizei zu rufen, da der unheimliche Glatzkopf und der zerknitterte Mittfünfziger am Fensterplatz vermutlich gesuchte Mörder waren. Schließlich sprachen sie die ganze Zeit von vergrabenen und verfaulten Leichen. Christian vermutete, dass die Übelkeit wohl eher an dem lauwarmen und pappigen Großküchen-Ei gelegen haben mochte. Volker entschuldigte sich höflich für das unappetitliche Tischgespräch und seinen rüpelhaften Kollegen.

Christian ließ sich seine Rechnung fertig machen. Er plante, Berlin heute zu verlassen, um mit Herd von Hamburg aus die Koordination der weiteren Ermittlungen zu übernehmen. Außerdem brauchte er dringend frische Klamotten. Volker sollte als Christians Kontaktmann und Soko-Speerspitze hier vor Ort bleiben, um den sofortigen und steten Informationsfluss zu gewährleisten und Striebeck zu unterstützen.

Nach dem Frühstück fuhren sie ins Präsidium, wo Christian sich bis auf Weiteres verabschiedete. Striebeck schien wenig erfreut, ab sofort wieder der offizielle Ansprechpartner für Vorgesetzte, Presse und Staatsanwaltschaft zu sein.

Als Christian gerade gehen wollte, tauchte Petra Rahnberg mit dem völlig durchgeschwitzten Jochen Kratz im Präsidium auf. Es war noch nicht mal zehn Uhr morgens, aber die Augustsonne heizte der Stadt schon gehörig ein. Nach einer knappen Begrüßung berichtete Petra, dass sie mit Sybille Weininger in München telefoniert, aber nichts Wesentliches in Erfahrung gebracht hatte.

»Ihr Engagement in allen Ehren, Petra«, mahnte Christian. »Aber mir wäre es sehr recht, wenn sie diesbezügliche Aktivitäten zuerst mit mir oder jemandem vom Team abstimmen würden. Woher haben Sie überhaupt den Namen?«

»Das war nun wirklich nicht schwierig. In München weiß jeder, wer Mira W. war«, warf Jochen Kratz ein. »Prominente Familie. Und München ist ein Dorf.«

Christian wandte sich ungehalten an Kratz. »Darf ich erfahren, was Sie zu uns führt? Sind Sie jetzt der persönliche Sekundant von Frau Professor Rahnberg, oder wollen Sie nur ein wenig herumschnüffeln?«

Jochen Kratz lächelte: »Es ist bekannt, das Sie mit meinem Berufsstand auf Kriegsfuß stehen. Ich hoffe, ich kann Sie durch eine konstruktive Zusammenarbeit davon überzeugen, dass wir nicht alle Schmeißfliegen sind.«

»Was faseln Sie da von Zusammenarbeit? Ich werde den Teufel tun …«

Entschlossen unterbrach Petra Rahnberg Christians Unhöflichkeiten: »Himmel noch mal, Kommissar Beyer! Jetzt hören Sie Herrn Kratz doch erst mal zu, bevor Sie Ihre dämlichen Vorurteile pflegen!«

Christian blickte verdutzt zu Petra Rahnberg. Er war es nicht gewöhnt, dass jemand so mit ihm sprach. Im Augenwinkel sah er, wie Volker grinste.

»Okay, ich bin ganz Ohr.« Christian gab nach und lehnte sich abwartend in Striebecks wackligem Drehstuhl zurück.

»Heute Morgen bekam ich eine Information, die sich mit etwas Glück als heiße Spur in ihrem Fall herausstellen könnte.«

»Ich bin immer noch ganz Ohr.« Christian dauerte die Kunstpause des fetten Journalisten zu lang.

»Schön«, gab Kratz ungerührt zurück. »Folgender Deal: Ich gebe Ihnen meine Info, und Sie betrachten mich sozusagen als Hofberichterstatter in dieser Angelegenheit. Kein Wort zu meinen Kollegen von der Konkurrenz.«

»Was halten Sie von folgendem Deal: Sie geben uns die Info

ohne Bedingungen, oder Sie haben eine Klage wegen unterlassener Hilfeleistung am Hals.«

Kratz tupfte sich lächelnd den Schweiß von der Stirn: »Ich habe ein paar Semester Jura studiert. Mal für Laien: Sie verklagen mich wegen irgendeinem Dünnsinn, scheitern, und ich gebe Ihnen als guter Staatsbürger trotzdem die Info. Nur wird bis dahin viel Zeit vergangen sein, und meine Information wird etwa so lauten: Mich hat jemand angerufen, der hat jemanden am Landwehrkanal gesehen, der eine große Holzkiste auf einer Sackkarre spazieren fuhr.«

Christian sah zu Petra Rahnberg: »Der nasse Lappen hier ist genauso ein Schmierfink wie alle aus seiner Zunft. Wieso lassen Sie sich mit ihm ein?«

»Der Zweck heiligt die Mittel.«

Christian überlegte kurz: »Also gut, Herr Kratz. Mir kann's ja egal sein, wer von euch seine Scheiße zuerst druckt. Was haben Sie?«

»In unserer Zeitung wurde ein Foto von der Holzkiste und dem darin befindlichen Stuhl veröffentlicht ...«

»Ich wüsste zu gern, wer das Foto am Fundort geschossen und an die Presse verscherbelt hat«, warf Striebeck sauer ein.

Kratz lächelte nur: »Heute Morgen rief mich ein verunsicherter älterer Herr an. Er vermietet eine möblierte Wohnung über eine bekannte Mitwohnzentrale an kurzfristige Mieter. Damit kann man seine Rente ganz gut aufbessern.«

Christian verspürte ein gewisses Kribbeln. »Wieso hat der bei Ihnen angerufen und nicht bei der Polizei, wenn er etwas zu sagen hat?«

»*Wir* haben das Foto veröffentlicht, nicht die Polizei. Und wenn die Mitwohnzentrale zwei Anzeigen bei uns umsonst schalten darf, spart der rüstige Rentner einen Jahresbeitrag an Verwaltungsgebühr.«

»Verstehe. So läuft das. Weiter!«

»Er hatte vor dem Mord für vier Wochen einen Mieter, der die Wohnung in einem tadellos geputzten Zustand verlassen hat. Der Vermieter, ein Rudi Niemann, sieht sich seine Bude immer an, noch bevor das Putzteam von der Mitwohnzentrale zur Endreinigung kommt. Das konnte er abbestellen. Die Wohnung sah aus, als hätte ein Bazillenphobiker jede Ecke mit der Zahnbürste geschrubbt. Seltsamerweise fehlte ein Stuhl. Ikea, Marke Börje. Genau so einer, wie der bei uns in der Zeitung abgebildete.«

Christian saß inzwischen kerzengerade. »Und wie hieß der reinliche Mieter?«

»Er hat im Vertrag den Namen Thorsten Brinken angegeben. Angeblich wohnhaft in Amsterdam. Gesehen hat ihn der Vermieter nicht. Da müsste man mit der Mitwohnzentrale sprechen, die haben das Formale erledigt. Er hat übrigens die Miete für den Monat bar bezahlt.«

Kratz reichte Christian einen Zettel: »Hier habe ich alles notiert. Adresse und Rufnummer der Mitwohnzentrale, Adresse der gemieteten Wohnung, Name und Adresse des Vermieters. Zudem Name des Mieters und holländische Adresse, soweit sie echt sein sollten. Darf ich davon ausgehen, dass Sie mich mitnehmen, wenn Sie in die Wohnung fahren? Was Sie sicher so schnell wie möglich tun wollen.«

»Sie dürfen. Solange Sie vollkommen unsichtbar vor der Tür stehen bleiben, absolut stumm sind und sich bei Ihren Veröffentlichungen vorerst an das halten, was ich freigebe.« Christian reichte den Zettel an Striebeck und Volker weiter. Er hatte inzwischen vergessen, dass er nach Hamburg fahren wollte, und er verschwendete auch keine Gedanken mehr an frische Wäsche.

»Alles klar. Ich habe übrigens mit Herrn Niemann in einer Stunde einen Termin vor der Wohnung. Leider ist die Bude schon wieder vermietet. Eventuell vorhandene Spuren sind bestimmt nicht mehr auszumachen«, merkte Kratz an.

»Wir werden sehen.« Christian deutete auf den Zettel: »Saubere Arbeit.«

Zum ersten Mal grinsten Kratz und Christian sich an.

Petra Rahnberg fuhr nervös nach Hause. Sie wartete auf einen ausführlichen Bericht von Kratz und versprach, sich so lange zu gedulden.

Dann setzte sich die Maschinerie in Bewegung. Volker telefonierte mit Daniel in Hamburg, um ihn sofort auf verfügbare Daten über Thorsten Brinken anzusetzen. Striebeck wies einen Kollegen in die erforderliche Recherche ein. Kurz darauf war klar, dass es in Amsterdam keinen Thorsten Brinken gab. Die Adresse war frei erfunden. Also wurde die Suche auf alle Thorsten Brinken, Brink und Brinker oder Ähnliches in Deutschland erweitert. Das würde dauern. In der Zwischenzeit schickte Striebeck einen Beamten zur Mitwohnzentrale. Christian und Volker machten sich mit Kratz auf den Weg zu der Mietwohnung. Die Spurensicherung würde ihnen auf dem Fuße folgen.

Erst gegen Abend versammelten sich alle wieder. Ausgehungert gingen sie gemeinsam von Striebecks Büro aus in ein nahe gelegenes Steakhouse, wo sie sich gegenseitig im Bestellen von schwergewichtigen Fleischportionen überboten. Kratz gewann. Er nahm ein Rib Eye von sechshundert Gramm.

Abgesehen davon, dass sie alle Hunger hatten und das Bedürfnis, den Tag mit einem kühlen Bier hinunterzuspülen, ging es bei dem üppigen Essen auch darum, Leere zu füllen. Am Morgen waren noch große Hoffnungen auf einen entscheidenden Schritt vorwärts genährt worden. Nun hatte sich Enttäuschung breitgemacht. Die Spurensicherung war auf Unmengen von Fingerabdrücken gestoßen – vermutlich alle vom Vermieter und dem Pärchen, das das Apartment vor wenigen Tagen bezogen hatte und nun vorerst in ein Hotel umquartiert worden war. Der Mieter namens Thorsten Brinken hatte nicht mal ein Fitzelchen seiner Anwesenheit hinterlassen. Zurzeit lief immer noch eine groß angelegte Suche nach Zeugen, die diesen Brinken möglicherweise ein Gesicht geben konnten. Die Formalien bei der Mitwohnzentrale hatte er per Mail erledigt. Er war nur zur Schlüsselübergabe aufgetaucht. Die Angestellte der Mitwohnzentrale beschrieb ihn als groß, vermutlich mittelblond, unrasiert und attraktiv. Mehr konnte sie nicht sagen. Sie hatte sich mit ihm in einem Biergarten getroffen, wo er ihr mit Sonnenbrille und Baseballcap getarnt seine Unterlagen übergeben hatte. Auch die bisher vernommenen Nachbarn konnten nichts Erhellendes zur Personenbeschreibung beitragen. Nur zwei Frauen war er aufgefallen, wobei die eine ihn als dunkelhaarig und die andere ihn als definitiv blond beschrieb. Die Sonnenbrille und die Mütze trug er anscheinend immer. Nun waren Beamte dabei, die umliegenden Kioske, Geschäfte und Kneipen zu durchforsten, um vielleicht noch ergänzende Aussagen zu bekommen. Diese Befragungen würden sich noch den ganzen morgigen Tag hinziehen. Vermutlich ebenfalls ohne Ergebnis. Sie wussten alle, dass die Chancen äußerst gering waren. Zeugen sahen grundsätzlich nur das Unangepasste, das aus ihrer eigenen Wahrnehmungswelt hervorstach. Genau das vermied jedoch jeder halbwegs intelligente Täter. Oder die Zeugen sahen das, was sie erwarteten, und dabei sah dann jeder etwas gänzlich anderes.

»Rätselhaft nur, dass ein so vorsichtiger Mensch einfach einen Stuhl klaut«, sagte Striebeck kauend.

»Dafür wird es eine Erklärung geben. Vermutlich eine ganz banale«, mutmaßte Volker.

Christian nickte: »Fehler machen sie alle. Selbst die Klügsten. Sonst würden wir nie einen fassen.«

Der Rest der Steak-Völlerei verlief weitgehend schweigend ab. Jeder war in seine Gedanken über den alltäglichen Frust der Polizeiarbeit versunken.

Bonn.

Als Clarissa an diesem Abend in der Ackermann-Villa eintraf, wurde ihr von Herberts Frau Irene geöffnet. Irene gehörte genau zu der Sorte Gattinnen, die sich Clarissa immer geweigert hatte zu werden: Die eigenen Lebensträume hatten sie zugunsten der Karriere ihres Mannes begraben, der aufgrund seiner Geschlechtszugehörigkeit die besseren Chancen hatte, sich am Markt durchzusetzen. Auch wenn die Frau häufig die höhere Intelligenz und bessere Bildung besaß. Dann gebaren die Frauen, zogen den vielversprechenden Nachwuchs auf und wenn der aus dem Haus war, schufen sie sich künstlichen Terminstress zwischen Schönheitschirurgie und Wohltätigkeitsbällen, während sich ihre Männer längst den Sekretärinnen in ihren Vorzimmern widmeten. Wenn Clarissa gelegentlich die traurigen Lebensrealitäten dieser Gattinnen auf einer Party bedauerte, warf man ihr Neid oder die gehässige Reproduktion billiger Klischees vor und verwies auf eine stadtbekannte Düsseldorfer Vorzeige-Ehe, in der die traditionelle Rollenverteilung seit Jahrzehnten harmonisch funktionierte. Clarissa wusste es besser: Sie selbst hatte den Vorzeige-Ehemann mehrfach in ihrem Bett beherbergt. Ebenso wie sie auch Herbert Ackermann kurzfristig eine außerhäusige Heimstatt geboten hatte. Irene Ackermann wusste vermutlich darüber Bescheid. Wie die meisten Ehefrauen. Sie waren weder blöd noch blind, sie sahen nur bewusst darüber weg.

Irene und Clarissa begrüßten sich dennoch wie alte Freundinnen mit den üblichen Wangenküsschen und ein paar Sätzen über gemeinsame Bekannte. Dann führte Irene Clarissa zur Bibliothek. Thomas Howela war schon anwesend. Er saß Herbert gegenüber in einem der ledernen Klubsessel und nippte an einem Cognac.

Howela machte einen überraschend unauffälligen Eindruck. Er war Ende fünfzig, das mittelblonde, mit grauen Fäden melierte Haar schütter, der Blick ausdruckslos, die Figur gedrungen. Er steckte in einem mittelmäßigen, grauen Anzug, seine Schuhe wirkten weder neu noch abgetreten. Nichts an ihm stach hervor, außer vielleicht der Siegelring mit dem Achat, den er am kleinen Finger der linken Hand trug und in den verschnörkelt seine Initialen eingraviert waren. Insgesamt wirkte Howela wie ein an seiner Umwelt völlig desinteressierter Buchhalter. So erhob er sich auch wenig engagiert aus seinem Sessel, als Clarissa eintrat und von Herbert vorgestellt wurde. Die Herren setzten sich, als Clarissa Platz genommen und von Herbert ihren Single Malt bekommen hatte.

»Ich habe Herrn Howela schon über die Eckdaten deines

Problems in Kenntnis gesetzt«, eröffnete Herbert ohne große Umschweife das Gespräch.

»Und?« Clarissa wandte sich an Howela. »Können Sie da was tun?«

»Ich hoffe doch sehr, Frau Wedekind. Allerdings wäre es notwendig, noch zusätzliche Informationen über den Sachverhalt von Ihnen zu bekommen.«

»Was wollen Sie wissen?«

Howelas bislang scheinbar gelangweilt herumschweifender Blick fixierte Clarissa plötzlich mit erstaunlicher Konzentration. In diesem Blick lag eine derartig schamlose Direktheit und Wucht, dass Clarissa fast erschrak. Sie begriff auf einen Schlag, dass dieser Mann, der sich perfekt als uncharismatisches Etwas in einer Ecke zu tarnen wusste, von enormer Präsenz sein konnte – wenn er wollte. Obwohl er ihr einfach nur in die Augen sah, hatte sie das Gefühl, er würde sie unanständig befummeln. Sein Blick machte sie an. Sie spürte, dass er es bemerkte, was für Clarissa der Gipfel der Unverschämtheit war. Und sie noch mehr anmachte.

»Haben Sie den Mann vorher schon einmal gesehen? Bevor er in Hamburg an Sie herangetreten ist?«

»Noch nie.«

»Sie wollen darüber reden, womit er Sie erpresst?«

»Keineswegs.«

»Ich muss alles über diesen Mann wissen. Alles, was Ihnen aufgefallen ist und mir irgendwie weiterhelfen könnte.«

Clarissa beschrieb aufs Genaueste das äußere Erscheinungsbild von Stephan Wöhler. Sie konnte sogar die exklusiven Hersteller seiner Manschettenknöpfe und seiner Uhr nennen. »Außerdem hat er ganz offensichtlich eine höhere Bildung genossen. Er kann sich kultiviert ausdrücken, bewegt sich sehr selbstsicher – sogar in meiner Gegenwart. Das tun die wenigsten Männer.«

»Warum sollte er unsicher sein? Er hat sie in der Hand.«

»Das haben bei Clarissa schon viele Männer geglaubt«, warf Herbert trocken ein.

»Im Moment sind die Trümpfe auf seiner Seite. Ich will, dass Sie das ändern!« Clarissas Tonfall ließ keinen Zweifel an ihrer Entschlossenheit aufkommen.

»Was genau wünschen Sie, dass ich tue, wenn ich den Herrn finde?«

»Sie bringen ihn mir. Ich will mit ihm reden. Dann sehen wir weiter.«

Howela nickte. »Herr Ackermann meinte, Sie hätten einen Tipp für mich. Wo fange ich mit der Suche an? In Hamburg?«

Clarissa zog einen Zettel aus ihrer Handtasche und reichte ihn Howela: »Sie beginnen in Hamm. Das hier ist der Name seiner Mutter und die Anschrift des Krankenhauses, wo sie ihn 1982 geboren hat.«

Verblüfft sah Herbert zu Clarissa: »Du kennst seine Mutter?«

»Nein. Ich habe sie nie gesehen.«

Howela sah auf den Zettel: »Beatrix Kowalski. Eine Polin oder polnisch-stämmig?«

»Soweit ich das weiß, war sie Deutsche. Wo ihre Eltern oder Großeltern herkamen, entzieht sich allerdings meiner Kenntnis. Vor gut zwei Jahren hat sie sich das Leben genommen, das habe ich recherchiert. Aber das tut nichts zur Sache. Sie hat ihren Sohn direkt nach seiner Geburt zur Adoption freigegeben. Da müssen Sie ansetzen. Wo ist das Baby damals gelandet? Wie wurde er genannt? Was ist aus ihm geworden?«

»Ich werde ausreichend finanzielle Mittel benötigen, um bürokratische Hindernisse zu beseitigen.«

»Finden Sie ihn. Koste es, was es wolle.« Clarissa reichte ihm ihre Visitenkarte. »Die handgeschriebene Nummer auf der Rückseite ist mein privates Handy. Meine private E-Mail habe ich ebenfalls notiert. Ich erwarte jeden Abend noch vor zehn Uhr einen schriftlichen Tagesbericht. Bei besonderen Vorkommnissen können Sie mich jederzeit unter der angegebenen Privatnummer erreichen.«

»Wenn Sie es wünschen, komme ich gerne auch persönlich bei Ihnen vorbei und erstatte Bericht.«

Wieder hatte er diesen unverschämt präsenten Blick, mit dem er Clarissa ohne eine Spur von Lächeln fixierte. Sie gab sich unbeteiligt. Howela versprach, sein Möglichstes zu tun und verabschiedete sich.

Herbert und Clarissa blieben zurück.

»Was ist das für eine Geschichte mit der Mutter, Clarissa?«

»Dein Single Malt schmeckt hervorragend. Aber es ist kein Islay, richtig?«

»Du wirst mich hoffentlich nicht in irgendeine üble Scheiße reinziehen, oder?«

Clarissa dachte an das Päckchen, das ihr Tanja auf den Schreibtisch gelegt hatte. War das tatsächlich erst zwei Tage her? Sie wusste, dass sie mit Howela darüber sprechen musste. Der Mann, den er in ihrem Auftrag suchte, war möglicherweise gefährlich. Noch konnte Clarissa nicht richtig einschätzen, was das mit dem Herzen überhaupt sollte. Und wo es herkam. Sie vermutete jedoch, dass es nichts Gutes zu bedeuten hatte. Und sie wusste, Herbert würde nicht sehr erfreut sein, wenn er etwas davon hörte.

»Das würde ich nie tun, Herbert, und das weißt du.«

Herbert prostete ihr gestisch zu. Eines wusste er ganz sicher: Clarissa konnte lügen, ohne mit der Wimper zu zucken.

23. August 2009: Hamburg.

Am Abend des nächsten Tages traf Christian in Hamburg ein. Er verabredete sich mit Herd und Daniel auf eine Fischsuppe und ein Bier im »Odysseus« in Eimsbüttel. Christian hatte keine Lust, mit seinem deprimierenden Zwischenbericht in ihre deprimierende Einsatzzentrale in der Schanzenstraße zu kommen. Die alten Räume, die sie vor Jahren dort bezogen hatten, waren weder ansprechend, noch sonderlich funktional oder gar klimatisiert. Sie hatten die Altbauwohnung bei Gründung der Soko Bund vom Drogendezernat übernommen, das von dort aus eine Zeit lang die Kleindealer am gegenüberliegenden S-Bahnhof überwacht hatte. Als die Soko Bund ihre ersten Erfolge verbuchen konnte, bot der Polizeipräsident, ein eingeschworener Gegner Christians, der Truppe gezwungenermaßen die Rückkehr in die repräsentativen Räume des Präsidiums an. Mit Klimaanlage und Cola-Automaten auf dem Flur. Doch Christian und seine Männer zeigten sich stur und blieben in ihrer Butze, fernab von den Annehmlichkeiten des modernen, sternförmigen Hauptgebäudes. Und fernab von manchen missgünstigen Kollegen und Vorgesetzten.

Trotz des fortgeschrittenen Abends waren es immer noch annähernd dreißig Grad. Feuchtheiße Luft beschwerte Hamburg, kein Lüftchen regte sich. Christian setzte sich nach draußen und gab seine Bestellung auf. Es dauerte nicht lange, bis Herd und Daniel eintrafen. Yvonne, die von allen gemochte Teilzeitsekretärin der Truppe, war auch dabei. Christian hatte sie bei Gründung der Soko eingestellt, weil sie jung, schlau und liebenswert frech war. Inzwischen studierte Yvonne Psychologie und war fest entschlossen, wie ihr großes Vorbild Anna zu werden. Keiner der Soko hatte ein Problem damit, dass Yvonne ihre Arbeitszeiten selbstständig nach ihrem Vorlesungsplan gestaltete. Sie hatte den Laden im Griff, und wenn sie da war, gab es immer frischen Kaffee, Hackbrötchen mit Zwiebeln und gute Laune.

Christian fasste die mageren Ergebnisse der bisherigen Suche nach einem nicht existierenden Thorsten Brinken zusammen. Wie erwartet konnten bislang keine Zeugen aufgetrieben werden, die eine hilfreiche Aussage gemacht hatten. Auch Karens vorläufige Ergebnisse der Autopsie waren nicht durch neue Details ergänzt worden. Das einzig Dynamische an der Untersuchung war Frau Professor Petra Rahnberg, die vor allem Volker, an dem sie einen Narren gefressen zu haben schien, mit permanenten Anrufen und Nachfragen unter Druck setzte.

Trotz Christians mäßiger Laune über das Stocken der Ermittlungen schienen seine Kollegen recht zufrieden und grinsten ihn entspannt an. »Wir haben was«, eröffnete Herd den Hamburger Bericht. »Wird dir gefallen.«

»Zuerst ich!«, drängelte sich Yvonne vor. Sie schlug einen kleinen Block auf und fasste zusammen: »Ich habe in den letzten beiden Tagen zwei Anrufe bekommen von einer Elisabetha Stamminger aus Tübingen. In ihrem Haus wurde am 3. Februar diesen Jahres eine junge Studentin von ihrem Freund erstochen. Frau Stamminger hat von dem Mordfall in Berlin in der Zeitung gelesen und ist fest überzeugt, dass der Tübinger Täter und der Berliner identisch sind. Und sie hat gelesen, dass der berühmte Hamburger Kommissar Beyer den Fall bearbeitet. Deswegen hat sie sich bis in unsere Butze in der Schanze durchtelefoniert.«

Yvonne sah von ihrem Block auf. »Allerdings ist Frau Stamminger über siebzig Jahre alt und liest zu viele Krimis. Sagen zumindest die von der Tübinger Kripo. Die habe ich nämlich angerufen und gefragt, ob sie die Stamminger kennen. Tun sie – sie nennen sie aber nur Miss Marple und würden sie am liebsten einweisen lassen, weil sie ihnen mit ihren Theorien die Haustür einrennt. Sie sagen, der Fall in Tübingen hätte absolut null mit denen in Berlin oder München zu tun. Es war ein Mord im Affekt, ein Streit unter Liebenden. Nix mit Theaterschminke oder Konservierung und so. Gar nix, alles ganz normal.«

»Haben Sie den Täter?«, fragte Christian.

»Noch nicht. Aber bald, da waren sie ganz zuversichtlich. Ich habe die Akten angefordert. Du kannst sie dir ja ansehen, wenn du magst.«

Christian nickte seufzend: »In Berlin haben sich auch jede Menge angeblicher Zeugen gemeldet. Die Besitzerin eines Ladens für Spezialkosmetik erzählte ganz aufgeregt von einem Kunden, der ihr äußerst unheimlich erschien und viel weiße Schminke gekauft hatte. Klar war der gestört! Er war Künstler! Ein Performance-Künstler, der mit einer lebenden Kuh auf die Bühne kommt, ihr die schwarzen Flecken wegschminkt, und dann mit der Albinokuh den Kudamm rauf und runter spaziert. Fragt mich nicht nach dem künstlerischen Nährwert!«

Yvonne lachte.

Christian schüttelte erschöpft den Kopf: »Es ist einfach verdammt deprimierend, wie viel wertvolle Zeit wir immer damit vergeuden müssen, solch schwachsinnigen Hinweisen nachzugehen. Sonst hab ihr nichts?«

Daniel klappte sein Laptop auf, das er wie immer bei sich hatte und als künstliche Extension seines Körpers betrachtete. »Ich habe mich ein wenig in den Servern von deutschen Mitwohnzentralen herumgetrieben, allen voran bei den Fuzzis, die die Berliner Bude an Brinken vermietet hat. Wie wir alle wissen, ist der Mensch ein Gewohnheitstier und wiederholt gerne erfolgreiche Handlungen. Ich habe die Daten in der Münchner Filiale gecheckt. Vier bis acht Wochen vor dem Münchner Mord. Junger Mann, alleinstehend. Die Liste war glücklicherweise nicht allzu lang. Kein Thorsten Brinken, aber …«

»Wir haben alle, die infrage kamen, überprüft«, warf Herd engagiert ein.

Daniel klickte auf seinem Laptop herum. »Und einen gefunden, der nicht existiert. Zumindest nicht in Deutschland. Gleiches Muster wie in Berlin. Die Ausweispapiere müssen gefälscht gewesen sein. Unter der angegebenen Meldeadresse residiert eine Firma, die Kloschüsseln herstellt.«

»Bingo!« Christian war hocherfreut.

»Er nannte sich in München Frank Niklas Stein, gab bei der Mitwohnzentrale sein Alter mit 29 an und behauptete, Politologe an der Uni zu sein. Alles erstunken und erlogen. Außer das mit dem Alter vielleicht, das weiß ich natürlich nicht. Noch nicht«, gab Daniel frustriert zu. Er hasste es, wenn er irgendetwas nicht herausbekam, selbst wenn er es nicht herausbekommen konnte. Das Wort »unmöglich« hatte er zu seinen Hackerzeiten aus seinem Vokabular verbannt.

»Habt ihr schon mit Kommissar Zeiner in München gesprochen?«, fragte Christian.

Herd verneinte. »Wir sind erst vor einer Stunde mit der Überprüfung der Namensliste durch gewesen und wollten zuerst mit dir reden.«

Christians Telefon klingelte. Zu seinem Bedauern war es nicht Anna, sondern der aufgeregt klingende Striebeck: »Christian, ein Riesenfortschritt! Ich habe heute noch mal mit der Mitwohnzentrale gesprochen, weil ich auf die Idee kam, dass unser Mann in München vielleicht auch … Ich habe alle Unterlagen gewälzt, eine Heidenarbeit … Hat sich aber gelohnt! Er …«

»… hat unter dem Namen Frank Niklas Stein was angemietet in der …«, Christian blickt kurz auf Daniels Laptop, »… Georgenstraße 17.«

Auf der anderen Seite der Leitung war es still. Striebeck hatte es schlicht die Sprache verschlagen.

»Wir haben es auch gerade erst herausbekommen. Redest du mit München, oder soll ich?«

»Du bist der Boss«, kam es mürrisch von Striebeck.

»Ich wäre froh, wenn ihr das übernehmen würdet. Vielleicht kann einer von euch hinfliegen und die ersten Maßnahmen persönlich leiten. Das gleiche Prozedere wie in Berlin: Spurensicherung, obwohl es lange her ist und so weiter …«

»Okay.«

»Ich verlasse mich auf dich. Voll und ganz.«

Christian legte zufrieden auf. Die Wahrscheinlichkeit, dass sie in München mehr herausfanden als in Berlin war gering. Zumal der Mord in München schon Monate zurücklag. Aber es war eine Spur.

Berlin.

Petra Rahnberg saß in ihrer Schöneberger Wohnung am Schreibtisch und dachte nach. Sie wusste, dass die Frage nach dem Warum die quälendste war, weil jede mögliche Teilantwort nur weitere Fragen eröffnete. Aber es machte sie schier wahnsinnig, nicht zu begreifen, warum jemand das Wertvollste, was es für sie auf der Welt gab, aus dem Leben gerissen hatte. Warum ihr einziges Kind einen so absurden und gewalttätigen Tod sterben musste. Wenn sie an die Fotos dachte, die sie auf dem Polizeipräsidium gesehen hatte, krampften sich ihre Eingeweide zu einem heißglühenden Ball zusammen. Petra Rahnberg hatte seit Tagen kaum etwas gegessen. Wenn sie nicht ein so kämpferischer Charakter gewesen wäre, sie hätte nur noch auf ihrem Sofa gesessen, ins Nichts gestarrt und darauf gewartet, dass die Nacht den Tag ablöste und der Tag die Nacht. Einfach darauf gewartet, dass es vorbei war. Irgendwann. Der Schmerz, die Verzweiflung, das Leben. Doch die Frage nach dem Warum hielt sie in der Wirklichkeit, trieb sie an, zwang sie zur Nahrungsaufnahme und zum Denken.

Um sie herum lagen aufgeschlagene Bücher, vollgekritzelte Notizzettel und Ausdrucke, lose geordnet in verschiedene Stapel. Der Bildschirm ihres Laptops war die einzige Lichtquelle. Petra Rahnberg rieb sich über die schmerzenden Augen und schaltete die Schreibtischlampe an. Von Sybille Weininger hatte sie telefonisch erfahren, dass die Leiche von Mira ebenfalls einen Spiegel in der Hand gehalten hatte. Darin musste irgendeine Botschaft verborgen sein. Petra Rahnberg hatte keine Ahnung von Polizeiarbeit. Sie war Literaturwissenschaftlerin. Also recherchierte sie die Bedeutung des Spiegels als Metapher – ein Thema, das in der Literatur wie auch in der Philosophie und Psychologie eine erhebliche Aufmerksamkeit genoss und zwar seit Jahrhunderten. Die Fülle des Materials war unüberschaubar. Um ihre Gedanken in eine sinnvolle Ordnung zu bringen, sah sie ihre handschriftlichen Notizen auf der losen Zettelsammlung noch einmal durch. Sie nippte abwesend an ihrem schon längst kalten Tee und las:

> Alte Geschichten, in denen der Spiegel eine zentrale Rolle spielt: Teil der »Metamorphosen« von Ovid … die Narziss-Sage … bestens bekannt. Weil er die Nymphe Echo nicht lieben wollte, wurde Narziss dazu verurteilt, sich in sein Spiegelbild zu verlieben und durch seine Selbstliebe zu sterben.

Mit Rotstift schrieb Petra an den Rand des Zettels: »Vorwurf von oder Reflexion über Narzissmus?« Sie legte die Notiz zu der anderen und nahm eine weitere, vor Stunden hingekritzelte Zusammenfassung ihrer Recherchen zur Hand:

Zerschlagene Spiegel, dunkle Spiegel, Spiegel, die Beängstigendes enthüllen … Der Spiegel, Sinnbild für die Menschenseele, verbildlicht Momente der Selbstanschauung, die Suche nach Ich-Gewissheit, aus der sich das Subjekt hervorbringt, wie auch das damit einhergehende Grauen der Selbstschau und deren Verfälschung. Zudem die Möglichkeit des Zersplitterns in unzählige, einander aufhebende Facetten.

Dann nahm sie einen Bogen Papier, der auf einem mit »Kulturgeschichte und Esoterik« bezeichneten kleinen Stapel lag, und las auch diese stichwortartige Zusammenfassung noch einmal aufmerksam durch:

Im alten Ägypten gab es nur ein Wort für »Spiegel« und »Leben«. Keltische Frauen ließen sich mit ihren Spiegeln begraben, da sie die Spiegel für ihre Seelenträger hielt. In Indien wurde die Große Göttin auch »Spiegel des Abgrundes« genannt, in dem sich der Große Gott (Shiva Mahadeva) ständig selbst betrachtet. Hexen wurde nachgesagt, mithilfe magischer Spiegel zu übersinnlichen Erkenntnissen zu kommen.

Wenn die gesamte Existenz nur Reflektion einer verborgenen Wahrheit ist (Platon), dann kehrt der Blick durch das »Tor« des Spiegels diesen Prozess um und zeigt die echte Wirklichkeit …

Beim alten Brauch, vor dem Gesicht einer sterbenden Person einen Spiegel zu platzieren, ging es nicht darum, den Stillstand des Atems zu kontrollieren, sondern die flüchtige Seele auf diese Weise einzufangen. Spiegel galten immer als Seelenfänger.

Petra unterstrich mit dickem Rotstift das Wort »Seelenfänger«. Müde lehnte sie sich zurück und sah auf die Uhr. Es war weit nach Mitternacht. Sie hatte das Gefühl, keinen klaren Gedanken mehr fassen zu können. Es gab erstaunlich viele Lesarten für die Spiegelmetapher. Und dass es beim Phänomen der Spiegelung letztlich immer um die Frage geht, was ein Betrachter im Spiegel überhaupt zu erkennen vermag, brachte sie auch nicht weiter. Sie stand auf, schaltete die Schreibtischlampe aus und ging ins Bad. Beim Zähneputzen fragte sie sich entmutigt, ob ihre wissenschaftliche Herangehensweise überhaupt irgendeinen Sinn machte. Schließlich wollte sie nachvollziehen, was im kranken Hirn eines Mörders vor sich ging. War das überhaupt möglich?

Hamburg.

Petra Rahnberg hatte keine Ahnung, dass einige Stunden zuvor in Hamburg Yvonne, die dreiundzwanzigjährige Psychologiestudentin und Assistentin der Soko Bund, mit Christian bei ihm zu Hause über ähnlichen Texten brütete mit genau der gleichen Zielsetzung. Yvonne jedoch war im Gegensatz zu Petra Rahnberg ganz sicher, dass der wissenschaftliche Zugang der einzig gültige Weg war, sich einem kranken Hirn zu nähern. Vor dem empathischen Weg, dem gefühlsmäßigen Sich-Hineinversetzen in die pathologische Gedankenwelt eines Killers, hatte Anna sie mehrfach gewarnt und dabei Nietzsche zitiert: »Wer mit Ungeheuern kämpft, mag zusehen, dass er nicht dabei zum Ungeheuer wird. Und wenn du lange in einen Abgrund blickst, blickt der Abgrund auch in dich hinein.«

»Letztlich geht es bei dem Spiegel immer um das Motiv ›Erkenne dich selbst‹«, fasste Yvonne für Christian zusammen.

Christian stand am Fenster. Er hatte wiederholt versucht, Anna telefonisch zu erreichen, doch immer war die Mailbox angesprungen. Er war sogar so weit gegangen, Pete anzurufen – mit dem gleichen Misserfolg. Christian spürte wieder, wie der Stachel der Eifersucht zu bohren begann. Das verursachte ihm schlechte Laune. Er beobachtete die riesigen dunklen Cumuluswolken, die sich bedrohlich aufeinanderschichteten und Vorboten eines heftigen Sommergewitters waren. In der Ferne zuckten erste Blitze über den späten Nachmittagshimmel. Christian versuchte, sich auf den Fall zu konzentrieren. Er wandte sich zu Yvonne um: »Du bist schon eine richtige kleine Profilerin.«

Yvonne lächelte stolz. »Frage ist nur, was genau das Opfer

erkennen soll. Dass sie ein herzloser, unmenschlicher Freak ist?«

»Nächste Frage: Waren Mira Weininger und Catrin Rahnberg herzlose, unmenschliche Freaks? Oder hat er sie durch die Morde erst dazu gemacht?«

»Nächste Frage: Wenn er sie dazu gemacht hat, warum?«

»Ja. Warum?«, sagte Christian und wandte sich wieder den ineinanderwabernden Wolkenbergen zu.

24. August 2009:
Tübingen.

Am darauffolgenden Nachmittag saß Yvonne in Tübingen am Neckar in der Nähe des Hölderlinturms auf einer Bank und versuchte ihre Aufregung mit dem Lesen von Hölderlin-Gedichten zu bekämpfen. Sie hatte sich den Gedichtband am Morgen im Tübinger Bahnhof gekauft. Yvonne nutzte jede sich bietende Gelegenheit, sich möglichst breit zu bilden. Doch sie konnte sich nicht auf die Gedichte konzentrieren. Immer wieder schweifte ihr Blick von dem Buch ab, strich über die Grünflächen am Neckar und die Trauerweiden, deren Zweige sich tief bis zur Wasseroberfläche neigten. Sie fragte sich, ob Sarah Kopper wohl auch hier gesessen und ihren Gedanken nachgehangen hatte. Vielleicht war sie sogar mit ihrem Freund hiergewesen, dem mutmaßlichen Mörder, der ihr schließlich ein Messer ins Herz rammte. Sarah war im gleichen Alter wie Yvonne gewesen. Yvonne dachte darüber nach, was sie selbst noch von ihrem Leben erwartete: alles. Die Gewissheit, dass es heute noch vorbei sein konnte, stimmte die sonst so fröhliche Yvonne melancholisch. Der Tod war eine theoretische Größe. Sie war erst mit ihm in Berührung gekommen, als sie für die Soko Bund zu arbeiten angefangen hatte. Nun schien er ihr zum ersten Mal greifbar nahe. Yvonne fröstelte trotz der warmen Augustsonne. Sie las weiter: »Da flogen wir, da wanderten wir, wie die Schwalben, von einem Frühling der Welt zum andern.«

Yvonne klappte das Buch zu. Sie konnte im Moment nichts damit anfangen. Yvonne hatte am vergangenen Abend in Hamburg, nachdem sie bei Christian weggegangen war, auf eigene Faust und eigene Kosten den Nachtzug nach Tübingen bestiegen. Nach dem Studium der Akte Sarah Kopper ließ die Vermutung sie nicht mehr los, Elisabetha Stamminger könnte vielleicht doch recht haben und der Mörder Sarahs mit dem von Mira und Catrin identisch sein. Yvonne war sich dessen bewusst, dass sie als kleine Studentin nicht die Kompetenz besaß, das Urteil der Tübinger Kripo anzuzweifeln. Sie wollte sich auch nicht vor Christian mit verstiegenen Behauptungen blamieren. Sie wollte nur mit Frau Stamminger reden. Genau das hatte sie ausgiebig am frühen Morgen getan. Yvonne war noch ganz übel von den vielen, viel zu süßen Kakaos, die ihr die nette alte Dame eingeflößt hatte.

Jetzt wartete sie auf die Ankunft von Christian und Volker. In einer halben Stunde würde sie die beiden vom Bahnhof abholen. Bis dahin wollte sie noch einen kleinen Bummel durch die pittoreske Altstadt der Studentenhochburg machen.

Wenig später tranken Christian und Volker den viel zu süßen Kakao bei Elisabetha Stamminger in der Wohnküche und ließen sich die Geschichte von dem Tag erzählen, an dem Sarah Kopper zu Tode gekommen war. Yvonne saß schweigend dabei. Sie war insgeheim unglaublich stolz, dass auf ihren Hinweis hin Christian persönlich angereist war, statt Volker allein oder sonst einen Vertreter zu schicken.

Genau wie sie wurde Christian hellhörig, als Frau Stamminger wieder und wieder berichtete, wie dieser Frank Sarah gedroht hatte, als sie ihm Herzlosigkeit vorwarf.

»Wissen Sie, ich lese ganz viele Krimis«, sagte Liesel selbstbewusst. Dieser Umstand war ihren Besuchern nicht verborgen geblieben, denn in jeder Ecke lagen die reichlich zerfledderten Bücher herum. Sogar die fette Katze ruhte auf einem Berg aus Liesels Lesestoff. »Und zwar nicht nur das harmlose Zeugs für ältere Damen.« Liesel lächelte und stellte frische Milch auf den

Herd, um noch etwas Kakao anzurühren. »Daher weiß ich, dass Mörder ihre Vorgehensweise ändern. Was ist denn, wenn meine kleine Sarah das erste Opfer dieses Verrückten war, und er erst dadurch auf die Idee gekommen ist, den Mädchen die Herzen wirklich herauszuschneiden?«

»Das ist im Bereich des Möglichen.« Christian nippte vorsichtig an der heißen, süßen Pampe. Volker schien der Kakao zu schmecken, er trank ihn literweise.

»Und warum hat mir die Tübinger Polizei das nicht geglaubt? Die sind doch auch nicht dümmer als die Hamburger, oder?«

»Unsere Tübinger Kollegen konnten Anfang Februar nicht ahnen, dass es auch in anderen Städten zu Morden kommt, in denen das Herz eine – sagen wir mal – zentrale Rolle spielt. Und sie wissen nicht, dass sich der mutmaßliche Täter in München auch Frank genannt hat. Wir werden unsere Kollegen hier informieren. Aber Sie halten sich bitte zurück, Frau Stamminger. Das ist eine ganz heiße und geheime polizeiliche Verschlusssache, Sie verstehen!« Volker zwinkerte Liesel zu und ließ sich dankend noch einen Kakao kredenzen.

Liesel zwinkerte zurück. »Ich schweige wie ein Grab.«

»Frau Stamminger«, mischte sich Christian in das verschwörerische Tête-à-tête. »Wo Sie sich doch so gut mit Krimis auskennen, da wissen Sie doch bestimmt, was ein Phantombild ist. Sie haben uns diesen Frank ganz wunderbar beschrieben. Meinen Sie, wenn wir Sie zu einem Polizeizeichner bringen …«

Yvonne schüttelte grinsend den Kopf: »Nicht nötig, Christian. Jetzt pass mal auf! Das habe ich dir am Telefon nämlich nicht gesagt. Überraschung!«

Yvonne nickte Frau Stamminger zu. Liesel erhob sich, wischte ihre sauberen Hände an der Kittelschürze ab und zog eine Schublade auf, aus der sie einen Zeichenblock herausholte. »Ich hab früher mal eine Blumenhandlung gehabt, müssen Sie wissen«, begann sie. »Und weil Blumen so was Schönes sind, aber so schnell verwelken, hab ich angefangen, sie zu malen. Ich hab sogar mal einen Zeichenkurs mitgemacht!« Liesel Stamminger kicherte. »Mit jungen Studenten als Aktmodelle, und so. Da war mein Erwin ganz schön sauer. Gesichter kann ich aber nicht so gut wie Blumen. Hier, sehen Sie mal.« Sie schlug den Zeichenblock auf und zeigte Christian und Volker jede Menge Rötelzeichnungen und Aquarelle von verschiedenen Blumen.

»Mit den Augen bin ich nicht zufrieden. Die waren so … undefinierbar. Aber insgesamt kommt es ganz gut hin.« Liesel Stamminger schlug eine Seite in ihrem Block um und präsentierte Christian ein bis ins Detail ausgearbeitetes und sehr lebendiges Kohleporträt von Frank, dem mutmaßlichen Mörder Sarahs. »Der Tübinger Polizei habe ich das gar nicht erst gezeigt. Die halten mich eh für eine senile Alte, die sich nur wichtig machen will«, fügte sie leicht beleidigt hinzu.

»Ist das was oder ist das nix?«, fragte Yvonne stolz, als hätte sie das Bild selbst gezeichnet. Volker klopfte ihr anerkennend auf die Schulter. Immerhin war es Yvonnes Idee gewesen, diese alte Dame ernst zu nehmen und sie aufzusuchen.

»Kann ich das Porträt mitnehmen?«, fragte Christian.

»Aber natürlich!« Liesel Stamminger löste die Zeichnung vorsichtig aus dem Block und reichte sie ihm.

Christian steckte das Blatt Papier sorgsam in eine Aktenmappe. »Wir werden Ihre Zeichnung einigen Zeugen in Berlin und München zeigen. Falls irgendjemand den Kerl hier erkennt … Frau Stamminger, Sie haben uns einen Riesenschritt weitergebracht.«

Liesel Stamminger lächelte vergnügt.

Als Christian mit Yvonne und Volker im Taxi zurück zum Bahnhof fuhr, bekam auch Yvonne das ihr gebührende Lob für die Eigeninitiative.

»Und warum siehst du trotzdem nicht richtig froh aus?«, fragte Yvonne. »Glaubst du nicht, dass es der gleiche Täter wie in Berlin und München ist?«

»Ich halte es für möglich. Nur wirft uns Sarah Kopper die mageren Gemeinsamkeiten über den Haufen, die wir bislang bei Mira Weininger und Catrin Rahnberg ausmachen konnten: Sarah Kopper stammt nicht aus gehobenen Verhältnissen. Sie war kein Einzelkind, sie hatte einen kleinen Bruder. Außerdem ist ihre Mutter nicht alleinerziehend.«

»Und sie hatte auch kein Einser-Abi und an der Uni nicht so glänzende Erfolge zu verbuchen wie die beiden anderen. Frau Stamminger hat gesagt, dass Sarah sich mit ihrem Studium regelrecht abgemüht hat. Die anderen beiden waren Überflieger. Wir könnten dann also unser Opferprofil in die Tonne treten«, fügte Volker hinzu.

Christian nickte. Vielleicht waren sie einen großen Schritt weiter. Vielleicht standen sie aber auch wieder ganz am Anfang.

25. August 2009:
Düsseldorf.

Als Clarissa am Morgen des nächsten Tages den Aufzug betrat, um nach oben in ihr Büro zu fahren, standen dort schon ihre Assistentin Tanja und Frau Doktor Vera Blanke, die Leiterin des »Aglaia«-Forschungslabors. Die beiden nickten freundlich zur Begrüßung, doch das Gespräch, in das sie eifrig verwickelt gewesen waren, verstummte. Clarissa hatte nur noch etwas von einem Blind Date aufschnappen können. Als Tanja ihr zehn Minuten später frisch gebrühten Kaffee und die Tagespost in ihr Büro brachte, bot Clarissa ihr Platz an. Tanja wusste, das war eine der seltenen Aufforderungen zum Plaudern. Grundsätzlich hielt sich Clarissa zurück, was Firmenklatsch betraf. Meist langweilten die Privatangelegenheiten ihrer Untergebenen Clarissa gewaltig, doch in seltenen Fällen war etwas dabei, das man irgendwann einmal verwenden können würde.

»Frau Doktor Blanke frönt dem modernen Hobby der Blind Dates?«, eröffnete Clarissa frontal die Fragestunde.

Tanja nickte, hocherfreut, mit ihren Kenntnissen auftrumpfen zu können: »Schon länger. Sie glauben nicht, was man dabei alles erlebt. Ich hab's auch mal probiert. Zwei Mal, um genau zu sein, aber es war fürchterlich frustrierend. Ich weiß gar nicht, was sich die Männer einbilden. Da kommen die ältesten und hässlichsten Säcke an, und alle suchen sie eine junge, sexy Elfe unter dreißig. Was ist denn mit uns Frauen über vierzig? Sind wir Gammelfleisch oder was?« Tanja war ehrlich empört.

»Frau Doktor Blanke ist noch unter vierzig. Und sieht gut aus. Wieso hat sie so was nötig?«, lenkte Clarissa wieder auf den eigentlichen Punkt ihres Interesses. Sie hoffte auf ein paar entlarvende Details.

»Ich bin ja nun auch nicht gerade hässlich«, entrüstete sich Tanja spontan.

»Keineswegs. Sonst wären Sie nicht die Repräsentanz in meinem Vorzimmer, Tanja.«

Tanja war versöhnt: »Ach, bei der Blanke ist das die übliche Geschichte. Vor ein paar Monaten ist sie von ihrem beziehungsunfähigen Kerl verlassen worden. Da hat sie sich abends nach einer Flasche Wein mit einer Freundin mal eingeklickt. Nur so aus Neugier. Und seitdem ist sie angefixt und hat ein Date nach dem anderen.«

Clarissa lächelte in sich hinein. Sollte die Leiterin ihres Forschungslabors etwa wild durch die Gegend vögeln?

»Aber der Richtige hat sich noch nicht eingefunden?«, fragte sie beiläufig und öffnete dabei die Post. Sie war heilfroh, dass kein Päckchen ohne Absender dabei war.

»Gibt's den überhaupt, den Richtigen? Und wie viele Frösche muss man küssen, bis der Prinz vor einem steht?«

Langsam begann das Gespräch Clarissa zu langweilen. Sie hasste es, wenn Frauen sich die dämliche Diktion von Frauenzeitschriften aneigneten und sich dabei unglaublich hip fühlten. Als wäre die Welt eine einzige »Sex and the City«-Kolumne. Clarissa gab keine Antwort.

»Jedenfalls hat die Blanke schon jede Menge Spaß gehabt. Aber jetzt will sie's erst mal lassen.«

»Wieso das denn?«

Tanja lächelte milde: »Frau Doktor Wedekind, Sie sollten nicht nur die Financial Times und so was lesen, sondern ab und zu auch mal ein Boulevardblatt. Die Frauen in Deutschland haben alle Angst vor dem Herzausreißer.«

Clarissa ließ den Brief eines Zulieferers sinken und starrte Tanja an. »Was sagen Sie da?«

In den folgenden fünf Minuten erfuhr Clarissa jedes bislang in der Presse veröffentlichte Detail über die Morde in München und in Berlin. Inklusive der Tatsache, dass bei beiden Opfern die Herzen entfernt und nicht gefunden worden waren. Mit angemessener Betroffenheit, aber ohne auch nur einen Deut von ihrem wirklichen Gefühlsaufruhr nach außen dringen zu lassen, entließ Clarissa ihre Assistentin ins Vorzimmer. Kaum war Tanja draußen, fuhr Clarissa ihren Computer hoch und recherchierte die Schlagzeilen der vergangenen Wochen wie auch die des Aprils in München. Schnell wurde ihr wieder klar, warum sie nur Fachpresse las. Es gab so vieles, was sie nicht wissen wollte. Etwa, wer sich für die nächste Staffel ins Dschungelcamp begeben wollte. Oder warum Schumi sein Comeback abgesagt hatte. Im Grunde hatte sie auch nicht wissen wollen, wo das Herz herkam, das kürzlich hier auf diesem Schreibtisch vor ihren Augen gelegen hatte. Jetzt wusste sie es. Nein, sie ahnte es. Aber glauben wollte sie es nicht. Clarissa fischte ihr Privathandy aus der Tasche und bestellte Thomas Howela für den Abend in ihre Wohnung.

Als Howela auf die Minute pünktlich bei ihr eintraf, hatte Clarissa schon zwei Single Malt geleert. So viel Alkohol wie in den letzten Tagen trank sie sonst in einem Monat. Sie bot Howela ebenfalls einen Whisky an und schenkte sich den dritten ein.

»Kann ich auf Sie zählen? Hundertprozentig?«

»Ich bin Ihr Mann.«

Clarissa betrachtete ihn prüfend und beschloss, ihm vorerst zu trauen. Sie hatte keine Wahl. In knappen Sätzen erzählte sie ihm von dem Päckchen, das sie kürzlich erhalten hatte, und dem naheliegenden Verdacht, dass es sich bei ihrem Erpresser und dem gesuchten Frauenmörder um ein und dieselbe Person handeln könnte. Howela nahm die Neuigkeiten mit ungerührter Professionalität auf.

»Sie sollten mit der Kripo reden.«

»Ich wusste, dass Sie das sagen würden.«

Zum ersten Mal lächelte Howela: »Und ich weiß, was Sie antworten werden: Kommt nicht infrage.«

»Genau. Deswegen noch einmal: Kann ich auf Sie zählen?«

»Diskretion ist ein wesentlicher Teil meines beruflichen wie auch privaten Profils. Allerdings muss ich Ihnen ein paar sehr direkte Fragen stellen.«

Clarissa nickte.

»Gibt es irgendeine wie auch immer geartete Beziehung zwischen Ihnen und den Opfern in München und Berlin?«

»Ich habe heute alles darüber gelesen, was ich finden konnte. Keinerlei Verbindung. Ich kannte weder die beiden jungen Frauen, noch habe ich jemals ihre Namen gehört noch mit ihren Familien Kontakt gehabt. Mir ist das Ganze ein Rätsel.«

»Das wir lösen werden. Fühlen Sie sich bedroht? Glauben Sie, dass er Sie auch umbringen will?«

Clarissa schüttelte entschieden den Kopf: »Das hätte er ganz leicht in Hamburg tun können. Außerdem bin ich keine attraktive Studentin Mitte zwanzig.«

»Haben Sie das Herz irgendwo aufbewahrt?«

»Warum sollte ich? Ich hielt es für einen absurden bösen Scherz. Ein Herz aus einem Krankenhaus. Oder einer Leichenhalle, was weiß ich.«

»Nur so aus Neugier … Wie haben Sie es entsorgt?«

Clarissa schwieg kurz. Sie war nicht sicher, wie weit sie sich in Howelas Hände begeben wollte. »Wir haben in den Labors von ›Aglaia‹ Container für organische Abfälle, die mehrfach täglich geleert werden.«

Howela nahm einen kräftigen Schluck von seinem Whisky.

»Haben Sie schon etwas herausgefunden?«, lenkte Clarissa von dem unappetitlichen Thema ab.

»Wie ich Ihnen gestern Abend in meinem Tagesbericht schrieb, werde ich morgen erfahren, wer das Baby von Beatrix Kowalski adoptiert hat. Und wie sie es genannt haben. Die Information ist teuer, aber nicht schwierig zu bekommen. Haben Sie Geduld bis morgen, dann sehen wir weiter.«

»Geduld!« Clarissa lachte bitter auf. Dann sah sie Howela in die Augen. »Gehe ich recht in der Annahme, dass Sie mit mir schlafen wollen?«

Howela lächelte ein zweites Mal. »Es wäre mir ein großes Vergnügen.«

»Kommen Sie her und ziehen Sie mich aus.«

Zu Clarissas Überraschung war es auch für sie ein großes Vergnügen. Eine äußerst angenehme Stunde später kamen sie zurück ins Wohnzimmer. Clarissa schenkte sich noch einen Hauch von Whisky ein. Howela mixte sich am Barschrank einen Gin Tonic und bat um Eis. Clarissa war nicht sicher, ob sie welches hatte. Sie trank ihr Wasser immer auf Zimmertemperatur und den Whisky selbstverständlich ohne Eis. Sie ging mit ihrem Whiskyglas zur offenen Küche und sah im Gefrierfach nach. Zwei gleichzeitige Geräusche erschütterten Howelas Trommelfell: das Whiskyglas, das auf dem Küchenboden zerschellte und Clarissas gellender Schrei. Howela war sofort neben ihr und sah, was sie sah: Im Gefrierfach lag sauber vakuumiert in einer dicken Plastikfolie ein menschliches Herz.

Clarissa wich zurück und ließ sich zitternd auf ihr malvenfarbenes Sofa sinken.

»Er war hier, er war in meiner Wohnung!« Aus ihrem Gesicht war alle Farbe gewichen.

Howela stand am Kühlschrank, nahm das gefrorene Herz heraus und betrachtete es. Auch wenn einige Eiskristalle den Blick hinter die Plastikfolie erschwerten, gab es keinen Zweifel am Inhalt. Auf der Folie war mit Hand ein Datum vermerkt: 1.4.2009.

»Das ist das Herz der Münchnerin«, mutmaßte Howela. »Ihre Leiche wurde Anfang April zum Zirkus Korne geliefert, wenn ich mich recht erinnere.«

»Am 2. April«, sagte Clarissa tonlos. »Ich habe heute alles nachgelesen, was in den Zeitungen stand.«

Howela legte das Herz zurück ins Gefrierfach, weil er nicht wusste, was er sonst damit tun sollte.

»Wann waren Sie das letzte Mal am Tiefkühlfach?«

Clarissa zuckte mit den Schultern. Langsam kehrte Farbe in ihr Gesicht zurück. »Ich habe keine Ahnung. Vor Wochen? Monaten? Ich koche abends nie. Und ich brauche auch keine Eiswürfel.«

»Das Herz, das ins Büro geliefert wurde ... Hatte das auch ein Datum?«

»Das des Tages, bevor die Leiche in Berlin gefunden wurde. Aber das weiß ich erst seit heute! Ich hatte doch keine Ahnung!«

»Der Zusammenhang liegt auf der Hand. Jetzt sagen Sie mir, verdammt noch mal, was hinter dem Ganzen steckt! Das hier ist kein Spiel!«

Clarissa stierte vor sich hin. Howela versuchte es auf die sanfte Tour. Er legt den Arm um Clarissa: »Ich will Ihnen helfen, das kann ich aber nur ...«

Clarissa schubste unsanft Howelas Arm weg und sprang auf. Fast hysterisch schrie sie Howela an: »Fass mich nicht an, du Idiot! Finde diesen Kerl und schaff ihn her! Er war in meiner Wohnung, begreifst du das nicht?«

Howela ließ sich von Clarissas beleidigendem Gefühlsausbruch nicht irritieren. »Hatte er bei dem Zusammentreffen in Hamburg Gelegenheit, an Ihre Schlüssel zu kommen?«

Clarissa nickte.

»Verstehe. Morgen lassen Sie vom Schlüsseldienst die Schlösser austauschen.«

Clarissa nickte.

»Und dann gehen Sie zur Polizei.«

Clarissa schüttelte den Kopf.

»Was spricht dagegen? Was haben Sie sich zuschulden kommen lassen?«

»Nichts Schlimmes, das können Sie mir glauben. Moralisch verwerflich vielleicht, für den ein oder anderen. Aber nichts wirklich Schlimmes!«

»Sie wollen mir erzählen, dass da draußen jungen Frauen das Herz herausgeschnitten wird, weil Sie in den Sechzigern Joints geraucht oder sich in Woodstock im Schlamm gewälzt haben?«

Wütend funkelte sie ihn an: »Ich habe mit diesen Morden nichts zu tun! Was dieser Irre da treibt, hat ab-so-lut nichts mit mir zu tun, ist das jetzt klar?«

»Wieso landen die Herzen dann bei Ihnen auf dem Tisch oder im Kühlschrank? Verkaufen Sie mich nicht für dumm! Hatten Sie eine Affäre mit dem Kerl?«

Clarissa zögerte lange. »Einen läppischen One-Night-Stand in Hamburg.«

»Dieser Kerl ist kein irrer Stalker, der Sie mit makaberen Aufmerksamkeiten in die Enge treiben will. Er weiß etwas von Ihnen. Was würde passieren, wenn die Polizei erfährt, womit er Sie in der Hand hat? Müssen Sie mit Gefängnis rechnen?«

»Das ist nicht das Problem, ich sage doch, es war nichts Schlimmes. Was mir droht, ist öffentliche Aufmerksamkeit. Gerede. Gerüchte. Schlechte Presse. Wenn ich mit diesem Killer in Verbindung gebracht werde, kann ich alles vergessen, was ich in den letzten Jahrzehnten mühsam aufgebaut habe. Um es ganz deutlich zu sagen: Ich bin im Arsch!«

»Es geht also um Ihre Karriere.«

»Um mein Leben.«

Müde erhob sich Clarissa vom Sofa. Sie wollte die Fragestunde beenden. Sie wollte den gesamten Tag beenden und einfach vergessen. Sie wollte schlafen, um dann am nächsten Morgen aufzuwachen in der beruhigenden Gewissheit, alles nur geträumt zu haben.

»Vertrauen Sie mir«, sagte sie erschöpft zu Howela.

Der lachte: »Einer Frau? Machen Sie Witze?«

Clarissa bat Howela, über Nacht zu bleiben. Sie hatte das Gefühl, ihn an sich binden zu müssen, damit er nicht auf die Idee kam, zur Polizei zu gehen. Außerdem hatte sie Angst. Zum ersten Mal in ihrem Leben hatte die Schneekönigin Clarissa Wedekind Angst. Eine Scheißangst.

TEIL II

ROLLENSPIELE

26. August 2009:
Straßburg.

Als die Dunkelheit hereinbrach, entledigte sich der bislang heißeste Tag des Jahres seines klebrigen Hitzefilms durch ein heftiges Sommergewitter. Niklas stand vor der Tür seines kleinen Hauses und genoss die über den fahlen Himmel zuckenden Blitze. Sie erhellten in gigantischen Zickzackkurven für Bruchteile von Sekunden die Nacht. Er stand da, sog das grelle Licht in sich auf und fieberte dem unweigerlich folgenden, krachenden Donner entgegen. Dazu prasselte der Regen, erst in heftigen, warmen Güssen, dann in harmloser Gleichförmigkeit.

Niklas liebte Gewitter. Er liebte jegliche Entladung von Naturgewalten, die dem Menschen unzweifelhaft ins Gedächtnis riefen, dass er nichts war als ein Wurm, ein elender. Wie gerne hätte Niklas einmal einen Vulkanausbruch gesehen. Glühende Lava, unaufhaltsam vor sich hin wälzend, alles Leben unter sich erstickend, verbrennend, begrabend. Wie gerne würde er einmal unter einem Wasserfall stehen, am besten unter dem Salto Angel in Venezuela, wo pro Sekunde Abertausende von Litern mit ungeheurer Geschwindigkeit gen Erdmittelpunkt stürzen und in meterhoher Gischt, sprühend in unendlich schönen Kristallen, die unfassliche Kraft aufprallt, auf ihn, Niklas. Da würde er dann stehen, unbekleidet und ungeschützt, um die Gewalt zu spüren, die ihm die Haut in Fetzen reißen und die Seele aufs Neue zertrümmern würde. Oder einen Sandsturm erleben, der einem die Sicht und den Atem raubt und alle Poren verstopft, bis nur noch eins bleibt: der Mensch in Todesangst. Ausgeliefert dem Tosen und Toben winzigster Partikel, jeder Kontakt einem Nadelstich gleich. Und mittendrin er, Niklas, der sich ausziehen und die Arme ausbreiten würde, um seine Haut versengen zu lassen, bis die Sandkörner das Wort »ausgeliefert« in seine Haut tätowiert hätten und er endlich,

endlich so etwas Ähnliches wie erlösende Freude über den Schmerz empfinden könnte.

Niklas befand sich seit einigen Tagen in Straßburg. Er hatte sich in einem ehemaligen Kutscherhaus im Hinterhof einer Villa eingemietet. Das Kutscherhaus war winzig, bot jedoch einige Vorteile, die für Niklas entscheidende Bedeutung besaßen: Es war durch ein schmiedeeisernes Türchen über den rückwärtigen Garten zugänglich, sodass er keinen Kontakt mit den Bewohnern des Vorderhauses zu fürchten hatte noch den Concierge zu Gesicht bekam. Große Platanen schützten das Häuschen vor neugierigen Blicken aus den vielen Fenstern auf der Rückseite der Villa.

Niklas reiste mit französischem Pass und nannte sich Fréderic Rouge-Joue. Obwohl er die Landessprache perfekt beherrschte und wie immer mit den besten Manieren und dem freundlichsten Wesen auftrat, hatte ihn der Concierge bei der Schlüsselübergabe misstrauisch beäugt. Ganz offensichtlich mochte er ihn nicht und beschäftigte sich deshalb auch nicht weiter mit ihm. Falls der Concierge in die Verlegenheit kommen sollte, von der Polizei befragt zu werden, würde er ihnen nicht viel sagen können: »Monsieur Rouge-Joue? Hab ich nur einmal gesehen. Groß, unsympathisch, mit Baseballcap und Sonnenbrille.«

Warum er Niklas nicht mochte, würde er nicht genauer erklären können. Das konnte keiner. Wo Niklas doch so freundlich, so gut aussehend, so perfekt war. Viele glaubten, ihn zu mögen. Zumindest anfangs. Aber niemand mochte ihn wirklich. Das war schon immer so gewesen. Früher hatte Niklas sich oft nach den Gründen gefragt. Inzwischen kannte er sie. Die Menschen mochten ihn nicht, weil er anders war. So viele Jahre hatte er sich Mühe gegeben, genauso zu sein wie alle anderen. Damit er gemocht wurde. Es war ihm nie gelungen. Er konnte nicht so sein wie die anderen. Aber er hatte gelernt, sie nachzuahmen. Wenn er sich konzentrierte, ahmte er die »normalen« Menschen sogar hervorragend nach. Dann kam er sich menschlicher vor als sie selbst, was ihn amüsierte. Und sie fielen auf ihn herein. Vielleicht verspürten sie leises Unbehagen, das einem hinten im Nacken die Härchen aufstellt. Aber das nahmen sie kaum wahr. Sie sahen sein äußeres Erscheinungsbild, die perfekt manikürten Fingernägel, das makellose Lächeln und seine kostspielige Uhr. Sie sahen die Insignien des Erfolgs, bewunderten seine Image Tools und missachteten ihre Instinkte. Sie waren dumm. Aber ihre Dummheit war nur einer von den großen und kleinen Unterschieden zwischen ihnen und Niklas. Die anderen konnten nicht sauber denken. So wie er. Er besaß einen rasiermesserscharfen Verstand. Dafür konnten sie fühlen. Vermutlich beeinträchtigte sie diese Fähigkeit beim Denken. Niklas war vor dieser Gefahr gefeit. Wenn er einmal nicht vollkommen stringent dachte, dann aus kalkulierter Nachlässigkeit. Weil er wusste, dass eine kleine Abweichung von der idealen Linie ihn das Ziel dennoch nicht verfehlen ließ. Deswegen ließ er manchmal Nachlässigkeiten zu, gewissermaßen als verspielte Schnörkel der Perfektion – so wie er etwa Catrins Leiche auf einem Ikea-Stuhl aus der Mietwohnung fixierte hatte. Eine provokante Spielerei, die ihm Vergnügen bereitete. Niemals jedoch ließ er Unkontrolliertheit zu oder verfiel gar in Sentimentalität. Niklas waren Gefühle fremd. Er spürte durchaus Schmerz, wenn er den Kopf gegen eine Wand rammte oder seine Fingernägel in die Handinnenflächen grub, bis das Blut hervortrat. Er kannte das Gefühl des Bedauerns, wenn sich Ereignisse entgegen seiner Wünsche entwickelten, ebenso wie eine gewisse Zufriedenheit, wenn alles nach Plan verlief. Was Niklas allerdings nicht empfinden konnte, war pure Freude. Trauer. Angst. Hass. Und Liebe.

Er erinnerte sich dunkel, dass er in seiner Kindheit noch fühlen konnte. Damals hatte er Wut empfunden, brennend bis zur Weißglut. Damals hatte er Hass empfunden, glühend bis zur Mordlust. Er erinnerte sich sogar an einen Tag, an dem er Freude und Hoffnung empfunden hatte: Es war sein siebter Geburtstag gewesen, und er bekam ein stahlblaues Fahrrad geschenkt. Da hatte er gedacht, dass er nun dazugehören würde, zu der Bikergang von Lenny aus der Nebenstraße. Doch Lenny und seine Freunde sahen das anders. Sie wollten ihn nicht, den Schlaumeier, der schon erheblich besser lesen, schreiben und rechnen konnte als die Viertklässler. Sie schickten ihn weg. Weil er anders war. Damals hatte Niklas die grundlegende Notwendigkeit der Anpassung begriffen und damit begonnen, die nachzuahmen, deren Wohlwollen er aus dem einen oder anderen Grund suchte. Er senkte seine Leistungen in der Schule und modifizierte sich zu einem gewalttätigen Bengel. Der schließlich ein Jahr später die Führungsposition der Bikergang übernahm. Lenny war erledigt, und was noch von seinem Charisma als Exgangleader übrig blieb, wurde von Niklas durch gnadenlosen Psychoterror in Einzelteile zerlegt. Bis Lenny ein ängstlicher Bettpisser war, der von allen geschnitten wurde. Da fiel Niklas zum ersten Mal auf, dass er sich nicht mehr freuen konnte. Dass er nur noch kalte und stumpfe Befriedigung empfand.

Er sehnte sich danach, die intensiven Gefühle seiner frühen Kindheit wieder einmal spüren zu können. Er hatte es versucht, hatte sich auf Liebe und Hass konzentriert, denn das schienen ihm die Hauptdisziplinen emotionaler Intensität zu sein. Doch bislang war er gescheitert. Er wusste, wieso. Seine kurze Liaison mit Sarah war der falsche Weg gewesen. So dumm die anderen auch waren, sosehr sie sich anfangs von seinem gewinnenden Wesen und seinem guten Aussehen blenden ließen … Irgendwann sahen sie ihn nicht mehr mit diesem Kollektivblick, dessen Erwartungen er jederzeit und ohne Anstrengung übererfüllte. Wenn es, wie Sarah gesagt hatte, um Liebe ging, um tiefe und wahre Liebe, dann begannen sie mit dem Herzen zu sehen. Und er fiel durch die Prüfung. Denn sie sahen, dass er keins hatte.

Nahezu jeden Tag dachte Niklas an Clarissa. Bislang empfand er nur kalte Verachtung für sie. Aber er arbeitete gewissenhaft daran, sie zu hassen. Damit er tiefen und wahren Genuss verspüren konnte, wenn er Clarissas Leben zerstörte. Die völlige Vernichtung sollte ihre Strafe sein, wenn er nicht fand, was er suchte, wenn er nicht bekam, was er wollte: eine ebenbürtige Gefährtin, die ihm gab, was er nicht kannte –

Liebe. Niklas wollte lernen zu lieben. Oder zumindest das Gefühl erfahren, zu jemandem zu gehören. Daran arbeitete er. Planvoll und konzentriert. Um die eine Gefährtin zu finden. Ein Wesen wie er. Ein Unwesen.

Niklas wandte sich vom Gewitter ab und kehrte zurück zu dem Resopalküchentisch, auf dem er sein gesammeltes Material über Sandrine geordnet hatte. Sandrine Lacour, dreißig Jahre alt, Konferenzdolmetscherin bei der EU. Sandrine war nicht so hübsch wie Mira und Catrin. Sie war mager, ihr kurzes mittelblondes Haar glanzlos, und sie war drei Jahre älter als er, was Niklas als Nachteil einordnete. Aber sie beherrschte sechs Sprachen fließend, kleidete sich edel und geschmackvoll, schien hochbegabt und unterkühlt. Seit vier Tagen studierte er Sandrines Lebensgewohnheiten hier vor Ort in Straßburg. Sie verbrachte ihre Tage äußerst strukturiert und ihre Nächte allein. Zweimal war sie abends mit einem Kollegen essen gewesen, ignorierte aber dessen deutliche Avancen mit einer Kälte und Beharrlichkeit, die Niklas beeindruckten. Ihre Mittagspause verbrachte sie jeden Tag in einem Café gegenüber des Parlamentsgebäudes.

Dort saß auch Niklas am nächsten Tag. Er trug grüne Kontaktlinsen, hatte die Haare brünett gefärbt und einen farblich angepassten Dreitagebart stehen lassen, was ihm einen leicht verwegenen Ausdruck verlieh. Er blätterte in einer Kunstzeitschrift. Über Sandrines Facebook-Einträge hatte er neben vielen anderen nützlichen Details erfahren, dass sie gerne in Ausstellungen ging und besonders Expressionisten mochte, vor allem Nolde und Kokoschka.

Als Sandrine pünktlich wie immer das Café betrat, ließ er wie zufällig seinen Blick durch das Lokal schweifen und einen Tick zu lange auf ihr ruhen. Sie bemerkte es, tat aber nicht schüchtern oder gar verschämt, sondern erwiderte seinen Blick offen und souverän, was er als gutes Zeichen verbuchte. Vielleicht war sie ja die Richtige und würde ihn nicht so bitter enttäuschen wie die anderen. Vielleicht war es ja gut, dass sie älter war. Gereifter. Mehr bei sich. Mehr bei ihm.

Sandrine ging dicht an ihm vorbei, bemerkte das Kunstmagazin und nahm entgegen ihrer sonstigen Gewohnheit nicht am Fenster Platz, sondern an einem Tisch, von dem aus sie Niklas beobachten konnte. Das Spiel begann.

27. August 2009: Gelsenkirchen.

Thomas Howela saß im mit Schalke-04-Devotionalien vollgestopften Wohnzimmer des Ehepaares Edmund und Ruth Schmitt und begriff zum ersten Mal, was mit »Gelsenkirchener Barock« gemeint war. Schwere und reich ornamentierte Möbelstücke bedrückten das Gemüt. Ein intensiver Geruch nach Politur, mit der die Hausfrau ihre furnierten Schränke, Kommoden und Vitrinen auf Hochglanz brachte, schwängerte die stickige Luft. Sonnenstrahlen mühten sich durch die leicht vergilbten Vorhänge und warfen helle Schneisen in das ansonsten düstere Zimmer. In den Lichtstrahlen tanzten Staubflocken.

Frau Schmitt kam mit frisch aufgebrühtem Filterkaffee aus der Küche, goss die schwach braune Flüssigkeit in filigrane Sammeltassen und kredenzte Plätzchen in einer versilberten Etagere. »Gott, ich habe ja immer noch meine Kittelschürze an«, bemerkte sie erschrocken, als sie sich zu Howela und ihrem Mann setzen wollte. Blitzschnell machte sie sich fein, indem sie die Schürze auszog und mit ihr noch einmal kurz über den Wohnzimmertisch wischte, auf den sich schon wieder eine hauchfeine Staubschicht gesetzt hatte. »Dieser Staub, man kann machen, was man will …«

»Jetzt setz dich endlich hin, Mutti, du machst mich nervös«, mahnte Edmund seine Frau. Edmund sah aus wie Horst Schlämmer und sprach auch so ähnlich. Zumindest hörte es sich für Howela so an.

Ruth gehorchte, setzte sich artig auf die Vorderkante des altrosa bezogenen Sofas und faltete die Hände in ihrem Schoß. »Sie sind also im Auftrag eines Notars unterwegs und suchen unseren Niklas, Herr Rodenberg«, fasste sie das bisher Gehörte zusammen.

Howela nickte. Er hatte die Erfahrung gemacht, dass Worte wie »Notar« und »Erbschaftsangelegenheit« bei den Menschen Tür und Tor öffneten. Wenn er dann auch noch weiteren Fragen mit seiner »Verschwiegenheitspflicht« auswich, sah er stets das Glänzen in den Augen seiner Gegenüber, das ihn an die tanzenden Dollarzeichen in Dagobert Ducks Blick erinnerte. Howela fand es seltsam, dass selbst Menschen, in deren Verwandtschaft es keinerlei Anzeichen für die Anhäufung von Geld oder Kapitalvermögen gab, dennoch von unverhofften, großen Summen zu träumen begannen, sobald er sich in Schweigen hüllte. Als wäre sein Schweigen eine geheimnisvolle Schatzkarte, die man nur zu entschlüsseln brauchte, um die Kiste mit den Golddukaten zu heben. Alle wurden sie von einer gewissen Aufregung gepackt, ganz so, als könne selbst der weit entfernte Schein der Golddukaten oder sogar die bloße Jagd danach ein wenig Licht auch in ihr trübes Dasein bringen.

»Sie werden sicher verstehen, dass ich Ihnen aufgrund meiner Verschwiegenheitspflicht keine genaueren Angaben machen darf … Ich kann Ihnen nur so viel sagen, dass es von äußerster Wichtigkeit ist, dass ich Niklas so schnell wie möglich finde.«

»Wir haben schon seit Jahren keinen Kontakt mehr zu ihm«, meinte Edmund.

Howela würgte den ersten Schluck des Kaffeegebräus hinunter, der nicht ganz so schlimm schmeckte, wie er befürchtet hatte. Er konzentrierte sich auf Ruth. Ihre Augen glänzten mehr als die ihres Mannes. Außerdem fürchtete Howela, er könnte Herrn Schmitt aus Versehen mit dem Namen Schlämmer anreden.

»Alles, was Sie mir über ihn erzählen, kann uns helfen, ihn zu finden. Ich wäre Ihnen außerordentlich verbunden.« Howela schlug sein kleines Notizbuch auf und tat so, als läse er darin. Das wirkte seriös. »Sie haben Niklas im April 1982 adoptiert?«

Ruth nickte eifrig: »Er ist am achtzehnten in einem Krankenhaus in Hamm zur Welt gekommen. Dann hat das noch ein bisschen gedauert mit den Papieren. Etwa eine Woche später haben wir ihn mit nach Hause nehmen dürfen.«

»Was wissen Sie über die leibliche Mutter?«

Mit verschwörerischem Blick beugte sich Ruth nach vorne: »Da gilt doch auch das mit der Verschwiegenheit. Wir durften nichts über die und die nichts über uns erfahren!«

»Aber Sie wissen etwas, oder? Das sehe ich Ihnen doch an!«

»Meine Schwägerin, also Edes kleine Schwester, hat damals als Krankenpflegerin in Hamm gearbeitet. Und Sissy, so heißt Edes kleine Schwester, hat uns gesteckt, dass die Mutter eine halbe Polin war, die das Baby nicht behalten wollte oder konnte. Bestimmt eine ganz traurige Geschichte ... Vielleicht war sie irgendwo Putze und hatte ein Verhältnis mit dem Hausherrn ...«

Howela war davon überzeugt, dass Ruth Schmitt ihre Tage im nimmermüden Kampf gegen den Staub und mit dem Genuss von Soaps und Telenovelas bestritt. Krieg und Frieden in Gelsenkirchen, sozusagen.

»Wenn ich mir angucke, wie Niklas sich entwickelt hat, war die Polin garantiert ’ne Nutte, die ihre Kohle lieber für Drogen als für Windeln ausgeben wollte!«

»Ede!«, mahnte Ruth ihren politisch inkorrekten Mann. Ihre eigene Version erschien ihr moralisch offensichtlich vertretbarer.

»Is doch aber wahr!«, maulte Ede.

Howela fand den Wahrheitsbegriff im Schmittschen Haushalt recht fragwürdig. »Wie hat sich Niklas denn entwickelt, Herr Schl... Herr Schmitt?«

»Ich war ja von Anfang an gegen eine Adoption. Man weiß doch nie, was man kriegt. Und recht hab ich gehabt!«

»Dabei war er so ein süßes Baby ...«, erinnerte sich Ruth verträumt.

»Jaha!«, bellte Ede auf. »Aber dann!«

Es klingelte. Ruth sprang erfreut auf: »Das ist unsere Tochter Isabel. Unsere richtige Tochter. Ich hab sie gebeten, auch zu kommen. Sie kommt ja so selten ...«

Isabel war eine hübsche, reichlich angepunkte Frau Anfang dreißig, die Howela mit kühlem Nicken begrüßte, sich neben ihren Vater aufs Sofa warf, ein Päckchen Tabak herausholte und sich mit geschickten Fingern eine Zigarette drehte, während sie ihre nicht zugeschnürten Springerstiefel unter dem Tisch abstreifte.

»Möchte gern mal wissen, warum jemand diesen kleinen Wichser Niklas sucht. Und was ich damit zu tun habe.«

»Isa! Drück dich nicht so aus, wir haben Besuch! Wir sollen dem Herrn Rodenberg alles erzählen, was wir wissen. Es geht um eine Erbschaft!« Ruth stand auf und brachte Isabel einen schweren Kristallaschenbecher.

Isabel lachte belustigt auf: »Ihr glaubt echt, ihr kriegt was ab vom Kuchen? Seid ihr bescheuert? Wo ihr den kleinen Bastard mit sieben ins Heim abgeschoben habt?«

Howela fand Isabel erfrischend. Außerdem kamen nun endlich mal ein paar Informationen auf den Furniertisch.

»Aber nur, weil es nicht mehr anders ging. Weil wir unsere Isabel unbedingt vor dem schlechten Einfluss von Niklas schützen mussten.«

»Was war denn so schlimm an Niklas?«, fragte Howela.

»Alles«, sagte Ede. Seine Welt war wenig differenziert.

»Am Anfang lief es ganz gut. Er war ein hübsches, kluges Kerlchen. Aber ich weiß auch nicht wieso, so richtig lieb haben konnte man ihn nicht. Er hat einen immer so vorwurfsvoll angeschaut, schon als kleines Kind.«

»Ich hatte eine Puppe, die Pipi machen konnte. Die hat er mir immer geklaut und damit gespielt«, mischte sich Isabel ein. »Einmal kam ich in sein Zimmer, da hat er aus der Plastikmöse von der Puppe getrunken. Ich fand das voll krank, dass der das Pipi aus meiner Puppe säuft. Klar, da war Wasser drin, aber trotzdem! Jedenfalls hab ich ihn verpetzt. Von da an hat er mir das Leben zur Hölle gemacht.«

Mit einem vorwurfsvollen Blick auf ihre Tochter, der vermutlich dem Wort »Plastikmöse« galt, fügte Ruth hinzu: »Niklas ist dann immer seltsamer geworden. Zuerst war er sehr gut in der

Schule, aber nur im ersten Jahr. Dann ist er voll eingebrochen, hat überhaupt nichts mehr begriffen. Ich habe mir solche Mühe gegeben. Jeden Tag mit ihm Hausaufgaben gemacht. Aber nicht mal das kleine Einmaleins konnte ich ihm beibringen.«

»Er war eben dumm«, ergänzte Ede. »Und ich sag immer: Dumm darf man sein, aber nicht frech. Nur – frech war er auch. Da hat sogar der Gürtel nix gebracht. Der Rotzlöffel wurde immer schlimmer. Einmal hat er mir die brandneuen Felgen von meinem Ford zerkratzt, das muss man sich mal vorstellen!«

»Du und deine blöden Felgen«, mischte sich Isabel ein. »Niklas hat meinen Hamster Herrmann gekillt!«

»Ja, das war schrecklich«, stimmte Ruth mitleidig zu. »Das arme Tierchen. Hat doch keinem was zuleide getan.«

»Er hat ihn in eine Glasvase gesteckt, eine Steinplatte drübergelegt und zugeguckt, wie er langsam erstickt ist. Hat dabei die Zeit gestoppt. Hat echt gedauert, hat er gesagt. Dieses kranke Schwein!« Isabel drückte ihre Zigarette im Aschenbecher aus und stellte sich dabei offensichtlich vor, sie hätte Niklas' Hand unter der Kippe.

»Das war zu der Zeit, als er angefangen hat zu klauen. Zuerst nur Kleinigkeiten wie Kaugummi, obwohl wir ihm wirklich ein anständiges Taschengeld gegeben haben. Nicht übertrieben, die jungen Leute müssen ja lernen, mit Geld umzugehen, aber für ein Kaugummi hätte es allemal gereicht. Dann hat er immer mehr und immer öfter geklaut, auch mal ein Video oder so 'ne Baseballmütze.«

»Das war der schlechte Einfluss von Lenny aus der Nebenstraße«, sagte Ruth.

Isabel lachte auf: »Lenny, der Bettnässer? Der hatte keinen Einfluss auf Niklas, der hatte Schiss vor ihm!«

»Jedenfalls hab ich ihm den Gürtel gegeben, als ihn wieder einmal die Bullen nach Hause brachten. Die Nachbarn haben sich schon das Maul zerrissen, dass wir den kleinen Scheißhaufen nicht in den Griff kriegen …«

»An dem Tag«, fuhr Ruth fort, »wollte ich dann noch mal im Guten mit ihm reden und ihn trösten wegen der Schläge –

obwohl, geweint hat der Niklas nicht, der hat nie geweint. Ich rede also mit ihm, dass das doch so nicht weitergeht und will ihn über den Kopf streicheln … da schlägt er meine Hand weg und schreit mich an: Wenn ich ihn noch einmal anfasse, dann würde er mich töten! Und dabei hat er mich angeguckt, dass es mir kalt den Rücken runtergerieselt ist. Der war erst sieben, das muss man sich mal vorstellen!«

»Na ja, und dann war Schluss! Da hab ich das Jugendamt angerufen und kurz drauf kam er ins St.-Annen-Heim in Essen. Und meine Frau und meine Tochter hatten endlich wieder Ruhe. Mutti war ja völlig mit den Nerven runter!« Man sah Ede auch heute noch an, wie zufrieden er mit seiner damaligen Entscheidung war.

»Das kann man verstehen«, bestätigte Howela Edmund Schmitt in der Rolle des Beschützers seiner Kernfamilie.

»Wir haben doch nur was Gutes tun wollen. Einem armen Kind eine Heimat geben«, meinte Ruth traurig.

Howela glaubte ihr. Die Schmitts waren redliche Menschen. Er würde Edmund Schmitt auch den Gürtel nicht vorwerfen. An den seines eigenen Vaters konnte sich Howela noch gut erinnern. Hatte ihm nicht geschadet.

»Aber es wird einem nicht gedankt! Niemals hat sich Niklas bei uns gemeldet und sich entschuldigt für alles, was er uns angetan hat! Wer weiß, was aus ihm geworden ist. Vielleicht sitzt er ja sogar irgendwo im Gefängnis. Mich würde es nicht wundern«, schloss Ede die Betrachtungen ab.

»Das werde ich herausfinden. Sie haben mir sehr geholfen, vielen herzlichen Dank!« Howela erhob sich. Er wollte noch heute einen Termin im St.-Annen-Heim in Essen vereinbaren.

Ruth brachte ihren Gast zur Haustür. »Wenn Sie ihn finden, Herr Rodenberg, sagen Sie ihm bitte, dass wir ihm alles verziehen haben!«

»Ich nicht! Er soll elend verrecken!«, rief Isabel aus dem Wohnzimmer.

Howela fand Isabels Loyalität zu ihrem längst verstorbenen Hamster Herrmann äußerst sympathisch.

28. August 2009:
Straßburg.

Die Mittagspause mit Sandrine war ein voller Erfolg gewesen. Er hatte sich als Besitzer einer kleinen Galerie in Aix-en-Provence ausgegeben, der in Straßburg geeignete Räume für eine Filiale suchte. Sandrine war sofort auf sein kultiviertes Kunstgeschwafel angesprungen. Sie hatten über die Expressionisten geplaudert, und es war schnell offensichtlich geworden, wie sehr Sandrine einen kongenialen Gesprächspartner zu schätzen wusste. Er gab sich interessiert, aber nicht anbiedernd. Für die meisten Männer war es schwierig, den Punkt herauszufinden, an dem ein engagiertes Gespräch in plumpe Anmache mündet. Vor allem bei intelligenten Frauen waren Stil und Fingerspitzengefühl erforderlich. Niklas besaß beides. So hatte er es geschafft, dass sich Sandrine innerhalb ihrer knapp bemessenen Mittagspause von Niklas begehrt, aber nicht bedrängt fühlte. Am gleichen Abend schon hatte er sie ins beste Lokal Straßburgs ausgeführt und ihr seine zweite Zirkusnummer, den sinnlichen Gourmet von Welt, vorgeführt. Auch da war alles glattgelaufen. Daraufhin lud er sie für diesen Freitagabend zu sich nach Hause zu einem kleinen Diner ein. Er hatte ihr den Hintereingang durch das Gartentürchen beschrieben.

In etwa einer Stunde würde sie eintreffen. Niklas hatte alles gut vorbereitet. Drei Sträuße langstieliger Rosen waren im Wohnzimmer verteilt, der Tisch war erlesen gedeckt, der Champagner gekühlt, die Austern frisch, CDs von Ravel und Debussy lagen bereit. Wenn Sandrine ankam, konnte sie eine kultivierte Atmosphäre möglicher Verführung genießen.

Was sie erst einmal nicht zu Gesicht bekommen würde, waren die anderen Vorbereitungen, die Niklas getroffen hatte, falls auch Sandrine eine Enttäuschung sein würde: Betäubungsmittel, meterweise dicke Plastikfolie, OP-Besteck, Chirurgenhandschuhe und die Chemikalien, die er zur Konservierung benötigte. Nur Material für eine Kiste hatte er nicht besorgt.

Die Schreinerarbeit wurde ihm langsam lästig. Außerdem hatte er in Straßburg keinen passenden Adressaten gefunden, durch den er einen Teil seiner Botschaft an die anderen hätte senden können. Zumal das eh nur eine humorige Spielerei von ihm gewesen war und im Grunde Perlen vor die Säue. Dieser angebliche Wunderkommissar aus Hamburg, den sie auf ihn angesetzt hatten, wurde wohl völlig überschätzt. Nichts zu sehen oder zu hören von ihm. Auch nicht die winzigste, kreative Idee in der Presse. Für wen also sollte er die Kisten bauen und seinen filigranen Sarkasmus mit ausgesuchten Adressen unter Beweis stellen? Niklas grinste. Clarissa würde er auf jeden Fall weiter mit kleinen Aufmerksamkeiten bedenken, sie war sicher ein dankbares Publikum. Aber sonst? Er würde sich diesmal etwas Einfacheres einfallen lassen, etwas Spontanes. Er würde improvisieren, wenn es nötig war. Dieser Gedanke verschaffte ihm einen zusätzlichen Reiz. Er hatte nicht alles durchgeplant, er erlaubte sich Nachlässigkeiten, und das bedeutete Gefahr. Niklas war neugierig, ob die Möglichkeit von Gefahr ihn irgendwie berühren würde. Falls es mit Sandrine überhaupt so weit käme.

Niklas hoffte sehr, dass seine speziellen Utensilien nicht gebraucht wurden. Aber er verspürte auch einen Unwillen, möglicherweise wieder enttäuscht zu werden. Mit Sarah hatte er sich solche Mühe gegeben. Aber nun gut, da war er auf dem Holzweg gewesen. Sarah war nett, aber dumm. Sie war eine von den anderen. Bei Mira und Catrin jedoch hatten die Chancen gut gestanden, die Voraussetzungen waren erfüllt. Dennoch hatten auch sie nichts verstanden, ihn nicht gemocht, von Liebe ganz zu schweigen. Sie gehörten nicht zu ihm und wollten nicht, dass er zu ihnen gehörte. Mira hatte langweiliges Zeug von Emanzipation gefaselt, war dabei aber nicht müde geworden, ein dem Emanzipationsgedanken diametral entgegenstehendes, grotesk verzerrtes Bild der romantischen Liebe zu entwerfen, von der sie glaubte, dass sie ihr zustehe. Bis er sich schließlich fragte, wieso sie in dem Ruf stand, hochintelligent zu sein. Sie hatte es nicht anders verdient, diese dumme Kuh, die sich weigerte, ihr wirkliches Wesen zu erkennen. Mit Catrin war es ähnlich gelaufen. Die war zwar weitaus amüsanter als Mira gewesen, aber sobald das Gespräch auf Gefühle gekommen war, hatte auch sie ohne jegliche Bedenken den Olymp ihrer geistigen Fähigkeiten in rasantem Tempo verlassen und war hinabgestiegen ins Mittelmaß sentimentaler Erwartungen und bürgerlicher Begehrlichkeiten.

Niklas wusste, dass seiner Idee auf den ersten Blick ein gewisser Widersinn innewohnte. Er suchte eine Frau, die so war wie er. Von messerscharfem Verstand und einer untergeordneten, wenn nicht unterentwickelten Gefühlswelt. Er suchte einen Spiegel, in dem er sich selbst sehen und lieben könnte. Dieser Frau wollte auch er Spiegel sein, in dem sie sich selbst erkennen und lieben könnte. Er wollte die möglichen Gefühlswelten von weitgehend Gefühllosen ausloten. Es schien nicht logisch. Aber Niklas hatte gelernt, dass Gefühle und allen voran die Liebe nichts mit herkömmlicher Logik zu tun hatten. Es gab eben nicht nur die zweiwertige Logik, nicht nur eins und null. Es gab immer eine Gewinnstrategie, die jenseits der Schlichtheit von wahr und falsch existierte. Dialogische Logik. Und Fuzzy Logic – das ideale Instrument, wenn Mensch und Maschine interagierten. Also perfekt auf ihn zugeschnitten. Niklas wollte die Idee noch nicht aufgeben. Natürlich konnte er weiterhin als menschliche Simulation durch die Welt laufen und eine Freundin finden, die dumm genug war, die Täuschung nicht zu bemerken. Doch das war unter seiner Würde. Er suchte die Frau, die sich in ihm spiegelte. Weil sie gleich waren. Das musste die Basis für Glück sein. Das musste die Voraussetzung für wahre Liebe sein.

Allerdings minimierten sich die Chancen mit jedem Versuch. Wenn Sandrine ebenfalls enttäuschte, hatte er nur noch zwei Kandidatinnen auf seiner Liste, und beide waren vom Alter her unpassend. Die eine war viel zu jung, die andere noch älter als Sandrine. Allein schon deswegen erwartete er Sandrines Besuch mit einer für ihn ungewöhnlichen Ungeduld.

Sie kam etwa zehn Minuten zu spät, was Niklas leicht verärgerte. Glaubte sie etwa, er sei der Typ, mit dem eine Frau die üblichen Spielchen spielen sollte? Dennoch kommentierte er ihren ersten Fehltritt nicht, sondern nahm ihr zuvorkommend die leichte Sommerjacke von den Schultern und geleitete sie ins Wohnzimmer. Sandrine trug einen knielangen Bleistiftrock und eine hauchdünnes schwarzes Shirt, das den ebenfalls schwarzen BH durchschimmern ließ. Kein Zweifel, sie hoffte auf Sex.

Als sie im Wohnzimmer die eisgekühlten Austern in einer Silberschale sah, zog sie leicht ihre Mundwinkel nach unten und erklärte Niklas, dass sie Vegetarierin wäre und niemals etwas essen würde, was Augen bekommen könnte. Und schon gar nicht würde sie lebende Tiere in sich hineinschlürfen. Niklas brachte die Austern mit freundlichem Lächeln zurück in die Küche, nahm einige Cracker aus dem Schrank, legte etwas Käse und Trauben dazu und bot ihr innerhalb weniger Minuten einen alternativen Snack mit gekühltem Champagner an. Sandrine wusste es zu schätzen, dass er keine Diskussion über ihre Ernährungsgewohnheiten mit ihr anfing wie viele andere Männer. Sie hielt das für ein Zeichen für Toleranz. Toleranz wiederum hielt sie ein Zeichen von Intelligenz.

Niklas hielt es für ein Zeichen von Desinteresse, wollte aber zu diesem frühen Zeitpunkt noch nicht mit ihr streiten. Außerdem hoffte er, dass Sandrines sensibles Getue nur die Simulation einer empfindsamen Seele war, nicht aber ihr eigentliches Wesen. Schließlich simulierte er auch ständig.

Falls Sandrine jedoch simulierte, dann ohne Wenn und Aber. Sie begann einen ausufernden Vortrag über die Gründe, keine tierischen Produkte zu sich zu nehmen und driftete dabei haltlos zwischen moralphilosophischen und gesundheitlichen Aspekten hin und her.

Niklas begann sehr schnell, sich sehr zu langweilen. Immerhin war Sandrine klug genug, das zu bemerken, und wechselte das Thema. Etwa eine Stunde lang unterhielten sie sich über alles Mögliche, dabei perlte der Champagner. Zwei Stunden später lag Sandrine erschöpft, verschwitzt und glücklich neben ihm im Bett und schmiegte sich an ihn, was er aufgrund ihrer erhitzten Körper als unangenehm empfand. Mit dem Argument, sie so besser ansehen zu können, rückte er ein wenig ab und forderte sie auf, von ihrem Leben zu erzählen.

»Was willst du denn wissen?«, fragte sie geschmeichelt.

»Alles.« Niklas hatte früh gelernt, wie sehr es Frauen beeindruckte, wenn man Interesse zeigte an allem, was sie dachten. Und vor allem fühlten.

Sandrine erzählte. Zuerst von ihrem letzten Freund, der sie vor etwa einem Jahr verlassen hatte. Über ein halbes Jahr hatte sie gelitten, obwohl sie wusste, dass es besser war, nicht mehr mit ihm zusammen zu sein. Niklas fand das unlogisch, hielt sich aber zurück und hörte weiter zu.

Sandrine holte noch weiter aus und vermutete, dass sie nicht zusammengepasst hätten. Möglicherweise, weil er viel jünger als sie war, möglicherweise, weil sie in verschiedenen Welten lebten. Niklas lächelte zufrieden. Er konnte Sandrine erklären, warum sie in verschiedenen Welten lebten. Aber noch zögerte er und hörte weiter zu.

Sandrine erzählte von ihrer unbeschwerten Kindheit. Von den geliebten Eltern und dem angehimmelten Großvater, der Maler war und in ihr die Liebe zur Kunst geweckt hatte. Niklas' Miene verfinsterte sich. Er fragte Sandrine, ob sie viele Freunde gehabt hatte als Kind. Sie bejahte erfreut und erzählte kleine Anekdoten von unbeschwerten Sommerferien im Elsass und im Schwarzwald, wo ihr leider viel zu früh verstorbener Vater geboren worden war. Sie erzählte von ihrer kleinen Katze Kimmi und dem unendlichen Leid, das sie empfand, als Kimmi von einem sadistischen Nachbarn zu Tode getreten worden war. Dabei traten Tränen in ihre Augen. Sie wischte sie schnell weg und lächelte etwas peinlich berührt. Und erzählte weiter. Von ihrem ersten Fahrrad. Von der Zahnspange. Von dem ersten Kuss, der ganz grässlich gewesen war. Sandrine belächelte alles ein wenig wehmütig. Sie sprach von einer ganz normalen Kindheit, von Glück und Geborgenheit. Und man merkte ihr an, wie erfreut sie war, ihre Erinnerungen und damit sich selbst vor Niklas ausbreiten zu dürfen. Immer enger schmiegte sie sich an ihn, legte ihren Oberschenkel quer über die seinen und blickte ihn aus verhangenen Lidern an. Sandrine war dabei, sich in Niklas zu verlieben. Zumindest würde sie das glauben.

Niklas wusste es besser. Sandrine verliebte sich nicht in ihn, sondern in sein Interesse an ihr. Sie nahm nicht ihn wahr, sondern nur ihre Möglichkeit zur Selbstdarstellung. Sie wollte nicht ihn, sondern nur, dass er ihr gab, wonach sie sich sehnte. War es das, was sie Liebe nannten?

Seine Miene verfinsterte sich weiterhin. Falls Sandrine nicht das Blaue vom Himmel herunterlog, hatte sie die Erfahrung der Fremdheit in dieser Welt nicht gemacht. Dann würde er ihr die Augen öffnen müssen. Aber noch war alles möglich. Er würde sie bis morgen prüfen. So viel Zeit wie bei Sarah würde er nie wieder vergeuden. Sarah betrachtete er inzwischen als ungültigen Versuch. Sie war ein Irrweg gewesen, dessen einziger Nutzen darin bestand, nun klar umrissene Kriterien für seine Auswahl zu haben. Und klar umrissene Kriterien für die Vorgehensweise beim Versagen seiner Probanden. Morgen würde er wissen, ob Sandrine die Richtige war. Vorher würde er noch ein-, zweimal mit ihr schlafen. Sie bewegte ihre Hüften ganz gut.

Irgendwann in der Nacht würde sie beginnen, ihm Fragen zu stellen. Um abzugleichen und auszuloten. Vielleicht würde sie ihm wie Mira dämliche Fragen stellen nach seinem Sternzeichen. Wo er sich in fünf Jahren sähe. Ob er tierlieb wäre. Ob er Kinder haben wollte. Vielleicht würde sie das alles wie Catrin etwas klüger und origineller verpacken. Letztlich war es aber bei beiden Kandidatinnen der gleiche Mist gewesen: eine unerklärliche Sehnsucht nach Durchschnittlichkeit. Mit Sarah hatte er das Experiment des mediokren Lebens durchführen wollen. Er war neugierig gewesen, ob das Sein tatsächlich sein Bewusstsein bestimmt hätte. Aber sie hatte sich geweigert und ihn zurückgewiesen.

Sandrine war im Moment noch weit davon entfernt, ihn zurückzuweisen. Aber er wusste, dass das ganz schnell gehen konnte. Sobald er ihre Fragen beantworten würde. Ehrlich beantworten würde. Dann schlug die Stunde der Wahrheit.

Das St.-Annen-Heim für Sozialwaisen lag am Stadtrand, eingebettet in eine große Wiese, die jedoch ziemlich ramponiert aussah. Der Eingang des dreistöckigen Gebäudes wurde gesäumt von zwei großen Blumenkübeln, in denen einige Primeln inmitten von ausgedrückten Kippen vor sich hin darbten.

Thomas Howela fing an zu schwitzen, sobald er seinen klimatisierten Wagen verließ und sich der Augusthitze aussetzte. Es war schon fast acht Uhr abends, aber die tief stehende Sonne strahlte immer noch ungebremst auf die dampfende Stadt. An den Blumenkübeln standen zwei geschlechtlich kaum zu definierende Jugendliche, die sich gegenseitig die Zungen tief in die Hälse steckten, vorbei an jeder Menge Lippen-Piercings. Howela fragte sie, wo er den Heimleiter Rainer Carstens finden könnte. Er bekam keine Antwort.

Howela betrat das Haus. Innen war es angenehm kühl. Er öffnete ein paar Türen, identifizierte die Küche einer Wohngruppe, einen Aufenthaltsraum mit Fernseher, Büchern und Brettspielen und traf schließlich auf ein kleines Mädchen von etwa fünf Jahren, das auf der untersten Stufe einer Treppe saß und ihrer zerfledderten Puppe etwas von einer Reise nach Panama erzählte. Als Howela sie nach Rainer Carstens fragte, sah sie ihn neugierig an, dann lächelte sie und zeigte nach hinten durch den Flur, wo sich zwei weitere Türen befanden.

Hinter einer saß Carstens, der sich sofort erhob und Howela mit kräftigem Handschlag und herzlichem Lächeln begrüßte. Rainer Carstens war etwa Mitte fünfzig, trug seine grauen Haare raspelkurz und war erheblich größer und noch dicker als Howela. Dennoch wirkte er nicht halb so schwabbelig, sondern eher kompakt und kräftig. Howela fand, dass sein Gegenüber aussah wie ein Kodiakbär. Er vermutete, dass Carstens diese Respekt einflößende Statur bei so manchem Jugendlichen, der hier zu einem funktionierenden Mitglied der Gesellschaft erzogen werden sollte, von Nutzen war.

»Schön, dass Sie da sind, Herr Rodenberg!«, dröhnte Carstens' Bassbariton. »Nennen Sie mich Rainer. Das tun alle hier. Also nur die Erwachsenen – die Kinder brauchen nicht nur Nähe, sondern auch Distanz. Wollen Sie etwas trinken? Bei der Hitze brauche ich mindestens drei Liter pro Tag. Und Sie schwitzen ja auch tüchtig!«

Dankbar nahm Howela das Wasser an und trank es in einem Zug leer. »Nett, dass Sie sich Zeit für mich nehmen. Wie ich Ihnen am Telefon schon sagte, bin ich im Auftrag eines Notars auf der Suche nach Niklas Schmitt. Sie erinnern sich an ihn?«

Carstens nickte: »Es gibt keinen, an den ich mich so gut erinnere. Niklas war etwas ganz Besonderes.«

»Inwiefern?«

»Nun ja, wir haben hier hauptsächlich Sozialwaisen, also Kinder, die Eltern haben, zumindest einen Elternteil. Der aber nicht in der Lage ist, sich um das Kind zu kümmern. Ich sag mal salopp, der Klassiker ist: Mutter Prostituierte, Vater im Knast. Oder so ähnlich.«

»Das war ja bei Niklas nicht der Fall. Ich habe gestern mit Herrn und Frau Schmitt geredet, die ihn nach seiner Geburt adoptiert hatten.«

Carstens schenkte Howela Wasser nach und trank dann den Rest aus der Flasche. Im Haus St. Annen ging es recht ungezwungen zu, fand Howela.

»Ein tragischer Fall, aber so was haben wir hier ständig. Die Schmitts sind anständige Leute. Sie haben sich sicher Mühe gegeben mit Niklas. Nur leider waren sie nicht in der Lage, mit ihm richtig umzugehen.«

»Es wäre sehr nett, wenn Sie mir alles, was Sie über Niklas wissen, zusammenfassen würden. Doch gestatten Sie mir zuerst eine Frage: Haben Sie noch Kontakt zu ihm?«

»Ich habe seit neun Jahren nichts mehr von ihm gehört.«

»Umso erstaunlicher, dass Sie sich noch so gut an ihn erinnern.«

Carstens lächelte: »Ich glaube, ich erinnere mich an jedes Kind, an jeden Jugendlichen, den ich im Laufe der letzten dreißig Jahre betreut habe. Aber bleiben wir bei Niklas. Er kam im Alter von sieben zu uns. Das Jugendamt hatte eingesehen, dass die Schmitts mit seiner Erziehung total überfordert waren. Er klaute wie ein Rabe, war gewalttätig und schlecht in der Schule. Keine gute Prognose. In dem Alter! Wenn die Jungs erst mal in die Pubertät kommen, geht's nämlich erst richtig los. Niklas hätte das Haus Schmitt zur Achterbahn gemacht, das können Sie mir glauben!« Dabei lachte Carstens dröhnend, als wäre er insgeheim ein bisschen stolz auf seine wilden Racker.

»Sind Sie denn besser mit ihm zurechtgekommen?«

»Das erste Jahr war knallhart. Niklas hat jeden Zugang verweigert. Dann wurde er gegen meinen Rat vom Jugendamt in eine Pflegschaft gegeben. So ein Heimaufenthalt ist nämlich ziemlich teuer für den Steuerzahler, müssen Sie wissen. Wie dem auch sei, die haben ihn vier Wochen ertragen, dann war er wieder hier. Er hatte seine Pflegemutter mit dem Messer bedroht und das Auto seines Pflegevaters mit einem Baseballschläger zerlegt. Als Abwrackprämie gab's deftige Prügel vom Probe-Papa.«

»Warum hat Niklas das getan?«

Carstens lachte: »Sie fragen lustige Sachen! Haben wohl keine Kinder, was?«

Howela schüttelte den Kopf. Er fühlte sich etwas dumm. In der Tat konnte er mit lebensbedrohlichen Krisensituationen hervorragend umgehen. Mit Kindern überhaupt nicht.

»Dann will ich Sie mal kurz aufklären. Jeden Scheiß, den diese Kids bauen, den bauen sie letztlich aus ein und demselben Grund: Sie wollen Aufmerksamkeit. Sie wollen Liebe.«

Howela stellte sich kurz vor, er hätte einen Sohn, der ihm den Wagen zertrümmern würde. Da wäre für Liebe nicht viel Platz.

»Ich will Sie aber keineswegs mit pädagogischen Lehrmeinungen langweilen. Mir schien es jedenfalls, als wäre Niklas schon sehr früh an seinem Bedürfnis nach Liebe gescheitert. Damals war er auch in der Schule extrem schlecht. Er musste die dritte Klasse wiederholen, und es drohte ihm eine Einweisung in die Sonderschule. Ich habe dann eine Reihe von psychologischen Tests mit ihm gemacht, bei denen er recht gut abschnitt. Klar, hohes Aggressionspotential, niedrige Frustrationsschwelle, aber garantiert nicht dumm. Also haben wir einen IQ-Test gemacht. Wissen Sie, was dabei herauskam?«

Howela schüttelte den Kopf.

»Null! Er hatte einen IQ von null!« Carstens lachte wieder dröhnend.

»Gibt's das?«, fragte Howela überrascht.

»Vielleicht, aber auch nur vielleicht – bei einer Amöbe.«

»Wie soll ich das verstehen?«

»Nun ja, Niklas hat den Test absichtlich manipuliert, also alle Fragen bewusst falsch beantwortet. Anders kann man eine glatte Null unmöglich schaffen. Und das wiederum bedeutet, dass er die richtigen Antworten kennen musste, um sie auszusortieren! Niklas war hochbegabt!«

»Und wieso war er dann so schlecht in der Schule?«

»Viele Hochbegabte langweilen sich im normalen Unterricht, weil sie unterfordert sind. Also hören sie nicht mehr zu und verlieren jedes Interesse daran. Bei Niklas kam noch diese Verweigerungshaltung dazu, die musste ich erst einmal verstehen und aufbrechen, bevor an eine Verbesserung der schulischen Leistungen zu denken war.«

Carstens' Blick schweifte von Howela ab zur offen stehenden Tür. Dort stand das Mädchen von der Treppe und lugte neugierig herein. »Komm ruhig rein, Marie. Ich habe was für dich.« Carstens lächelte sie freundlich an, zog eine Schreibtischschublade auf und zeigte Marie ein buntes Bändchen. »Das kannst du deiner Puppe in die Haare binden.«

Dass Maries Puppe kaum noch Haare hatte, schien weder Rainer Carstens noch Marie selbst zu stören. Sie lief auf Carstens zu, nahm strahlend das Bändchen, warf noch einen schüchternen Blick zu Howela und verschwand wieder.

»Die Mutter ist Alkoholikerin. Delirium tremens. Vater unbekannt. Wo waren wir stehen geblieben?«

»Niklas war hochbegabt, aber ein Verweigerer.«

»Genau. Es hat einige Jahre gedauert, bis ich einigermaßen

zu ihm durchgedrungen bin. Hab selten ein so hartnäckiges Bürschchen erlebt. Ganz habe ich ihn nie geknackt, das weiß ich. Aber immerhin habe ich ihn aufs Gymnasium gepeitscht.«

»Und da waren seine Leistungen besser?«

»Zuerst hat er sich einfach so durchgeschlängelt. Als er vierzehn war und seine Versetzung wieder einmal auf der Kippe stand, habe ich einen zweiten IQ-Test mit ihm gemacht. Ich habe ihn herausgefordert. Wenn er wieder die blöde Null-Nummer bringen würde, habe ich ihm gesagt, würde ich ihn von der Schule nehmen und in eine Ausbildung zum Schreiner stecken. Und in eine neue Pflegschaft. Davor hatte er echten Horror. Er wollte sich nie wieder an eine Familie anpassen. Wir hingegen haben ihn weitestgehend in Ruhe gelassen. Außerdem habe ich ihm noch gesagt, dass ich ihm einen IQ von neunzig durchaus zutraue. Das war natürlich die reine Provokation. Aber er ist darauf eingestiegen. Hat's mir so richtig gezeigt. Sein IQ lag bei 163.«

»Wow!«

»Ja. Wow! Da war selbst ich platt. Ich hatte einen Mordsrespekt vor ihm, auch wenn ich das natürlich nicht zeigen wollte. Respekt zeigt man vor einem Menschen und seinem Verhalten, nicht vor einem Quotienten. Wie dem auch sei, er hat es natürlich gespürt. Und von da an war er etwas zugänglicher. Nur bei mir, die anderen Betreuer und Bewohner hat er vollkommen links liegen lassen.«

In Rainer Carstens' Stimme schwang unverhohlen Stolz mit.

»Was war mit seiner Gewalttätigkeit?«

»Er hat sich entschieden, dass er sich lieber mit seiner Intelligenz durchs Leben schlägt. Das wäre weniger anstrengend, sagte er damals grinsend zu mir.«

»Und was ist aus ihm geworden?«

Carstens hob mit ehrlichem Bedauern die Schultern: »Er wollte unbedingt Medizin in Genf studieren. Die haben ihn mit Kusshand genommen. Seitdem habe ich nichts mehr von ihm gehört. Nichts. Kein Brief, kein Anruf, kein gar nichts.«

Also gut, dachte Howela. Genf. Er war schon lange nicht

mehr in Genf gewesen. Carstens begleitete ihn zur Haustür. Dort fiel Howela noch etwas ein: »Rainer, ich habe gestern vergessen, die Schmitts zu fragen, ob Niklas wusste, dass er adoptiert war.«

»Und ob. Das ist Herrn Schmitt wohl mal unschön rausgerutscht. Frei nach dem Motto: Man weiß nie, was man für eine Scheiße geliefert kriegt. Das hat Niklas garantiert sehr verletzt, auch wenn die Kids so was nicht zugeben. Ich habe ihm gesagt, dass die Herkunft schnurz ist. Dass er erkennen muss, wer er selbst ist. Und das soll er dann sein. Das ist das Beste für ihn.«

Aber nicht für andere, dachte Howela und verabschiedete sich mit einem freundlichen Handschlag.

29. August 2009: Straßburg.

Es war früher Morgen. Sandrine lag in der Badewanne. Niklas hatte ihr die Hände auf den Rücken gefesselt und die Füße zusammengebunden. In ihrem Mund steckte ihr zu einem Knäuel geknüllter Seidenslip. Sie lag halb auf dem Rücken, den Unterkörper in Seitenlage verdreht. Niklas hatte sie nicht betäubt. Sie war ihm so sehr auf die Nerven gegangen, dass sie diese Gnade nicht verdiente.

Es war total mies gelaufen. Nicht überraschend, aber mies. Nachdem sie zweimal miteinander geschlafen hatten, kuschelte sie sich noch enger an ihn. Die verwöhnte Prinzessin Sandrine Lacour sah sich auf der Zielgeraden zu ihren kleinbürgerlichen Träumen. So schnell. So naiv. Sie begann mit dem »Bist du mein Prinz?-Quiz«. Ihre Küsse sollten dabei die gewünschten Antworten unterstützen, wenn nicht gar hervorholen wie eine banale, körperliche Variante der sokratischen Hebammenmethode. Ob er impulsiv sei. Ob er Impulsivität nur privat oder auch beruflich gut finde. Was er sich wünschte. Was er fühle. Ob er sich oft schnell verlieben würde. Ob er dann die Liebe plötzlich wieder verlieren würde wie ein Taschentuch. Was er von Treue halte. Wie wichtig ihm Karriere sei. Ob er erwarten würde, dass seine Frau, falls er denn jemals heiraten würde, ihren Job aufgebe. Ob er sich vorstellen könnte, auf dem Land zu wohnen. Kinder. Katze. Hund. Hamster. Und so weiter und so fort.

Er antwortete ihr. Dass ihm Gefühle fremd seien, dass er sie aber lernen wolle. Dass er sich noch niemals verliebt habe. Dass er Impulsivität unvernünftig fand. Romantik was für Idioten sei. Dass er Heiraten dumm und überflüssig fand. Treue widernatürlich. Landleben unpraktisch. Kinder mehr als lästig. Haustiere widerlich.

Sandrine war immer mehr von ihm abgerückt. Wenn er in ihre Augen blickte, sah er nicht in einen Spiegel. Er sah, was er nur zu gut kannte: Abscheu. Als sie aufstand und sich anziehen und gehen wollte und er ihr sagte, dass sie am besten gleich nackt bleiben könnte und bleiben müsste, da sah er die Angst. Ihre Angst war ein kleiner, lauer Trost über die Enttäuschung, wieder danebengegriffen zu haben.

Jetzt lag sie in der Badewanne. Die Angst stand ihr gut. Ihre vormals glanzlosen Augen schienen zu lodern. An ihrem mageren und bislang spannungslosen Körper zeichnete sich nun jeder Muskel einzeln ab. Als hätte Michelangelo sie völlig neu modelliert. Und er, Niklas, würde sie jetzt noch schöner machen.

Er gab ihr eine letzte Chance. Klärte sie auf. Nahm ihr den Knebel aus dem Mund, damit sie Stellung beziehen konnte. Doch sie würgte nur und spuckte und schrie ihn an: Er sei krank, ein kranker Lügner, ein perverser Irrer ... Dann kam das Betteln und Weinen. Wieder langweilte sie ihn. Er stopfte ihr den Knebel zurück in den Mund. Jetzt gab es kein Zurück mehr. Er musste tun, was getan werden musste. Er musste diesem unwürdigen Wesen eine Lektion in Selbsterkenntnis erteilen. Aber diesmal würde er improvisieren.

Denn Niklas spürte etwas. Er empfand eine Enttäuschung, die so groß war, dass sie fast in Wut umschlug. Wie lange hatte er keine Wut mehr empfunden. Wenn er Sandrine bei Bewusstsein hielt, würden ihre Dummheit und ihre Verweigerung ihn vielleicht weiter reizen. Er würde vielleicht etwas anderes empfinden können als nur intellektuelle Befriedigung über sein eigenes, konsequentes Vorgehen. Er legte das Badezimmer mit der dicken Plastikfolie aus. An den Wänden des kleinen Raums und dem Rand der Badewanne schlug er sie an die zwanzig Zentimeter hoch. Der menschliche Körper fasst etwa sechs Liter Blut. Wenn er Sandrine das Herz bei lebendigem Leibe herausschneiden wollte, würde eine Menge davon auf die Plane gepumpt werden.

Die Plane schien Sandrine in Panik zu versetzen. Sie begann mit den gefesselten Füßen in der Wanne zu strampeln, was dumpfe, aber laute Geräusche verursachte. Niklas gab ihr mit einer unter dem Waschbecken liegenden Rohrzange einen leichten und gezielten Schlag auf den Kopf, um für die wenigen Minuten seiner Vorbereitung Ruhe zu haben.

Als Sandrine auf der Plastikplane wieder zu sich kam, kniete Niklas rittlings auf ihrer Körpermitte und sah sie an. »Du hast zwei Möglichkeiten: Du tust, was ich dir sage. Oder ich tue es. Ich werde deine Fesseln lösen, wenn du mir durch ein Nicken sagst, dass du gehorchen willst. Aber sei versichert, sobald du schreist oder eine unkontrollierte Bewegung machst, wird dieses Messer dich durchbohren.« Niklas hielt ihr ein großes Fleischmesser vor die Augen. Er begriff nicht genau wieso, aber ein Küchenmesser wirkte auf die Opfer weitaus Furcht einflößender als die Skalpelle, die auf dem Waschbecken bereitlagen. Obwohl die Skalpelle viel effektiver waren.

Sandrine nickte. Sie nickte und nickte, wobei ihr ganzer Körper zitterte. Niklas befreite sie von dem Knebel und ihren Fesseln und befahl ihr, aufzustehen. Er musste ihr helfen, so sehr schlotterten ihr die Knie. Als sie stumm weinend auf der Plane stand, während er bequem auf dem Toilettendeckel Platz genommen hatte, drückte er ihr Rasierzeug in die Hand. »Alles muss weg«, sagte er. »Bis auf das letzte Härchen, wo auch immer es sein mag.«

Sandrine brach schluchzend zusammen. Vermutlich las sie Zeitung. Sie nässte sich ein. Auch dafür war die Plane gut.

Niklas gab ihr eine Minute, bis er die unmissverständliche Aufforderung wiederholte. Sandrine nahm den Rasierer und begann an ihren Beinen. Vertrautes Terrain, das sie schon rasiert hatte, um ihrem anstehenden Rendezvous gerecht zu werden. Dennoch war sie so zittrig, dass sie sich mehrfach schnitt und schon vor der Zeit zu bluten begann.

Niklas sah genervt, dass es an der Zeit war, selbst Hand anzulegen. Er zog einen Hocker heran und schnitt Sandrine die Haare mit einer Schere bis auf einen halben Zentimeter herunter. Sie wimmerte und jammerte, aber wehrte sich nicht. Den Rest erledigte er mit der Maschine. Die Augenbrauen nahm er ihr mit einer Rasierklinge. Seine Hand war ganz ruhig. Als er ihr die Wimpern ausriss, zuckte sie bei jeder einzelnen Wimper mit dem ganzen Körper. Aber sie schrie nicht. Sandrine schien sich in eine andere Welt gegaukelt zu haben. Vielleicht in die Sommerferien im Schwarzwald mit ihrem viel zu früh verstorbenen Vater. Als Niklas sie nach dem ersten Schritt der Prozedur aufforderte, in den Badezimmerspiegel zu sehen, musste er ihr mehrfach ins Gesicht schlagen, bis sie wieder bei ihm war und gehorchte. Er fragte sie, ob sie es sah. Die Metamorphose zur Wahrheit. Das, was jenseits ihres gewöhnlichen Menschseins war. Was darüber hinausging.

Sie stammelte: »Jajaja! Du hast recht, ich sehe es ganz genau, du hast recht!«

Er wusste, dass sie log. Sie sah es immer noch nicht, oder sie wollte es nicht akzeptieren. Also befahl er ihr, die Scham komplett zu rasieren, die bislang nur in der Bikinizone von der Natur befreit war. Als sie endlich vollkommen nackt war, befahl er ihr, sich auf den Rücken zu legen. Sie tat es. Er schnürte ihr wieder Hände und Füße zusammen. Sie wehrte sich nicht. Vielleicht las sie doch keine Zeitung. Vielleicht aber hatte sie sich auch schon aufgegeben. Jedenfalls kam aus ihrer Kehle nur ein leises Gurgeln, als Niklas ihr den Slip zurück in den Mund stopfte und das Skalpell ansetzte.

Kurz nach neun Uhr abends verließ Christian das Berliner Polizeipräsidium am ehemaligen Flughafen Berlin-Tempelhof. Volker war mit Striebeck zum Essen gegangen, doch Christian hatte sich nicht anschließen wollen, obwohl auch er hungrig war. Er wollte allein sein, weder reden noch zuhören müssen. Er wollte das Tosen von tausend Informationen in seinem Kopf loswerden, indem er durch ihm unbekannte Straßen lief. Sein Blick blieb nirgends hängen, keine Ecke war mit Erinnerungen besetzt, er kannte niemanden, und niemand kannte ihn. Beim ziellosen Laufen sortierte Christian in Gedanken die letzten Tage. Allen bisherigen Zeugen, sowohl in Berlin als auch in München, war die Zeichnung von Liesel Stamminger vorgelegt worden. Einige waren sich ganz sicher gewesen, in dem Porträt Frank Niklas Stein oder Thorsten Brinken zu erkennen. Andere wiederum waren sicher, dass sie den Mann noch nie gesehen hatten. Uneins waren die Zeugenaussagen wie schon zu Beginn der Befragungen auch weiterhin über Haar- und Augenfarbe. Der Mörder schien nicht nur seinen Namen und seine biografischen Angaben zu wechseln, sondern auch sein Aussehen ständig zu verändern.

Sie hatten das Porträt heute an die Presse gegeben und die Öffentlichkeit um Mithilfe gebeten. Christian wusste, dass ihnen dieser Schritt vor allem unendlich viel Arbeit und falsche Spuren einbringen würde. Dennoch mussten sie es versuchen. Er war viel zu erfahren, um zu glauben, dass nur knallharte Ermittlungsarbeit zum Erfolg führen würde. Oft gehörte auch ein wenig Glück dazu. Natürlich wurde das in Pressekonferenzen nie erwähnt, und in der Tat waren gezielte Ermittlungen und kluge, mitdenkende Beamte die Basis des Erfolgs. Auch die Zeit war ein nicht zu unterschätzender Faktor. Doch ohne ein wenig Glück für die Ermittler konnte ein Mörder Wochen oder Monate durch die Gegend reisen und seinem blutigen Handwerk nachgehen. Manche wurden nie gefasst. Es war immer das Gleiche, was Christian an seinem Beruf fast wahnsinnig machte: das Wissen, niemals schnell genug zu sein. Das Warten auf das nächste Opfer.

Als Christian an einem Restaurant mit Straßenbestuhlung vorbeikam, setzte er sich, bestellte ein Bier und ein Wiener Schnitzel mit Kartoffelsalat. Er musste dringend etwas essen. Wenn er sich mit einem Mordfall beschäftigte, ignorierte Christian häufig, dass auch er einen Körper besaß, der funktionstüchtig gehalten werden musste. Er vergaß das Essen einfach. Seit er mit Anna zusammen war, hatte sie in den harten Fällen von körperlicher Vernachlässigung die Rolle der gestrengen Ernährungsaufsicht übernommen. Sie fehlte ihm schrecklich. Aber fast jedes Mal, wenn er sie anrief, erreichte er nur die Mailbox. Vorgestern hatte sie ihm erklärt, dass sie von einem Kurs zum anderen hetzte, dass die Ausbildung beim FBI äußerst straff durchorganisiert wäre und sie stets früh und todmüde ins Bett falle. Natürlich glaubte er ihr. Natürlich stellte er sich nicht vor, dass sie abends mit jungen Agents in die Kneipe ging, um ein paar Fosters zu trinken und ein wenig zu flirten. Natürlich nahm er nicht an, dass Pete die Zeit nutzen würde, um wieder an die alte Leidenschaft zwischen ihm und Anna anzuknüpfen. Natürlich verschwendete er keinen Gedanken daran, er könnte sie verlieren. Natürlich nicht!

Das Essen tat ihm gut. Christian begann sich zu entspannen und seine Umgebung bewusst wahrzunehmen. Er war durch einen Park gelaufen, hatte ein paar Straßen gequert und befand sich nun irgendwo am Landwehrkanal. Das Leben um ihn herum lief in beschaulichen Bahnen: Verliebte junge Pärchen, alte Damen, die ihre Schoßhunde spazieren führten, Punks und mehr oder weniger durchtrainierte Schwule bevölkerten den Kiez. Nach dem zweiten Bier bekam Christian Lust auf Gesellschaft. Er wollte sich jedoch nicht Volkers und Striebecks Anekdoten über die absurdesten Zeugenaussagen und den dümmsten Einbrecher aller Zeiten anhören, das kannte er zur Genüge. Also rief er, einem Impuls folgend, Petra Rahnberg an. Sie meldete sich aufgeschreckt, hoffte auf gute Neuigkeiten, fürchtete schlechte. Als sie durch Christians verlegene Frage nach einem gemeinsamen Bier verstand, dass er sich nur ein wenig unterhalten wollte, lud sie ihn zu sich nach Hause auf ein Glas Wein ein.

Christian fühlte sich in Petra Rahnbergs Altbauwohnung sofort wohl. Sie erinnerte ihn ein wenig an Annas kleines Stadthaus im Hamburger Generalsviertel. Die Wände waren von brechend vollen Bücherregalen bedeckt, stapelweise lag Fachliteratur auf Tischen, Kommoden und dem Boden herum. Und genau wie bei Anna, stand in Fensternähe eine vertrocknete Zimmerpflanze. Christian lächelte. »Sie kommen wohl vor lauter Lesen nicht zum Blumengießen? Genau wie meine Freundin: Immer die Nase im Buch, und das Grünzeug verreckt.«

»Sie haben eine Freundin? Ich hätte gedacht, Sie sind der Typ einsamer Wolf, der nachts mit einem Glas Whisky in der Hand seine alten Rock-Schallplatten durchhört.« Petra öffnete eine Flasche badischen Grauburgunder.

»So war es, bis ich Anna getroffen habe. Jetzt trinkt sie mir den Whisky weg und quält mich mit klassischer Musik oder Jazz.«

»Das kann ich auch!« Petra ging zu ihrer Anlage und legte eine Chet-Baker-CD ein. Dann setzte sie sich auf den Sessel und zog ihre Beine hoch. Sie trug einen bequemen, aber edel aussehenden Hausanzug aus dünnem anthrazitfarbenem Stoff. Christian fiel auf, dass ihre Füße nackt waren und die Zehennägel schwarz lackiert. Da er es seltsam fand, dass ihm das auffiel, sah er weg. Er bat Petra, ihm ein wenig von ihrer Tochter zu erzählen, falls es sie nicht allzu sehr schmerzte.

»Es tut mir gut, von ihr zu sprechen. Das ist ein bisschen, als wäre sie hier. Seltsam, wie lebendig Erinnerungen sein können. Dass man sie spüren, riechen, fast anfassen kann. Wenn ich an Catrin denke, ist mir, als käme sie gerade ins Zimmer. Sie lacht, umarmt mich, wirft ihre Umhängetasche auf den Boden, lässt sich aufs Sofa fallen und futtert einen Schokoriegel, den sie aus meiner Schreibtischschublade klaut. Sie duftet nach ihrem

Prada-Parfüm, und ihre Stimme klingt klar und frisch, wenn sie mir von ihrem letzten Flirt erzählt oder dem Film, den sie sich am Vorabend angesehen hat.«

Petras Blick war weit entfernt, als sie von Catrin sprach. Sie erzählte von Catrins Kindheit, von ihrer Aufsässigkeit in der Pubertät und all den kleinen Schwierigkeiten und großen Freuden, die sie mit ihr erlebt hatte. Es klang alles so normal. So richtig. Christian musste an seinen eigenen Sohn denken, zu dem er erst in den letzten drei Jahren wieder vorsichtig Kontakt aufgenommen hatte. Nach der Scheidung hatte ihm seine Frau den Umgang mit dem gemeinsamen Kind aufgrund ihrer eigenen Wut weitestgehend erschwert. Schließlich hatte er sich selbst nicht mehr darum bemüht. Jahre später wurde ihm plötzlich klar, dass er einen erwachsenen Sohn hatte, der in Los Angeles lebte, schwul war und seinen desinteressierten Vater hasste. Die Annäherung zwischen ihnen ging nur langsam voran. Christian hatte ihm vor zwei Jahren versprochen, ihn baldmöglichst mit Anna zu besuchen. Wenn nur dieser elende Flug nicht so lang wäre und auch noch über das Bermudadreieck führte …

Christian und Petra waren bei der zweiten Flasche Wein angelangt, als er ihr von Sarah Kopper aus Tübingen erzählte. Er hatte nicht geplant, mit ihr darüber zu sprechen. Er tat es wohl nur, weil er Anna als Gesprächspartnerin sehr vermisste. Sie blickte immer aus einer völlig anderen Perspektive auf die Fakten. Ob es die weibliche Perspektive war oder die der Psychologin, sie gab ihm jedenfalls häufig neue Impulse. Vielleicht lag es auch daran, dass er sich in Petras Wohnung wohlfühlte, jedenfalls dachte er nicht lange darüber nach, dass er mit einer betroffenen Zeugin sprach. Er sprach einfach nur mit ihr als einer klugen und attraktiven Frau, die zuhören konnte, die richtigen Fragen stellte, gerade eben weil sie einen anderen Zugang hatte als Volker oder Herd oder sonstige Kollegen, die wie er oftmals den Wald vor lauter Bäumen nicht sahen. Und vielleicht weil sie hübsch lackierte Zehennägel besaß.

»Wenn diese Sarah nicht ins Bild passt und auch ihre Ermordung ganz anders abgelaufen ist, wieso denken Sie dann, dass es derselbe Mörder ist?«

»Das Opferprofil stimmt nicht ganz. Das Täterprofil dafür umso besser. Der gleiche Vorname wie in München: Frank. Die gleichen Umstände: Der Täter pirscht sich unter dem falschen Namen und mit erfundener akademischer Biografie an eine hübsche Studentin heran. Er lebt vermutlich in einer möblierten Mietwohnung. Gemeldet ist er nicht. Ich vermute, Sarah Kopper war sein erstes Opfer. Sie hat er im Affekt getötet. Die Tat hat ihm gefallen. Es hat ihm so gut gefallen, dass er weitermacht. Und seine Morde fortan inszeniert. Wobei die Art der Inszenierung uns auf die Spur seines Motivs bringen sollte. Ich will wissen, warum er es auf genau diese Art und Weise tut. Dabei wäre es hilfreich, wenn ich verstehen würde, wie er sich seine Opfer aussucht.«

Petra nickte nachdenklich: »Wenn diese Sarah Kopper nicht ins Bild passt, ist vielleicht das Bild falsch.«

»Ganz genau. Wir müssen uns die Opferprofile noch einmal vornehmen.«

Sein Blick fiel auf einen Stapel Papiere, die neben ihm auf dem Sofa lagen. Es ging um die Metapher des Spiegels in der Literatur. Interessiert nahm Christian den obersten Artikel in die Hand. Er hatte den gleichen gelesen. Petra Rahnberg zeigte sich überrascht. Sie hatte nicht vermutet, dass ein Kommissar sich bei Mordfällen durch verstiegene Thesen weltfremder Intellektueller durchwühlte.

Christian lachte: »Was denken Sie denn? Dass wir nur Spuren sichern, Zeugen vernehmen und ansonsten Tag und Nacht unsere Waffe reinigen, in der Hoffnung, dass uns der Mörder freiwillig vor die Mündung läuft?«

Petra entschuldigte sich lächelnd für ihre klischierte Vorstellung und gab zu, dass der einzige Kommissar, den sie kannte, der TV-Schimanski sei. Der ja nun eher bekannt wäre für den Einsatz seiner breiten Schultern und trainierten Oberarme als für das Ersinnen tiefschürfender Theorien.

Während sie das sagte, beschlich Christian das irritierende

Gefühl, sie ließe ihren Blick prüfend über seinen Oberkörper schweifen. Er musste sich irren. Um sich davon abzulenken, fragte er sie nach ihren Überlegungen zu den Spiegeln.

Petra Rahnberg war zu ähnlichen Ergebnissen gekommen wie Yvonne und Christian: Es musste in irgendeiner Form um Selbsterkenntnis gehen. Ob der Mörder damit aber eine Aufforderung an das Opfer oder die Außenwelt ausdrückte oder ein eigenes Problem bebilderte und lediglich auf seine Opfer projizierte, war nicht zu entscheiden. Mit den Nachrichten, die bei den Opfern lagen, war Petra Rahnberg auch noch nicht weitergekommen. »Obwohl tief drinnen im Hinterstübchen eine leise Glocke läutet bei dem ›dritten Geschlecht‹. Als hätte ich da vor Jahren mal was gelesen oder aufgeschnappt … Kennen Sie das?«

»Nur zu gut. Es gehört zu meinem leidvollen Alltag. Wenn ich krampfhaft überlege, wie der große Dunkelhaarige hieß, der in dem Film gespielt hat von dem Regisseur, der mal mit der Brünetten zusammen war, deren Name mir jetzt leider nicht einfällt. Das kann einen zum Wahnsinn treiben. Ist aber nichts Bedrohliches. Nur die ersten Anzeichen von elender, altersbedingter Demenz.«

»Na, Sie machen mir Spaß!« Petra sah ihm in die Augen.

Christian verspürte plötzlich Lust, einfach aufzustehen, zu ihr hinüberzugehen, sich über sie zu beugen und sie zu küssen. Er hatte Anna noch nie betrogen. Jetzt war Anna nicht da. Und er dachte ständig darüber nach, was sie wohl gerade trieb. Aber reichte das? War seine Loyalität, denn für etwas anderes hielt er Treue nicht, so leicht auszuhebeln? Früher, als er noch verheiratet gewesen war, hatte weitaus weniger genügt. Ein kurzer Rock über langen Beinen etwa. Oder enge Jeans mit einem breiten Gürtel über schmalen Hüften. Anna würde zu ihm sagen, er sei nur in seiner männlichen Eitelkeit gekränkt, weil sie sich so selten meldete. Bestimmt hatte sie recht. Aber half ihm das jetzt?

Petra sah ihn unverwandt an und schwieg. Christian schien es, als würde sie seine Gedanken lesen können.

»Sie sind sehr verführerisch«, sagte er.

»Danke. Erzählen Sie mir von Ihrer Freundin.«

Christian fühlte sich durchschaut. Petra Rahnberg war eine kluge Frau und hatte die Situation mit einem Hinweis auf Anna rechtzeitig entschärft.

Christians Handy klingelte. Es war Herd. »Die Franzosen haben eine Leiche. Passt perfekt in unsere Reihe. Straßburg. Karen und ich fliegen von Hamburg aus. Morgen mit der ersten Maschine. Was ist mit dir und Volker? Kommt ihr, oder soll ich das allein klären?«

»Wann ist die Leiche gefunden worden?«

»Vor drei Stunden. Tatort gesichert, aber unverändert. Die Leiche ist konserviert. Gut für uns. Sie lassen alles wie vorgefunden, bis wir da sind. Kooperative Kollegen dort.«

»Ich komme. Melde mich, wenn ich am Flughafen bin. Hoffentlich gibt's von Berlin aus einen Direktflug nach Straßburg.« Christian legte auf und nahm seine Jacke. »Ich muss leider weg.«

»Ich komme mit.«

Christian starrte Petra Rahnberg verblüfft an. »Wie bitte?«

»Sie haben eine neue Leiche. Ich will sie sehen. Ich will wissen, was das alles mit meiner Tochter zu tun hat. Sie können mich nicht hindern, die nächste Maschine nach Straßburg zu besteigen!«

»Aber ich kann Sie hindern, an den Tatort zu kommen. Da haben Sie nichts verloren!«

Petra war während der Diskussion schon ins Internet gegangen und hatte die Flüge gecheckt. »Wollen Sie, dass ich Jochen Kratz vom Morgenecho anrufe und mit ihm hinfliege? Wir könnten mit unseren Informationen einen Mordsaufstand bei der französischen Presse machen. Und anschließend hier bei der deutschen.«

»Reden Sie keinen Unsinn, sonst werde ich echt sauer!«

Petra sah von ihrem Computer auf. »Keine Direktflüge, geht alles über Paris. Wir nehmen den Nachtzug um halb eins. Dann sind wir um halb zehn morgen früh da. Reicht das?«

Christian war insgeheim froh, dass er nicht fliegen musste. Das war aber auch das einzig Gute. Glücklicherweise lief die Zusammenarbeit zwischen der deutschen und französischen Polizei seit Jahren außerordentlich gut. Aber Kompetenzen hatte er dort keine. Er sprach nicht mal französisch. Dafür konnte Herd fast ebenso gut Französisch wie Karen, die mehrere Sprachen fließend beherrschte.

»Außerdem spreche ich französisch«, sagte Petra. »Sie auch?«

Christian fluchte. Diese attraktive Professorin wurde ihm langsam unheimlich. Sie konnte wirklich seine Gedanken lesen!

Genf.

Thomas Howela saß in einem First-Class-Hotelzimmer in Genf und beendete missmutig seinen schriftlichen Bericht an Clarissa. Eigentlich hatte er heute Abend nach Düsseldorf zurückfliegen wollen, um ihr alles persönlich zu erzählen. Und um mit ihr ins Bett zu gehen. Doch Clarissa hatte abgelehnt. Sie war zu irgendeinem Event eingeladen und zog es nicht in Erwägung, ihn mitzunehmen. Ebenso wenig war sie auf die Idee gekommen, Howela nach dem Event in ihrer Wohnung zu empfangen. Vielleicht hatte sie ein anderes Eisen im Feuer. Jedenfalls hatte Howela entschieden, noch in Genf zu bleiben und sein Spesenkonto anständig zu belasten. Eine Edelnutte würde ihm die Nacht versüßen. Er wollte nur noch die Mail an Clarissa versenden. Dann würde er sich in die kundigen Hände der Prostituierten begeben.

Howela hatte mehrere Tage gebraucht, um die Mosaiksteinchen von Niklas Schmitts Leben in der Schweiz zu finden und zu einem Bild zusammenzusetzen. Kleine Bestechungsgelder lockerten Zungen und erlaubten ihm, das ein oder andere Dokument zu kopieren. Nun hatte er Niklas' Genfer Jahre weitestgehend und ohne größere Lücken dokumentiert. Howela las seinen Bericht ein letztes Mal zur Korrektur:

Niklas S. immatrikulierte sich im Wintersemester 2002 nach seinem Abitur in Essen an der Medizinischen Fakultät der Universität Genf. Er wohnte in einer Kellerwohnung im Chemin de la Gradelle 89, wo er sich die geringe Miete leisten konnte, da er Hausmeistertätigkeiten für die Besitzer der Villa verrichtete. Den Professoren an der Fakultät fiel er durch Intelligenz und schnelle Auffassungsgabe auf. Ebenfalls stellte sich heraus, dass Niklas S. Talent für die Chirurgie besaß. Doch trotz der hervorragenden Noten und Beurteilungen, die Niklas S. während seines Studiums erzielte, war Professor Rounard, der Leiter der Fakultät, davon überzeugt, dass aus S. niemals ein guter Arzt werden würde. In einer heftigen verbalen Auseinandersetzung, die Rounard mit S. gegen Ende von dessen Studium führte, riet Rounard seinem besten und ehrgeizigsten Studenten, in die Forschung zu gehen, aber die Finger von Not leidenden Patienten zu lassen, da er keine moralischen Überzeugungen und keine inneren Werte besäße, welche für einen guten Arzt absolut vonnöten seien. Rounard erinnert sich, dass S., der nie die Fassung verlor, bei diesem gut gemeinten Ratschlag erbleichte und die Fäuste zusammenballte, sodass Rounard körperliche Gewalt befürchtete. Nichts dergleichen jedoch geschah. S. setzte sein Studium fort und schloss im Oktober 2007 mit summa cum laude ab. Seitdem hat man an der Medizinischen Fakultät weder von ihm noch etwas über ihn gehört, was bei einem derart guten Mediziner bemerkenswert ist. Im Normalfall wissen die Professoren, wo und auf welche Weise ihre besten Studenten Karriere machen.

Privat lebte Niklas S. die ersten Jahre in Genf vollkommen unauffällig. Er hielt sich fern von seinen Kommilitonen, hatte häufig wechselnde Freundinnen, aber keine einzige Beziehung von Dauer. Bis er, offensichtlich in einer Kneipe, zwei junge Männer kennenlernte, die von da an seine ständigen Begleiter wurden: der Deutsche Rafael Jürgens, Jurastudent, im gleichen Alter wie Niklas, und der Brite Anthony Parkinson, der Kunst studierte.

Die Freundschaft zu den beiden ist erwähnenswert, da sie vermutlich noch andauert und Niklas S. in seinen aktuellen Aktivitäten möglicherweise Unterstützung durch diese Freunde erfährt.

Das Zusammentreffen der jungen Männer vereinigte außergewöhnliche Fähigkeiten. Alle drei wurden von ihrer Umgebung übereinstimmend als hochintelligent und äußerst skrupellos beschrieben.

Der reiche Anthony Parkinson, verwöhnter Spross einer adligen Familie aus dem britischen Bath, nutzte sein Kunststudium als Ausbildung zum Fälscher. Erst betrieb er die Fälschungen alter Meister offensichtlich nur, um seine Familie zu kompromittieren, deren Ahnengalerie er kopierte und verkaufte. Schließlich machte er ein lukratives Geschäft aus seinen Fertigkeiten. Auch Rafael Jürgens verwandte relativ wenig Zeit auf seine Vorlesungen und Seminare. Er beschäftigte sich lieber mit Computerspielen und der virtuellen Welt. Schnell wurde ihm klar, dass sich damit Geld machen ließ. Er hackte sich in Onlinekonten und sammelte kleinere Beträge ein, die auf seinem eigenen Konto zu großen Summen kulminierten. Schließlich begriff er, dass Informationen bares Geld waren, verfeinerte seine Hackertechniken und begann eine Zusatzkarriere als Erpresser.

Seit einem Jahr sitzt Jürgens in einem Gefängnis in Frankfurt ein. Auch Anthony Parkinson wurde schon mehrfach vorläufig festgenommen, konnte aber dank des Einflusses seiner Familie bislang jeder Anklage entgehen. Parkinson lebt inzwischen in London und geht keiner legalen Beschäftigung nach. Er bezeichnet sich als Lebenskünstler.

Ich vermute, dass Parkinson selbst oder einer seiner Kontakte Niklas S. mit gefälschten Papieren versorgt. Ebenso steht zu vermuten, dass Jürgens seinem Freund aus Studentenzeiten bei der Beschaffung von Informationen nützlich war. Interessant wäre, herauszufinden, welche Informationen Niklas S. gesucht und bekommen hat. Zu diesem Zweck wird es sinnvoll sein, Rafael Jürgens in Frankfurt aufzusuchen, und ihm eine Zusammenarbeit mit unserer Seite schmackhaft zu machen.

Nun noch ein kleiner Exkurs zu einem anderen von mir recherchierten Thema. Durch gewisse Kontakte ist es mir gelungen, die Akten zum Todesfall Beatrix Kowalski einzusehen. Kowalski stürzte um neun Uhr fünfundzwanzig am Abend des siebten

Januar 2007 aus einem im vierten Stockwerk gelegenen Fenster ihrer Wohnung im Schleppweg in Kamen. Sie erlag ihren Verletzungen noch am Ort des Geschehens. Aufgrund von Kowalskis chronisch hohem Alkoholmissbrauch und ihrer langjährigen psychologischen Behandlung wegen Depressionen schloss die Polizei auf Selbstmord.

Mir erscheint die Aussage des direkten Nachbarn von Kowalski jedoch von gewissem Interesse. Er hatte kurz vor dem Sturz Frau Kowalski in ihrer Wohnung laut und erregt reden hören, als ob sie mit jemandem streite. Die Anwesenheit einer zweiten Person in Kowalskis Wohnung ließ sich jedoch von polizeilicher Seite nicht nachweisen, sodass die ermittelnden Beamten die Aussage des Nachbarn durch alkoholisierte Selbstgespräche von Kowalski deuteten.

Laut meiner Recherche checkte aus dem Kamener »Hotel Wappen« am gleichen Abend gegen 23 Uhr ein Gast aus, der am Morgen angereist war und bis zum übernächsten Tag gebucht hatte. Sein Name: Niklas Schmitt.
Beste Grüße, T. H.

Howela sendete die Nachricht gerade an Clarissa, als es an seine Zimmertür klopfte. Howela öffnete.

»Bon soir. Je suis Claire.«

Claire gefiel Howela außerordentlich gut. Er würde sie die ganze Nacht dabehalten. Und Clarissa würde dafür zahlen. Das gefiel ihm fast noch besser als Claire.

30. August 2009: Straßburg.

Christian erwachte am frühen Morgen in einem stickigen TGV-Abteil. Petra schlief noch. Ihr Kopf lag an seiner Schulter. Er schnupperte kurz an ihrem wohlriechenden Haar, dann löste er sich vorsichtig von ihr, um sie nicht zu wecken. Er ging in die Toilettenkabine und machte sich frisch, so weit das unter den eingeschränkten Bedingungen möglich war. Als er in das Abteil zurückkam, war auch Petra erwacht. Ihr vom Schlaf noch etwas verschleierter Blick und die zerzausten Haare machten sie besonders attraktiv. Schon wieder verspürte er den gefährlichen Impuls, sie zu küssen. Was war bloß mit ihm los? Er wusste nicht einmal, wieso er sie überhaupt mitgenommen hatte. War es ihre Hartnäckigkeit gewesen oder etwas ganz anderes?

Christian kam nicht dazu, lange darüber nachzugrübeln. Kaum hatten sie den Bahnhof verlassen, wartete Herd in einem französischen Polizeiwagen mit Fahrer auf ihn. Herd begrüßte Petra Rahnberg, als sei ihre Anwesenheit das Selbstverständlichste von der Welt. Keine missbilligend hochgezogenen Augenbrauen, kein fragender Blick. Wieder wusste Christian, warum er mit genau diesen Leuten zusammenarbeitete und mit keinen anderen.

Sie fuhren zum Tatort, einem kleinen Kutscherhaus, das im rückwärtigen Garten einer alten Villa gelegen war. Dort angekommen, forderte Christian Petra unmissverständlich auf, im Garten zu warten. Er würde sie rufen, falls er es für angemessen hielt. Zu seiner großen Überraschung fügte sich Petra ohne Widerworte. Sie setzte sich auf eine schief gemauerte Beetumrandung, neben der ein verwittertes, altes Fahrrad vor sich hin rostete, und zündete sich eine Zigarette an.

Christian folgte Herd in das abgesperrte Kutscherhaus. Die französische Spurensicherung hatte ihre Arbeit abgeschlossen, und auch Karen hatte sich schon einen ersten Eindruck verschafft. Bevor sie die Leiche endlich abtransportieren ließen, sollte Christian ein Auge darauf werfen. Herd stellte Christian dem leitenden französischen Beamten vor. Kommissar Adam Montaigne war ein in sich ruhendes Monument, der in seine Gedanken versunken schien und auf Christian einen absurden, nämlich verschlafen-hellwachen Eindruck machte. Christian bedankte sich für die Geduld der französischen Kollegen und sicherte ihnen jegliche Unterstützung aus den deutschen Kommissariaten und einen uneingeschränkten Informationsaustausch zu. Dann wurde er von Herd und Montaigne zum Epizentrum des Geschehens geleitet.

Die Wohnung befand sich im ersten Stock des Kutscherhauses. Im Parterre war lediglich ein geräumiges Entrée, das früher als Garage gedient haben mochte. Von der unteren Ebene führte eine Treppe nach oben zur Wohnung. Vom winzigen Flur ging nach rechts die Küche ab. Christian wurde von Herd jedoch gleich nach links zum Wohnzimmer geführt.

Das Wohnzimmer war klein und übersichtlich. Mittig an der Decke, mit diversen Seilen und Haken befestigt, hing die Leiche einer jungen Frau. Der Körper parallel zur Decke, der Rücken nach oben, Gesicht nach unten. Die Unterschenkel waren durch Seile angewinkelt, sodass die Fußsohlen zur Decke zeigten. Die Arme waren weit vom Körper abgespreizt, als wollte sie fliegen. Wie in Berlin und München war der Körper vollkommen haarlos und komplett mit weißer Schminke überdeckt, sodass der groteske Eindruck einer Marionette entstand, die an Schnüren über der Bühne schwebte. Nur die auffällige Narbe in der Herzgegend war rot, mit geronnenem Blut markiert. Die Augen der Leiche waren weit geöffnet, ihr Blick fiel auf den Spiegel, der unter ihr lag. Es war ein großer Spiegel, der aus dem Schrank auf der rechten Seite des Zimmers herausgehebelt und auf den Boden, direkt unter die Leiche, gelegt worden war.

Das alles nahm Christian mit dem ersten Blick wahr. Karen stand abseits und nickte ihm zur Begrüßung nur stumm zu. Herd sprach leise auf französisch mit den anwesenden Beamten. Dann war Christian allein in dem Raum und seinen Kollegen sehr dankbar dafür.

Vorsichtig auf die Spurenlage achtend, setzte er sich auf den Boden und betrachtete die Leiche von unten. Sie schwebte über ihm. Losgelöst von dieser Welt. Er sah den Körper der Frau, sah die glatte, weiße Haut, die rasierte Scham, die fehlenden Augenbrauen, die offenen, wimpernlosen Augen. Instinktiv begriff er, dass ihm hier keine Frau präsentiert wurde, nicht mal ein Mensch. Es war ein Ding. Eine Puppe. Ein entmenschlichtes Wesen. War genau dieser Eindruck beabsichtigt? Was machte den Menschen aus? War es das Herz, das der Mörder diesen Frauen nahm? War es die Freiheit, die er in Fesseln legte? War es wirklich nur die Behaarung, deren Fehlen ihm dieses Wesen jetzt so außerirdisch und unmenschlich erscheinen ließ? Was glaubte der Mörder? Christian hatte zum ersten Mal das Gefühl, dass er Kontakt aufnahm. Dass er ihn noch nicht verstand – aber dass er ihn sah. Diese Leiche war ein Abbild der kranken Psyche des Mörders.

Plötzlich bemerkte er im Augenwinkel, dass Petra Rahnberg an der Tür stand und mit offenem Mund und wundem Blick auf die junge Frau an der Decke starrte. Stumm liefen ihr die Tränen über die Wangen. Christian fragte sich, welcher Idiot sie vorgelassen hatte. Er hätte sie jetzt gerne in den Arm genommen und festgehalten. Doch sie würdigte ihn keines Blickes, sie starrte auf die Leiche. Ein, zwei, drei endlose Sekunden lang … Dann drehte sie sich um und ging wieder hinaus.

Langsam erhob sich Christian und wandte seinen Blick von der Leiche hin zu dem Spiegel, der passgenau unter sie platziert worden war. Es stand eine Botschaft darauf, geschrieben mit blutigen Fingern. Christian verstand sie nicht, sie war auf französisch. Er ging zur Tür und nickte. Herd, Karen, Kommissar Adam Montaigne und seine Beamten betraten wieder den Raum. Montaigne fragte ihn etwas, Herd übersetzte: »Ob du fertig bist? Dann wollen sie die Leiche abtransportieren. Sie hoffen, dass sie sie schnell identifiziert haben. Frauenkleidung liegt im Schlafzimmer neben dem Bett, aber die Kollegen haben noch keine Handtasche mit Ausweispapieren oder Ähnliches gefunden, was Aufschluss geben würde.«

Christian nickte und bat Herd, seinen Dank für die Geduld zu übersetzen. Während die französischen Kollegen in aller Stille ihren Pflichten nachgingen und die Leiche umsichtig aus ihren Fesselungen an der Zimmerdecke lösten, bat Christian Herd und Karen, ihm die blutige Botschaft auf dem Spiegel zu übersetzen.

»Da steht erst mal: ›faux fleur, enfin sans coeur‹« sagte Herd. »Das heißt: ›falsche Blume, endlich ohne Herz‹. Klingt auf französisch nur schicker. Wie fast alles.«

»Und der Rest?«, fragte Christian. Auf dem Spiegel stand noch einiges mehr geschrieben.

»Das ist eine Art Gedicht«, meinte Karen. »Es wird schwer sein, es in deutsche Poesie zu übertragen. Ich kann dir den Sinn vermitteln, aber ich bin keine Dichterin.«

»Ich habe eine Literaturwissenschaftlerin dabei. Schreib den Text bitte wörtlich ab und zeig ihn Petra Rahnberg. Sie sitzt draußen im Garten. Hoffe ich zumindest.«

»Ach, deswegen ist Frau Professor hier. Als literarische Beauftragte.« Nun kam dann doch eine Spitze von Herd. Karen enthielt sich jedes Kommentars und ging hinaus.

Christian besah sich die komplizierte Demontage der Leiche, dann folgte er Karen in den Garten. Sie brütete mit Petra über der Botschaft.

»Ich nutze jetzt ein wenig die Freiheit des Übersetzers, der nicht den Text übersetzt, sondern die Seele des Textes, okay?«, begann Petra, als Christian sich zu den beiden setzte.

Christian nickte. Derlei Feinheiten waren ihm vorerst egal.

»Da steht:

Weil sie einsam war
Und so blond ihr Haar
Ihr Herz tot wie Stein
Und er rief aus:
Komm her,
sollst nie mehr einsam sein!«

Petra sah Christian erwartungsvoll an, ganz so, als könne er aus den Zeilen des Rätsels Lösung lesen.

Er war weit davon entfernt. »Sagt dir das irgendetwas?«, fragte er Petra hilflos.

»Wegen der ›faux fleur‹ dachte ich gleich an die ›Blumen des Bösen‹ von Baudelaire. Aber das Gedicht klingt nicht nach Baudelaire. Es klingt … ein wenig trivial. Vielleicht hat der Mörder das selbst getextet. Jedenfalls verspreche ich dir: Wenn es ein Zitat sein sollte, dann werde ich die Quelle finden.«

»Sag Herd, er soll es mit seinem Laptop an Daniel schicken«, wandte sich Christian an Karen. Er konnte nicht warten, bis Petra wieder in ihrem Studierstübchen saß und ihre Bücherregale durchforstete.

»Geht klar. Ich hab übrigens von Commissaire Montaigne die Einladung bekommen, an der Obduktion teilzunehmen.«

»Das hatte ich gehofft. Melde dich, sobald ihr fertig seid. Herd soll sich an Montaigne ranhängen, ihm die Kopie von Liesel Stammingers Phantombild zur Verfügung stellen und bei den ersten Zeugenbefragungen in der Nachbarschaft mittraben. Ich bin überflüssig, verstehe eh kein Wort. Also mache ich mich mit Petras polyglotter Hilfe auf die Suche nach einem Hotel für uns. Schätze, wir müssen mindestens bis morgen bleiben. Hoffentlich bekommt ihr die Leiche schnell identifiziert.«

Am Abend saßen Christian und Petra im Hotel-Restaurant und gaben gerade ihre Bestellung auf, als Herd und Karen eintrafen. Die beiden blickten zuerst in die Speisekarte, bevor sie ihren Bericht ablieferten. Christian sah Petra ihre Ungeduld an. Sie konnte es nicht fassen, dass sich Herd und Karen im Moment mehr für ein saftiges Entrecôte interessierten als für den aktuellen Fall. Christian verstand das nur zu gut und wartete. Er konnte sich denken, dass die beiden den ganzen Tag keinen Bissen zu sich genommen hatten und nun dringend etwas Nahrhaftes brauchten, bevor sie den Mund zum Reden aufmachten. So war es dann auch.

Kaum hatten sie bestellt, lehnte sich Herd zurück und begann seinen Bericht: »Opfer ist identifiziert. Sandrine Lacour,

30 Jahre, Konferenzdolmetscherin beim Europaparlament. Sie kam heute Morgen nicht zur Arbeit, obwohl es irgendetwas irre Wichtiges zu übersetzen gab. Da Mademoiselle Lacour extrem zuverlässig und ehrgeizig ist und niemals auch nur eine Millisekunde zu spät kommt, hat sich ein Kollege, mit dem sie alle zwei Tage nach der Arbeit eine Kleinigkeit essen ging, Sorgen gemacht. Das Übliche: anrufen, zu Hause nachsehen, Concierge, niemand da. Anruf bei Mama, Anruf bei Polizei. Mama kommt mit Papa. Leiche identifiziert.« Plötzlich sah Herd verlegen zu Petra: »Sie müssen entschuldigen, ich habe ganz vergessen, dass Sie ...«

Petra schüttelte den Kopf: »Ist okay. Tun Sie bitte so, als wäre ich nicht da. Offiziell bin ich das ja auch nicht.«

»Also keine alleinerziehende Mutter wie in den anderen Fällen?«, fragte Christian nach.

»Wie auch bei Sarah Kopper nicht. Das Mosaiksteinchen können wir uns wohl komplett abschminken. Der Concierge von dem Kutscherhäuschen gibt Folgendes über den Mieter an: Name Fréderic Rouge-Joue, Alter schwer zu schätzen, Ende zwanzig, Anfang dreißig. Haare Straßenköter bis braun, trug bei dem einzigen Gespräch Baseballcap und Sonnenbrille und war ein unsympathisches Arschloch. Der Concierge ist sicher, dass es sich um einen Franzosen gehandelt hat. Er sprach völlig akzentfrei. Und das kann keiner, der kein Franzose ist. Sagt zumindest der Concierge.«

»Blödsinn! Mich halten auch immer alle für waschecht. Die Franzosen, die Spanier, die Engländer, die Amis, wenn du willst, spreche ich dir das übelste Texanisch, und mein Türkisch ist auch nicht schlecht ...«, meinte Karen.

Herd zuckte mit den Schultern. »Deshalb müssen wir ja auch umgekehrt nicht davon ausgehen, dass wir es mit einem Deutschen zu tun haben. Bloß, weil niemand einen Akzent bei ihm bemerkt hat.«

»Weiter im Text, bitte!« Christian wollte jetzt Fakten hören, keine Spekulationen.

»Der Concierge war nicht sicher bei dem Phantombild.

Dafür aber der Kellner in dem Café, wo Sandrine Lacour täglich ihre Mittagspause verbracht hat. Am Mittwoch kam sie wie immer ohne Begleitung, kurz darauf saß jedoch ein anderer Gast bei ihr am Tisch. Definitiv unser Mann, nur mit brünetten Haaren und Dreitagebart. Er fiel dem schwulen Kellner auf, weil er sehr gut aussah und weil Sandrine mittags sonst immer allein saß und sich auch niemals ansprechen ließ. Er hatte den Eindruck, dass die beiden sich erst kennenlernten.«

»Dann hat er sich ja nicht viel Zeit gelassen mit ihr«, sinnierte Christian.

»Sie sollten sich in den Straßburger Restaurants umhören. Meine Tochter hat er immerhin zweimal zum Essen ausgeführt, bevor er sie ...«, Petra brach ab.

»Das habe ich Montaigne bereits gesagt. Sie sind dabei«, bestätigte Herd.

»Was wissen wir über den Todeszeitpunkt?«, wandte sich Christian an Karen.

»Gestern Morgen zwischen acht und neun Uhr etwa. Er hat sie am Mittwoch aufgerissen, am Freitagabend zu sich eingeladen und am Samstagmorgen getötet.« Karen sah Petra an: »Wollen Sie nicht lieber mal draußen eine rauchen? So für ein paar Minuten?«

»Gewiss nicht. Nehmen Sie keine Rücksicht auf mich, ich bin, wie schon erwähnt, gar nicht da.«

»Nun gut.«

Karen wartete kurz, da das Essen gebracht wurde. Dann fasste sie die Ergebnisse der Obduktion zusammen: »Wie gehabt. Keine Anzeichen für sexuelle Gewalt, obwohl Verkehr stattgefunden haben könnte. Keine Spuren. Die Leiche wurde äußerst gründlich gewaschen, Fingernägel gesäubert, auch eine Vaginalspülung wurde durchgeführt. Rasur, Ausblutung und Konservierung wie sonst.«

Christian wusste, dass Karen nur so knapp formulierte, um Petra Rahnberg trotz ihrer zur Schau gestellten Härte zu schonen. Sonst war Karen immer weitaus drastischer in ihren Beschreibungen der Todesumstände.

»Ich verstehe nur nicht, warum er sie ausbluten lässt. Das ist bei der Art der Konservierung gar nicht notwendig. Aber vielleicht findet er es angenehmer. Bei der OP.«

»Frau Kretschmer, hören Sie bitte mit Ihrer Rücksichtnahme auf. Mit der OP meinen Sie die Entnahme des Herzens. Also sagen Sie es auch.« Petra schien fast beleidigt.

»Okay. Sandrine Lacour hat kein Narkosemittel bekommen wie Mira Weininger und Catrin Rahnberg. Er hat sie bei lebendigem Leib ausbluten lassen. Der Aortenbogen wurde an der linken Halsschlagader geöffnet, zusätzlich mit Längsschnitten die Pulsadern. Er hat ihr eine hohe Dosis eines gerinnungshemmenden Mittels verabreicht, damit das Ausbluten schneller vonstattengeht. Spasmus der Gefäße und sympathomimetische Reaktion als automatischer Eigenschutz des Körpers gegen zu hohen Blutverlust oder kardiogenen Schock. Das Multiorganversagen führt dann zum Tod. Die eigentliche Todesursache in diesem Fall nennt man Volumenmangelschock. Ich erspare euch wie immer in meinem eigenen Interesse den Rest vom Fachchinesisch.«

»Vermutlich lag sie dabei in der Badewanne. Oder er hat zum Auffangen des Blutes die große Plastikplane benutzt, die die Spurensicherung säuberlich gereinigt und zusammengelegt im Bad gefunden hat«, ergänzte Herd.

Petra schob ihren Teller von sich. Sie hatte das Essen kaum angerührt und sah nicht aus, als würde sie noch einen Bissen herunterbekommen. »Hat die junge Frau gelitten?«

Karen schüttelte den Kopf: »Zumindest nicht unter großen körperlichen Schmerzen. Sie hat relativ früh das Bewusstsein verloren. Das Herz wurde post mortem entfernt wie bei den anderen beiden Opfern. Saubere Schnitte im geöffneten Brustkorb, schlampige Nähte.« Karen machte eine Pause und schob ebenfalls ihren Teller weg, der im Gegensatz zu Petras allerdings fast vollständig geleert war. Christian verblüffte immer wieder, wie schnell, viel und konzentriert Karen essen konnte, selbst wenn sie die ganze Zeit redete. »An die Stelle des Herzens hat er vorm Zunähen der Wunde einen alten rostigen

Fahrrad-Dynamo gelegt. Finden wir das irgendwie witzig und originell?« Karen hatte nun alle Hemmungen vor Petra Rahnberg abgelegt.

»Nein, finden wir nicht. Und dich finde ich auch nicht witzig«, sagte Herd bitter. Sein Humor unterschied sich insofern von Karens, dass er keinen hatte, wenn es um Leichen ging. Bevor es zu einer der üblichen Kabbeleien zwischen den beiden kommen konnte, verkündete Herds Handy einen Nachrichteneingang. Herd las die SMS, rief nach dem Kellner und fragte ihn etwas.

Petra übersetzte für Christian: »Ihr Kollege will wissen, ob es hier einen Hotspot gibt, um sich ins Netz einzuklinken.«

»In der Bar«, verkündete Herd die Antwort des Kellners. »Ich habe eine Mail von Daniel. Er hat den Text des Tages gefunden, der auf dem Spiegel stand.«

Christian ließ die Rechnung auf sein Zimmer schreiben. Dann gingen sie gemeinsam zur Hotelbar und setzten sich in eine Nische auf ein plüschiges Ensemble aus blutrotem Velour. Herd nahm sein Laptop aus der Reisetasche und klappte es auf, während die Drinks bestellt wurden und Karen sich in der Bar umsah. Sie war gut besucht und schien auch von Einheimischen und nicht nur von Hotelgästen frequentiert zu werden. Herd rief seine Mail auf und drehte den Bildschirm so, dass auch die anderen Daniels Mail sehen konnten:

Hei, Leute, alles frisch bei den Franzacken? Schon Froschschenkel abgelutscht? Hab Euren Text gefunden, war ganz einfach. Ich schicke Euch eine zusätzliche Strophe, die mir wichtig vorkommt, den kompletten Songtext findet Ihr im Anhang. Die Zeilen stammen aus:

»Das Lied vom einsamen Mädchen«
(komponiert 1952 von Werner Richard Heyman,
Text: Robert Gilbert)

Weil sie einsam war
Und so blond ihr Haar …

Das kennt ihr ja, lag bei der Leiche. Dann kommt unter anderem noch diese nette Strophe:

Was blieb von ihrem Leben
Ein Lied, das niemand sang
Sankt Peter ließ sie warten
Zwei Ewigkeiten lang

Bekannt geworden ist dieses Lied vor allem durch Martin Lee Gore, was der Sänger von Depeche Mode war, Ihr Banausen. Wisst Ihr, dass der von 1985 bis 1987 mit seiner damaligen deutschen Freundin in Berlin gelebt hat? Er war zeitweilig dafür bekannt, Röcke und schwarzen Nagellack zu tragen, was nicht nur bei heterosexuellen Männern ganz schön für Wirbel sorgte. In einem Interview sagte Gore mal: »Sexuelle Barrieren und Geschlechterrollen sind altmodisch und out. [...] Meine Freundin und ich tauschen oftmals die Klamotten oder das Make-up.«

Na, das passt doch schön zu Catrin Rahnbergs Zettel mit dem »dritten Geschlecht«, oder? Macht was draus,
Euer Daniel

Petra schlug plötzlich vehement mit der flachen Hand auf den Tisch, sodass die daraufstehenden Gläser gefährlich hüpften und klirrten. »Was, verdammt noch mal, hat das alles mit meiner Tochter zu tun?«, schrie sie auf.

Die Gäste der Bar drehten sich nach dem deutschen Quartett um und starrten interessiert. Als nichts weiter passierte, setzten sie enttäuscht ihre eigenen Gespräche fort.

Christian wandte sich an Herd: »Wir sollten auch die französische Öffentlichkeit einschalten. Die Porträtzeichnung von der Stamminger muss in Frankreich an die Presse gehen. Kommissar Montaigne soll bitte auch Europol in Den Haag informieren.«

Sie riefen den Kellner und zahlten. Herd brach zu einem kleinen Spaziergang auf. Christian wollte sofort auf sein Zimmer. Er brauchte dringend Schlaf nach der unbequemen Nacht im Zug. Petra schloss sich ihm an. Der Tag war anstrengend genug gewesen, und der morgige würde vermutlich nicht besser werden. Nur Karen blieb noch. Am Tresen der Bar saßen einige vereinsamte Männer, die ihr unverhohlen Aufmerksamkeit schenkten. Einer davon gefiel Karen sogar, was selten vorkam. Sie war fertig mit ihrer Arbeit. Warum also sollte sie sich nicht noch ein wenig amüsieren?

Petra Rahnberg fand Karens Haltung pietätlos. Doch auf dem Weg zu den Zimmern erklärte Christian ihr, dass Karen noch mehr als sie alle tagtäglich mit Tod und Grauen konfrontiert wurde. Das war ihr Job. Irgendwann musste man abschalten. Einfach nur, um nicht verrückt zu werden.

»Okay, das verstehe ich«, sagte Petra. »Trotzdem finde ich diese Karen äußerst abgebrüht.«

Als sie aus dem Fahrstuhl traten, küsste sie ihn sanft auf den Mund und wünschte ihm, dass er gut abschalten könnte. Es war das erste Mal, dass sie ihn duzte. Doch bevor Christian sie fragen konnte, ob der fast beiläufig hingehauchte Kuss ein unmoralisches Angebot sei, verschwand sie in ihrem Zimmer. Christian überlegte kurz, ob er froh darüber war oder enttäuscht. Er entschied sich für entspannte Gleichgültigkeit. Kaum war er in seinem Zimmer, versuchte er Anna zu erreichen. Nur die Mailbox. Enttäuscht zog er sich aus und legte sich in das viel zu weiche Bett. Innerhalb von Sekunden war er eingeschlafen.

Der nächste Tag wurde wie erwartet anstrengend. Es war der letzte Augusttag des Jahres, und die Sonne schien noch einmal ihre ganze Kraft zu bündeln. Im Straßburger Präsidium wurden Sandrine Lacours fassungslose Eltern von Montaigne vernommen, ebenso noch einmal der Concierge, mehrere Kollegen Sandrines und der Kellner sowie andere mögliche Zeugen aus der Nachbarschaft des Kutscherhäuschens. Petra wollte bei der Aussage der Mutter dabei sein, doch Christian verwehrte ihr diese anmaßende Bitte. Also wandte sie sich an Montaigne.

Freundlich, aber bestimmt erklärte er ihr, dass das absolut nicht infrage käme. Montaigne hatte keine Lust, ab sofort Monsieur und Madame Lacour während der Ermittlungen quasi auf seinem Schoß sitzen zu haben und ihnen erklären zu müssen, dass das nicht konveniere, auch wenn ein deutscher Kollege aus für ihn als Franzosen nachvollziehbaren, aber definitiv unprofessionellen Gründen die Mutter eines Opfers hinter sich her schleppe. Dabei sah er Christian missbilligend an. Petra gab auf und sah schließlich auch ein, dass es keinen Sinn machte, den ganzen Tag und womöglich noch die halbe Nacht im Hotel herumzuhängen, um auf vermutlich unergiebige Berichte zu warten. Sie nahm den nächsten Zug zurück nach Berlin. Karen war per Flugzeug über einen Shopping-Stopp in Paris unterwegs nach Hamburg. Sie hatten sie am Morgen nicht mal mehr zum Frühstück getroffen, sondern nur eine kurze Nachricht von ihr erhalten.

Christian wollte mit Herd in Straßburg ausharren. Nachdem die Eltern von Sandrine Lacour ihre Aussagen zu Protokoll gegeben hatten, sah allerdings auch Christian ein, dass seine Anwesenheit überflüssig, sogar hinderlich war. Er störte nur Herds Konzentration, indem er ihn andauernd flüsternd fragte, wovon eigentlich gesprochen wurde. Also setzte auch er sich am Nachmittag in einen Zug Richtung Heimat. Es war höchste Zeit, dass er nach Hause fuhr. Ein ausgiebiges Bad nehmen, Wäsche wechseln und endlich mal wieder im eigenen Bett schlafen.

Einige Stunden zuvor:
Düsseldorf.

Nach einem verregneten Wochenende und dem Durchzug kühler Meeresluft verabschiedete sich der August auch in Deutschland mit sommerlichen Temperaturen und einem strahlend blauen Himmel. Clarissa saß im Bademantel auf ihrer Terrasse und gestattete sich ein üppiges Frühstück mit Krabben, Wildlachs und frisch gepresstem Mangosaft. Sie hatte im Büro angerufen und all ihre Vormittagstermine verschieben lassen, denn sie erwartete jeden Moment Thomas Howela.

Er kam pünktlich, was Clarissa sehr schätzte. Sie schätzte ebenso, dass er sie weiterhin nicht duzte noch versuchte, sie auf die Wangen oder sonst wohin zu küssen, bloß weil sie zweimal miteinander im Bett gewesen waren.

Howela kam sofort zur Sache, als sie ihm Kaffee eingeschenkt hatte: »Den Bericht aus Genf haben Sie erhalten?«

Clarissa bejahte und löffelte ihren Krabbensalat aus.

»Gestern habe ich mich in Frankfurt um eine Besuchserlaubnis für den dort einsitzenden Rafael Jürgens bemüht. Erfolgreich natürlich. Das ist allerdings leider auch der einzige Erfolg in Frankfurt, den ich zu verbuchen habe. In zwei Stunden geht übrigens meine Maschine nach London, wo ich Anthony Parkinson besuchen werde. Doch zuerst zu Frankfurt und Rafael Jürgens. Eine unerfreuliche Visite.« Howela war sauer, denn Jürgens hatte sich als uneinnehmbare Festung erwiesen. Er blieb vollkommen unbeeindruckt von den Geldsummen, die Howela ihm im Falle einer Unterstützung bei der Suche nach Niklas Schmitt in Aussicht gestellt hatte. Im Gegenteil, Jürgens amüsierte sich köstlich und verspottete Howela.

»Was, verdammt noch mal, hat er denn genau gesagt?« Clarissa war die Enttäuschung anzumerken.

»Zuerst leugnete er, einen Niklas Schmitt zu kennen. Als ich ihm dann die mir bekannten Daten und Fakten aus Genf präsentierte, wollte er wissen, warum ich ihn suche. Wie immer habe ich etwas von Erbschaftsangelegenheit gefaselt. Daraufhin brach Jürgens in Lachen aus.«

»Wieso das denn?«

»Er sagte zu mir: Wissen Sie denn nicht, dass Nik eine Art Wunder ist? Er hat keine Eltern. Damit ist er so was Ähnliches wie der Sohn Gottes. Und was hat der schon zu vererben? Das Himmelreich?«

»Interessante These«, meinte Clarissa trocken. »Und dann?«

»Das Gespräch war relativ zügig beendet. Ich habe danach einen der Wärter bestochen und alle Kontakte überprüft, die

Jürgens telefonisch und postalisch nach draußen hat. Nichts Auffälliges. Aber die sind hundsdämlich da. Die lassen Jürgens aufgrund seiner hohen Bildung die Gefängnisbibliothek leiten. Alles vom Feinsten da. Die Verwaltung und die Bestellungen werden per Computer getätigt. Damit geben diese Idioten einem Hacker täglich Zugang zum Internet!«

»Und Sie haben das Gefühl, dass dieser Jürgens noch mit Niklas Schmitt in Kontakt steht?«

»Durchaus möglich.«

Clarissa überlegte, inwiefern das für sie von Nachteil sein konnte. Wenn ja, würde Niklas erfahren, dass jemand nach ihm suchte. Aber unter den gegebenen Umständen würde er vermutlich auf die Kripo tippen und nicht auf sie. Vielleicht würde er dann Angst bekommen und abtauchen. Oder sogar das Land verlassen. Und sie hätte endlich wieder ihre Ruhe. Ihre Überlegungen wurden von Howela unterbrochen, der aufgestanden war und ihr den Bademantel von den Schultern streifte. Sie mussten sich beeilen. Er wollte seine Maschine nach London nicht verpassen.

Um die Mittagszeit kam Clarissa beschwingt ins Büro. Sie war ausgeruht, befriedigt und nährte die Hoffnung, dass der Albtraum bald vorüber sein könnte. Howela war unterwegs nach London, um sein Glück bei Anthony Parkinson zu versuchen. Vielleicht war der nicht so loyal zu seinem Freund aus Studienzeiten wie Rafael Jürgens. Howela hatte herausgefunden, dass Parkinson aufgrund seiner Wettsucht chronisch knapp bei Kasse war. Möglicherweise würde er für dreißig Silberlinge den »Sohn Gottes« verraten.

Kurz darauf meldete ihre Assistentin Tanja den Besuch von Rüdiger Roth, dem Vorstandsvorsitzenden des Konzerns und größten Unterstützer Clarissas. Sie empfing ihn mit entsprechendem Enthusiasmus. Herr Roth berichtete, dass er mit zwei der Hauptaktionäre essen gewesen war und sie auf Clarissa als seine Nachfolgerin einschwören konnte. Clarissa bedankte sich. »Herr Roth, wie kann ich das nur wiedergutmachen?«

Roth lehnte sich im Besuchersessel zurück, stellte die Ellbogen auf die Armlehnen und tippte die Fingerspitzen seiner beiden Hände aneinander. Dabei lächelte er souverän. »Ich will dem Konzern natürlich auch in meinem Ruhestand weiterhin verbunden bleiben. Schließlich bin ich Aktionär.«

Clarissa wusste, worauf Roth anspielte. Roth hatte nicht nur ein paar Aktien, sondern viele. Insofern war es entscheidend für seine Finanzen, stets mehr als frühzeitig über die Geschicke der Firma auf dem Laufenden zu sein. Roth sprach von Insider-Informationen über günstige Zeitpunkte zum Kaufen und Verkaufen. »Herr Roth, darüber müssen wir doch gar nicht reden«, antwortete Clarissa. »Ich werde Sie immer als meinen Mentor betrachten und in allen maßgeblichen Situationen selbstverständlich um Ihren erfahrenen Rat bitten.«

Roth nickte zufrieden und erhob sich wieder. »Wie schmeichelhaft, Frau Wedekind. Und wie wohltuend. Dann will ich Sie nun aber nicht länger aufhalten. Sie haben gewiss jede Menge zu tun.«

Er wollte gerade gehen, als von draußen ein unverhohlener Protest von Tanja zu hören war. Die Bürotür wurde aufgerissen, und ein strahlender Niklas stand vor Clarissa und Rüdiger Roth, in der Hand eines der Clarissa nur zu gut bekannten Päckchen und einen bunten Blumenstrauß. Tanja warf Clarissa einen entschuldigenden Blick zu und schloss die Tür.

»Oh, wenn ich gewusst hätte, dass du Besuch hast, wäre ich nicht so hereingeplatzt. Aber ich wollte dich überraschen, deswegen habe ich deine Sekretärin überrumpelt.«

Clarissa stockte der Atem. Bevor sie die Fassung wiedererlangen konnte, hatte Niklas Herrn Roth schon die Hand gereicht: »Frau Doktor Wedekind ist anscheinend so erfreut über meinen spontanen Besuch, dass es ihr die Sprache verschlagen hat. Wenn ich mich vorstellen darf: Stephan Wöhler, Atomphysiker auf der Durchreise aus Genf.«

Clarissas Hirn funktionierte schlagartig wieder. »Wie schön, dass du vorbeischaust. Das ist Doktor Rüdiger Roth, Vorstandsvorsitzender von ›Aglaia‹.« Sie sah Niklas warnend an.

Roth musterte Niklas interessiert: »Ein Physiker? Dann haben wir wohl beruflich nichts mit Ihnen zu tun?«

Niklas lachte herzlich: »Nein, Clarissa und ich kennen uns semi-privat. Wir betreiben heimlich einen kleinen, illegalen Organhandel!« Dabei zwinkerte er Clarissa verschwörerisch zu und legte das Päckchen und die Blumen auf ihrem Schreibtisch ab.

Roth brach in lautes Gelächter aus und wandte sich an Clarissa: »Ich werde Sie dem jungen Mann überlassen. Bei unserem nächsten Treffen müssen Sie mir unbedingt von diesem amüsanten Kerl und Ihrem Organhandel erzählen. Falls das lukrativ ist, möchte ich gerne einsteigen!«

Clarissa lachte möglichst ungezwungen mit, brachte Roth zur Tür und schloss sie hinter ihm. Das aufgesetzte Lächeln auf ihrem Gesicht erstarb. Weiß vor Wut wandte sie sich zu Niklas um: »Was fällt dir ein, hier aufzutauchen? Bist du irre?«

Niklas hatte unaufgefordert in dem Besuchersessel Platz genommen und entspannt die Beine übereinandergeschlagen.

»Dein Phantombild ist in allen Zeitungen!«

»Jetzt komm mal wieder runter. Kein Schwein erkennt mich.«

Clarissa besah ihn genauer. Er hatte recht. Niklas trug einen dichten schwarzen Bart, nussbraune Kontaktlinsen und die Haare schwarz gefärbt. Außerdem hatte er offensichtlich seine Wangen ein wenig aufgepolstert. Ein Wunder, dass sie auf Anhieb gewusst hatte, wer vor ihr stand. Dabei hatte es sich jedoch weniger um visuelle Wahrnehmung gehandelt als vielmehr um einen Schock instinktiver Erkenntnis. Ihr war schlicht für einen Moment das Herz stehen geblieben.

»Du weißt also Bescheid über meine … Aktivitäten?«, fragte er amüsiert.

»Das war nicht allzu schwierig nach den Päckchen. Du wolltest doch, dass ich Bescheid weiß!«

»Stimmt.«

Clarissa wies auf das neue Päckchen: »Darf ich davon ausgehen, dass du mir ein weiteres deiner makabren Geschenke zumuten willst?«

»Was Hübsches aus Straßburg. Du wirst bald davon lesen!«

Clarissa ließ sich resigniert zurücksinken. »Ich werde jetzt die Polizei rufen.«

»Das wirst du nicht. Außerdem: Bis die kommt, bin ich über alle Berge.«

»Wir haben einen hervorragend ausgebildeten Sicherheitsdienst. Gut bewaffnet.«

Niklas sah sie verächtlich an: »Mach dich nicht lächerlich. Wir wissen doch beide, dass du nichts unternehmen wirst. Wo du so kurz vor deinem beruflichen Triumph stehst.«

»Was willst du?«

»Ein Freund aus Frankfurt hat mir gezwitschert, dass ein fetter, kleiner Mann meinen Spuren folgt. Ist das einer von deinem Sicherheitsdienst? Eher nicht, du wirst doch nicht so blöd sein, jemanden aus deiner Firma einzuweihen, oder?«

»Es könnte einer von der Kripo gewesen sein.«

»Negativ. Die haben keinen Schimmer, wer ich bin oder wo sie mit der Suche anfangen müssen. Du schon. Also zieh den Idioten zurück. Wenn er mir in die Quere kommt, ist er tot.«

»Sonst noch Wünsche?«

Niklas stand auf und betrachtete eingehend Clarissas Büro. Er ging zum Fenster.

»Schön hast du's hier. Hat dein Scherge dir erzählt, wie ich während meines Studiums in Genf leben musste? Ich habe in einem feuchten, dreckigen Kellerloch gehaust mit Ratten als WG-Kumpels. Ich musste die Miete bei der feinen Herrschaft abarbeiten mit Rasenmähen, Müll raustragen und die verwelkte Dame des Hauses pimpern!«

»Daher die mangelnde Moral bei der Auswahl deiner Geschlechtspartnerinnen?« Clarissa dachte gequält an die Nacht in Hamburg.

»Wie du sicher weißt, setzt die Entwicklung von Moral eine einigermaßen gesunde Sozialisation voraus. Ich hatte keine. Ist das jetzt meine Schuld?«

»Verstehe«, sagte Clarissa. »Es ist meine. Auch, dass du diese jungen Mädchen umbringst. Ist garantiert auch meine Schuld.«

Niklas grinste nur. »Klar. Ich bin nur ein Opfer der Umstände.«

»Verdammt noch mal, was sind das für Mädchen? Was hast du mit ihnen zu tun? Was willst du von ihnen? Und was willst du von mir?«

Niklas erhob sich aus dem Sessel und schnippte lässig einen Fussel von seinem Sakko. Er sah auf die Uhr. »Ich mach's kurz, ich habe noch was Wichtiges vor. Von dir brauche ich vorerst nur mehr Geld. Tut mir leid, aber mein Lebensstil ist kostspielig. Die Reisen, die falschen Papiere, die Beschaffung von Informationen ... Was zahlst du deinem Schnüffler eigentlich? Ich hoffe, er ist nicht zu teuer. Schließlich bin ich das schon. Hier, falls du es vergessen haben solltest: die Nummer meines Schweizer Bankkontos. Ich wäre dir sehr verbunden, wenn du dich nicht knauserig erweisen würdest. Wie wäre es mit einer Viertelmillion? Ich versuche zu sparen, versprochen!« Niklas schob Clarissa einen Zettel mit seinen Bankdaten zu.

»Warum sollte ich das tun?«

»Aus denselben Gründen, aus denen du noch nicht die Polizei informiert hast.«

Clarissa sah ihn genervt an. »Wirst du dann auch aufhören, jungen Frauen die Herzen herauszuschneiden und sie mir zuzuschicken?«

Lässig stützte sich Niklas mit beiden Händen auf Clarissas Schreibtisch und beugte sich so weit vor, bis er fast Nasenspitze an Nasenspitze zu ihr stand, und wiederholte spöttisch ihren Satz: »Warum sollte ich das tun?«

Clarissa wich seiner Nähe nicht aus. Sie sah ihm stattdessen fest in die Augen. Von diesem Irren würde sie sich nicht einschüchtern lassen: »Warum verpisst du dich nicht in die Hölle, du blöder Wichser? Und nimmst deine megakranken Herzensangelegenheiten mit, was immer sie auch bedeuten sollen?!«

Niklas beugte sich noch weiter vor und gab Clarissa mit zynischem Grinsen einen Schmatzer auf die Wange: »Nur Geduld, ich bin gleich weg. Habe eine Art Verabredung auf dem Land. Aber betrachte es als Kompliment: Für dich nehme ich mir immer gerne etwas Zeit. Aus Familiensinn. Ich lege allergrößten Wert auf Familie. Was glaubst du, warum ich Sarah besucht habe?«

Es dauerte ein paar Sekunden, bis Clarissa begriff. Sie erbleichte. »Sarah? Das warst du nicht! Das kann nicht sein! Die … die suchen einen jungen Mann namens Frank!«

»Seit wann bist du so naiv? Ich habe natürlich einen falschen Namen benutzt, damit du nicht gleich auf mich kommst und meine Absichten torpedierst. Die ursprünglich durchaus ehrenwert waren, wenn ich das anmerken darf. Aber da ich dir so ziemlich alles zutraue, dachte ich, sicher ist sicher.«

»Ich kannte damals weder dich noch deinen Namen!«

»Wusste ich nicht genau. Hätte ja sein können, dass du Beatrix nach mir gefragt hast. Die wusste ihn.«

»Beatrix?«

Niklas äffte Clarissa verächtlich nach: »Sarah? Beatrix? – Spiel doch nicht die total Verblödete!«

Clarissa schwieg entsetzt. Der Schock saß tief. Bislang hatte sie keinerlei Zusammenhang zwischen Sarahs Tod und der Ermordung der anderen jungen Frauen gesehen. Sie hatte gedacht, dass sie keines seiner Opfer kannte und sich deswegen relativ sicher gefühlt. Vor irgendeiner Verantwortlichkeit. Und vor der polizeilichen Jagd nach dem »Herzensbrecher«. Nun gab es eine Verbindung. Falls die Polizei den Zusammenhang zwischen Sarah und den anderen Mädchen herstellte, würde möglicherweise auch ihr Name irgendwann in den Akten auftauchen. Und jetzt kam Niklas auch noch mit Beatrix Kowalski. Clarissa hatte schon vermutet, dass er sie über Beatrix aufgespürt hatte. Anders konnte es nicht sein.

»Du hast Beatrix also gar nicht viel gefragt, sondern sie lieber gleich aus dem Fenster geschubst.« Niklas grinste Clarissa eiskalt an.

»Das … Das kannst du mir nicht in die Schuhe schieben!« Clarissas Stimme klang hysterisch.

»Verhindere es!« Niklas tippte mit dem Zeigefinger auf den Zettel mit seiner Kontoverbindung und ging.

Clarissa saß wie gelähmt in ihrem Bürostuhl, die Augen weit aufgerissen. Eine Welle von Übelkeit überrollte sie. Sarah. Beatrix. Bald würde über eine neue Leiche in Straßburg berichtet werden. Das Päckchen stand vor ihren Augen auf dem Tisch. Clarissa wollte es nicht öffnen. Sie würde es entsorgen, ohne hineinzusehen.

Noch immer weigerte sich Clarissa, eine Mitverantwortung für die Geschehnisse zu übernehmen. Sie betrachtete sich als Opfer eines komplett Wahnsinnigen. Sie verdrängte, dass sie dem mörderischen Treiben ein schnelles Ende setzen konnte. Sie musste nur zum Telefon greifen und die Polizei anrufen. Und sich selbst und ihre Zukunft abschreiben.

TEIL III

FRAGESPIELE

Haltern am See.

Jessica saß auf der in den Halterner Stausee hineinragenden Halbinsel in der Nähe der Blumenstraße und bräunte ihren gerade erst sechzehnjährigen Körper, der von einem knappen Bikini mehr freigelegt als bedeckt wurde. Ihre kleine Schwester Jennifer spielte unweit im Wasser. Jessica war sauer, dass sie die Zehnjährige schon wieder hatte mitnehmen müssen. Sie wäre viel lieber auf der kleinen Insel inmitten des Sees gewesen, wo die meisten ihrer Schulfreunde den späten Sommernachmittag auf einem ungestörten Fleck namens »Liebeswiese« genossen und herumknutschten. Allerdings waren dort Menschen unter fünfzehn und über zwanzig nicht willkommen. Also musste sie wegen Jenny auf die Freuden der Jugend verzichten und ihre Schwester in der unfreiwilligen Einsamkeit des falschen Seeufers hüten. Immerhin lag Jessica an einer Stelle, von der aus sie über den See zur Liebeswiese hin sehen konnte. Sie hatte das Fernglas ihres Vaters mitgenommen. Denn heute war dieser neue Schüler Hauke zum ersten Mal mit den anderen zum See gekommen. Jessica sah angestrengt durch das Fernglas und ärgerte sich maßlos, als sie beobachtete, wie ihre Klassenkameradin Birte sich an Hauke heranschmiss. Hauke hatte schon am ersten Tag seines Erscheinens auf der Schule eine Art kollektiven Seufzer bei den Schülerinnen der Mittel- und Oberstufe ausgelöst. Er ging in die letzte Klasse, war groß, schlank, sportlich, hatte sich einen kleinen, gut getrimmten Bart in der Mitte des Kinns gezüchtet und war einfach total cool. Außerdem besaß er bereits einen Führerschein und durfte ab und zu mit dem Cabrio seiner Mutter durch die Gegend fahren. Jedenfalls war er schon zweimal abends damit vor der Eisdiele, dem offiziellen Treffpunkt der hiesigen Jugend, gesichtet worden. Und nun baggerte die phantastisch aussehende Birte an Hauke herum. Jessica wollte sich mit diesem schmerzhaften Anblick nicht länger quälen und schwenkte ihr Fernglas zur Seite. Lieber studierte sie spielende Eichhörnchen an der Uferböschung als den Untergang ihrer romantischen Phantasien.

Auf der Suche nach unverfänglichen Themen aus Flora und Fauna entdeckte sie jedoch ein zweites, ihr völlig unbekanntes Exemplar der Gattung »cooler Typ«. Etwa zweihundert Meter rechts von ihr auf der gleichen Uferseite saß ein junger Mann ganz entspannt an einen Baum gelehnt. Er blickte zu ihr herüber. Sie konnte sein Alter selbst durch das Fernglas nicht gut einschätzen, denn er trug eine Baseballcap und eine Sonnenbrille. Aber sie konnte deutlich erkennen, dass er gut aussah. Und anscheinend hatte er hervorragende Augen, denn er grinste Jessica an. Ertappt nahm sie ihr Fernglas herunter und wurde rot. Ohne Fernglas konnte sie aber weder ihn noch sein süßes Lächeln deutlich sehen. Und sie konnte nicht erkennen, ob er immer noch in ihre Richtung blickte oder sich abgewandt hatte. Also nahm sie all ihren Mut zusammen und hob das Glas wieder an die Augen. Er sah immer noch zu ihr herüber. Sofort fühlte sie sich wieder erwischt, legte das Fernglas auf die Decke und sich selbst dazu. Der Typ saß rechts von ihr, an einer kleinen Biegung des Seeufers. Also winkelte Jessica ihr rechtes Bein ein wenig an. Zu Hause vor dem Spiegel hatte sie gesehen, dass ihre Beine in einem leicht angewinkelten Zustand am besten aussahen. Außerdem legte sie die Arme nach oben über ihren Kopf. Dadurch streckte sich ihr Körper, der Bauch sackte ein und die Hüftknochen standen ein wenig vor. Das wirkte sexy. Viele Models posten so.

Jessica war ein wenig aufgeregt. Es wäre voll krass, wenn sie einen Typen kennenlernen würde, der womöglich noch cooler als Hauke war. Bestimmt hatte er schon ein Auto. Er wirkte jedenfalls älter als achtzehn. Vielleicht könnte er sie von der Schule abholen, und Hauke und die anderen würden sehen, wie sie in seinen Ford Mustang einstieg, die gleiche, fette Kiste wie aus Tarantinos »Death Proof«.

Unsanft riss Jennifer ihre Schwester aus ihren Träumen. Die Kleine kam aus dem Wasser gerannt, bespritzte Jessica, wobei diese uncool aufquiekte, und dann warf sie sich auch noch auf die rechte Seite von Jessica, sodass dem Typen mit dem Ford Mustang der Blick auf Jessicas sorgsam angewinkeltes Bein und lang gestreckten Körper verwehrt wurde.

»Du dumme Nuss, leg dich auf die andere Seite!«

Jenny konterte mit einer ähnlichen Beschimpfung, gehorchte aber. Jessica fürchtete, dass die Anwesenheit ihrer kleinen Schwester sie nicht nur Hauke kosten würde, sondern auch die schmeichelhafte Aufmerksamkeit des Fremden. Dennoch wagte sie es nicht, die drohende Niederlage durch das Fernglas zu überprüfen. Es wäre schließlich viel zu peinlich, wenn der Typ sehen würde, dass sie schon wieder nach ihm schaute.

»Jenny, nimm mal das Fernglas und guck nach rechts. Dort unter der Trauerweide sitzt ein Typ mit Sonnenbrille. Schau mal, ob der hier rüberguckt.«

»Mach doch selber!« Jenny war gerade dabei, sich die Haare zu kämmen.

Nun wurde es Jessica langsam etwas zu bunt: »Verdammt noch mal, jetzt guck schon nach, du Zecke!«

Maulend gehorchte Jenny. »Da ist keiner.«

»Kann nicht sein. Der war gerade noch da. Unter der Trauerweide! Der Baum mit den herabhängenden Ästen!«

»Ich weiß, was eine Trauerweide ist. Bin doch nicht blöd! Aber da ist niemand!«

Genervt entriss Jessica ihrer Schwester das Fernglas. Doch sosehr sie sich auch bemühte, weder unter der Trauerweide noch rechts oder links davon saß der Typ mit der Sonnenbrille. Jessica suchte das komplette Seeufer ab. Auch auf der Liebeswiese sah sie nach, wo Birte gerade leidenschaftlich ihre Zunge in den Hals von Hauke steckte. Was für ein Scheißtag, dachte Jessica und begann ihr Zeug zu packen. Sie wollte nach Hause, ob das Jenny nun passte oder nicht.

Auf dem Rückweg fuhren Jessica und Jenny mit ihren Fahrrädern an der Bank vorbei, auf der Jessica vor drei Jahren ihren ersten Zungenkuss von einem pickligen Mitschüler bekommen hatte. Seitdem hasste sie diese Bank. Heute jedoch rehabilitierte sich die vom Männergesangsverein gestiftete Sitz- und Knutschgelegenheit, denn der Typ mit der Sonnenbrille saß darauf und blickte den radelnden Mädels entgegen. Jessica kam ein wenig aus dem Tritt, als sie ihn entdeckte. Sie verlangsamte wie zufällig die Fahrt, nahm auf Höhe der Bank ihren ganzen Mut zusammen und lächelte ihn an. Leider betrachtete er das nicht als Aufforderung, sie anzusprechen. Aber immerhin lächelte er zurück und winkte kurz.

Jessicas Tag schien gerettet.

»Wer war'n das?«, frage Jenny, die hinter Jessica hergefahren war und nun neben sie kam.

»Stuntman Mike.«

»Du bist blöd. So heißt kein Mensch.«

»Und du hast null Ahnung! So heißt einer in einem Film. Und der fährt einen Ford Mustang.«

Jessicas und Jennys Eltern wunderten sich ein wenig, dass ihre Töchter schon so früh wieder vom Baden zurück waren. Die Gelegenheit wurde für ein frühes Abendbrot genutzt. Während die Mutter mit Jessicas Hilfe den Tisch deckte, stand Jenny am Fenster und sah hinaus.

»Guck mal, Jessy, da draußen ist Stuntman Mike!«

»Echt?« Aufgeregt lief Jessica zum Fenster. Tatsächlich lief der coole Typ mit der Sonnenbrille langsam am Haus vorbei und sah herüber.

»Wer ist das?«, fragte die Mutter, die ebenfalls ans Fenster getreten war.

»Der hat Jessy heute schon am See aufgelauert! Und auf dem Rückweg saß er auf der Bank und hat gewunken. – Aua!«

Jessica hatte Jenny in den Oberarm gekniffen.

»Jessica?«, sagte die Mutter nur und setzte dabei ihre pädagogisch forschende Miene auf.

Jessica deckte weiter den Tisch und tat betont beiläufig: »Jenny redet Müll. Keine Ahnung wer der Typ ist. Ja, der war heute am See. Aber er hat mir nicht auf-ge-lau-ert! Nur höflich gelächelt und gegrüßt.«

»Und wieso läuft der jetzt am Haus vorbei?«

»Vielleicht, weil es eine öffentliche Straße ist? Genauso wie der See öffentlich ist? Sei nicht so paranoid, Mama! Der will mir schon nicht ans Höschen!«

Die Mutter rollte mit den Augen: »Und du sei bitte nicht so entsetzlich ordinär!«

Nach dem Abendbrot rief Birte an und fragte, ob Jessica mit zur Eisdiele auf eine Cola kommen wolle. Die Clique würde sie mit Hauke und dem Cabrio seiner Mutter abholen. Jessica sagte mit gemischten Gefühlen zu. Einerseits fürchtete sie, Birte wolle nur mit ihrer neuen Eroberung Hauke angeben. Andererseits konnte sie sich diese Gelegenheit, Hauke besser kennenzulernen, nicht entgehen lassen. Vielleicht war das Geknutsche zwischen ihm und Birte ja noch nichts Festes.

Sie rannte ins Bad, duschte und wusch sich zum zweiten Mal an diesem Tag ihre Haare. »Der Pony sah voll scheiße aus«, erklärte sie ihrer Mutter, als die sie wegen übertriebener Schönheitspflege und unnötigem Wasserverbrauch tadelte.

»Und dieser Typ, der dir am See aufgelauert hat und eben am Haus vorbeilief? Mir ist das nicht recht, dass du heute ausgehst. Papa und ich haben Kinokarten. Willst du nicht lieber zu Hause bei Jenny bleiben? Ihr könnt ja zusammen einen schönen Film ansehen ...«

»Mann, Mama! Vergiss diesen Typen! Außerdem werde ich mit dem Auto von Hauke abgeholt und bestimmt wieder gebracht. Also mach dich mal locker! Ich konnte heute Nachmittag schon nicht mit meiner Clique abhängen wegen Jenny. Versau mir jetzt nicht auch noch den Abend!«

»Hauke? Ist das der neue Typ an der Schule, von dem du so schwärmst?«

»Ich schwärme überhaupt nicht von dem. Der ist nur ganz cool, sonst nichts.«

»Also gut. Dann viel Spaß.« Die Mutter wandte sich an Jenny: »Und du, kleines Fräulein, liegst um neun im Bett, damit das klar ist!«

Als Hauke eine halbe Stunde später vorfuhr, schlenderte Jessica betont locker hinaus. Zu ihrer Freude saß nicht Birte auf dem Beifahrersitz, sondern Julius aus der Zehnten. Dass Birte hinten sitzen musste, war ein gutes Zeichen, fand Jessica.

Dass der Typ mit der Sonnenbrille und der Baseballcap vor der Eisdiele saß, fand Jessica ebenfalls hervorragend. Vor allem, weil er sie mit geheimnisvollem Lächeln begrüßte, als sie sich mit ihren Freunden ein paar Tische weiter setzte. Jessica genoss Birtes neugierig getuschelte Fragen nach dem geheimnisvollen Fremden. Sie erzählte, wie er sie heute am See beobachtet habe und dann zu ihr gekommen wäre, um sich mit ihr zu unterhalten. Entzündet von ihrer eigenen Phantasie erfand sie für »Mike« eine spannende Biografie als Pilot in der Ausbildung und machte kryptische Andeutungen über seine ausgefeilte Art zu baggern. Neidisch suchte Birte nach einem Argument, Jessicas Erlebnis schlechtzureden. Sie fand eins: »Also mir wär der zu alt. Der ist doch bestimmt schon vierundzwanzig!« Dabei sah sie tief in Haukes Augen.

»Ich steh halt auf erfahrene Männer ... wenn ihr wisst, was ich meine.« Auch Jessica sah Hauke tief in die Augen. Sie war einfach einen entscheidenden Deut raffinierter als Birte. Und ihre erotische Anspielung wirkte: Hauke lächelte Jessica wissend an. Als sie sich umdrehte, um ihren ersten Erfolg bei Hauke durch einen flirtiven Blickkontakt mit dem Fremden zu befeuern, war der Mann mit der Sonnenbrille verschwunden. Jessica bedauerte es nur eine Sekunde lang. So konnte ihre erfundene Romanze mit dem Fremden auch nicht durch unpassendes Verhalten seinerseits Lügen gestraft werden.

Was Jessica allerdings sehr bedauerte, war der etwa zweieinhalb amüsante Stunden später per SMS eingehende und unmissverständliche Befehl ihrer Mutter, sofort nach Hause zu kommen. Immerhin hatte sie Hauke inzwischen so weit an der Angel, dass er sich sofort bereiterklärte, sie zu fahren. Birte wollte die beiden vorsichtshalber begleiten, doch das konnte Jessica verhindern. Sie hoffte auf feuchte Küsse im Cabrio vor der Haustür, und dabei konnte sie Birte wahrlich nicht gebrauchen. Doch so weit kam es nicht. Als Hauke in Jessicas Straße einbog, sahen sie schon von Weitem das Blaulicht. Der Polizeiwagen stand direkt vor Jessicas Haus. Von bösen Vorahnungen getrieben, rannte Jessica durch den Vorgarten in Richtung Haus. Hauke blieb im Auto sitzen. Er wusste nicht so recht, was er tun sollte: Jessica folgen oder sich verziehen? Schließlich fuhr er. Jessica schloss mit zittrigen Händen die Haustür auf und stürmte ins Wohnzimmer. Ihre Mutter saß verheult auf dem Sofa, ein uniformierter Beamter stand herum, und ihr Vater sprach eindringlich mit einem Mann in Zivil.

»Mama! Was ist passiert?«

Jessicas Mutter hob den tränenverschleierten Blick, sah ihre große Tochter und stürzte in ihre Arme.

»Jenny ist verschwunden. Wir sind vom Kino nach Hause gekommen, und sie war weg. Herr Franke von nebenan hat gesehen, wie jemand durch unseren Garten gelaufen ist und etwas Schweres unter einem Tuch getragen hat. Dann ist er mit einem Auto weggefahren.«

Jessica lief es eiskalt den Rücken herunter, und sie begann, unkontrolliert zu zittern. Stuntman Mike. Er hatte nicht sie gemeint. Er hatte Jenny gemeint.

Einige Stunden zuvor:
London.

Howela stand im szenigen Stadtteil Notting Hill im Schatten einer verwinkelten Straßenecke und schwitzte. Er verfluchte den Sommer, der sich für einen Mann mit seiner Körperfülle anfühlte wie eine nicht enden wollende finnische Weltmeisterschaft im Saunen. Howela war in seinem Leben bestimmt schon sieben-, achtmal in der englischen Hauptstadt gewesen, doch von dem sprichwörtlichen Londoner Nebel und dem angeblichen Dauerregen hatte er nie etwas mitbekommen. Howela fuhr sich mit dem Ärmel über die nasse Stirn, die Schweißtropfen rannen ihm in die Augen und brannten. Seit knapp einer Stunde beobachtete er das Haus schräg gegenüber. Es war eine dieser typischen Londoner Stadtvillen, drei Etagen hoch, aber sehr schmal. Im Haus würde man das absurde Gefühl haben, dass die Treppen mehr Wohnfläche einnahmen als die Zimmer. Anthony Parkinson wohnte hier. Howela hatte ihn vom Einkaufen nach Hause kommen sehen und wartete noch ein wenig ab, um einen Hinweis zu erhalten, ob Parkinson alleine im Haus war. Inzwischen jedoch hatte die Hitze Howelas Geduld abgeschmolzen. Entschlossen überquerte er die Straße und klingelte. Er musste mehrfach klingeln, bis Parkinson endlich zur Haustür geschlurft kam und öffnete.

Parkinson war ein magerer, ungepflegter Typ mit fettigen dunklen Haare und Piercings in Augenbraue, Nase und Unterlippe. Die Queen hätte ihm sicher gerne seinen ererbten Adelstitel aberkannt. Er sah aus wie der personifizierte Untergang des British Empire. Gelangweilt streckte er seinen Kopf heraus und blickte Howela aus trüben Augen an.

»Hallo, ich bin ein Freund von Niklas Schmitt und muss mit Ihnen reden. Es ist dringend!« Howela sah sich schnell nach rechts und links um. Auf der Straße waren weit entfernt nur zwei Passanten, die Parkinsons Haus die Rücken zudrehten.

»I don't speak german, Mister Schmitt.«

Parkinson wollte die Tür wieder schließen, doch Howelas Geduld war nun wirklich am Ende. Er versetzte Parkinson einen kurzen, aber sehr harten Hieb auf das Nasenbein. Parkinson taumelte überrascht zurück. Howela nutzte den Moment, trat ein und schloss die Haustür hinter sich. Er gab Parkinson noch einen weiteren Hieb auf die Schläfe, dann packte er den zusammengesackten Briten, dem das Blut aus der Nase strömte, am Kragen und schleifte ihn ins erste Zimmer, das rechts vom Hausflur abging. Es war das Wohnzimmer. Dort warf er Parkinson in einen abgewetzten Sessel. »Ich weiß sehr wohl, dass du gut deutsch sprichst. Und du weißt sehr wohl, dass ich nicht Niklas Schmitt bin. Können wir auf der Basis jetzt an unserer Kommunikation arbeiten?«

Parkinson wischte sich mit dem nackten, linken Unterarm das Blut von der Nase und betrachtete verwundert die braunroten Schlieren. Howela fand ihn abstoßend.

»Wer sind Sie? Was wollen Sie?« Parkinson hatte sich gerade rechtzeitig an seine fundierten Deutschkenntnisse erinnert.

»Na also. Geht doch.« Howela zog einen Stuhl heran und setzte sich Parkinson gegenüber. »Mein Name tut nichts zur Sache. Ich bin auf der Suche nach Niklas Schmitt und hoffe auf deine bereitwillige Kooperation.«

Parkinson betrachtete Howela lauernd. Offensichtlich versuchte er die Gefahr einzuschätzen, die von ihm ausging. Da Howela, kaum dass er saß, in seine übliche unterspannte Körperhaltung verfallen war und den Blick ins Apathische driften ließ, ordnete Parkinson die plötzliche Attacke an der Haustür als zufällig geglückte Ausnahme ein und unterschätzte sein Gegenüber gewaltig. »Leck mich am Arsch«, sagte er entspannt.

»Sicher nicht.« Howela holte aus und schlug Parkinson fest und präzise auf die gleiche Stelle der Nase, die er eben schon malträtiert hatte. Es knackte leise, das Blut begann wieder zu strömen. Parkinson jedoch gab nicht den leisesten Schmerzenslaut von sich. »Du versorgst Schmitt mit gefälschten Papieren. Also hast du Kontakt zu ihm. Ich will wissen, wo er wohnt.«

»Was hat Nik denn ausgefressen?«

»Er bricht jungen Frauen die Herzen. Final. Um nicht zu sagen letal. Das gefällt einigen Leuten auf dem Festland nicht.«

Plötzlich lachte Parkinson laut: »Du meinst doch nicht etwa den ›Herzensbrecher‹, diesen Killer, der bei euch rumläuft?«

Howela gab keine Antwort.

»Echt? Das ist Nik, das alte Arschloch? Hab im Internet davon gelesen. Hätte ich ihm gar nicht zugetraut. Obwohl … Sag mal, Alter, fickt er die Frauen, bevor er sie kaltmacht? Stand leider nicht im Web.«

Howela gab ihm einen neuen Schlag auf die Nase und erntete als Reaktion nur ein Grinsen. Der Kerl besaß eindeutig Nehmerqualitäten.

»Geil, Alter, kannst du mir noch mal eine verpassen? Ich steh drauf.«

Howela fühlte sich verarscht und kam der Aufforderung nur zu gerne nach.

»Können wir uns nicht nebenan vergnügen? Ich blute den Sessel voll, und das finde ich scheiße. Das ist nämlich der Sessel, in dem mein Opa abgekratzt ist, das alte Arschloch von Lord. Und da drin ist 'ne Menge Spielzeug, das einem Typen wie dir gefallen könnte.« Parkinson wies mit dem Kopf auf die Tür zum Nebenzimmer.

Aus reiner Neugier stand Howela auf und warf einen Blick hinter die Tür. Das Zimmer war winzig, eher eine Kammer, und angefüllt mit einer nicht anders als professionell zu nennenden Sadomaso-Ausstattung. Na klasse, dachte Howela, ich quäle gerade einen waschechten Masochisten. So viel zu den Nehmerqualitäten. Er schloss die Tür wieder und war für einen kurzen Moment ratlos. Howela hatte keinerlei Skrupel, einen Menschen zu foltern, um an die gewünschten Informationen zu gelangen, das hatte er in seinem früheren Job oft genug bewiesen. Aber einem Masochisten Schmerzen zuzufügen, war absurd und wenig zielführend. Ein wenig Bestechungsgeld ins Spiel zu bringen, um Parkinsons Zunge zu lockern, erschien Howela verfrüht. Außerdem gedachte er, die Summe, die er dafür bei Clarissa veranschlagen würde, selbst einzustecken. So erhöhte Howela seit Jahren seine Honorare. »Wenn du mich noch länger provozierst, du perverse, kleine Sau, dann artet das hier in einen internationalen Zwischenfall aus. Also noch einmal: Wo wohnt Schmitt?«

»Nik wohnt nicht. Er reist.« Parkinsons eh schon knubbelige Nase war seit dem letzten Schlag auf die Größe einer mittleren Kartoffel angeschwollen. Er blutete nicht mehr, sprach dafür aber äußerst nasal.

»Und wie nimmst du Kontakt zu ihm auf?«

»Tue ich nicht. Niemals. Wenn Nik was will, nimmt er Kontakt zu mir auf.«

»Wie?«

»Per Mail.«

Diese Antwort hatte Howela erwartet. Natürlich erschwerten ihm die modernen Mittel zur Kommunikation seinen Job auf unangenehme Weise. Natürlich mailten die beiden. Aber er sah, dass das nicht alles war. Parkinson log. Er wusste etwas. Howela hatte genug Erfahrung mit Verhören, um sein Gegenüber richtig einschätzen zu können.

»Und wo wohnt Niklas Schmitt?« Mit der erneuten Frage nach dem Wohnort hatte Parkinson nicht gerechnet. Er hatte geglaubt, bei dem Thema aus dem Schneider zu sein. Howela sah das kurze Flackern in Parkinsons Augen und wusste, dass er richtig lag.

»Keine Ahnung, Mann, lass mich endlich in Ruhe und verpiss dich!« Parkinson wollte sich aus seinem Sessel erheben, doch noch bevor er aufrecht stand, kickte Howela ihn mit einer schnellen Bewegung seines rechten Fußes von den Beinen, sodass Parkinson zurück in den Sessel plumpste.

»Sitzen bleiben! Würden ein paar Pfund deinem Gedächtnis bezüglich Schmitts Adresse auf die Sprünge helfen? Du hast nicht unerhebliche Wettschulden …«

Parkinson grinste: »Die hat Niklas schon bezahlt. Aber wenn du mir ein paar hundert Pfund geben willst für die neue Polsterung von meinem Sessel …«

Howela beugte sich vor: »Adresse!«

Parkinson beugte sich ebenfalls vor: »Arsch lecken!«

So kam Howela nicht weiter. Da Parkinson als Hardcore-Masochist kein großes Problem mit Schmerzen zu haben schien, fragte sich Howela, wie es bei ihm mit dem Verlust von Gliedmaßen bestellt war. Howela griff in seine Hosentasche und klappte sein Laguiole-Messer auf.

»Was soll 'n das werden?«, fragte Parkinson, nun leicht irritiert. Sein Blick flackerte unsicher.

Mit einer für seine Körperfülle erstaunlichen Behändigkeit rammte Howela das Messer in Parkinsons rechte Hand, die entspannt auf der Sessellehne geruht hatte und nun daran fixiert war.

»Bist du irre?«, schrie Parkinson auf.

Howela schien es allerdings, als schreie Parkinson mehr aus Ärger und Überraschung, denn aus Angst. Parkinson wollte das Messer aus seiner Hand ziehen, doch Howela schüttelte warnend den Kopf: »Fass mein Messer nicht mit deinen dreckigen Griffeln an.« Howela zog es selbst heraus.

Parkinson griff nach einem schmutzigen Shirt, das über dem Sesselrücken hing und wickelte es sich um die blutende Hand.

»Als Nächstes schneide ich dir deine Finger ab. Also: Adresse!«

Parkinson spuckte Howela ins Gesicht.

Howela wollte zuschlagen, doch sein Handy klingelte. Er ging ran. Es war Clarissa. Er sagte ihr, dass der Moment unpassend wäre, doch das drang nicht bis zu ihr durch. Howela merkte an ihrer ungewohnt brüchigen Stimme, dass etwas passiert sein musste. Sie erzählte ihm von Niklas' bühnenreifem Auftritt in ihrem Büro. Und sie richtete ihm Grüße von Niklas aus, der vollmundig angekündigt hatte, ihn zu töten.

»Ich bin gerade bei Parkinson. Der Idiot ist genauso stur wie dieser Jürgens in Frankfurt. Wenn ich hier raus bin, wird er garantiert sofort Kontakt zu Schmitt aufnehmen und ihn über meinen Besuch informieren.« Howela lächelte Parkinson zu. »Falls er das dann noch kann.«

»Wenn Niklas hört, dass du auch bei Parkinson warst, kommt er vielleicht wieder in mein Büro. Das darf nicht passieren, hörst du?« Clarissa klang völlig hysterisch, als sie Howela erzählte, wie Niklas mit seiner rechten Hand den aktuellen Vorstandsvorsitzenden begrüßt hatte, während er in der linken das Päckchen mit einer neuen Herzlieferung hielt.

Als Howela auflegte, wusste er, was er zu tun hatte. Ohne Zögern ging er zu Parkinson, griff sein Messer und schnitt ihm den linken Daumen ab. »Adresse.«

Parkinson stöhnte qualvoll auf. Und spuckte Howela an.

Howela schnitt ihm den Zeigefinger ab.

»Wenn ich Niklas verrate, bringt er mich um«, stöhnte Parkinson. Endlich stand Panik in seinen Augen. Parkinson war kurz vor der Ohnmacht.

»Wenn du ihn nicht verrätst, tue ich es.« Howela griff in seine Tasche und holte eine Pistole und einen Schalldämpfer hervor. Beides hatte er sich vor seinem Besuch bei Parkinson über alte Kontakte in London besorgt. Seine eigene Waffe hatte er zu Hause gelassen. Er besaß zwar einen Schein, der ihn zum Führen einer Waffe berechtigte, hätte aber unliebsame Aufmerksamkeit bei den Sicherheitskontrollen am Flughafen erregt. Außerdem erledigte er solche Jobs grundsätzlich nicht mit der von ihm angemeldeten Sig Sauer. In aller Gemütsruhe schraubte er den Schalldämpfer auf die Pistole, während er Parkinson beobachtete. Er drückte ihm den Lauf an die Schläfe. »Adresse.«

»You won't do that, Kraut!«

Howela fand es immer wieder erstaunlich, dass Menschen in kritischen Momenten in ihre Muttersprache verfielen. Selbst gut trainierte Agenten hatten sich so schon selbst enttarnt. »I will, Tommy. Adresse.«

Parkinson schüttelte den Kopf, soweit die Pistole an seiner Schläfe das zuließ.

Howela drückte ab.

Hamburg.

Am späten Abend traf Christian mit dem Zug in Hamburg ein. Seine Glieder schmerzten, er war todmüde. Dennoch folgte er beim Aussteigen am Bahnhof Dammtor der spontanen Eingebung, einen Spaziergang zu machen, um den langen Tag im ruhigen Rhythmus seiner Schritte ausklingen zu lassen. Kurz hinter dem Bahnhof kletterte er über den Zaun des Parks »Planten und Blomen«, der nachts für Besucher geschlossen war. Christian sehnte sich danach, die Stille inmitten der Großstadt zu genießen. Außerdem verkürzte er mit dem Durchqueren des Parks seinen Weg zum Büro der Soko Bund im Schanzenviertel. Obwohl er müde war, wollte Christian noch kurz dort vorbei, um in aller Ruhe ein Bier zu trinken und dabei auf die Pinnwände zu starren, die von Daniel und Yvonne sicher in der Zwischenzeit mit allen wesentlichen Informationen über die Morde bestückt worden waren.

Er fand ein letztes Bier im Kühlschrank ihrer Einsatzzentrale.

Christian öffnete die Flasche mit einem in der Küche herumliegenden Kaffeelöffel und schlenderte hinüber zu dem Zimmer, das ihnen als Konferenzraum diente. Die Pinnwände hatten nicht ausgereicht für die Fülle des bisher gesammelten Materials, auch die vergilbte Raufasertapete war übersät mit Fundort-Fotos, Obduktionsberichten, einer grafischen Darstellung von den Bewegungsabläufen des gesuchten Mörders, Ermittlungsplänen und massenweise Kopien von Zeugenaussagen, auf denen die wichtigsten Sätze markiert waren.

Christian setzte sich auf einen Stuhl, legte die langen Beine auf den Tisch und ließ seinen Blick über die Collage aus Blut, Grauen und Informationen gleiten. Der Konferenzraum lag nach hinten zum Hof. Christian hörte zuerst noch das dumpfe Rauschen der Großstadt, das Rattern der späten S-Bahn und die auf der Straße vor dem Haus vorbeifahrenden Autos. In der Ferne heulte eine Sirene. Dann blendete er die Geräusche aus. Nach einer knappen Minute der Versenkung schien es ihm, als wäre die Stille im Büro greifbar. Herd war noch in Straßburg, Volker in Berlin, Daniel und Yvonne längst zu Hause. Pete war mit Anna in den USA. Plötzlich verstand Christian, dass es nicht die Stille war, die sich dickflüssig um ihn legte, sondern das Alleinsein. Sosehr er eben, nach dem Lärm im Großraumabteil des Zuges, die völlige Abwesenheit von Menschen ersehnt hatte, so heftig wurde ihm nun bewusst, wie sehr ihm Anna fehlte. Dennoch widerstand er dem Impuls, sie anzurufen. Zu oft hatten ihn seine gescheiterten Versuche in den letzten Tagen frustriert. Für eine erfolgreiche Ermittlung brauchte er einen klaren Verstand. Er musste mit dem ganzen Herzen bei der Sache sein und durfte nicht geistig irgendwo in Übersee herumschwirren. Die Arbeit der letzten Tage hatte seine volle Konzentration erfordert. Mit Volkers und Herds Hilfe hatte er die Ermittlungen der einzelnen Kommissariate koordiniert, für reibungslosen Informationsfluss auch nach Frankreich gesorgt, Aufgaben verteilt, mit Staatsanwälten diskutiert, telefonische Konferenzschaltungen geleitet und mit den beteiligten Beamten versucht, einzelne Puzzleteile zusammenzusetzen. Noch immer bekamen sie kein klares Bild. Christian war erschöpft. Ihm fehlte das Thema, das zentrale Motiv, das jedem Bild zugrunde lag. Zudem mangelte es an einem konkreten Ansatzpunkt für die Fahndung. Bislang glich die Suche nach dem Mörder mit den vielen Namen eher einer Geisterbeschwörung.

Christian nahm einen Schluck von seinem Bier und betrachtete die Pinnwände. Zum x-ten Mal verglich er die Opfer miteinander. Sarah Kopper aus Tübingen passte einfach nicht zu den anderen. Christian ging die Biografien durch, die vom Mörder übermittelten Sprüche, das Lied, die Städte, die angemieteten Wohnungen, die Entfernungen der Mietwohnungen zu den Wohnorten der Opfer, die sozialen Kontakte der Opfer, die familiären Bindungen …

Da war ein dumpfes Gefühl, das wie eine Blase langsam auftauchte aus dem Sumpf von Ungereimtheiten: die Mütter. Er musste sich um die Mütter kümmern. Christian wusste nicht, was genau da zu ihm sprach. Jahrzehntelange Erfahrung? Die Intuition des Jägers? Oder bastelte er sich einfach nur ein obskures Argument zurecht, um sich intensiver um die eine Mutter, um Petra Rahnberg, zu »kümmern«? Weil er sich von Anna im Stich gelassen fühlte? Weil das alte Muster griff, sich mit unverbindlichem Sex von Gefühlen abzulenken, die ihn überforderten? Christian schüttelte den Kopf. Anna hatte ihn in den letzten Jahren anscheinend mehr beeinflusst, als ihm bislang aufgefallen war. Jetzt begann er schon, sich selbst zu analysieren! Wie bescheuert war das denn?

Er konzentrierte sich wieder auf seine Arbeit. Diese Blase, die immer wieder hochploppte, kam nicht von ungefähr, auch wenn es auf den ersten Blick so schien. Christian hatte in seinen langen Dienstjahren noch nie eine Ermittlung geführt, in dem die Mütter so speziell und präsent waren.

Petra Rahnberg: Professorin für Literatur. Gebildet. Gut situiert. Alleinerziehend. Unabhängig von Männern.

Sybille Weininger: Studierte Informatikerin und Geschäftsführerin des familieneigenen Unternehmens. Außerordentlich gut situiert. Alleinerziehend. Unabhängig von Männern. Dann noch die Großmutter: Martha Weininger. Reich. Männerhassende Suffragette.

Die Mutter in Straßburg: Josephine Lacour. Besitzerin einer großen Werbeagentur. Reich. Selbstbewusst. Gebildet. Verheiratet zwar, aber bei der Vernehmung hatte sich unweigerlich das Gefühl aufgedrängt, ihr Mann hätte nicht viel zu sagen. Er war stumme Staffage.

Nur die Mutter von Sarah Kopper passte nicht ins Bild: eine einfache Hausfrau, die ihren Mann als Familienoberhaupt ansah und ihn und die Kinder liebevoll umsorgte. Sie passte so wenig wie Sarah.

Christian fragte sich, wieso Sarah Kopper der Anfang einer Reihe sein könnte, in die sie nicht passte. Und wieso die Reihe dann fortgesetzt wurde mit intelligenten, jungen Frauen, die allesamt aus familiären Verhältnissen stammten, die von auffallend autarken Frauen regiert wurden. Zudem war Christian überzeugt, dass jedes vom Mörder gewählte Detail Teil einer Botschaft war, die er zu vermitteln suchte. Mit den Nachrichten auf den Zetteln wollte er sich erklären. Dazu die falschen Namen und Biografien. Sie hatten irgendetwas mit seiner echten Identität zu tun. Der Mensch funktioniert einfach so. Seine Lügen und Verschleierungen sind unbewusst assoziativ. Davon konnte man auch bei dem Mörder ausgehen. Irgendwo in den verwinkelten Gassen seines Gehirns gab es Zusammenhänge zwischen seinem erfundenen und seinem wahren Ich.

Christian nahm sich einen Bogen Papier und notierte in Listenform, was an den Pinnwänden nach Städten sortiert war:

Tübingen: Frank. Akademischer Lebenslauf. Dozent für Philosophie. Keine Mietwohnung nachweisbar, keine Nachricht, kein Nachname.

München: Frank Niklas Stein. Akademischer Lebenslauf. Politologe. Möblierte Mietwohnung. *Verstopft euch die Ohren, damit ihr den Schrei nicht hört!*

Berlin: Thorsten Brinken. Dozent für Geowissenschaften. Möblierte Mietwohnung mit fehlendem Stuhl. *Menschen! das dritte Geschlecht ist in der Welt.*

Straßburg: Fréderic Rouge-Joue. Noch kein Lebenslauf. Aber möblierte Mietwohnung. *Weil sie einsam war, Und so blond ihr Haar, Ihr Herz tot wie Stein, Und er rief aus: Komm her, sollst nie mehr einsam sein!«*

Gab sich der Kerl als Akademiker aus, weil die Frauen darauf standen? War er einer? Oder wollte er gerne einer sein?

Christian starrte auf seine Notizen. Er starrte und starrte, als gäbe es unsichtbare Linien zwischen den Informationen, die sich entwickeln würden wie ein Polaroid, wenn er nur genügend Geduld besaß. Er fühlte, nein, er wusste genau: Da lag etwas Offensichtliches vor ihm. Aber er konnte nichts erkennen, obwohl es zum Greifen nah war. Dieses Etwas blieb verschwommen. Als Christians Augen zu brennen anfingen und sein Kopf schmerzte, sah er auf die Uhr. Es wurde Zeit, dass er nach Hause ging. Er brauchte dringend Schlaf.

Berlin.

Petra Rahnberg war ebenfalls noch wach. Sie war am späten Nachmittag aus Straßburg nach Hause gekommen. Auf ihrem Anrufbeantworter waren fünf erboste Nachrichten von Jochen Kratz gewesen. Er echauffierte sich darüber, dass weder sie noch Christian Beyer seine Anrufe beantworteten, noch dass Striebeck ihm verriet, wo sie steckten. Seine journalistische Spürnase sage ihm, dass etwas Bedeutendes im Busch sei. Ob man ihn aus der vereinbarten Exklusivberichterstattung ausbooten wolle, wo er es doch gewesen sei, der die erste Spur zur möblierten Mietwohnung des Mörders aufgetan hätte? Petra hatte ihre Mailbox erschöpft gelöscht und ein Bad genommen. Sie war völlig verspannt gewesen von den beiden unbequemen Zugfahrten. Und von dem Anblick der ermordeten Französin. Das Bild der an Seilen aufgespannten jungen Frau ohne Herz hatte sich unauslöschlich in ihre Netzhaut eingebrannt.

Nun saß Petra in ihrem viel zu großen Frottébademantel bei einem Tee am Schreibtisch und ging alles, was sie bislang über die Ermordung ihrer Tochter Catrin und die der anderen Frauen in Erfahrung gebracht hatte, noch einmal durch. Nur kurz überlegte sie, warum sie die Sache nicht einfach den Profis überließ. Schließlich besaß Kommissar Christian Beyer als Mordermittler einen hervorragenden Ruf. Sie hatte in den letzten Tagen gelernt, ihm rückhaltlos zu vertrauen. Mehr noch, sie mochte ihn und fühlte sich zu ihm hingezogen. Doch sie war nicht die Frau, die sich einfach zurücklehnen und das Denken anderen überlassen konnte. Vielleicht fürchtete sie, dass die Trauer wie eine riesige Welle über ihr zusammenschlagen und sie verschlingen würde, wenn sie auch nur eine Sekunde lang aufhörte zu rudern. Sie musste etwas tun, musste sich beschäftigen. Aber Ablenkung von den Geschehnissen, indem sie ins Kino ging oder sich von Freunden bekochen ließ, die erwarteten, dass sie sich bei ihnen ausweinte, war keine Alternative. Also saß sie, genau wie Christian, vor den Notizen, die sie sich gemacht hatte und versuchte, einen Sinn darin zu erkennen. Noch einmal beschäftigte sie sich eingehend mit der Spiegel-Metapher. Wieder und wieder las sie die bei den Leichen hinterlassenen Nachrichten durch. Und genau wie Christian hatte auch sie das quälend undeutliche Gefühl, dass da direkt vor ihren Augen etwas war, was sie nicht sah.

Als Literaturwissenschaftlerin schätzte sie den analytischen Weg. Doch sie wusste, dass dem Verstand nicht alle Ebenen zwischenmenschlicher Botschaften zugänglich sind. Kunst etwa vermittelt sich zunächst auf sinnlichem Weg. Erst dann setzt man Instrumente der Analyse ein, mit denen man versucht, die eigene Perspektive auf das Werk mit der vermuteten des Künstlers in Zusammenhang zu setzen. Möglicherweise konnte sie auch das blutige Werk des Mörders nicht mit dem Verstand »lesen«. Zumal man davon ausgehen musste, dass das Denken des Killers nicht in normalen und damit für sie nachvollziehbaren, sondern in krankhaften Bahnen verlief. Also versuchte Petra, sich zu entspannen und das strukturierte Instrumentarium ihres Gehirns auszuschalten, um sich einen eher intuitiven Zugang zu ermöglichen. Sie blätterte absichtslos durch Bildbände mit Gemälden von Max Ernst, Goya und Picasso. Sie hörte klassische Musik und zwar nicht den von ihr so geliebten präzisen Bach, sondern ergab sich den fantastischen Klangwelten von Berlioz.

Dabei kam ihr eine Idee. Schließlich hatte dieser Daniel von der Soko Bund an Christian gemailt, dass die Botschaft in Straßburg Teil eines Liedes wäre. Petra fuhr ihren Computer hoch und ging auf Youtube. Schon vor Jahren hatte Catrin sie mit den unterhaltsamen Segnungen dieser Internetadresse bekannt gemacht. Seitdem surfte Petra gelegentlich dort herum und besah sich Video-Clips von Künstlern, die sie gerne mal in einem Konzert bewundert hätte, die aber entweder tot waren wie Artur Rubinstein oder kaum tourten wie Tom Waits. Sie gab in der Suchleiste »Das Lied vom einsamen Mädchen« ein und war sehr gespannt, ob in der Playlist die Interpretation des »Depeche Mode«-Sängers Martin Gore auftauchen würde. Zu ihrer großen Überraschung wurden noch einige andere Interpreten angeboten, die dieses Lied vertont hatten. Petra startete die Playlist und lehnte sich in ihrem Sessel zurück. Die erste Version war von einem Alexander Veljanov. Petra mochte die Stimme des Sängers, aber die Instrumentierung des Songs fand sie uninspiriert. Dennoch schloss sie die Augen und hörte zu. *Was blieb von ihrem Leben? Ein Lied, das niemand sang …*

Petra dachte an ihre tote Tochter. Sofort sammelten sich Tränen hinter ihren geschlossenen Augen. Sie riss sich zusammen und schaute die Playlist mit den verschiedenen Interpreten durch. Schließlich entdeckte sie, dass auch Hildegard Knef das Lied gesungen hatte. Endlich eine Sängerin, die Petra vertraut war. Petra musste lächeln, als sie den Eintrag eines »Users« las, der die Interpretation der Knef für uninspiriert hielt und lieber Martin Gore oder Nico hören wollte. Petra war absolut anderer Meinung und freute sich, als sie weiter unten las, dass jemand ihr zustimmte und Knefs Originalversion bevorzugte. Ganz plötzlich verspürte Petra eine leichte Nervosität aufkeimen. Originalversion. Sie folgte ihrem Impuls und gab bei ihrer Suchmaschine Hildegard Knef und den Titel des Liedes ein.

Petra las die zur Verfügung stehenden Informationen, geriet von einer zur anderen, klickte neue Seiten an und las weiter. Sie begann zu zittern. Obwohl es eine laue Spätsommernacht war, fröstelte sie plötzlich. Der Zettel mit dem Lied hatte bei der Französin gelegen. Doch was Petra gerade entdeckt hatte, passte auf Catrin. Konnte das sein? Hatte Catrin deswegen sterben müssen? Es erschien ihr ungeheuerlich. Hatte sie die Gemeinsamkeit zwischen den Opfern entdeckt? Petra sah plötzlich auch die Botschaft, die bei Catrin gelegen hatte, in neuem Licht. Nun machte sie Sinn. Einen völlig kranken Sinn zwar, aber einen Sinn.

Petra sprang auf und lief hektisch hin und her, obwohl ihre Beine genauso zitterten wie die Hände. Was sollte sie tun? Christian anrufen? Sie sah auf die Uhr. Es war mitten in der Nacht. Außerdem konnte sie nicht sicher sein. Es war unglaublich. Einfach absurd! Sie würde bis morgen warten müssen … Sie würde mit den anderen Müttern reden müssen … Gleich morgen früh würde sie jede Einzelne anrufen … Nein. Anrufen war keine gute Idee … Petra ging ins Bad und nahm ein Röhrchen mit Schlaftabletten aus dem Badezimmerschrank. Sie musste irgendwie schlafen. Ein paar Stunden wenigstens. Morgen würde ein langer Tag werden. Sie würde ihn wieder in der Bahn verbringen.

1. September 2009:
Hamburg.

Christian erwachte benommen und sah auf die Uhr. Es war schon Mittag. Die Sonne schien durch die Vorhänge, doch er fühlte sich immer noch müde. Gerade überlegte er, ob er einfach weiterschlafen sollte, als er unten im Haus ein Poltern hörte. Irritiert lauschte er und begriff, dass er nicht von allein aufgewacht war, sondern durch Geräusche, die nicht sein sollten. Es war jemand im Haus. Leise schob Christian die Bettdecke beiseite, stand auf, schlüpfte in seine Unterhose und nahm aus dem Schulterhalfter auf dem Nachttisch seine Dienstpistole. Barfuß schlich er die Treppe hinunter. Er schob sich an der Wand entlang und lugte vorsichtig ins Wohnzimmer hinein. Niemand. Der Eindringling befand sich in der Küche, die vom Wohnzimmer abging und nach vorne zur Straße gelegen war. Christian hörte ein Zischen, kurz darauf roch er den Duft von gebratenem Speck.

»Anna!« Erst jetzt sah Christian im Flur neben der Haustür Annas Gepäck stehen.

Anna stand am Herd. Sie trug eine zu kurze, verwaschene Jeans, ein knappes, weißes Feinripp-Unterhemd und sah einfach hinreißend aus. Lächelnd drehte sie sich zu ihm um.

»Hey! Ausgepennt?«

»Was machst du hier?« Christian war völlig verdattert.

Anna trat mit dem Kochlöffel in der Hand zu ihm und küsste ihn. »Frühstück«, sagte sie.

»Das ist ja großartig!«

»Was? Dass ich dir Frühstück mache?«

Christian legte die Pistole ab und zog Anna fest an sich. »Dass du da bist, Quatschkopf!«

Anna machte sich lachend von ihm los, ging zurück zum Herd und verteilte die Eier auf zwei Teller.

Christian deckte den Tisch. »Wieso bist du wieder hier? Haben sie dich rausgeworfen beim FBI? Wegen schlechter Führung?«

»Na ja, ich habe in der ersten Woche schon alle Agents flachgelegt. Jetzt war mir langweilig.«

Christian mochte Annas Humor – meistens. Jetzt gerade nicht. Als Anna seinen wenig amüsierten Blick sah, wurde sie ernst. Sie setzte sich zu ihm an den Tisch.

»Mein Hauptdozent hat sich letztes Wochenende beim Paragliding in Colorado beide Beine gebrochen. Seine Seminare fallen ab sofort flach. Außerdem ... Dieser Aufenthalt beim FBI ... Das war prima. Anstrengend zwar, aber spannend. Die Kollegen waren nett, die Ausbilder auch ... Aber es war nicht mein Leben. Es fühlte sich falsch an, dort zu sein. Deswegen bin ich wieder hier. Das fühlt sich richtig an.«

Christian grinste glücklich. »Musst du die Dinge immer so schrecklich verkomplizieren? Sag doch einfach, dass du Sehnsucht nach mir gehabt hast.«

»Musst du die Dinge immer so schrecklich vereinfachen? Aber okay: Es war reine Sehnsucht nach dir, die mich wieder nach Hause getrieben hat.«

Sie ließen alles stehen und liegen, gingen ins Bett und liebten sich. Danach sah Christian Anna beim Einschlafen zu. Obwohl in Hamburg heller Tag war, war ihre innere Uhr aufgrund der Zeitverschiebung noch auf späte Nacht eingestellt.

Er hatte eigentlich ins Büro fahren wollen, doch nun telefonierte er kurz mit Daniel und nahm sich für den Tag frei. Es gab keine Neuigkeiten, die seine sofortige Anwesenheit in Berlin, Straßburg oder sonst wo erforderten. Also brachte er Annas Gepäck nach oben, räumte den Frühstückstisch ab und ging einkaufen. Er wollte Anna am Abend bekochen. Als er vom Einkaufen nach Hause kam, verstaute er die Lebensmittel und legte sich in die Badewanne. Sorgfältig rasiert und seit Tagen endlich auch in frischen Klamotten, setzte er sich ins Wohnzimmer und nahm sich bei einem Kaffee seine Notizen noch einmal vor.

Kaum hatte er begonnen, kam Anna von oben heruntergeschlurft. Sie trug seinen Pyjama, rieb sich noch etwas verschlafen die Augen, setzte sich neben ihn aufs Sofa und trank seinen Kaffee. »Der Jetlag macht mich fertig. Wie lange habe ich jetzt gepennt? Drei Stunden?«

Christian stand auf und holte sich einen neuen Kaffee. Als er aus der Küche zurückkam, war Anna über seine Notizzettel gebeugt.

»Notizen zu unserem aktuellen Fall. Es geht um …«

Anna unterbrach ihn: »Ich weiß Bescheid. Daniel hat mir die ganze Zeit euer gesammeltes Material über den ›Herzensbrecher‹ zugemailt.«

»Wieso das denn?«

»Ich wollte wissen, was dich beschäftigt. Außerdem habe ich es als zusätzliche Hausaufgabe beim Profiling betrachtet.«

»Deine Ausbildung dort war wohl nicht stressig genug?«

»Doch schon. Aber wie gesagt: Es war halt nicht meins. Was soll's. Pete kann mir das restliche FBI-Lehrmaterial geben, wenn er zurück ist. Dann werde ich nachsitzen.«

»Wie ist es mit Pete gelaufen? Hat er sich ein wenig um dich gekümmert?« Christian versuchte seine Frage möglichst beiläufig zu stellen.

»Von wegen! Gleich am ersten Abend hat er eine der Ausbilderinnen angegraben. So ein durchtrainiertes Frischwärtsmodell! Mit der hat er dann jede freie Minute verbracht … Ich mache mir ein Brot. Willst du auch eins?«

Christian verneinte und beugte sich über seine Arbeit. Er fühlte sich so entspannt wie schon lange nicht mehr. Anna werkelte in der Küche herum, ihr Duft hing im Raum, und er hatte frischen Kaffee in der Hand. Er überflog den Zettel mit den Angaben über seine Zielperson: den Mörder ohne eigene Identität. Und plötzlich sah er, was ihm schon die ganze Zeit vor Augen gestanden hatte und dennoch nicht in sein Bewusstsein gedrungen war. Er schlug sich mit der flachen Hand an die Stirn. Wie konnte er nur so blind gewesen sein? Wieso hatten weder er noch einer seiner hoch qualifizierten Leute gesehen, was so offensichtlich war? »Anna, komm her! Schnell!«

Anna kam mit einem Leberwurstbrot in der Hand.

»Hier, sieh dir mal die Namen an, die unser Killer benutzt!«

Anna las halblaut: »Thorsten Brinken, Frank Niklas Stein, Fréderic Rouge-Joue … Kein normaler Franzose heißt Rouge-Joue!«

»Schön, dass mir das mal einer sagt! Aber ich meine etwas anderes. Sehr viele Leute haben zwei Vornamen. Aber benutzen tun sie meistens nur einen. Den Rufnamen. Und wenn sie Dokumente unterschreiben, kürzen die meisten Menschen den zweiten Vornamen ab. John F. Kennedy zum Beispiel. So, jetzt guck noch mal.«

»Frank N. Stein.« Anna sah Christian überrascht an: »Du glaubst, das ist Absicht?«

»Bei dem Typen ist alles Absicht. Jedes noch so kleine Detail ist eine Botschaft an sein Publikum. Uns.«

Anna legte aufgeregt ihr Brot weg: »Du hast recht. Auch wenn es keine Absicht war, so ist es zumindest eine unterbewusste Botschaft. Frankenstein! Das passt zum Modus Operandi! Er stellt künstliche Menschen her! Frankensteins Monster! Deswegen sehen eure Leichen nach Puppen aus. Und deswegen schickt er sie zu nicht existierenden Horrorkabinetten oder Freakshows.«

»Eben. Unterschied ist nur, dass Frankenstein Tote wiederbelebt hat. Der hier macht's umgekehrt. Vielleicht liege ich falsch …«

Anna nahm den Zettel zur Hand. »Was ist mit den anderen Namen? Thorsten Brinken, sagt dir das was?«

»Nicht ansatzweise. Nur, dass Thor der nordische Donnergott ist.«

»Und Beschützer von Midgard, der Welt der Menschen.«

»Wie ein Beschützer kommt mir unser Killer aber ganz und gar nicht vor.«

Anna grübelte. »Und wenn dein Frankenstein gar keine künstlichen Menschen herstellen, sondern seine Opfer lediglich als Monster enttarnen will?«

»Das macht Sinn. Deswegen die öffentliche Zurschaustellung.« Christian spürte Jagdfieber aufsteigen. Er näherte sich dem Wild. Er konnte es fast riechen. »Was ist mit dem französischen Namen? Du hast gesagt, der wäre ungewöhnlich!«

»Zumindest habe ich ihn noch nie gehört. Hat aber nix zu sagen, mein Französisch ist nicht sonderlich gut. Rouge heißt rot, und joue … Bin nicht ganz sicher, ich glaube …« Anna stand auf, ging zu ihrem Bücherregal und schlug in einem Wörterbuch nach. »Joue heißt Wange.«

»Fréderic Rote Wange? Klingt nach einem erfundenen Indianernamen. Wie Schwarzer Büffel oder Crazy Horse … Kann ich nichts mit anfangen. Du?«

Anna blickte Christian ernst an: »Hast du mal ›Metropolis‹ von Fritz Lang gesehen?«

»Diesen Stummfilm aus den Zwanzigern? Vor dreißig Jahren vielleicht. Was meinst du?« Christian wusste, wie gut Anna sich mit Filmen auskannte. Wenn er sich an ruhigen Abenden mal etwas ansehen wollte, kannte Anna den Film meist schon und lobte, warnte oder verriss.

»In ›Metropolis‹ gibt es diesen wahnsinnigen Wissenschaftler, der vor Jahren seine große Liebe Hel an seinen ehemals besten Freund Fredersen verloren hat. Hel ist bei der Geburt ihres Sohnes Freder gestorben. Und in einer Vermischung aus Liebe zu Hel und Rache an Fredersen baut dieser Wissenschaftler einen weiblichen Maschinenmenschen nach Hels Vorbild, der Fredersens Imperium und seinen Sohn zerstören soll. Der Wissenschaftler heißt Rotwang.«

»Hat Daniel dir auch gemailt, dass unsere Leiche in Straßburg an der Stelle des entnommenen Herzens einen Fahrraddynamo eingesetzt bekam?«

Anna wusste noch nichts davon. Aber ihr war genau wie Christian klar, dass sie endlich ein aussagekräftiges Täterprofil erstellen konnten, das weit über die üblichen »zwischen 20 und 35 Jahren alt, weiß, organisiert …« hinausging.

»Wir müssen nach Berlin«, sagte Christian. »Volker ist da, Herd kann aus Straßburg dazukommen.«

»Warum trefft ihr euch nicht hier in Hamburg?«

»In Berlin haben wir einen Kollegen namens Striebeck, mit dem Volker den Münchner und Berliner Fall bearbeitet. Außerdem ist da Frau Professor Rahnberg, eine kluge Literaturwissenschaftlerin und die Mutter des Berliner Opfers. Sie könnte vielleicht ein paar Ideen zum Zusammenhang zwischen Frankenstein, Rotwang und ihrer Tochter beitragen. Und du kannst dich mit ihr über die Spiegel-Metapher unterhalten, darüber hat Petra schon jede Menge interessantes Material zusammengesucht. Das hilft dir sicher beim Erstellen des Profils. Und dann ist da noch ein rühriger Journalist, mit dem ich eine Art Abmachung getroffen habe.«

Anna wunderte sich. Seit wann war Christian so reisefreudig? Seit wann traf er Absprachen mit einem Journalisten? Seit wann befragte er Angehörige von Opfern zur kriminalistischen Versionsbildung? Und nannte sie auch noch beim Vornamen?

Sie sagte jedoch kein Wort, sondern ging unter die Dusche, um sich für die Reise frisch zu machen. Schlafen konnte sie später.

Haltern am See.

Niklas hatte Anfang August, also noch vor seiner Kontaktaufnahme mit Sandrine, die örtlichen Gegebenheiten in Jennys Umgebung erkundet. Dabei war er auf einen Wald nordöstlich des Halterner Sees gestoßen, in dem eine unbenutzte Scheune verwitterte. In dieser Scheune befand er sich nun mit Jenny.

Auch wenn er Jenny niemals ernsthaft als Kandidatin in Erwägung gezogen hatte – sie stand auf seiner Liste und wohnte nicht allzu weit von Düsseldorf, wo er wegen der Auskundschaftung Clarissas viel zu tun gehabt hatte. Es hatte sozusagen nahegelegen, sich schon mal in Haltern am See und Umgebung umzusehen. Nur für den Fall der Fälle. Der war nun eingetreten. Sandrine hatte sich als Mogelpackung erwiesen, genau wie Sarah, Mira und Catrin. So weit Niklas' emotionale Mangellage es überhaupt zuließ, empfand er Enttäuschung und Ärger. Es konnte doch nicht angehen, dass er sich jetzt mit einer Zehnjährigen befassen musste!

Jennys kindlicher Körper brauchte die ganze Nacht und den halben Tag, das Betäubungsmittel zu verkraften, das er ihr verabreicht hatte. Sie war erst vor Kurzem aufgewacht und hatte sich verwundert umgesehen. Obwohl es heftig regnete, war es trocken in der Scheune. Das Dach hielt dicht. Allerdings pfiff der Wind unangenehm frisch durch die Holzlatten, aus denen die Seitenwände gezimmert waren. Durch die Ritzen der inzwischen morschen Latten drang trübes Licht herein. Niklas ließ zusätzlich zwei Taschenlampen brennen, deren Lichtkegel nach oben an die Decke zeigten. Die indirekte Beleuchtung verlieh dem Inneren der Scheune eine fast anheimelnde Atmosphäre, wenn man von den großflächigen Spinnennetzen absah, die sich im Dachgebälk ineinander verfingen. Eine Mäusemutter, die ihre noch nackten Jungen panisch aus dem Nest holte und einzeln in eine andere Ecke der Scheune verfrachtete, weil sie sich durch die Besucher gestört fühlte, huschte im Schatten herum und fiel nicht weiter auf. Ihr Geraschel wurde weitgehend durch den heulenden Wind überlagert.

Seit etwa einer dreiviertel Stunde saß Jenny nun auf dem Boden, gelehnt an zwei Strohballen, und starrte ihn stumm an. Er hatte ihre Füße mit einem Seil an einem Holzklotz fixiert, der so schwer war, dass das Kind ihn nicht würde bewegen können. Auf ihrem Schoß schlief das Kätzchen, das er ihr mitgebracht hatte. Niklas saß ihr gegenüber und beobachtete sie, ebenfalls still. Er war gespannt, wie lange die Kleine schweigen konnte. Außerdem wusste er nicht so recht, wie er anfangen sollte. Das letzte Mädchen in annähernd diesem Alter, mit dem er gelegentlich zu tun gehabt hatte, war seine dämliche Adoptivschwester gewesen. Bei ihrem letzten Gespräch, an das er sich erinnerte, war er sieben oder acht gewesen und hatte gedroht, ihre Nasenflügel mit einer Laubsäge zu verzieren, falls sie selbige noch einmal in seine Belange oder die seiner Biker-Gang stecken sollte. Kurz darauf war er im Heim gelandet.

»Du bist Stuntman Mike«, sagte die Kleine plötzlich.

»Wie kommst du denn darauf?«

»Das hat meine Schwester gesagt.«

»Das stimmt aber nicht. Wer soll dieser Mike denn sein?«

»Ein Mann aus einem Film. Er fährt einen Ford Mustang.«

»Das hat sich deine Schwester ausgedacht.«

Jenny überlegte kurz und sah Niklas misstrauisch an. Dann gab sie nach: »Das kann sein. Jessica denkt sich oft Sachen aus. Wer bist du denn dann?«

»Ich heiße … Peter Pan.«

Jenny kicherte: »Das hast *du* dir jetzt aber ausgedacht. Peter Pan kenne ich nämlich. Das ist der Junge, der nicht erwachsen werden will.«

»Du bist ganz schön schlau.«

»Das sagen alle. Ich gehe auch aufs Gymnasium!«

»Was willst du mal werden, wenn du groß bist?«

»Erfinderin! Warum hast du mir die Füße angebunden?«

»Damit du nicht wegläufst. Vielleicht hast du ja Angst vor mir und willst nach Hause.«

»Ich habe keine Angst. Aber meine Mama bestimmt und mein Papa. Weil ich nicht da bin.«

»Hast du die beiden lieb?«

»Klar. Is doch normal.«

»Ist es das?«

Jenny betrachtete ihn verunsichert. Sie schien nachzudenken. »Mama und Papa haben mich lieb. Also hab ich sie auch lieb.«

»Das klingt einigermaßen logisch. Und wieso hast du keine Angst vor mir?«

»Weil böse Menschen keine Kätzchen haben, oder?«

»Das ist jetzt aber nicht logisch, Jenny.«

»Was ist: logisch?«

»Logisch ist, wenn etwas nur genau so und auf gar keinen Fall anders sein kann. Zum Beispiel, dass weiß weiß ist und niemals schwarz.«

Jenny kicherte: »Aber wenn man weiß nicht mit dem richtigen Mittel wäscht, wird es grau. Hat meine Mami mal gesagt, als Papa das falsche Waschpulver eingekauft hat.«

Niklas musste lachen: »Du sprichst jetzt von dreiwertiger Logik. Das ist die mit dem Grauschleier.« Die Kleine machte ihm Spaß. Er sah auf die Uhr. Allzu viel Zeit hatte er nicht. Die Bullen würden sicher schon mit Suchtrupps durch die Wälder am See schwärmen. Er öffnete eine Packung Kekse und reichte sie ihr. Sie hatte bestimmt Hunger.

»Danke. Hast du auch was zu trinken?«

Er gab ihr eine Limonade aus seinem voluminösen Rucksack. Sie steckte direkt neben dem OP-Besteck.

Reutlingen.

Petra Rahnberg verließ das Haus der Familie Kopper voller Enttäuschung. Ohne auf den Nieselregen zu achten, überquerte sie die Straße, öffnete die Wagentür und ließ sich auf den Beifahrersitz fallen. Jochen Kratz fuhr zusammen. Er war eingeschlafen gewesen.

»Wie war's?«, fragte er benommen.

»Fehlanzeige.«

»Und jetzt? Zurück nach Berlin?«

»Fahren Sie bitte erst einmal in die Stadt in irgendein Café oder Restaurant. Ich muss etwas essen und in Ruhe nachdenken. Das kann ich bei ihrem todessehnsüchtigen Fahrstil auf der Autobahn nicht.«

»Essen ist gut. Essen ist immer gut.«

Kratz fädelte ungeschickt in den Verkehr ein und lenkte den Wagen auf Befehle seines Navis in Richtung Reutlinger Innenstadt.

Am frühen Morgen hatte Petra ihr Berliner Wohnhaus verlassen, um zum Bahnhof zu fahren. Kratz stand vor dem Haus und passte sie ab. Beleidigt wiederholte er all die Vorwürfe, die er schon auf ihrem Anrufbeantworter hinterlassen hatte. Er wollte sich nicht aus dem Fall herausdrängen lassen und würde sie von nun ab keine Sekunde mehr aus den Augen lassen. In der Tat war er hartnäckig neben ihr hergetrabt, während er weiter auf sie einredete. Die einzige Möglichkeit, ihn loszuwerden, wäre die Polizei gewesen. Doch Petra hatte weder Zeit noch Lust auf Komplikationen. Also willigte sie schließlich ein, sich von Kratz begleiten zu lassen. Sie waren in Kratz' großen Mercedes gestiegen. Bevor er losfuhr, hatte sie ihm das Versprechen abgenommen, sie nicht mit Fragen zu nerven. Er durfte sie chauffieren, aber mehr nicht. Kratz willigte ein. Er war zwar etwas irritiert gewesen, als sie Reutlingen zum Fahrziel erklärte, aber er hielt sich mit Fragen zurück. Kratz war noch nicht auf den möglichen Zusammenhang von Sarah Koppers Ermordung und dem »Herzensbrecher« gestoßen, noch hatten Christian Beyer oder Striebeck ihn darüber informiert.

Nun hielt er vor dem erstbesten Café in Reutlingen. Als sie schließlich vor einem verspäteten Mittagessen saßen, konnte er seine journalistische Neugier nicht länger ausbremsen: »Was machen wir hier?«

Petra gab keine Antwort.

»Habe ich Sie durch die Republik gegurkt, damit Sie Ihre Großmutter besuchen können, oder was?« Kratz sah dermaßen ratlos aus, dass Petra gegen ihren Willen lachen musste.

»Gut«, meinte Kratz. »Das also nicht. Als Sie aus dem Haus der Familie Kopper kamen, wirkten Sie frustriert. Was meinten Sie mit Fehlanzeige?«

»Woher wissen Sie den Namen?«

»Liebe Frau Professor, glauben Sie im Ernst, ich hätte die ganze Zeit, die Sie da drin waren, im Auto gesessen und mich mit der erotischen Stimme meiner Freundin aus dem Navi vergnügt? Ich bin ausgestiegen, habe auf das Klingelschild gesehen und meinen Kollegen Nico vom Radio angerufen, der den Namen für mich durch seinen Computer gejagt hat. Und was glauben Sie, auf welche etwas ältere, aber nichtsdestotrotz interessante Meldung aus dem Bereich Kapitalverbrechen er dabei gestoßen ist?«

»Die blöde Frage nach meiner Großmutter war also rein rhetorisch.«

»Yep. Sagen Sie mir jetzt bitte, wieso wir hier sind. Hat der Tod von Sarah Kopper etwas mit dem Tod Ihrer Tochter zu tun? Was wird der Presse vorenthalten? Nico hat keinerlei Hinweise gefunden, dass die Ermordung Koppers mit dem ›Herzensbrecher‹ in Zusammenhang steht.«

»Es gibt noch keine Beweise dafür.«

Kratz forderte Petra mit einer ungeduldigen Geste zum Weitersprechen auf. Doch sie schwieg. »Frau Rahnberg, Ich habe eine Abmachung mit Beyer, wie Sie wissen. Und ich möchte Sie ungern noch einmal daran erinnern, dass ich die erste Spur zum Mörder aufgetan habe. Ich werde keinen Ton veröffentlichen, bevor ich nicht grünes Licht von Beyer habe. Aber wenn ich frühzeitig über alle Erkenntnisse informiert bin, kann ich die Fakten und Thesen schon mal journalistisch aufarbeiten. Das wäre enorm hilfreich für mich.«

»Ich verschwende keinen Gedanken an Sie und Ihre berufliche Karriere. Ich will den Mörder meiner Tochter finden.«

Zu Petras Überraschung zeitigten ihre offenen Worte Wirkung. Jochen Kratz klappte den Mund zu und schwieg eine Weile. Nach dem Essen entschuldigte er sich ernsthaft für sein Drängen. Er wollte keineswegs in die manipulativen Methoden seiner Schmierfink-Kollegen von der Yellow Press abrutschen, die er verachtete. »Also fahren wir zurück nach Berlin«, sagte er und erhob sich.

Petra blieb sitzen. »Vorher möchte gerne Ihre Meinung hören. Ich habe nämlich das Gefühl, dass ich langsam durchdrehe.« Sie bedeutete Kratz, sich wieder zu setzen. Dann erzählte sie ihm alles. Was sie von Christian über den Mord in Tübingen wusste. Was sie selbst in Straßburg gesehen hatte. Sie informierte ihn über die Nachrichten, die bei den Leichen lagen, über das Lied und die abstrusen Querverbindungen, die sie gezogen hatte.

Kratz hörte aufmerksam zu, ohne sie zu unterbrechen. Erst als Petra geendet hatte und ihn fragend ansah, ergriff er das Wort: »Das wäre der absolute Hammer, wenn Sie recht hätten. Für mich macht es Sinn. Ich wundere mich nur, dass Sie Beyer nicht informiert haben.«

»Mir erschien meine Idee letzte Nacht viel zu verstiegen. Ich weiß nicht mehr, ob ich noch klar denke oder nur eine hysterische Frau bin, die ihren Verlust nicht verkraften kann. Deshalb wollte ich zuerst mit den anderen Müttern reden. Beim ersten Beleg für meine These rufe ich Beyer sofort an. Aber jetzt, wo Herr und Frau Kopper mir überzeugend klargemacht haben, dass ich falsch liege …« Petra zuckte müde mit den Schultern.

»Das muss nicht sein. Nach allem, was sie mir über den Mord in Tübingen erzählt haben, geht Beyer nur wegen einiger weniger, wenn auch überzeugender Indizien davon aus, dass

Sarah Kopper der Anfang der Reihe sein könnte. Aber ihre Ermordung hat vom Modus Operandi her nichts mit dem Unglück zu tun, das Ihrer Tochter widerfahren ist. Sie sollten mit einer der Mütter reden, deren Töchter auf die gleiche Weise getötet worden sind wie Catrin. Von hier aus sind wir näher an München als an Berlin. Was halten Sie von einem Abendessen im Englischen Garten?«

Petra lächelte ihn zaghaft an. Ihre gewohnte Selbstsicherheit, ihr bestimmtes Auftreten, all das schien sie letzte Nacht auf einen Schlag verloren zu haben. An die Stelle war eine gallertartige Masse aus Verwirrung und Angst getreten, in der sie hilflos schwamm. So kannte sie sich selbst nicht. Sie war tatsächlich froh, dass Jochen Kratz ihr bei der Entscheidung half.

»Dann auf nach München.«

Haltern am See.

Anna verließ gerade den Horner Kreisel in Hamburg und wollte auf die Autobahn in Richtung Berlin einfädeln, als Christian einen Anruf von einem ihm unbekannten Polizeikommissar namens Clemens Weyrich aus Nordrhein-Westfalen bekam. Weyrich steckte mitten in einem brisanten Entführungsfall. Am Abend zuvor, etwa gegen neun Uhr, war in Haltern am See bei Münster ein zehnjähriges Mädchen namens Jennifer Jacob verschwunden. Jessica Jacob, die ältere Schwester des entführten Kindes hatte zu Protokoll gegeben, dass sie und die Kleine tagsüber beim Baden von einem jungen Mann mit Baseballcap und Sonnenbrille beobachtet worden waren. Weyrich ließ nach Jessicas Angaben von einem Polizeizeichner ein Phantombild des mutmaßlichen Täters anfertigen. Einer Eingebung folgend verglich er es mit dem Phantombild des »Herzensbrechers«, das sie wie alle anderen Dienststellen in Deutschland auf dem Revier hatten. Wenn man dem Porträt des Mörders eine Baseballcap und eine Sonnenbrille aufmalte, war die Ähnlichkeit mehr als verblüffend. Jessica schloss jeden

Zweifel aus. Weyrich wagte es nicht, gesicherte Aussagen über die Glaubwürdigkeit seiner gerade erst sechzehn Jahre alten Zeugin zu tätigen. Vielleicht irrte sie, vielleicht spielte sie sich nur auf. Schließlich passte ihre zehnjährige Schwester absolut nicht in das bisherige Opferprofil des gesuchten Frauenmörders. Dennoch wollte er Christian unbedingt informieren.

Christian legte alarmiert auf und bat Anna, ihr Navigationssystem neu zu programmieren. Sie machten sich sofort auf den Weg. Haltern am See lag etwa vierzig Kilometer südwestlich von Münster. Christian hatte zwar vor wenigen Minuten noch drauf gebrannt, die aktuellen Täterprofil-Thesen mit Volker und den Kollegen in Berlin zu diskutieren und damit vielleicht eine neue Basis für die Fahndung zu entwickeln. Jetzt jedoch lagen die Dinge anders. Christian war beeindruckt von der Denkweise des Kommissars aus Nordrhein-Westfalen. Die Tübinger Leiche passte nicht zu den Leichen in München, Berlin und Straßburg. Falls Sarah Kopper aber tatsächlich in die Reihe gehörte oder gar den Beginn der Mordserie markierte, dann musste man bei dem Serientäter jederzeit mit unliebsamen Überraschungen rechnen. Die Leiche einer Zehnjährigen, der man das Herz herausgeschnitten hatte, gehörte definitiv zu den Überraschungen, die Christian sich nicht mal vorstellen mochte. Anna gab Vollgas. Sie schaffte die dreihunderteinundzwanzig Kilometer trotz einiger Baustellen in zwei Stunden vierzig.

Christian und Anna trafen kurz vor sechs Uhr abends im Haus der Familie Jacob ein. Vor dem Haus standen mehrere Streifenwagen, die nicht besetzt waren. Hauptkommissar Clemens Weyrich empfing Christian und Anna an der Haustür. Er war ein mittelgroßer Mann Anfang vierzig, dessen dünnes, blondes Haar sich bereits zu lichten begann. Er wirkte durchtrainiert, dynamisch und entschlossen. Allerdings standen ihm Schlafmangel und Anspannung ins Gesicht geschrieben. Jenny wurde seit einundzwanzig Stunden vermisst.

Jennys Mutter Barbara saß auf dem Sofa, stierte vor sich hin und nahm kaum Notiz von den Neuankömmlingen. Ihre Augen waren gerötet, die Tränensäcke geschwollen. Der Vater stand im Vorgarten, rauchte eine nach der anderen und sah unaufhaltsam, die Stirn von dunklen Vorahnungen umwölkt, zum See. Auch er hatte Christians und Annas Ankunft nicht beachtet. Clemens Weyrich erzählte, dass Werner Jacob eigentlich den Beamten draußen bei der Suchaktion helfen wollte. Doch seine Frau hatte ihn angefleht, an ihrer Seite zu bleiben. Die erzwungene Untätigkeit lastete schwer auf ihm. Quasi über Nacht war die gesamte Familie Jacob aus ihrem geregelten Alltag in eine akute Todesangst gestürzt. Auch Jessica war völlig mitgenommen. Sie gab sich die Schuld an den Vorkommnissen und ließ sich nicht davon abbringen. Zumal Jessica sehr wohl spürte, wie wenig ihre Mutter dazu beitrug, sie von diesem Schuldgefühl zu entlasten. Als Jessica nun auch Christian die Ereignisse des Vortages schilderte und dabei wiederholt in Tränen ausbrach, fiel Anna auf, dass Barbara Jacob nicht in der Lage war, ihre ältere Tochter in den Arm zu nehmen und zu trösten. Vermutlich glaubte Jessica deswegen an einen unausgesprochenen Vorwurf vonseiten der Mutter: Wenn sie zu Hause geblieben wäre, statt sich egoistisch mit ihren Freunden zu amüsieren, dann wäre Jenny jetzt noch da.

Als offizielle psychologische Beraterin der Soko Bund bat Anna die Mutter, sich mit Jessica in deren Jugendzimmer unterhalten zu dürfen. Sie hoffte, bei einem Gespräch unter vier Augen das Mädchen wenigstens etwas zu beruhigen und ihr die irrationalen Schuldgefühle zu nehmen – und eventuell an zusätzliche Informationen heranzukommen. Christian verließ sich auf Anna. Sie hatte in ihren früheren Zeiten als Psychotherapeutin häufig mit verstörten Jugendlichen zu tun gehabt und konnte entsprechend sensibel mit ihnen umgehen. Außerdem fühlte sich eine Frau in vielen Situationen einfach besser in ein junges Mädchen ein als ein männlicher Beamter.

Als Anna mit Jessica nach oben verschwunden war, gesellte Christian sich zu Weyrich, der von der großen Wohnküche aus den Krisenstab leitete. Auf einer Eckbank lag eine junge Beamtin und schlief in unbequemer Haltung. Als Kopfkissen nutzte sie einen zerfledderten Teddybären. Neben ihr befand sich das Gerät zur Telefonüberwachung. Weyrich stand an der Arbeitsplatte und kochte frischen Kaffee. Er reichte Christian ohne zu fragen eine Tasse.

»Wie sieht's aus?«, fragte Christian.

Weyrich berichtete müde von den Maßnahmen, die er eingeleitet hatte, nachdem die Polizei von Frau Jacob alarmiert worden war. Jenny war am vorigen Abend vermutlich gegen neun Uhr verschwunden. Der Nachbar hatte zu der Zeit im Halbschatten einen Mann durch den Jacobschen Garten gehen sehen, der etwas Großes über seiner Schulter trug und dann in einen Wagen stieg und Richtung Osten davonfuhr. Haus und Garten waren von der Spurensicherung gründlich untersucht worden, die Großfahndung nach der vom Nachbarn beschriebenen dunkelfarbigen Mittelklasse-Limousine mit Düsseldorfer Kennzeichen in Gang. Glücklicherweise hatte die überregionale Presse noch nichts von den Vorgängen in und um Haltern am See mitbekommen. Mit der lokalen Presse hatte er ein Stillhalteabkommen getroffen. Es würde aber nicht mehr lange dauern, bis TV- und Radiostationen über die Familie Jacob herfielen. Weyrich hoffte, das noch so lange wie möglich hinauszögern zu können. Eine Veröffentlichung der Fakten zum falschen Zeitpunkt konnte fatale Folgen haben. Christian stimmte ihm uneingeschränkt zu.

Die Fangschaltung am Telefon war installiert. Die Nachbarn befragt. Ebenso alle Jungendlichen, die mit Jessica an der Eisdiele gewesen waren und den geheimnisvollen Unbekannten gesehen hatten. Alle verfügbaren Polizisten des Landkreises sowie jede Menge Nachbarn und Freunde der Jacobs befanden sich draußen in unwegsamem Gelände auf der Suche nach der kleinen Jenny. Sie durchkämmten Straßen, Felder und Wälder, drehten jeden Stein um. Selbst in der Nacht hatten sie keine Pause gemacht. Sie arbeiteten in Schichten. Bislang ohne jede Spur. Seit heute Morgen war zusätzlich ein Polizeihubschrauber im Einsatz. Schon am vorigen Abend, solange es zumindest noch ein Fitzelchen Sicht gegeben hatte, war der See von Polizeitauchern untersucht worden. Im Laufe des heutigen Tages hatten sie noch einmal alle Planquadrate abgetaucht. Ohne verwertbares Ergebnis.

Weyrich und Christian schwiegen eine Weile und blickten zum Fenster hinaus. Die Nacht brach bald herein. Die zweite Nacht für Jenny. Falls sie noch lebte. Christian und Weyrich kannten die Statistiken: Knapp neunzig Prozent der in Deutschland Entführten kommen lebend frei. Bei den Kindern nur circa fünfzig Prozent. Das Tötungsrisiko ist am Tag der Entführung am höchsten und sinkt nach vier Tagen deutlich ab. Das Tötungsrisiko ist außerdem bei Einzeltätern so wie bei nicht maskierten Tätern ungleich höher. Doch weder Christian noch Clemens Weyrich sprachen ihre grausigen Befürchtungen aus. Es war nicht nötig.

Per Handy bekam Weyrich Bescheid, dass der Einsatz der Taucher ergebnislos abgebrochen wurde. Auch die Suchmannschaften in den Wäldern kehrten zurück. Morgen würden sie das Gebiet ausdehnen. Heute Abend jedoch würde erst einmal jeder einzelne Beamte müde und frustriert nach Hause fahren zu seiner Familie, wenn er denn eine besaß, in das Zimmer seiner Kinder gehen, wenn er denn welche besaß, und ihnen einen Gutenachtkuss geben in stummer Angst vor dem Unaussprechlichen, das jeden Tag, in jedem kleinen und friedlichen Ort, in jeder Straße, in jedem Haus passieren konnte.

»Nichts. Keine Spur«, durchbrach Weyrich die Stille. »Wir wissen nicht einmal, ob der Täter mit der Kleinen noch hier in der Gegend ist oder ob er schon längst das Weite gesucht hat. Was denkst du?«

»Ich denke, du und deine Leute, ihr solltet unbedingt ein wenig schlafen.«

»Schlafen kann ich, wenn ich tot bin.«

Wenn Jenny tot ist, dachte Christian.

»Gibt es irgendeine Chance? Ist der Entführer euer Mann? Sag mir bitte, dass du Antworten hast.« Weyrich lächelte ihn hoffnungslos an.

»Du weißt doch, wie das läuft. Die Eltern sind nicht vermögend. Es handelt sich wohl kaum um eine Entführung mit Lösegeldforderung. Falls es nicht unser Mann ist und es sich nicht um eine geplante Erpressung handelt, dann sagt die Statistik, dass der Täter mit relativ hoher Wahrscheinlichkeit aus dem Kreis der Familie oder Bekannten kommt. Dann könnte die Kleine noch in der Gegend sein.«

»Wir sind diesen Thesen nachgegangen. Wir haben die komplette Familie und die halbe Stadt vernommen. Alle einschlägig Vorbestraften im Umkreis von hundert Kilometern überprüft. Nichts. Keine Hinweise. Die Fußabdrücke im Garten, die nicht von Herrn Jacob stammen, bringen uns auch nicht weiter. Standardgröße 43, unspezifische Sohlen.«

»Mehr können wir im Moment nicht tun. Warten, bis die Nacht vorbei ist. Weiter suchen. Hoffen.«

Weyrich sah wieder aus dem Fenster auf die spärlich beleuchtete Straße. »Und wenn es euer Mann ist? Was dann?«

»Keine Ahnung. Er hat bisher noch kein Kind getötet. Zumindest wissen wir nichts davon. Sein Opfer sind Frauen zwischen zwanzig und dreißig.«

»Wird er ihr das Herz herausschneiden?«

Christian gab keine Antwort.

Anna kam in die Küche und nahm sich einen Kaffee. »Jessica schläft jetzt. Sie ist völlig erledigt. Gibt sich die Schuld. Es war schwierig, sie zu beruhigen. Der Mutter geht es ähnlich. Ich habe im Badezimmerschrank Beruhigungspillen gefunden und sie überredet, zwei davon zu nehmen. Sie spricht die ganze Zeit davon, dass sie nie wieder in ihrem Leben ins Kino gehen wird. Dass sie das auf gar keinen Fall hätte tun dürfen. Dass sie eine schlechte Mutter ist.«

Christian schüttelte verständnislos den Kopf: »Woran liegt das nur, dass sich die Angehörigen in solchen Fällen immer selbst die Schuld geben? Macht das irgendetwas einfacher?«

»Für viele ist es immer noch besser, als akzeptieren zu müssen, dass man nichts tun kann, nichts verhindern kann. Die Erfahrung der Ohnmacht ist das Schlimmste. Man versucht, eine logische Abfolge und damit Ordnung in das Chaos zu bringen. Hätte ich bloß … Wäre ich nicht … Man hangelt sich an den üblichen Geländern der Gesellschaft entlang aus Angst vor dem freien Fall.«

»Danke, dass Sie sich kümmern«, sagte Weyrich. »Der einzige Polizeipsychologe in unserer Umgebung ist gerade in Hamm und versucht, einen Selbstmörder vom Dach des Rathauses zu quatschen.«

Anna nickte: »Ich werde mal rausgehen und mit Herrn Jacob reden. Wenn der noch eine Kippe raucht, bekommt er einen spontanen Herzinfarkt.«

Weyrich und Christian beobachteten durchs Fenster, wie Anna zu Jacob ging und sanft auf ihn einsprach.

»Gute Frau«, sagte Weyrich.

Christian nickte lächelnd. Er sah auf die Uhr. Es war schon spät, und sie kamen keinen Millimeter vorwärts: »Wie lange werden deine Leute noch mit der Überprüfung von Hotels, Pensionen, möblierten Zimmern und Ferienhäusern brauchen?« Schon bei seinem ersten Telefonat mit Weyrich, als er noch auf der Autobahnauffahrt in Hamburg gewesen war, hatte er seinen Kollegen über die übliche Vorgehensweise des »Herzensbrechers« informiert.

»Lange. Wir befinden uns hier im Naturpark Hohe Mark. Sehr touristisch.«

»Aber eher für Familien. Ein einzelner junger Mann wird auffallen, oder?«

»Ein angeblich alleinerziehender Vater mit einer Zehnjährigen nicht. Aber hoffen wir das Beste.«

Christian war unruhig. Das dauerte ihm alles viel zu lange. Er ging in den verwaisten Hausflur und rief Daniel an, der wie immer die Ermittlungen beschleunigen sollte, indem er in Hamburg an seinem Computer saß. Zurzeit drang er illegal in die Server von hier ansässigen Hotels ein, um deren Buchungen zu checken. Das ging weitaus schneller als mühsames Telefonieren mit wenig hilfsbereiten Angestellten, von denen sich einige aus Faulheit weigerten zu begreifen, wie dringlich die Angelegenheit war. Doch auch Daniel war noch nicht fündig geworden. Das Problem im Naturpark Hohe Mark war, dass es sehr viele familiär geführte Pensionen und Privatunterkünfte gab, die ihre Buchhaltung ganz traditionell mit Stift und Papier machten.

Christian ging zurück zur Küche, wo Weyrich mit gebeugtem Rücken und grauem Gesicht an seinem längst kalten Kaffee schlürfte. Christian wusste, wie Weyrich sich fühlte. Weyrich war der Mann vor Ort, einer der ihren. Sicher kannte er viele Bewohner von Haltern am See persönlich. Vielleicht kannte er auch die kleine Jenny. Möglicherweise ging sie mit seinem Sohn oder seiner Tochter zur Schule. Und Weyrich stand auch unter dem Druck, dass aller Augen auf ihn gerichtet waren. Seine Familie, seine Nachbarn, der Bäcker, der Zeitungsträger, der Metzger … Sie alle erwarteten ebenso ein Wunder von ihm wie die Familie Jacob. Anna hatte recht. Die Ohnmacht war das Schlimmste. Es passierte. Einfach so, wie ein Fingerschnippen. Und während die Menschen um ihn herum versuchten zu begreifen, *was* eigentlich passierte, fragte sich Christian, was das »Es« war, das immer wieder unter seinen hilflosen Händen und Augen geschah. Deswegen verstand Christian, warum Weyrich nicht nach Hause gehen mochte, obwohl es im Moment nichts mehr für ihn zu tun gab. Er wollte einfach die Stellung halten. Gegen wen oder was auch immer …

Eine halbe Stunde später hatte Anna Herrn Jacob überredet, ins Haus zu kommen und sich um seine Frau zu kümmern. Die letzten Beamten waren mit den Einsatzwagen vor der Tür abgerückt. Die Polizistin, die auf der Bank geschlafen hatte, und ein weiterer Bereitschaftspolizist würden über Nacht im Hause Jacob bleiben. Weyrich verabschiedete sich zögerlich auf morgen. Er hatte eingesehen, dass eine weitere Nacht ohne Schlaf ihn seine Funktionstüchtigkeit kosten würde. Auch Christian und Anna wollten sich in ihr Hotel am Seeufer zurückziehen, um den nächsten Morgen abzuwarten, der als größten Schrecken die völlige Ereignislosigkeit barg. Sie wussten ebenso wie Weyrich, dass der nächste Tag entscheidend sein würde. Entweder würden sie Jenny finden, oder die Chance auf ihr Überleben stand schlecht. Mit diesem Gedanken schlafen zu gehen, erschien schlichtweg unmöglich. Weyrich bot Christian und Anna an, sie auf seinem Nachhauseweg am Hotel abzusetzen.

Als die drei vor die Tür traten, fuhr ein Taxi vorm Hause Jacob vor. Die hintere Tür öffnete sich. Jenny stieg aus. Sie hielt ein Kätzchen im Arm.

München.

Petra stand mit Jochen Kratz vor der Weininger-Villa und klingelte. Es dauerte nicht lange, bis Martha Weininger die Tür öffnete und Petra freundlich begrüßte. Allerdings warf sie einen irritierten Blick auf Kratz. »Sie hatten am Telefon nicht erwähnt, dass Sie in Begleitung kommen.«

Ein leichter Vorwurf schwang in Martha Weiningers gestrenger Stimme mit.

»Oh, ich vergaß. Das ist Jochen Kratz …«

»Ein Freund von Frau Professor Rahnberg«, unterbrach Kratz eilig und reichte Martha Weininger die Hand. Er wollte vermeiden, dass Petra Rahnberg tat, was sie nun trotzdem tat: »Ein Journalist aus Berlin, der über die Mordfälle berichtet«, berichtigte Petra. Sie hatte keine Lust, das offene Gespräch, das sie sich erhoffte, schon im Vorwege durch Halbwahrheiten in Gefahr zu bringen.

Frau Weininger hob die Augenbrauen, bat die beiden herein und wies Petra den Weg zum Salon: »Wenn Sie sich bitte schon mal hineinsetzen würden? Ich gebe meiner Tochter Bescheid, dass Sie da sind.« Dann wandte sie sich an Kratz: »Würden Sie bitte während unseres Gesprächs hier im Foyer warten?«

»Ich kann gerne noch mal hinausgehen und durch den Dienstboteneingang wieder hereinkommen.«

Martha Weininger würdigte Kratz keines Blickes, sondern stieg in betont königlicher Haltung die breite Holztreppe ins obere Stockwerk.

»Das war nicht nötig«, zischte Petra Kratz zu.

»Doch. Und herzlichen Dank noch für mein Outing als Journalisten-Arsch.«

Petra zuckte mit den Schultern und ging in den Salon. Der Raum wurde von einer holzgetäfelten Decke verdunkelt, die Wände waren voller Bücherregale. Vor dem riesigen französischen Fenster stand ein Flügel. In der Mitte des Raumes waren mehrere Sessel um einen antiken Holztisch mit floralen Intarsien gruppiert, auf dem drei Tassen aus feinstem Porzellan und eine dampfende Teekanne standen, die ein leichtes Aroma von Minze verströmte. Neben dem Tisch befand sich eine passende Kredenz mit einer beeindruckenden Auswahl an Alkoholika. Der Salon vermittelte einen muffigen Eindruck von überkommener Großbürgerlichkeit.

Petra hatte kaum Platz genommen, als Martha Weininger mit Sybille den Raum betrat. Wie zwei Wochen zuvor Christian sprang nun auch Petra der frappierende Unterschied zwischen Mutter und Tochter ins Auge. Sosehr Martha Grande Dame war, sosehr war Sybille graue Maus. Im Gegensatz zu ihrer Mutter schien sie nachlässig frisiert. Sie trug ein Chanel-Kostüm der vorvorletzten Saison, das zudem noch äußerst schlecht saß. Der Händedruck, mit dem sie Petra begrüßte, war so schlaff wie ihre ganze Haltung. »Wie nett, dass Sie uns besuchen.« Auch ihre Stimme ließ jeglichen Glanz vermissen.

Die drei Frauen setzten sich. Martha bot Cognac, Wein, Likör oder Tee an. Petra entschied sich für den Tee. Sybille nahm nichts. Sie saß einfach nur da und knetete ihr Stofftaschentuch.

»Es ist nicht nur die Verbundenheit durch unser gemeinsames Schicksal, was mich hergeführt hat.«

»Das habe ich mir gedacht«, erwiderte Martha Weininger. »Dennoch erlauben Sie mir vor allem anderen, unser Beileid für Ihren Verlust auszusprechen. Wir wissen, was Sie fühlen. Mira war unser Ein und Alles.«

Die drei Frauen schwiegen eine Weile und ehrten so das Andenken an ihre verstorbenen Kinder. Petra begann zu ahnen, wie entschieden die Großmutter im Weiningerschen Haushalt das Zepter schwang. Wenn Martha Weininger von »wir« und

»uns« sprach, wirkte es wie der Pluralis Majestatis. Sie bat Petra, ein wenig von Catrin zu erzählen. Petra kam der Aufforderung gerne nach, auch wenn es ihr schwerfiel, dabei ihre Tränen zu unterdrücken. Allerdings zeigte sich Martha nicht wirklich an Catrins Leben interessiert. Sie nutzte Petras Beschreibungen lediglich als willkommene Stichwortsammlung, um von ihrer Enkelin Mira zu schwärmen und ihren eigenen Schmerz auszudrücken. Sybille hingegen hörte sehr konzentriert zu und saß nun mit gequälter Miene leicht nach vorne gebeugt, als würde sie Petras emotionalen Aufruhr in ihren eigenen Eingeweiden spüren.

»Dann war also auch Ihre Catrin eine besonders begabte junge Frau«, fasste Martha Weininger leicht gönnerhaft zusammen, als Petra endete. »Sie haben erwähnt, dass Sie wie meine Tochter Sybille bei der Erziehung auf die zweifelhafte Unterstützung eines Mannes verzichteten?«

»Mama!« Sybille Weiniger hatte gesprochen.

Petra lächelte die beiden freundlich an: »An manchen Tagen hätte ich gerne etwas von dieser zweifelhaften Unterstützung genossen, wie Sie es nennen. Ich bin zwar durchaus eine autarke Frau, aber ich verachte Männer nicht.«

Martha lächelte kalt: »Verachtung wäre auch wohl zu viel der Ehre.«

Petra beobachtete im Augenwinkel, wie Sybille wieder in sich zusammensackte. Langsam wurde ihr klar, wieso Martha Weiningers Tochter, die maximal Anfang fünfzig sein mochte, schon so verblüht schien. Sie verbrachte ihr Leben im übermächtigen Schatten der Mutter – mutmaßlich unter Ausschluss von Männern und deren Zuneigung. Petra überlegte kurz, ob sich Mira, die Enkelin, wohl von ihrer Großmutter hatte emanzipieren können. Sie wandte sich direkt an Sybille: »Darf ich Sie nach Miras Vater fragen?«

Sofort schritt Martha ein: »Finden Sie das nicht ein wenig impertinent? Unser gemeinsames Schicksal rechtfertigt wohl kaum derartige Indiskretionen!«

Petra entschuldigte sich halbherzig für die unumwundene

Form der Frage, beharrte jedoch auf dem Inhalt. Wieder wandte sie sich dabei an Sybille: »Ich will Ihnen nicht zu nahetreten, aber sicher quält Sie die Unwissenheit über den Grund für den Tod unserer Töchter ebenso wie mich.«

Sybille nickte stumm und knetete wieder ihr Taschentuch.

»Zumal die Umstände sowohl bei meiner Catrin wie auch bei Ihrer Mira ... äußerst bemerkenswert waren. Sind Sie darüber informiert, dass vor wenigen Tagen in Straßburg eine junge Frau ermordet wurde – unter ähnlichen Umständen wie unsere Töchter?«

Weder Martha noch Sybille hatten davon gehört. Also fasste Petra kurz die Ereignisse in Frankreich zusammen. Die Weininger-Frauen zeigten sich ehrlich erschüttert. Doch Martha hatte sich besser im Griff. »Ich nehme an, Sie zielen mit Ihrem Besuch bei uns und dem offensichtlichen Zusammenhang zwischen den Morden auf etwas Bestimmtes ab?«

Petra bejahte: »Deswegen zwingen mich gewisse Überlegungen leider dazu, noch einmal indiskret zu werden.«

Sie stand auf, ging zu Sybilles Sessel und bückte sich vor ihr, sodass sie ihr in die Augen sehen konnte. Dann stellte sie ihre Frage. Sybilles Augen weiteten sich überrascht, sie blickte Hilfe suchend zu ihrer Mutter.

»Wie kommen Sie darauf?«, fragte Martha scharf.

»Weil es sich bei Catrin auch so verhielt. Falls Sie jetzt offen zu mir sind und ich mit meiner Vermutung recht habe, dann fahre ich nach Straßburg und befrage Madame Lacour, die Mutter des französischen Opfers. Wenn auch sie Ja sagt, werde ich mit Kommissar Beyer reden.«

Martha schien nachzudenken.

Plötzlich erhob sich Sybille aus ihrem Sessel: »Ich komme mit nach Straßburg.«

»Das wirst du nicht!«, schaltete sich Martha ein.

»Doch, das werde ich, Mutter. Mira war meine Tochter, auch wenn du immer so getan hast, als wäre sie deine. Die Tochter, die du immer haben wolltest. Und die ich nie sein konnte. Aber Mira war *meine* Tochter. Ich vermisse sie. Mira war das einzig

Gute, was ich im Leben hatte. Ich will, dass ihr Mörder bestraft wird. Und deswegen fahre ich nach Straßburg!«

»Heißt das, ich liege richtig?«, vergewisserte sich Petra. Sie hatte im Moment keinen Sinn für den in kargen Sätzen ausgetragenen, aber nichtsdestotrotz elementaren Kampf der beiden Weininger-Frauen. Sie war viel zu aufgewühlt. Erst jetzt begriff sie, dass nicht einmal sie selbst an ihre Theorie geglaubt hatte. Dass sie nur hierhergefahren war, um nicht elend zu Hause zu sitzen und den Faden zu verlieren, an dem sie sich von Tag zu Tag entlanghangelte.

Sybille nickte. Sie stand da in einer zumindest annähernd aufrechten Haltung, als hätte das kleine Aufbegehren gegen die Grande Dame sie von einer ungeheuren Last befreit. Martha Weininger starrte ihre Tochter fassungslos an und rutschte unbehaglich ein wenig tiefer in ihren Sessel. Die Kräfte waren neu verteilt, die Rollen getauscht.

Haltern am See.

Jenny war so selbstverständlich wie nach ihrem alltäglichen Schulbesuch wieder in das Haus ihrer Eltern spaziert. Fassungslos stürmte Jessica auf ihre kleine Schwester zu, hob sie jubelnd hoch und wirbelte sie herum, dass einem schon vom Zuschauen schwindlig werden konnte. Barbara Jacob schlief aufgrund der Beruhigungsmittel tief und fest und hörte nichts von Jessicas Freudengeheul. Ihr Mann weckte sie auf. Sie rannte die Treppe hinunter ins Wohnzimmer, riss Jenny aus Jessicas Armen und hielt sie fest, als wollte sie sie nie wieder loslassen. Nach einer Minute beschwerte sich Jenny über die mütterliche Umklammerung und verlangte einen heißen Kakao. Vor Erleichterung über die unversehrte Natürlichkeit Jennys erlitt Barbara Jacob einen mittleren Nervenzusammenbruch. Der Hausarzt musste kommen und ihr eine sedierende Spritze geben.

Jenny war ein wenig schmutzig, schien jedoch nicht verletzt und erwies sich überraschend munter. Weyrich wollte sie sofort ins Krankenhaus bringen und untersuchen lassen. Er hatte Angst, etwas falsch zu machen, etwas zu versäumen. Ihm fehlte die Erfahrung in Entführungsfällen mit Kindern – und er war froh darüber. Christian beruhigte ihn und Jennys Mutter. Frau Jacob sollte Jenny erst einmal umziehen, damit ihre Kleidung der Spurensicherung übergeben werden konnte. Dann würde Anna mit der Kleinen sprechen, um herauszufinden, ob sie möglicherweise sexuell missbraucht worden war und unter einem posttraumatischen Schock stand, der medikamentös behandelt werden musste. Nach diesem Gespräch konnte über die Notwendigkeit eines Krankenhausaufenthalts entschieden werden. Zuerst einmal sollte sich die Aufregung legen und Jenny ihren Kakao bekommen.

Unterdessen sprachen Christian und Weyrich in der Küche mit dem Taxifahrer. Er gab an, von seiner Zentrale auf eine Landstraße geschickt worden zu sein zu einem Treffpunkt, der etwa dreißig Kilometer von Haltern am See entfernt lag. Dort hatte ein junger Mann mit Jenny an der Hand auf ihn gewartet. Den Taxifahrer, der wie jeder andere in der Umgebung über die Entführung Bescheid wusste, hatte sofort das vage Gefühl beschlichen, es könnte sich bei dem kleinen Mädchen um Jenny handeln. Doch noch bevor er seine Zentrale informieren konnte, stand der Mann neben dem Taxi und öffnete die Tür auf der Fahrerseite.

»Seine rechte Hand steckte in seiner Jackentasche. Ich habe hingesehen und mich gefragt, ob er da eine Waffe hat. Er hat mich angegrinst und genickt, obwohl ich gar nichts gesagt habe. Dann hat er mich nach meinem Namen gefragt und wollte meinen Personalausweis sehen, um meine Angaben zu überprüfen. Danach hat er mich gefragt, ob ich verheiratet bin. Ich habe Ja gesagt. Dann sagte er zu mir: ›Rufen Sie nicht die Polizei. Rufen Sie nicht die Zentrale. Rufen Sie niemanden. Fahren Sie Jenny nach Hause. Fahren Sie langsam. Falls Sie die Polizei von unterwegs aus benachrichtigen, wird Ihre Frau sterben. Das verspreche ich Ihnen.‹ Ich hab's ihm geglaubt. Er wirkte nicht wie ein Typ, der blufft. Er war total ruhig und entspannt. Außerdem hatte er meine Adresse vom Perso. Er ist dann zu Fuß in einem Waldweg verschwunden. Also bin ich losgefahren und hab erst mal meine Frau angerufen und ihr gesagt, dass sie sofort nach nebenan ins Haus von ihrem Bruder gehen soll. Dann bin ich hierhergefahren. Jenny hat die ganze Fahrt ein Lied gesummt und mit dem Kätzchen gespielt.«

Weyrich legte dem Taxifahrer sowohl die Porträtzeichnung von Elisabeth Stamminger als auch das nach Jessicas Angaben gezeichnete Phantombild vor. Der Taxifahrer identifizierte den Mann, ohne zu zögern. Es war zwar schon fast dunkel auf der Landstraße gewesen, aber als der Entführer die Wagentür geöffnet hatte, war die Innenbeleuchtung angegangen. Soweit Sonnenbrille und Mütze es zuließen, hatte der Taxifahrer ihn deutlich sehen können.

Weyrich beschlagnahmte das Taxi für die Spurensicherung. Auf der Karte, mit der er den Einsatz der Suchtrupps koordinierte, ließ er sich den Punkt zeigen, an dem der Taxifahrer Jenny übernommen hatte. Er lag innerhalb der errichteten Straßensperren. Falls der Entführer versuchen sollte, das Gebiet mit dem Auto zu verlassen, würden sie ihn schnappen. Weyrich war zuversichtlich. Christian wusste es besser. Straßensperren zu umgehen oder gar zu umfahren war nicht schwierig. Dass immer wieder Zielpersonen durch Straßensperren gefasst wurden, lag an der relativen Blödheit der meisten Kriminellen. Der Mann, den sie suchten, war jedoch alles andere als blöd. Er handelte überlegt und souverän mit einem gewissen Hang zum Risiko. Wie schlicht und effektiv er den Taxifahrer manipuliert hatte, ihm einen kleinen Vorsprung zu gewähren – wäre dieser Kerl nicht ein krankhafter Killer, hätte Christian fast Respekt vor ihm empfunden. Es überraschte ihn wenig, dass das Handy, mit dem der Entführer die Taxizentrale angerufen hatte, nicht zu orten war.

Christian ging ins Wohnzimmer, wo die inzwischen umgezogene Jenny, umringt von ihrer glücklichen Familie auf dem Sofa saß. Auch die Mutter hatte sich beruhigt. Anna passte Christian an der Wohnzimmertür ab und sagte ihm, dass Jenny überraschend entspannt sei. Bisher zeigte sie keinerlei Anzeichen von posttraumatischem Stress. Christian bat Anna, nun das wichtige Erstgespräch mit Jenny zu führen. Er würde sich nur einschalten, wenn er aus polizeilichen Belangen Ergänzungen brauchte. Weyrich hatte von Herrn Jacob auf die Schnelle dessen Camcorder ausgeliehen, um das Gespräch zu dokumentieren. Eine solche Videoaufzeichnung konnte äußerst nützlich sein, wenn es zu einem Strafverfahren kam und der Anwalt des Angeklagten ein Glaubwürdigkeitsgutachten über die erst zehnjährige Zeugin einforderte. Nur deswegen ließ Anna den Camcorder zu. Grundsätzlich mochte sie keine Kameras bei Gesprächen. Vor allem Kinder ließen sich viel zu leicht davon ablenken oder fühlten sich gar unter Leistungsdruck gesetzt. Anna hatte mit Jennys Eltern abgesprochen, das Gespräch ohne sie zu führen. Familienmitglieder waren mindestens ebenso kontraproduktiv wie Kameras, denn sie erhöhten das Schamgefühl bei heiklen Themen. Am liebsten wäre sie ganz allein mit Jenny gewesen. Doch sie wusste, dass Christian sich nicht würde abschütteln lassen.

Also stellte sie Jenny Christian vor. Jenny gab ihm artig die Hand. Zu dritt gingen sie nach oben in Jennys Zimmer. In ihrem eigenen kleinen Reich würde sie sich am wohlsten fühlen. Anna ließ sich Zeit, eine Vertrauensbasis zu Jenny aufzubauen. Sie besah sich die Tierzeichnungen, die Jenny angefertigt und an ihre Wand gepinnt hatte und stellte über einige Fragen dazu Kontakt zu Jenny her. Christian installierte die Kamera möglichst unaufdringlich auf dem Kinderschreibtisch. Dann setzte er sich zu Jenny und Anna, die inzwischen auf dem Fußboden Platz genommen hatten.

Jenny sah ihn interessiert an: »Suchen Sie jetzt Mike?«

»Er heißt also Mike?«, fragte Christian.

Jenny nickte. »Stuntman Mike. Jess hat ihn so genannt, als wir ihn am See gesehen haben. Ein Mann in einem Film heißt so, hat Jessica gesagt. Das hab ich ihm erzählt. Er fand das sehr lustig.«

»Hat er dir denn verraten, wie er richtig heißt?«, fragte

Christian weiter. Anna ließ ihn vorerst gewähren. Sie wusste, er brauchte Fakten. So schnell wie möglich. Wenn sie jedoch den Eindruck bekam, dass er das Kind überforderte, würde sie sofort eingreifen.

»Er hat gesagt, er heißt Peter Pan. Aber das war geschwindelt.« Jenny lachte vergnügt.

»Weißt du, wo er hinwollte? Hat er irgendetwas erzählt? Wo er herkommt, was er vorhat …?«

Anna warf Christian einen warnenden Blick zu. Zu viele Fragen auf einmal. So ging das nicht.

»Sie meinen so Sachen, damit Sie ihn finden können?«

Christian lächelte Jenny an: »Genau. Du bist ein ganz schön schlaues Kind, Jenny.«

»Das hat Mike auch gemerkt. Deswegen hat er mir auch nichts gesagt. Weil er ja weiß, dass die Polizei ihn jetzt bestimmt sucht. Weil er mich doch entführt hat!«

Jetzt wurde es heikel. Anna übernahm die Gesprächsführung: »Erzählst du uns bitte mal ganz genau, wie das gekommen ist, dass Mike dich mitgenommen hat?«

Jenny nickte wichtig. Sie genoss die Aufmerksamkeit, die die Erwachsenen ihr schenkten. »Ich war allein zu Hause und hab in meinem Buch gelesen. Über Dinosaurier und warum sie ausgestorben sind. Dann hat jemand Steinchen ans Küchenfenster geworfen. Da hab ich dann rausgeguckt. Und da stand Mike draußen und hat gesagt, dass sein Kätzchen in unserem Vorgarten verschwunden ist und ob ich ihm suchen helfe. Ich hab ihm zuerst nicht geglaubt. Aber dann habe ich das Kätzchen gesehen. Es hat unter Mamas Rosenbüschen gesessen. Da bin ich dann raus und wollte Mike helfen, es einzufangen. Und dann bin ich eingeschlafen und erst viel später in der Scheune wieder wach geworden.«

Anna lächelte Jenny warm an und wandte sich leise an Christian: »Sie sollte auf jeden Fall untersucht werden. Vermutlich hat er sie betäubt.«

Christian nickte. Wenn sie mit ihren ersten Fragen durch waren, würde man Jenny ins Krankenhaus bringen.

»Dann weißt du gar nicht, wie du in die Scheune gekommen bist? Oder hast du ein Auto gesehen?«, fragte Anna weiter.

»Nö. Auf dem Rückweg sind wir zu Fuß durch den Wald.«

»Wie lange seid ihr denn ungefähr gelaufen von der Scheune bis zu der Straße, wo das Taxi hielt?«

»Weiß nicht. Wie ich zur Schule brauche vielleicht …«

»Und wie lange ist das ungefähr?«, fragte Christian.

»Ungefähr zwanzig Minuten. Aber ich trödele immer. Jessica braucht nur 'ne Viertelstunde.«

»Was hat Mike denn angehabt, weißt du das noch?«

»Klar. 'ne Jeans, Chucks, ein weißes T-Shirt und eine blaue Kapuzenjacke.«

Christian nickte Anna zu. Ab hier sollte sie das Gespräch allein fortsetzen. Er ging nach unten, um Weyrich zu instruieren, damit der seinen Suchtrupp über die Täterbeschreibung und den ungefähren Radius von der Straße zur Scheune in Kenntnis setzen konnte. Er hoffte, wenn schon nicht den Täter so doch wenigstens die Scheune schnell zu finden, um die Spurensicherung hinzuschicken.

Anna setzte die Befragung fort: »Hast du keine Angst gehabt in der Scheune? Da war es doch bestimmt dunkel drin, oder?«

»Ich bin doch kein Baby!«, sagte Jenny entrüstet. »Außerdem hat Mike mit zwei Taschenlampen Licht gemacht.«

»Erzähl mal von der Scheune. War sie groß? Was stand denn drin? War da vielleicht ein Traktor?«

Jenny lachte: »Nein, aber eine Maus! Die hat ihre Babys vor uns versteckt. Gut, dass mein Kätzchen noch so klein ist. Sonst hätte es die Maus bestimmt gefangen!«

»Und was habt ihr gemacht? Hast du mit dem Kätzchen gespielt?«

Jenny nickte. »Aber zuerst hat es auf meinem Schoß geschlafen. Darf ich das Kätzchen behalten?«

»Da musst du deine Mama fragen. Wenn du sie ganz lieb bittest … Hat Mike auch mit dem Kätzchen gespielt?«

»Mike hat mir die Füße zusammengebunden und die Schnur an einem Holzklotz festgemacht. Das fand ich doof.«

Anna registrierte irritiert, dass Jenny ihrer letzten Frage auswich, obwohl sie bislang alles direkt und ohne zu zögern beantwortet hatte. Sie würde darauf zurückkommen müssen. »Fandest du sonst noch was doof?«

»Eigentlich war Mike ganz lieb zu mir. Er hat mir Kekse gegeben und mir erzählt, was logisch ist. Wenn nämlich etwas nur so sein kann und nicht anders. So wie weiß weiß ist und nicht schwarz.«

»Das hast du dir aber gut gemerkt. Was hat er denn sonst noch so erzählt?«

»Dass es auch logisch mit Grauschleier gibt. Wie bei der Wäsche, wenn Papa das falsche Waschpulver gekauft hat!«

»Hat er dir gesagt, warum er dich mitgenommen hat in die Scheune?«

»Nein. Aber er hat gesagt, wenn ich größer bin, besucht er mich noch mal.«

Anna ließ sich ihren Schreck nicht anmerken. Es war noch nicht vorbei. »Hast du Angst, dass er dich noch mal besucht?«

Jenny schüttelte den Kopf. »Ich nicht. Aber mein Kätzchen.«

Da war es wieder. Anna hatte eben schon gespürt, dass da etwas im Argen lag. »Wieso hat dein Kätzchen denn Angst vor Mike?«

»Weil Mike gewollt hat, dass ich dem armen Kätzchen den Hals umdrehe.«

Anna brauchte eine Sekunde, um den Satz zu verdauen. Dann sprach sie mit unverändert sanfter Stimme weiter: »Hast du da geweint?«

Jenny schüttelte den Kopf: »Nein. Dem Kätzchen ist doch nichts passiert.«

»Warum wollte Mike denn, dass du das machst?«

»Das hab ich ihn auch gefragt. Da hat er gesagt, er will nur gucken, ob ich das kann. Das fand ich doof und gemein.«

»Und deswegen hast du es nicht gemacht.«

»Weil ich das Kätzchen lieb habe. Und weil es doch nichts Böses getan hat.«

»Hast du das Mike gesagt?«

Jenny nickte.

»War Mike dann böse, weil du es nicht gemacht hast?«

»Nein. Er hat mich nur lange angeguckt. Und dann hat er gesagt, dass er mich nach Hause bringt. Und mich wieder besucht, wenn ich groß bin.«

Anna stellte noch ein paar weitere Fragen, doch schließlich wurde Jenny müde und wollte schlafen gehen. Anna erklärte ihr, dass sie zuerst noch kurz ins Krankenhaus müssten. Sie gingen wieder hinunter.

Jenny hatte keine Lust, ins Krankenhaus zu fahren, was sie selbstbewusst zum Ausdruck brachte. Frau Jacob versprach ihr ein großes Eis mit Sahne, das sie bekommen würde, sobald sie wieder zu Hause waren. Das überzeugte Jenny.

Jessica zog sich auf ihr Zimmer zurück. Christian und Anna wollten zu ihrem Hotel. Ein Streifenpolizist chauffierte sie mit dem Einsatzwagen. Weyrich begleitete das Ehepaar Jacob und Jenny zum Krankenhaus. Er würde Christian sofort Bericht erstatten, wenn etwas Erwähnenswertes vorfiel.

»Was hältst du von Jenny?«, fragte Christian, als er eine knappe Viertelstunde später mit Anna im Hotelzimmer war.

»Die Kleine ist erstaunlich. Sehr klug, sehr am Verstand orientiert. Die meisten anderen Mädchen in ihrem Alter hätten einen Schock. Gefesselt in einer dunklen Scheune, mit einem Fremden. Ich wundere mich wirklich über Jenny. Wenn ihre Eltern einverstanden sind, würde ich gerne ein paar psychologische Tests mit ihr machen.«

Anna erzählte Christian von der Forderung des Entführers, die kleine Katze zu töten, und von Jennys Reaktion. Christian war ebenfalls beeindruckt von der Kleinen. Aber es gab etwas, das ihn im Moment noch brennender interessierte: »Was sagt dir die Geschichte über unseren Täter?«

»Ich vermute, das mit dem Kätzchen war eine Art Test. Vielleicht ist alles, was er mit den Frauen vor ihrem Tod veranstaltet eine Art Test. Er hat geprüft, ob Jenny skrupellos ist. Ob sie ein Herz hat.«

»Genau so sehe ich das auch. Ich frage mich nur die ganze

Zeit, ob er die anderen Frauen getötet hat, weil sie den Test bestanden haben oder weil sie durchgefallen sind.«

»Jedenfalls war er bei Jenny unentschlossen. Deswegen lebt sie. Und deswegen will er sie wieder besuchen, wenn sie älter ist. Er will sehen, in welche Richtung sie sich entwickelt.«

»Das macht für mich alles nicht viel Sinn. Kein normales Kind tötet ein Kätzchen!«

Anna widersprach: »Viele Kinder, gerade auf dem Land, sehen wie ihre Eltern lästigen Katzennachwuchs ertränken. Oder an die Wand werfen. Bei Bauern kommt das häufig vor.«

»Dann ist das aber kein sehr guter Test«, warf Christian ein.

»Ich finde schon. Wenn ein Kind so was noch nie gemacht hat, gibt es eine natürliche Hemmschwelle. Aber wenn ein Kind Angst hat und unter Druck steht, kann es diese Hemmschwelle überschreiten. Um dem Druck auszuweichen.«

»Jenny hatte also keine Angst«, sagte Christian.

»Genau das macht mir ein wenig Sorgen.« Anna sah aus dem Fenster in die Nacht: »Meiner Meinung nach hat Jenny ihre Meinungsverschiedenheit über das Kätzchen mit Mike nicht emotional, sondern argumentativ geregelt. Das ist äußerst ungewöhnlich für ein Kind in dem Alter. Ich weiß es nicht mit Sicherheit, aber ich glaube, das hat ihr das Leben gerettet.«

Christian trat neben sie. »Wieso Jenny? Wie sucht er seine Opfer aus? Tübingen, München, Berlin, Straßburg. Der fährt doch nicht zufällig nach Haltern am See und schnappt sich irgendeine Zehnjährige! Was verbindet Jenny mit den anderen Opfern?« Christian fuhr sich angespannt mit beiden Händen durchs Gesicht. Er war ruhelos.

»Wir werden morgen mit Frau Jacob über Jenny reden. Morgen, Christian«, sagte Anna. »Jetzt schlafen wir ein paar Stunden. Ich bin völlig erledigt. Und du kannst nichts mehr tun. Wenn Weyrichs Leute den Kerl heute Nacht noch schnappen, ruft er dich garantiert sofort an.«

Anna ging ins Bad, zog sich aus, wusch den langen Tag von der Haut, putzte die Zähne, und legte sich ins Bett. Christian stand immer noch am Fenster und blickte auf den nächtlich tiefschwarzen See. Nach wenigen Minuten der Stille fragte Anna: »Ist dir auch aufgefallen, dass Herr Jacob sich weitaus mehr um seine Frau zu sorgen scheint als um Jenny? Er hat Jenny nur kurz in den Arm genommen. Es sah so … beiläufig aus, fast wie eine pflichtbewusste Geste. Von Liebe war da nichts zu spüren. Bestenfalls Erleichterung.«

Christian stimmte ihr zu. Auch wenn er es für absolut in Ordnung hielt, dass Männer ihre Gefühle nicht so offen zeigten, fiel ihm dennoch erneut auf, welch untergeordnete Rolle sie in dieser ganzen Geschichte spielten.

2. September 2009:
Düsseldorf.

»Sie haben ihn erschossen? Sind Sie verrückt geworden?« Clarissas Stimme kippte fast über.

Howela war vor einer halben Stunde bei ihr eingetroffen. Er wirkte übernächtigt. Als er ankam, trug sie noch ihren Morgenmantel, den er ihr auszog, noch bevor er ein Wort sagte. Sie waren sofort im Bett gelandet. Erst als sie sich nach der schnellen Nummer wieder ankleideten, erstattete er Bericht über seinen Besuch in London bei Anthony Parkinson.

»Lassen Sie das bitte, Hysterie passt nicht zu Ihnen!« Howela fand es amüsant, Clarissa weiterhin zu siezen, obwohl er gerade seinen Kopf zwischen ihren Beinen gehabt hatte. Das erinnerte ihn an Jean Paul Sartre und die Beauvoir, die sich trotz jahrzehntelanger Beziehung auch beim Sex immer gesiezt haben sollten.

»Wenn Ihnen die Londoner Polizei auf die Spur kommt! Gibt es irgendeine nachweisliche Verbindung von Ihnen zu mir? Ich hoffe doch nicht!«

»Jetzt bin ich aber beruhigt. Ich dachte schon, Sie hätten ein moralisches Problem mit Mord.« Howela zog in aller Gemütsruhe seine rechte Socke an und suchte die linke. Er konnte sie partout nicht finden.

Clarissa beruhigte sich ein wenig. Sie konnte es jetzt eh nicht mehr ändern. »War das denn nötig?«

»Nicht unbedingt. Aber ich vermute, dass die Buschtrommel innerhalb kürzester Zeit bis zu Niklas Schmitt klingen wird. Dann weiß er, dass wir nicht spaßen.«

»Sie glauben doch nicht etwa, dass er Angst vor Ihnen hat?« Clarissa lachte verächtlich auf. Gleichzeitig wurde ihr klar, wie absurd diese Äußerung klang. Als wäre sie stolz auf diesen Irren.

Auch jetzt ließ sich Howela nicht aus der Ruhe bringen. »Das würde ich ihm ernsthaft raten.«

»Und wie geht es jetzt weiter?«

»Ich hoffe, dass das Ableben seines britischen Freundes ihn aus der Deckung lockt. Man muss nur mal kräftig auf den Busch klopfen, dann kommen die Schlangen hervorgekrochen. Funktioniert fast immer und überall. Wie ein Naturgesetz. Außerdem habe ich Parkinsons Laptop an einen vertrauenswürdigen Freund gegeben, der für seine Fingerfertigkeit am Computer berüchtigt ist. Falls da irgendeine Information über Niklas Schmitt gespeichert ist, und da verwette ich meinen faltigen Hintern, wird mein Mann sie finden, und sei sie noch so gut versteckt. Ich hoffe auf Schmitts Adresse. Irgendeine feste Basis wird der Kerl haben. Oder wir finden zumindest eine Möglichkeit zur Kontaktaufnahme.«

Clarissas Handy klingelte. Sie ging ins Wohnzimmer, nahm das Gespräch an, hörte kurz zu und versprach, gleich ins Büro zu kommen. Howela folgte ihr ins Wohnzimmer, goss sich einen Tonic mit einem Hauch von Gin ein.

Clarissa legte auf und sah wütend zu ihm: »Das war meine Assistentin. Eben hat die Kripo in der Firma angerufen. Sie haben heute Morgen in der Nähe irgendeines Kaffs namens Haltern am See einen Düsseldorfer Mietwagen gefunden, der im Zusammenhang mit einem Entführungsfall gesucht wurde.«

»Und?«

»Der Wagen ist von einem Marc Shelley angemietet worden – über meine Firma! Angeblich für eine Dienstfahrt. Was denkt der Kerl sich dabei?!«

»Er will dich ärgern.«

»Das gelingt ihm ganz hervorragend! Zuerst taucht er in der Firma auf und jetzt schickt er mir die Polizei auf den Hals!«

»Du hast gerade eine E-Mail bekommen«, sagte Howela beiläufig. Sein größtes Problem war im Moment die fehlende linke Socke. Clarissas Laptop stand mit geöffnetem Mailprogramm auf dem Schreibtisch und zeigte einen Neueingang an. Clarissa öffnete die Mail, die laut Länderkennung aus China kam. Sie las kurz, erblasste und schob Howela das Laptop zu.

Einen wunderschönen guten Morgen, Clarissa, ich darf Sie doch so nennen? Ich soll Sie von N. grüßen. Er ist ziemlich pissed, dass Ihr Scherge unseren Kumpel in London kaltgemacht hat. War das dieser armselige Wicht, der mich in meinem Staatsdomizil in Frankfurt besuchte? Außerdem versucht seit ein paar Stunden irgendeine Null in das Computersystem unseres verblichenen Freundes einzubrechen. Ich habe dem unbegabten Hacker noch ein paar zusätzliche Hürden eingebaut. Mal sehen, wie schnell er die nimmt. Falls überhaupt. Aus reiner Sportlichkeit gebe ich ihm noch zwei Minuten, dann fliegt er hochkant raus. Ist das auch der dicke kleine Mann? Schätze, nein. Der ist wohl eher fürs Grobe. Zumindest sieht es so aus. Außerdem hat er ja Besseres zu tun. Doch genug geplaudert. N. lässt Ihrem Adlatus ausrichten, dass er seine Aktion in London bitter bereuen wird. Und von Ihnen, Clarissa, ist er extrem enttäuscht. Dass Sie mit dem kleinen, fetten Mann gerade gevögelt haben, hält er für sehr stillos und unter Ihrer Würde. Die linke Socke vom Schwabbelbauch liegt übrigens unter der Kommode im Schlafzimmer. HERZliche Grüße. Jemand, der es nicht gut mit Ihnen meint.

Howela ging zurück ins Schlafzimmer und sah unter die Kommode. Er fischte seine fehlende Socke hervor, zog sie an und trat zum Fenster. Niklas musste mit Fernglas auf einem der Flachdächer gegenüber gelegen und seinen Freund Rafael im Gefängnis in Frankfurt per Handy instruiert haben. Vielleicht war er sogar noch da. Howela zog den Vorhang zu. Clarissa stand schräg hinter ihm. Sie wagte nicht, zum Fenster zu gehen. Stattdessen setzte sie sich aufs Bett.

»Ich kriege ihn«, sagte Howela.

»Und dann?« Clarissas Stimme klang ungewohnt kraftlos.

»Dann übergebe ich ihn der Polizei, so wie Sie das von Anfang an geplant hatten. Wir alle gehen unseren staatsbürgerlichen Pflichten entsprechend zur Vernehmung und sagen die Wahrheit und nichts als die Wahrheit, oder?« Howela war genervt. Genervt von diesem Niklas und seinem gut funktionierenden Netzwerk. Und genervt von Clarissa, die plötzlich einen auf hilfloses Weibchen machte und ihm im entscheidenden Moment die Bürde der Verantwortung aufdrücken wollte. Damit sie hinterher ihre manikürten Hände in Unschuld waschen konnte. Abgesehen von der Vögelei mit Clarissa war es wirklich ein Scheißjob.

Clarissa begriff, dass Howela das Spiel nicht mitspielte und von ihr erwartete, die Entscheidung selbst zu treffen. »Nein. Natürlich nicht«, sagte sie ruhig.

»Würde mir auch schwerfallen. Schließlich kenne ich die Wahrheit nicht. Ich würde vorschlagen, dass du die Karten jetzt endlich auf den Tisch packst.« Es war das erste Mal, dass Howela seine Auftraggeberin bewusst duzte. Sie musste endlich begreifen, dass sie im gleichen Boot saßen und gemeinsam untergingen, wenn etwas schieflief.

»Du sollst ihn mir bringen. Und zwar bitte schön möglichst schnell und bevor die Polizei ihn in die Finger bekommt. Der Rest geht dich nichts an.«

»Ist das dein hervorragender Plan? Ich schleppe den kleinen Racker, sobald ich ihn aufgetrieben habe, zu Frau Doktor Wedekind, die ihm mit pädagogisch erhobenem Zeigefinger die Leviten liest und ihm erklärt, dass er keine bösen Sachen mehr machen darf. Und dann ist alles gut. So vielleicht, Madame?«

»Nein. Natürlich nicht.«

»Hm, lass mich überlegen … Was bleibt noch an Optionen? Gehe ich recht in der Annahme, dass ich ihn töten soll?« Howelas Blick auf Clarissa war höhnisch. Zum ersten Mal musste sie sich kleinmachen vor ihm. Ganz klein.

»Wenn ich mit ihm gesprochen habe. Es gibt da noch ein paar offene Fragen.« Clarissa war plötzlich müde, obwohl der Tag erst begonnen hatte. »Dann ja. Dann töten Sie ihn.«

Haltern am See.

Christian und Anna hatten einigermaßen gut geschlafen und nahmen gegen neun Uhr ihr Frühstück auf der Terrasse des Hotels Seehof ein. Der Himmel war bewölkt, aber die Temperatur mit schon knapp zwanzig Grad angenehm. Als sie mit dem Frühstück fast fertig waren, kam Weyrich auf einen Kaffee vorbei. Entmutigt berichtete er von der ergebnislosen Fahndung nach Jennys Entführer. Sie hatten die Scheune gefunden und sein mutmaßliches Fahrzeug, einen Mietwagen aus Düsseldorf, in dem ein billiges Prepaid-Handy lag. Alles wurde zurzeit akribisch untersucht. Nur vom Täter bislang keine Spur. Er musste die Straßensperren zu Fuß umgangen haben. Christian war nicht sonderlich überrascht, verstand jedoch den Frust seines Kollegen. Weyrich nahm sich Zeit für seinen Kaffee. Er genoss den ersten ruhigen Moment seit anderthalb Tagen und das Aufschieben des nun anstehenden, endlosen Papierkrams auf dem Revier. Schließlich verabschiedete er sich von Christian und Anna. Die beiden wollten nach Berlin weiterfahren, nachdem sie noch einmal mit Jenny und ihren Eltern gesprochen hatten. Jenny hatte nicht im Krankenhaus bleiben müssen. Der behandelnde Arzt hätte sie zwar gerne für eine Nacht zur Beobachtung dabehalten, doch Jenny wollte unbedingt nach Hause. In Anbetracht der Umstände gab der Arzt nach.

Im Hause Jacob war relative Ruhe eingekehrt. Frau Jacob hatte ihren Mann überredet, zur Arbeit zu gehen. Jessica war zur Schule. Barbara Jacob führte ihre Besucher ins Wohnzimmer. Jenny saß auf dem Boden, begrüßte Christian und Anna freundlich und malte weiter an ihren Bildern.

»Ihre große Tochter nutzt die Situation nicht, um ein, zwei Tage die Schule zu schwänzen?«, meinte Christian.

»Da kennen Sie Jessica schlecht. Sie steht gerne im Mittelpunkt. Heute wird sie der Hit in der Schule sein, das lässt sie sich nicht entgehen. Zumal es da einen Jungen gibt, von dem sie sich sehr wünscht, dass er mal an ihren Lippen hängt. Das wird er heute tun – zumindest im übertragenen Sinne.« Frau Jacob lachte. Sie schien wie ausgewechselt. Die Angst war von ihr abgefallen. Das Glück, ihre kleine Tochter unversehrt wiederbekommen zu haben, ließ sie strahlen.

»Ich wollte mit Ihnen noch einmal über Jenny sprechen«, begann Anna.

Jenny hob den Kopf: »Über mich?«

Anna nickte: »Weil du so ein kluges Mädchen bist. Ich finde dich nämlich ganz prima.«

»Ich kann Sie auch gut leiden«, erwiderte Jenny das Kompliment sehr ernsthaft und vertiefte sich wieder in ihre Zeichnung von einem Tyrannosaurus Rex.

»Kann sie bei dem Gespräch dabei sein?«, fragte Frau Jacob so leise, dass Jenny es nicht hören konnte.

Bevor Anna eine abschlägige Antwort geben konnte, bückte sich Christian zu Jenny: »Zeigst du mir mal dein Zimmer? Dann male ich dir eine Schlange, die einen Elefanten verschluckt hat.«

»Echt? Kannst du das?« Sofort erhob sich Jenny, nahm ihren Zeichenblock und zerrte Christian an der Hand in den Flur die Treppe hoch.

Frau Jacob holte Kaffee aus der Küche und goss zwei Tassen ein. Die beiden Frauen setzten sich aufs Sofa. »Es ist erstaunlich, dass Jenny nach diesem Erlebnis keinerlei Scheu vor Fremden hat«, fand Anna.

»Ich danke Gott dafür. Dass ich sie wiederhabe. Dass der Mann ihr nichts getan hat. Ich habe lange mit Jenny gesprochen. Er hat sie nur an den Füßen angefasst, als er ihr die Fesseln löste. Was er gemacht hat, als sie bewusstlos war, weiß sie natürlich nicht. Aber im Krankenhaus haben sie gesagt, dass alles ... in Ordnung ist.« Die Augen von Frau Jacob verschleierten sich für einen Moment. Anna wusste, was sie meinte.

»Wenn er ihr etwas getan hätte, wäre sie weitaus verstörter. Selbst ein so besonderes Mädchen wie Jenny.«

Die Mutter lächelte stolz: »Ihnen ist auch aufgefallen, dass Jenny sehr besonders ist?«

»Deswegen wollte ich Sie um Erlaubnis bitten, den ein oder anderen Test mit ihr machen zu dürfen. Wie Sie wissen, bin ich Psychologin. Es ist rein berufliche Neugier, hat also nichts direkt mit den polizeilichen Ermittlungen zu tun.«

»Ein Intelligenztest?«

Anna nickte. »Und einen Persönlichkeitstest.«

»Das können Sie sich sparen. Beides wurde vor einem Jahr gemacht. Am Anfang war Jenny richtig gut in der Schule, aber im letzten Jahr ließen ihre Leistungen erheblich nach. Als ich sie deswegen gefragt habe, hat sie gemeint, sie langweilt sich.« Frau Jacob lachte. »Ich weiß, viele Eltern halten ihre Kinder für hochbegabt. Das ist gerade in Mode. Es reicht schon, wenn das Kind aus Weinkorken einen Kerzenständer bastelt. Aber bei Jenny hatte ich wirklich Grund zu der Annahme, dass da was dran sein könnte.«

»Was hat der Test ergeben?«

»Einen IQ von 136.« Frau Jacob stand auf und holte einige Papiere aus dem Wohnzimmerschrank. Sie zeigte Anna sowohl den Intelligenz- wie auch das Ergebnis des Persönlichkeitstests.

Anna sah sich beides beeindruckt an. »Ist Jessica auch hochbegabt?«

»Nein. Sie ist zwar ein kluges Mädchen und sehr ehrgeizig, aber ihr IQ bewegt sich nur knapp über dem Durchschnitt. Sie wollte damals natürlich auch gleich getestet werden, wohl in der Hoffnung, in der Schule damit angeben zu können. Subtil versteht sich. So hat sie sich zumindest ausgedrückt.«

Anna lächelte: »Keine blöde Idee.«

»Wenn's klappt.«

»Darf ich Sie fragen, ob Jenny ihre Begabung eher von Ihrer Seite geerbt hat oder von Ihrem Vater? Was vermuten Sie?«

Frau Jacobs lachte amüsiert: »Also, von mir bestimmt nicht!«

Anna formulierte die nächste Frage vorsichtig: »Verzeihen Sie, wenn ich Ihnen zu nahetrete … Aber ich hatte gestern den Eindruck, als hätte Ihr Mann kein sonderlich inniges Verhältnis zu Jenny. Dabei würde man doch vermuten, dass auch er stolz auf sie ist.«

Frau Jacob wurde plötzlich ernst: »Ich will offen zu Ihnen sein. Aber erwähnen Sie das bitte weder meinem Mann noch Jessica gegenüber. Mein Mann ist bei dem Thema sehr empfindlich. Und Jessica weiß nichts davon. Ebenso wenig wie Jenny. Werner, also mein Mann, hatte vor zwölf Jahren einen Unfall. Seitdem ist er zeugungsunfähig. Ich wollte aber unbedingt noch ein Kind. Also habe ich mich künstlich befruchten lassen. Mit einer anonymen Samenspende. Werner ist nicht der biologische Vater von Jenny. Er kümmert sich genau so aufmerksam um sie wie um Jessica. Aber manchmal habe ich das Gefühl, dass Jenny ihm fremd ist. Dass sie ihm ein bisschen unheimlich vorkommt. Jenny ist ganz anders als Jessica. Viel kontrollierter, viel … Ich weiß auch nicht. Aber ich liebe sie abgöttisch. Wenn ihr was passiert wäre … Ich habe keine Ahnung, wie ich weitergemacht hätte mit meinem Leben.«

Frau Jacob traten allein schon bei der Vorstellung Tränen in die Augen. Anna drückte ihre Hand und lächelte ihr warmherzig zu.

»Finden Sie den Mann, der Jenny entführt hat. Der all die jungen Frauen getötet hat. Er muss weg. Weg von der Straße. Andere Mütter sollen nicht solche Angst haben müssen, wie ich sie hatte.«

Anna versprach es Frau Jacob. Dann ging sie hoch in Jennys Kinderzimmer, wo Christian gerade über die unterschiedliche Größe der Ohren bei indischen und afrikanischen Elefanten belehrt wurde. Anna teilte ihm mit, dass sie nach Berlin aufbrechen konnten.

»Keine Tests?« Christian war überrascht.

»Ich habe erfahren, was ich wissen wollte.«

Sie verabschiedeten sich herzlich von Jenny und ihrer Mutter.

Kaum waren sie losgefahren, erzählte Anna von Jennys IQ und wies darauf hin, dass die anderen Opfer, wenn man von Sarah Kopper absah, ebenfalls außerordentlich intelligent gewesen zu sein schienen. Jedenfalls konnte man das aus ihren Zeugnissen und akademischen Leistungen schließen. Christian hatte diesen Umstand auch schon bemerkt, ihm jedoch keine allzu große Bedeutung beigemessen. Intelligente Menschen waren seiner Meinung nach zwar selten, aber keine Weltwunder.

»Wir sprechen hier von Hochbegabung«, meinte Anna. »Jenny könnte jetzt schon Mitglied im Mensa-Klub werden. Ab einem IQ von 130 wird man da aufgenommen. Das schaffen nur zwei bis drei Prozent aller Kinder.«

Christian wunderte sich, dass auch Kinder schon in den Mensa-Klub können. Er wurde von Anna darüber aufgeklärt, dass vor wenigen Jahren eine Zweijährige aus Südengland als bis dato jüngstes weibliches Mitglied aufgenommen worden war. Sie besaß einen IQ von 152 und spielte damit in der Liga von Stephen Hawkins und anderen Geistesgrößen. Christian kam ins Grübeln. Er würde auf jeden Fall überprüfen, ob die anderen Mordopfer auch jemals einen IQ-Test gemacht hatten. »Wird Intelligenz eigentlich vererbt, oder kann man die lernen oder antrainieren?«

»Da streiten sich die Geister. Dass sie genetisch bedingt ist, steht außer Frage. Nur wie groß der Anteil der Erbanlagen an der tatsächlichen Ausprägung der Intelligenz ist, kann keiner mit Bestimmtheit sagen. Soziale Faktoren sind mit entscheidend. Das ist ungefähr so wie bei der Körpergröße, von der bekannt ist, dass sie zum Großteil genetisch bedingt ist. Diese Ursache kann jedoch nur innerhalb einer Schicht als ausreichend angesehen werden, zwischen verschiedenen sozialen Schichten entsteht trotzdem ein Unterschied, der heutzutage mit drei bis vier Zentimetern angegeben wird. Mit zunehmend wirtschaftlichem Wohlstand steigt überraschenderweise auch die Körpergröße ganzer Nationen.«

»Die Mütter der Opfer aus München, Berlin und Straßburg sind alle selbst sehr intelligent, ihre Töchter sind in privilegierten Haushalten aufgewachsen. Bei Sarah Kopper trifft beides nicht zu, aber bei der trifft ja so vieles nicht zu, dass ich langsam glaube, ich kann sie von unserer Liste streichen. Und jetzt Jenny! Ihr Vater ist Autoschlosser, ihre Mutter Hausfrau. Sicher nette und kluge Menschen, aber hochbegabt?«

»Für dieses Rätsel gibt es eine ganz einfache Erklärung.« Anna erzählte Christian von Herrn Jacobs Unfall und den fatalen Folgen für seine Zeugungsfähigkeit. Mitten in ihrem Satz über die darauffolgende Familienplanung von Frau Jacob schrie Christian plötzlich auf: »Halt an, halt sofort an!«

Anna fuhr vor Schreck fast in die Straßenböschung. Sie schaffte es gerade noch auf einen buckligen Wiesenstreifen. »Was ist denn? Du hast mich zu Tode erschreckt!«

»Begreifst du nicht? Jenny ist ein Retortenbaby!«

»Und? Davon gibt es inzwischen Millionen, wenn ich recht informiert bin etwa drei.«

»Heute. Ja. Aber die Opfer aus München und Berlin wurden in den Achtzigern geboren, Sandrine Lacour aus Straßburg Ende der Siebziger! Da waren Retortenbabys noch eine Art Experiment!«

»Wie kommst du denn darauf, dass die anderen auch invitro gezeugt wurden?«

»Sag ich ja gar nicht, Herr im Himmel!« Christian stand völlig unter Strom. »Aber was wäre, wenn? Denk doch mal an die Decknamen unseres Mörders! Frankenstein! Rotwang! Du hast gesagt, dass dieser Rotwang in ›Metropolis‹ einen Maschinenmenschen gebaut hat. Einen künstlichen Menschen!«

Fassungslos starrte Anna Christian an: »Aber ... Das ist doch hirnrissig. Wie sollte der Mörder davon erfahren haben? So was hängen die Leute nicht an die große Glocke.«

»Keine Ahnung! Karen glaubt, er könnte Arzt sein oder was Ähnliches. Fahr zurück! Ich muss mit Frau Jacob reden.«

Anna wendete den Wagen. Wenige Minuten später standen sie wieder vor der Haustür der verblüfften Frau Jacob.

»Haben Sie etwas vergessen?«

Als sie etwa eine Stunde später endlich auf der Autobahn Richtung Berlin waren, flirrten Christians Nerven, wie sie es immer taten, wenn er das Gefühl hatte, auf eine Spur gestoßen zu sein. Er nutzte Annas Freisprechanlage im Auto, damit Anna mithören konnte, und rief die Mutter von Sarah Kopper in Reutlingen an. Nach einer kurzen Vorrede fragte er sie unumwunden, ob ihre Tochter durch In-vitro-Fertilisation, also im Reagenzglas, erzeugt worden war. Frau Kopper verneinte die Frage entschieden und wunderte sich sehr darüber, dass erst gestern Frau Rahnberg aus Berlin bei ihr gewesen wäre, die ihr die gleiche Frage gestellt hatte. Christian fiel aus allen Wolken. Er bedankte sich bei Frau Kopper und legte auf.

»Das heißt, die Rahnberg hat die gleichen Schlüsse gezogen wie du. Allerdings weiß sie noch nichts von Jenny Jacob. Also kann sie nur drauf gekommen sein, weil ihre eigene Tochter ...«

Christian unterbrach Annas Gedankengang unwirsch. Er war auf hundertachtzig: »Genau das werde ich sie fragen. Und wie sie dazu kommt, auf eigene Faust Leute zu befragen, ohne mich zu informieren!«

Zu Christians großem Ärger war Petra Rahnberg nicht zu erreichen. Weder zu Hause noch auf ihrem Handy. Er hinterließ ihr auf beiden Anrufbeantwortern den unmissverständlichen Befehl, ihn sofort zurückzurufen. Dann rief er die Festnetznummer von Sybille Weininger in München an. Eine Handynummer hatte er nicht bekommen. Christian war wenig überrascht, dass sich statt Sybille die Königinmutter Martha Weininger meldete, die wie immer wenig zugänglich war.

»Meine Tochter ist verreist. Ich weiß nicht, wann sie zurückkommt. Guten Tag.« Schon hatte Martha Weininger wieder aufgelegt.

»Was ist denn das für ein Besen?«, fragte Anna.

»Eine Emanze der schlimmsten Sorte«, erklärte Christian knapp. »Hat überhaupt keinen Zweck, dass ich sie nach irgendetwas frage. Aber ich kann mir verdammt gut vorstellen, dass Sybille Weininger ihre Tochter über künstliche Befruchtung bekommen hat. Sie sieht nicht aus, als ob sie jemals gevögelt hätte. Vermutlich hat die Männer hassende Mama ihr den Umgang mit uns Schweinen verboten.«

»Manchmal redest du wie ein richtiges Chauvi-Arschloch.«

»Ich bin wohl eins. Und jetzt tu mir einen Gefallen und rede mit Frau Lacour.«

»Mach doch selber, Chauvi!«

»Dein Chauvi kann kein Französisch, wie du weißt. Also sei ein liebes Frauchen!«

Leider war auch Frau Lacour nicht direkt zu erreichen. Sie befand sich in einer wichtigen Präsentation, die den ganzen Tag dauern konnte, und die störrische Assistentin weigerte sich, ihre Chefin da rauszuholen. Erst als Anna sagte, dass es um den Tod von Madame Lacours Tochter ging, lenkte sie ein. Wenige Minuten später war Frau Lacour am Apparat. Anna stellte sich als Mitarbeiterin von Christian Beyer vor, die ihm dolmetschte. Frau Lacour war kurz angebunden, sie wollte schnörkellos wissen, worum es ging. Ob der Mörder gefasst wäre? Anna verneinte und bat um Entschuldigung, wenn sie aufgrund von Frau Lacours Zeitknappheit gewissermaßen mit der Tür ins Haus falle: Ob Sandrine in-vitro gezeugt worden sei?

Frau Lacour stutzte kurz und fragte dann irritiert, ob Frau Rahnberg Kommissar Beyer noch nicht erreicht hätte. Er würde alle Details von ihr erfahren, so hätten es die Mütter untereinander abgesprochen. Dann legte auch sie auf.

Als Anna Christian den Inhalt ihrer Konversation übersetzte, begann er zu toben: »Was heißt hier, die Mütter haben das abgesprochen? Wo sind wir denn hier? Wenn ich die in die Finger kriege ...«

Mitten in Christians Tobsuchtsanfall klingelte sein Telefon. Es war Volker: »Chris, du musst sofort zurück nach Berlin kommen! Wir haben unseren Killer identifiziert! Er heißt Niklas Schmitt.«

»Ich bin schon unterwegs. Habt ihr ihn?«

»Nein, aber die Großfahndung ist raus. Er wurde über das Phantombild in den Zeitungen eindeutig identifiziert. Ich habe mit einem Professor gesprochen, gerade erst vor einer Stunde.

Daniel … Chris, ich habe keine Zeit, ich muss nach Essen. Herd fliegt gerade nach Frankfurt. Wir sehen uns, wenn alles klappt, heute Abend in Berlin, dann erfährst du Näheres.« Volker legte auf.

Christian sah verblüfft auf sein Handy. Das war nach Martha Weininger und Madame Lacour schon der Dritte heute, der mitten im Gespräch auflegte. Allerdings hatte Volker wenigstens gute Nachrichten gehabt. Christian wollte Anna die Neuigkeiten gerade zusammenfassen, als sein Handy erneut klingelte. Diesmal war es Petra Rahnberg. Christian begann sofort, sie wüst zu beschimpfen, doch sie unterbrach ihn selbstbewusst: »Wir sind auf dem Weg zurück nach Berlin. Wo sind Sie?«

»Auch unterwegs nach Berlin. Was heißt ›wir‹?«

»Sybille Weininger, Jochen Kratz und ich.«

»Waaas? Sie haben auf ihre schwachsinnige Exkursion auch noch die Journaille mitgeschleppt? Sind Sie vollkommen verrückt geworden?«

»Halten Sie die Luft an, Christian. Wie wenig schwachsinnig diese Exkursion war, werden Sie bald begreifen. Ich schlage vor, wir treffen uns alle heute Abend gegen acht Uhr in meiner Wohnung. Schaffen Sie das?«

»Wir sind schon früher da. Sagen Sie mir nur eins, und zwar jetzt sofort, wenn ich bitten darf und nicht erst um acht: Sind all Ihre Töchter durch künstliche Befruchtung gezeugt worden? Geht es darum?«

Am anderen Ende der Leitung wurde es kurz still.

»Ja«, sagte Petra Rahnberg und legte auf.

Berlin.

Anna gab soweit es möglich war Vollgas, sodass sie schon kurz vor siebzehn Uhr in Berlin eintrafen. Sie unterbot deutlich die vom Navi errechnete Fahrzeit von fünf Stunden vierunddreißig. Bevor sie ins Hotel fuhr, um sich frisch zu machen, setzte sie Christian am Polizeipräsidium ab. Zu dessen großer Freude saß Daniel bei Striebeck im Büro. Auch er war gerade erst in Berlin eingetroffen.

»Hallo, Chefe, ich dachte, ich laufe mal hier auf, weil die Sache inzwischen so komplex ist, dass du am Telefon vielleicht nicht raffst, was ich dir zu erzählen habe.«

»Danke für dein Vertrauen.«

»Ich bin auch gespannt auf ein paar Erläuterungen«, merkte Striebeck an. »Seit heute Morgen ist hier die Hölle los. Auf die Veröffentlichung des Phantombilds in der Zeitung hat sich gegen neun Uhr unter vielen anderen ein Professor Rounard gemeldet. Er ist Leiter der medizinischen Fakultät in Genf und weilt in Berlin wegen eines internationalen Ärztekongresses.«

»Ein renommierter Chirurg und integrer Mensch, sagt Karen. Sie hat ihn mal getroffen«, fügte Daniel hinzu.

Striebeck fuhr fort: »Er hat unseren Mann als einen seiner früheren Studenten identifiziert. Niklas Schmitt hat von 2002 bis 2007 in Genf Medizin studiert. Seitdem hat Rounard nichts von ihm gehört noch gesehen. Bis am sechsundzwanzigsten August ein Herr Rodenberg bei ihm auftauchte, angeblich im Auftrag eines Frankfurter Notars namens Wittelsbach, und sich eingehend nach Schmitt erkundigte.«

»Es gibt in Frankfurt keinen Notar namens Wittelsbach. Wir können davon ausgehen, dass auch Rodenberg ein falscher Name ist.« Daniel und Striebeck ergänzten sich schon wie ein altes Ehepaar.

»Was treibt Volker in Essen?«, wollte Christian wissen.

Daniel blickte auf seinen Laptop, der wie immer auf seinem Schoß stand, als sei er dort festgetackert: »Niklas Schmitt wurde am achtzehnten April 1982 in Hamm geboren und zur Adoption freigegeben. Seine Mutter hieß Beatrix Kowalski. Sie hat sich vor gut zwei Jahren das Leben genommen. Edmund und Ruth Schmitt aus Gelsenkirchen haben das Baby adoptiert und Niklas getauft. Nach sieben Jahren hatten sie die Nase voll von dem Racker und gaben ihn ins St.-Annen-Heim in Essen. Volker hat Termine mit den Schmitts in Gelsenkirchen und mit dem Heimleiter in Essen, Rainer Carstens, gemacht. Er will versuchen, noch weitere Fotos von Schmitt zu bekommen. Das Passfoto haben wir ja nun.«

»Und Herd ist in Frankfurt?«

Striebeck übernahm: »Professor Rounard erzählte uns, dass dieser angebliche Rodenberg sich auch nach Freunden von Niklas Schmitt erkundigt hat, die damals ebenfalls in Genf studierten: Anthony Parkinson aus London und ein Deutscher namens Rafael Jürgens.«

Daniel sah leicht unbehaglich zu Striebeck und wandte sich an Christian: »Jürgens sitzt in Frankfurt ein. Wegen Datenklau und Erpressung. Aus sicherer Quelle weiß ich, dass er als einer der besten Hacker Deutschlands gilt.«

Christian verstand Daniels vorsichtigen Blick und die vage Formulierung »aus sicherer Quelle«. Es war nur ihm, seinem Team und einem hochrangigen Beamten beim BKA bekannt, dass Daniel sich vor wenigen Jahren selbst als Hacker betätigt hatte und deswegen mit dem Gesetz in Konflikt gekommen war. Er und seine außergewöhnlichen Fähigkeiten waren legendär in der Szene. Bis er erwischt wurde. Christian hatte ihn damals im Rahmen eines Deals vor einer Anklage bewahrt. Seitdem war Daniel als Rechercheur bei der Soko Bund angestellt.

»Und dieser Engländer? Parkinson?«

»Den fand seine Putzfrau gestern in seiner Wohnung in London. Erschossen.«

»Gibt es einen Zusammenhang zu Niklas Schmitt?«

»Hat Pinocchio hölzerne Eier? Vor ’ner halben Stunde habe ich eine SMS von Volker bekommen. Sowohl in diesem Kinderheim in Essen als auch bei den Schmitts in Gelsenkirchen tauchte vor ein paar Tagen der angebliche Herr Rodenberg auf und stellte die gleichen Fragen, die Volker heute gestellt hat.«

»Und Frankfurt?«

»Ich hab die Info gleich an Herd weitergegeben. Rafael Jürgens hat’s Maul nicht aufgemacht. Null, kein Wort. Aber in seiner Besucherliste war am dreißigsten August ein Joachim Rodenberg aus Stuttgart eingetragen. Der laut meiner Nachforschung nicht existiert.«

Christian überlegte: »Ohne Ausweis kommt er nicht rein. Wenn du sagst, dass kein Joachim Rodenberg in Stuttgart existiert, hat er falsche Papiere. Ein Profi vermutlich.«

»Und was für einer!«, warf Daniel ein. »Joachim Rodenberg flog am einunddreißigsten August von Köln nach London und in der gleichen Nacht wieder zurück. Zufall? Parkinsons Leiche hatte übrigens nicht nur ein Loch im Kopf, sondern auch in der Hand. Von einem Messer. Außerdem fehlten ihm zwei Finger. Sieht ganz so aus, als hätte ihn jemand rigoros interviewt.«

Es war Striebeck nicht ganz geheuer, wie schnell und dass überhaupt Daniel Meier-Grüne an diese Informationen gekommen war. Er hatte Respekt vor Christian und seiner Truppe, schätzte jedoch keineswegs illegale Methoden der Informationsbeschaffung. Natürlich wusste er, dass Christian vor einigen Jahren wegen Zurückhaltung und Manipulation von Beweismitteln suspendiert worden war. Und er hoffte sehr, dass Christian es in diesem Fall nicht wagte, vor dem Staatsanwalt mit zweifelhaftem Material aufzulaufen. Andererseits sprach die Erfolgsquote der Soko Bund für deren kreative Methoden. Striebeck beschloss, nicht nachzufragen. Vielleicht wurde er langsam zu alt für diesen Job.

Christian schien äußerst zufrieden mit den rasanten Fortschritten. »Bleibt die Frage, wer dieser Rodenberg ist. Und warum er nach Schmitt sucht.«

»Und ob er seine eigenen Interessen vertritt oder in einem Auftrag handelt«, fügte Striebeck hinzu.

»Ganz genau«, bestätigte Christian nachdenklich. »Fest steht jedenfalls, dass er erheblich mehr Informationen über Niklas Schmitt hatte als wir. Ich würde wirklich gerne wissen woher.« Er sah auf die Uhr. »Anna wartet im Hotel. Wir wollen zu Petra Rahnberg fahren. Am besten, ihr kommt beide mit. Auf dem Weg erzähle ich euch eine kleine Geschichte von Haltern am See und von künstlicher Befruchtung.«

Petra Rahnberg, Sybille Weininger und Jochen Kratz waren erst vor wenigen Minuten in Petras Wohnung angekommen.

Petra war im Bad, um sich die Reise von der Haut zu spülen. Sybille saß im Wohnzimmer und sah sich interessiert um. Als es klingelte, nahm Jochen Kratz die neuen Gäste in Empfang und bot Weißwein an, als sei er der Hausherr. Christian ärgerte sich ein wenig über die anmaßende Selbstverständlichkeit des Journalisten, ließ sich jedoch nichts anmerken. Er war erstaunt, um wie viel präsenter Sybille Weininger auftrat. Sie wirkte zwar müde, aber nichtsdestotrotz auf eine körperliche Art anwesend, die ihr in München vollkommen gefehlt hatte. Als Petra das Wohnzimmer betrat, stellte Christian sie Anna und Daniel vor. Die beiden Frauen reichten sich mit betont freundlicher Aufmerksamkeit die Hand.

Als alle saßen und mit Getränken versorgt waren, sagte Christian knapp: »Ich erspare mir die Gardinenpredigt.« Genau das fiel ihm besonders schwer. Nur zu gerne hätte er losgebrüllt und seinem auf der langen Autofahrt angestauten Ärger Luft gemacht. Er war immer noch stinkwütend auf Petra. Hinter einem Mörder her zu sein, bedeutete, immer hinterher zu sein. Selten, im Grunde fast nie kam es vor, dass er seiner Zielperson einen Schritt voraus war. Der Mörder agierte, der Polizist reagierte. Stocherte suchend im Nebel. Hinkte den Ereignissen hinterher. Das lag in der Natur der Dinge, und dennoch konnte Christian sich immer weniger damit abfinden. Wenn nun nicht nur der gesuchte Mörder, sondern auch noch ein ominöser Herr Rodenberg wiewohl Zeugen und Journalisten einen oder mehrere Schritte vorauseilten, dann war das für ihn eine neue Dimension des Hinterherhinkens und schier unerträglich. Zu gern hätte er Petra, Sybille und Kratz mit voller Lautstärke angeschrien und gefragt, für wen, zum Teufel, sie sich eigentlich hielten. Oder ihn! Doch er beherrschte sich. Mühsam. Zuerst zeigte er eine Kopie von Schmitts Passfoto herum. Keiner der Anwesenden hatte ihn je gesehen. »Okay, dann jetzt mal raus mit der Sprache! Ich will wissen, was los ist«, sagte Christian gereizt.

Petra ergriff das Wort: »Nachdem ich aus Straßburg zurück war, habe ich mich mit dem ›Lied vom einsamen Mädchen‹

beschäftigt. Dabei kam mir ein Verdacht, der mir aber so absurd erschien, dass ich zuerst einen Beleg dafür haben wollte, bevor ich mich bei der Polizei lächerlich machte. Also sind wir nach Reutlingen gefahren.«

Christian bemühte sich zuzuhören, ohne zu unterbrechen.

Petra erzählte von ihrem ergebnislosen Besuch bei den Koppers, von ihrem Zusammentreffen mit Sybille Weininger und von der gemeinsamen Fahrt nach Straßburg, wo der von Sybille bestätigte Verdacht endlich zur Gewissheit wurde: Abgesehen von Sarah Kopper waren alle drei bisherigen Opfer durch künstliche Befruchtung erzeugt worden.

»Alle vier«, ergänzte Christian und erzählte von Jenny Jacob aus Haltern am See.

»Eine Zehnjährige?«, rief Petra entsetzt aus.

Christian beruhigte sie: »Es ist ihr nichts geschehen. Er hat sie unversehrt wieder freigelassen.«

Ein kurzes Schweigen legte sich über die Versammlung. Anna war sicher, dass alle Anwesenden dankbar waren, nicht auch noch den grausamen Tod eines Kindes beklagen zu müssen. Sybille Weininger und Petra Rahnberg würden sich insgeheim aber auch voller schuldbewusster Bitterkeit fragen, warum ihnen das Glück, die Tochter heil zurückzubekommen, nicht beschieden gewesen war.

Christian sah Petra und Sybille vorwurfsvoll an: »Warum haben Sie mir von der künstlichen Befruchtung nicht gleich bei unseren ersten Gesprächen erzählt?«

»Ich habe dafür keinerlei Veranlassung gesehen.« Zum ersten Mal meldete sich Sybille zu Wort. »Für mich und sicher auch für Petra und Madame Lacour waren die Umstände der Zeugung unserer Töchter nicht im Entferntesten ein möglicher Anlass für ihre Ermordungen.«

Petra stimmte zu: »Es handelt sich dabei um eine sehr persönliche Angelegenheit. Außerdem ist künstliche Befruchtung heutzutage weit verbreitet und damit meiner Meinung nach nicht im Mindesten erwähnenswert.«

Anna mischte sich ein: »Anders als in den Achtzigern. Da

steckte die Praxis der In-vitro-Fertilisation gewissermaßen noch in den Kinderschuhen.«

»Stimmt. Das erste Baby, das durch künstliche Befruchtung gezeugt worden war, kam 1978 in Großbritannien zur Welt. Die gesellschaftliche Akzeptanz für diese Methode war gering. Es folgten jahrelange, öffentlich geführte Ethik-Diskussionen, die 1991 im Embryonenschutzgesetz mündeten.«

»War es in den Siebzigern und Achtzigern strafbar?«, hakte Christian nach.

»Nein. Eher ein rechtsfreier Raum. Aber es gab deutlich rigide Empfehlungen an die Ärzteschaft, wenn überhaupt, nur homologe Befruchtungen vorzunehmen, also Samenspenden nur vom Partner der Frau zu gestatten. Und zwar bitte schön vom Ehepartner. Das legte schon Artikel 6 des Grundgesetzes nahe: Ehe und Familie stehen unter dem besonderen Schutze der staatlichen Ordnung. Heterologe Spenden, als Samen von einem unbekannten Dritten, wurden von den Ärzten nicht akzeptiert – von den meisten Ärzten nicht.«

»Aber Sie haben solche Ärzte gefunden.«

»Eine Frage der Recherche und der finanziellen Mittel.«

»Darf ich kurz dazwischenfragen?«, mischte sich Anna ein. »Ich würde gerne ein paar Schritte zurückgehen. Wie sind Sie darauf gekommen, dass die Morde mit den künstlichen Befruchtungen zusammenhängen? Sie erwähnten das ›Lied vom einsamen Mädchen‹. Ich habe den Text gelesen, sah aber absolut keinen Hinweis.«

»Der Hinweis lag nicht im Text selbst. Ich musste eine Ecke weiter recherchieren. Hildegard Knef hatte das Lied gesungen. In einem Film namens ›Alraune‹.«

Annas Kinn klappte für eine Sekunde nach unten, dann schlug sie sich an die Stirn: »Natürlich!«

Christian kannte sich nicht so gut wie Anna mit Filmen aus. Striebeck ging es genauso: »Kann mich bitte schön mal jemand aufklären?«

Kratz füllte die Weingläser auf, während Petra erzählte: »Der Film ist von 1952 und nahm so einiges an den eben erwähnten

Diskussionen vorweg. Die Knef spielt eine junge Frau namens Alraune, die das Ergebnis eines Experiments ist. Ihr angeblicher Vater, ein obskurer Wissenschaftler, hat eine Prostituierte mit dem Samen eines gehenkten Mörders befruchtet. Der Wissenschaftler will beweisen, dass Bosheit bereits in den Genen verankert ist. Und in der Tat scheint Alraune einen schlechten Charakter zu haben. Sie agiert herzlos. Doch die Liebe könnte sie retten. So ungefähr der Inhalt des Films. Damit versteht man auch den Sinn des Liedtextes. Wissen Sie, wie der Wissenschaftler im Film heißt? Ten Brinken.«

»Unser Thorsten Brinken«, murmelte Christian. »Passt ja prima zu Rotwang und Frankenstein.«

Nun blickte Petra irritiert.

»Rouge-Joue in Straßburg. Der Rotwang aus ›Metropolis‹. Und Frank Niklas Stein. Frank N. Stein. Für Jennys Entführung hat er ein Auto angemietet unter dem Namen Marc Shelley.«

»Mary Shelley«, murmelte Petra. »Die Autorin von ›Frankenstein‹. Und Rotwang! Natürlich! Dass ich darauf nicht gekommen bin!«

»Zu ›Alraune‹ gäbe es noch etwas zu sagen«, meinte Anna. »Der Name erklärt nämlich auch endlich die Nachricht bei Mira Weininger.«

»Genau«, stimmte Petra zu. »Botanisch gesehen sind Alraunen Nachtschattengewächse. Kulturgeschichtlich gilt die Alraune als Zauberpflanze. Man nennt sie auch Galgenmännlein. Es entsteht aus dem Harn oder dem Sperma eines gehängten Diebes unter dem Galgen. Dieses Galgenmännlein soll seinem Besitzer Glück und Reichtum bescheren. Es geht dabei um die Wurzel, die deutlich Menschengestalt erahnen lässt.«

»Nur ist diese Wurzel äußerst schwer zu beschaffen«, fuhr Anna fort. Petra und sie wirkten wie ein eingespieltes Dozententeam. »Man lässt sie am besten an einem Freitag vor Sonnenaufgang von einem schwarzen Hund aus der Erde reißen, was übrigens sogar in Goethes ›Faust‹ erwähnt wird.«

»Wieso von einem Hund?«, fragte Kratz dazwischen. Er kritzelte eifrig in einem Notizblock.

»Um zu überleben. Man muss weit genug weg sein von der Alraune und die Ohren mit Baumwolle oder Wachs verstopft haben, denn wenn die Pflanze ausgerissen wird, die an den Schwanz des Hundes angebunden wurde, stößt sie einen schrecklichen Schrei aus. Wer den Schrei hört, stirbt sofort vor Schreck. In diesem Falle der Hund, den man mit etwas Futter von der an ihm festgebundenen Pflanze weglockt und der so die Wurzel aus der Erde reißt.«

»Verstopft euch die Ohren, damit ihr den Schrei nicht hört! Das stand auf dem Zettel, der bei Mira lag.« Christian begann die Dimension der Zusammenhänge zu erahnen. Fragte sich nur, wie der 27-jährige Arzt Niklas Schmitt ins Bild passte.

Während Petra erzählt hatte, hatte Daniel wie verrückt auf seinem Laptop herumgetippt. Nun meldete er sich zu Wort: »Mit diesen neuen Aspekten kann man auch endlich die Bedeutung des Satzes entschlüsseln, der bei Catrin Rahnberg lag. Ich lese jetzt einen Textauszug vor, den ich gerade ausfindig gemacht habe. Danke, Frau Rahnberg für die neue Stichwortsuche! Also: Der Autor heißt Arnold Höllriegel. Der Artikel ist überschrieben mit ›Homunculus‹ und erschien im ›Berliner Tageblatt‹ am 13. 6. 1912. 1912, lasst euch das bitte auf der Zunge zergehen!« Daniel war sichtlich zufrieden, ein weiteres Rätsel gelöst zu haben. Mit ruhiger Stimme trug er Teile des Textes vor:

»Ein Professor – es steht schon im Faust – hat einen künstlichen Menschen geschaffen … Der Lärm der Welt sollte stillstehen, wir sollten atemlos warten: am Tore des Seins steht der erste Mensch, der keinen Vater hat … Lauscht: es ist etwas Neues auf diese alte Welt gekommen. Und es kann kein Zweifel sein, dass Homunculus gerade in unseren Tagen zum Ereignis wird … Eine Frage: Gibt es irgendwo eine moderne Frau, die Mutter und nicht Weib, Gebärerin und nicht Geliebte sein möchte? Ja? Dann war das ethische Problem des Homunculus schon auf der Welt; der Rest, die Lösung, war nur noch eine Frage der Technik. Auf dieser Welt der Menschen geschieht nichts, was gegen den Geist der Menschen ist. Was aber im

Geiste des Menschen ist, das wird in die Welt der Dinge prophezeit, es wird Ereignis. Eine ernste Stunde schlägt. Es wird den Frauen theoretisch und praktisch möglich sein, zu zeugen und doch nie eines Mannes Antlitz zu sehen. Die Männer als sexuelle Gesamtheit werden zwar bei der Zeugung noch weiterhin mitreden müssen, der einzelne Mann nicht. Mutterschaft ohne Ehe, Mutterschaft ohne Liebe. Der Gedanke ist ungeheuerlich, aber man wird ihn ausdenken, wird seine juristischen und soziologischen Folgerungen ziehen müssen. Es soll gesagt werden: die Befürchtung ist nicht ausgeschlossen, dass sich nach und nach ein Teil der Frauen vom Manne löst, von ihnen abfällt, wie ein abgebrochener Ast vom Baume. Es wird nicht der beste Teil der Frauen sein, und das Ungeheuere wird nicht morgen oder übermorgen kommen. Aber dem Typus der Männerhasserin, des selbstgefälligen Mannweibs hat diese Erfindung gerade noch gefehlt. Menschen! Das dritte Geschlecht ist in der Welt.«

Anna sah Daniel über die Schulter und las noch einen zusätzlichen Passus:

»Es wird dann außer den Kindern der Ehe und den ›Kindern der Liebe‹ Kinder der Lieblosigkeit geben. Medizinische Präparate, die leben werden. Homunculus aber wird und muss den Menschen hassen.«

Als Anna den Blick hob, sah sie in Petra Rahnbergs Augen Tränen glitzern.

»Was für ein stupider Sexismus«, entfuhr es Petra. »Und deswegen soll meine Tochter …?«

»Der Text ist von 1912, Petra. Der Mörder ist jung. Es steht zu vermuten, dass er eine etwas andere Einstellung hat als der Autor dieses Textes«, sagte Kratz. Er hatte sich in einen Sessel etwas abseits von den anderen und außerhalb des Lichtkreises gesetzt, den die große Stehlampe warf. Seine Stimme klang so düster wie der ihn umgebende Schatten.

»Ich werde so schnell wie möglich ein Profil des Täters erstellen. Informationen habe ich nun jede Menge.« Anna bemühte sich, das Gespräch wieder zu versachlichen. Ihr war aufgefallen, dass Sybilles Hand, als sie nach dem Weinglas griff, mindestens so verdächtig zitterte wie Petra Rahnbergs Stimme.

Christian wandte sich an die beiden Mütter: »Ich hätte da noch eine vielleicht nebensächliche Frage. Mit wessen Samen wurden ihre Töchter gezeugt?«

Petra und Sybille sahen sich kurz an. Sybille nickte. Petra ergriff das Wort: »Wir waren alle bei der gleichen Adresse. In Kalifornien war 1980 eine Art Samenbank für Genies gegründet worden. Die Spender waren allesamt Nobelpreisträger. Wir, das heißt Frau Weininger, Frau Lacour und ich, gerieten damals in München an ›Living Angels‹, einen in Deutschland inoffiziellen Ableger der Amerikaner. Inoffiziell, weil damals dort schon Methoden favorisiert wurden, die als fragwürdig gebrandmarkt waren und deshalb seit dem Embryonenschutzgesetz verboten sind: die sogenannte missbräuchliche Anwendung von Fortpflanzungstechniken etwa, das Übertragen einer fremden unbefruchteten Eizelle auf eine Frau, verbotene Geschlechterwahl und künstliche Befruchtung nach dem Tode des Spenders. Die amerikanische Samenbank wurde 1997 geschlossen, der deutsche Ableger existiert weiter, das habe ich gecheckt. Selbstredend hält man sich dort offiziell an das Embryonenschutzgesetz. Aber ich vermute, das große Geld wird immer noch ganz anders verdient. Hier ist die Adresse.«

Christian bekam einen Zettel von Petra. München. Er würde fliegen müssen. Dann wandte er sich an Kratz: »Sie wissen, was jetzt kommt?«

»Falls ich auch nur ein einziges Wort von dem schreibe, was ich heute oder gestern oder jemals in meinem ganzen überflüssigen Scheißleben gehört habe, bevor Sie mir grünes Licht geben, zerreißen Sie mich in der Luft wie eine nasse Zeitung.«

»Nein. Ich erschieße Sie.«

»Genau. Das habe ich gemeint.«

»Das Gleiche gilt für jegliche Verlautbarungen aus Ihrem

Mund«, wandte sich Christian an Petra und Sybille. »Reden Sie mit niemandem darüber. Mit wirklich und wörtlich niemandem! Wir wollen nicht die Pferde scheu machen, bevor wir bei der Samenbank in München einreiten.«

Kurz darauf wurde die Sitzung aufgehoben. Sybille übernachtete bei Petra. So unterschiedlich die beiden Frauen sein mochten, sie schienen sich zu mögen. Morgen würden sie mit Christian nach München fliegen. Sie hatten ihn mit Annas Hilfe überzeugt, dass sie als ehemalige Kundinnen möglicherweise eher Zugang zu benötigten Unterlagen bekamen als Christian. Er hatte bislang kaum Druckmittel. Die Herren von der Samenbank konnten sich auf Datenschutzgesetze berufen. Petra und Sybille kannten Professor Svensson, den Chef-Eugeniker und Leiter der Samenbank, persönlich. Sie hofften auf sein Verständnis und seine Unterstützung. Kratz war ausgebootet worden. Die Presse war bei »Living Angels« sicher noch weniger erwünscht als die Polizei. Beleidigt verzog er sich in eine Kneipe. Er brauchte ein Frustbier.

Striebeck brachte seine Hamburger Kollegen zurück nach Charlottenburg zum Hotel. Er verabschiedete sich wortkarg und fuhr nach Hause. Daniel überredete Christian und Anna, noch zum Irish Pub zu gehen. Trotz des anstrengenden Tages ließen sie sich leicht überzeugen. Sie hatten bislang kaum etwas gegessen und hofften auf ein deftiges Stew. Sie bekamen es. Und sie brauchten es. Es war klar, dass sie noch lange nicht schlafen würden. Es gab Arbeit. Volker und Herd würden beide innerhalb der nächsten Stunde nach Berlin kommen und ausführlich Bericht erstatten. Anna würde ein Täterprofil erstellen und Christian mit den anderen die weitere Vorgehensweise besprechen. Es würde eines langen Tages lange Nacht werden.

TEIL IV

ENDSPIEL

3. September 2009: München.

Professor Doktor Gernot Svensson entsprach perfekt dem Bild des Wissenschaftlers, von dem man sich vertrauensvoll mitten in einem Restaurant auf dem Tisch neben Lachsfilet im Wildreisrand liegend einen Luftröhrenschnitt mit dem stumpfen Fischmesser würde machen lassen. Sein schlohweißes, schütteres Haar legte sich wie ein zaghafter Heiligenschein um den Schädel, unzählige Lachfalten zeugten von Lebenslust. Er begrüßte Petra Rahnberg und Sybille Weininger wie verlorene Töchter, gab ihnen gezierte Wangenküsschen und fragte verschmitzt, welche der beiden Damen denn nun zu welchem dieser attraktiven Herren gehören würde. Petra stellte Christian Beyer und Udo Zeiner als Hauptkommissare aus Hamburg und München vor. Sofort fiel ein Teil des Charmes von Svensson ab. Als er dann auch noch hörte, weswegen die vier bei ihm waren, verschwand das Bild des gütigen Wissenschaftlers in Gänze. Vor ihnen saß nun ein Geschäftsmann, der alles tun würde, um seine Pfründe zu schützen.

»Das ist außerordentlich grauenvoll, was Sie mir da eröffnen, Herr Beyer. Ich bin zwar Wissenschaftler, aber glauben Sie mir, wenn ein Kind, bei dessen Zeugung ich sozusagen Pate gestanden habe, das Licht der Welt erblickt, bin ich immer wieder gerührt von dem Wunder des Lebens. Umso mehr erschüttert es mich, hören zu müssen, dass da draußen ein kranker Mensch herumirrt, der dieses Wunder nicht zu respektieren weiß und gewaltsam zerstört.« Svensson richtete einen bedauernden Blick auf die beiden Mütter: »Mein zutiefst empfundenes Mitgefühl. Ich weiß wie kaum jemand, was Sie alles auf sich genommen haben, um Ihre kleinen Engel empfangen zu können. Es muss schrecklich für Sie sein.«

Nach ein paar angemessenen Schweigesekunden wandte er

sich wieder an Christian: »Dennoch ist mir nicht klar, wie ich Ihnen in dieser scheußlichen Sache behilflich sein kann. So sehr ich es wünsche ...«

»Es besteht Grund zu der Annahme, dass der von uns gesuchte Mörder Zugang zu Ihren Datenbanken hat ...«

»Das ist vollkommen unmöglich!«, unterbrach Svensson. »Wir arbeiten nur mit modernsten Programmen und beschäftigen Fachpersonal, das unsere Computersysteme gegen jeden Spyware oder wie das heißt erfolgreich absichert.«

»... und deshalb brauche auch ich Zugang zu Ihren Daten«, beendete Christian ungerührt von der unhöflichen Unterbrechung seinen Satz.

»Auch das ist unmöglich!« Svenssons Ton wurde noch ablehnender. »Sie werden verstehen, dass gerade bei einem Institut wie dem meinen die Kundinnen größten Wert auf Diskretion legen. Dem entspreche ich schon aus Überzeugung und Verständnis. Dazu kommen die ärztliche Schweigepflicht und die Datenschutzgesetze. Mit einem Wort: ausgeschlossen.«

Petra Rahnberg mischte sich ein: »Professor Svensson, damit Sie das recht verstehen: Es geht nicht darum, in der Intimsphäre Ihrer Kundschaft herumzuschnüffeln, sondern darum, sie zu warnen! Drei junge Frauen, die hier in Ihrer Klinik gezeugt wurden, sind tot. Alle anderen, die unter den gleichen Umständen geboren wurden, sind in akuter Lebensgefahr!«

Svensson schüttelte ablehnend den Kopf: »Das ist nur eine These und keine glaubwürdige dazu. Es mag von jeder Wahrscheinlichkeit abweichen, aber vielleicht ist es Zufall, dass die Opfer alle hier geboren wurden. Gab es denn nur diese drei Toten oder auch noch andere?«

»Die drei«, behauptete Christian. »Zudem die Entführung eines zehnjährigen Mädchens, das ebenfalls Ergebnis einer künstlichen Befruchtung hier im Hause ist. Und jetzt kommen Sie mir bitte nicht mehr mit Zufall!«

Svensson schwieg eine Weile und trommelte mit seinen perfekt manikürten Fingern auf die Tischplatte.

»Sagen Sie uns wenigstens, wie viele es sind. Uns interessiert die Zahl der Frauen, die zwischen – sagen wir mal 1978 und 2000 – geboren wurden«, konkretisierte Zeiner.

Svensson lachte auf: »Das sind Tausende, Tendenz steigend. Wissen Sie, wie viele Kinder allein in den letzten zehn Jahren durch künstliche Befruchtung gezeugt wurden? Wollen Sie denen alle auf unbestimmte Zeit Personenschutz geben? Jetzt seien Sie doch mal realistisch, Herr Kommissar!«

»Es geht nicht um irgendwelche Befruchtungen. Die bisherigen Opfer waren alle Ergebnis der ›Elite-Spender‹. Das schränkt den Kreis ja wohl erheblich ein. Wenn ich mich recht erinnere, waren Ihre Tarife für die Samen von Nobelpreisträgern und anderen Vertretern der intellektuellen Upper Class recht gepfeffert. Das konnten sich nur die wenigsten leisten.« Auch Petras Ton war schärfer geworden.

»Das Programm ist schon lange eingestellt. Leider findet sich in unserer Gesellschaft nur wenig Akzeptanz für das Bestreben, den Genpool der Menschheit zu verbessern.«

»Kein Wunder, das hatten wir alles schon mal«, warf Christian verächtlich ein.

Svenssons Blick war hochmütig: »Ich sehe keinerlei Veranlassung, dieses Thema mit Fachfremden zu diskutieren.«

»Frau Rahnberg und ich wollen wissen, wer damals unsere Spender waren«, platzte Sybille heraus.

»Ein reichlich naives Ansinnen, liebe Frau Weininger. Sowohl den Spendern als auch den Empfängerinnen wird, wie Sie sich sicher erinnern, absolute und dauerhafte Anonymität zugesichert. In beiderseitigem Interesse.«

»Wir entbinden Sie von der Schweigepflicht. Sie könnten die Spender anrufen, so viele Nobelpreisträger hatten Sie garantiert nicht in Ihrem Portfolio. Wenn Sie denen dann die besonderen Umstände erklären, werden sie sicher bereit sein, die Daten freizugeben«, sagte Petra.

Svensson schüttelte den Kopf: »Wem wäre damit geholfen? Außerdem bin ich sicher, dass die meisten Ihre Bitte ablehnen würden. Weder wollen die Eltern des Kindes, dass irgendwann der biologische Vater vor der Tür steht und Ansprüche anmeldet, und seien es auch nur emotionale. Noch will der Spender irgendwelche Verwicklungen.« Svensson wandte sich an Christian und Zeiner: »Stellen Sie sich bitte einmal vor, Sie haben in der Blüte Ihrer Manneskraft und aus Überzeugung Samen gespendet. Inzwischen sind Sie aber längst verheiratet und haben zwei, drei oder vier eigene Kinder. Wollen Sie dann, dass Ihre Frau plötzlich erfährt, dass noch andere Kinder aus Ihren Lenden entsprungen sind? Nein, das wollen Sie nicht!«

Sybille Weininger insistierte: »Während wir hier sitzen, quält der Mörder vielleicht schon sein nächstes Opfer. Sie allein können Kommissar Beyer die Adressen der Betroffenen geben.«

Svensson legte genervt seine Stirn in Falten. Er blickte seine Besucher an wie ein Lehrer, der an der Debilität seiner Schüler verzweifelte.

Christian zeigte Svensson das Passfoto von Niklas Schmitt. Svensson besah es genau und gab es kopfschüttelnd zurück. »Nie gesehen.«

Christian wurde langsam ungeduldig: »Trotzdem brauche ich Zugang zu Ihren Personalakten. Es ist durchaus möglich, dass der Mörder hier mit falschen Papieren arbeitet oder gearbeitet hat. Irgendwie muss er an die Daten herangekommen sein. Und da Ihr Sicherheitssystem laut Ihrer Aussage so perfekt ist, dass man von außen nicht herankommt, muss er sich von innen Zugang verschafft haben.«

Svensson erhob sich: »Ich werde Ihr Anliegen prüfen und mich mit meinen Partnern beraten. Selbstverständlich werde ich dabei mein Möglichstes tun, Sie zu unterstützen. Im Rahmen meiner und der gesetzlichen Möglichkeiten. Wenn Sie mich jetzt entschuldigen würden?«

Zeiner reichte ihm die Hand zum Abschied: »Überlegen Sie nicht zu lange. Sonst werden wir von der Kripo München unser Möglichstes tun, Sie beim Nachdenken zu unterstützen. Und dabei werden wir die gesetzlichen Möglichkeiten bis zur Neige ausschöpfen.«

»Soll das eine Drohung sein?«

Zeiner zuckte die Achseln und ging hinaus.

Als Svensson sich von den beiden Frauen verabschiedete, gab er noch einmal eine kleine Vorstellung als erschütterte Vaterfigur: »Ich fühle mit Ihnen eine große Trauer.«

Sybille Weininger, die ganz offensichtlich herb enttäuscht war von dem Nullergebnis ihres Besuches, gab ihm eine für ihre übliche Zurückhaltung geradezu rigide Antwort: »Das bringt uns nicht weiter, Herr Professor. Helfen Sie uns lieber, den Mörder zu fassen!«

Kurz darauf saßen alle vier in Zeiners Dienstwagen und fuhren Sybille nach Hause in die Villa am Starnberger See. Sybille war bedrückt, Petra empört. Sie konnte nicht fassen, dass Svensson sich aus geschäftlichen Erwägungen schlicht weigerte, die Unterlagen über möglicherweise gefährdete Personen herauszugeben.

Christian hatte damit gerechnet. Geschäftsinteressen wurden von erfolgreichen Menschen meist über humanistische Grundsätze gestellt. Sonst wären sie nicht erfolgreich. Er nahm sein Handy, rief Daniel an und gab ihm die Anweisung, loszulegen.

Zeiner sah ihn fragend an: »Loslegen womit?«

»Daniel ist unser Fachmann für Datenbeschaffung. Wenn die Informationen über die Befruchtungen – auch die aus den Achtzigern – elektronisch gespeichert sind, was garantiert der Fall ist, dann besorgt er sie. Da kann Svensson noch so sehr an die Sicherheit seines Systems glauben. Daniel sagt immer, es gibt keine absolute Datensicherheit, nur eine relative. Grenzen, die von Menschen aufgebaut werden, können auch von Menschen wieder eingerissen werden. Bevor er angefangen hat für mich zu arbeiten, wurde er längere Zeit als Hacker unter dem Namen ›Dekonstruktivist‹ vom BKA gesucht. Er ist ein Meister im Einreißen von Grenzen. Aber das hast du jetzt nicht gehört.«

Zeiner grinste: »Ohne etwas Flexibilität wären wir in unserem Job verloren. Nervig ist nur, dass derart beschaffte Informationen im Falle eines Falles nicht als Beweismittel vorgelegt werden können. Deshalb bevorzuge ich im Allgemeinen den offiziellen Weg. Und der heißt nun mal Durchsuchungsbeschluss und Beschlagnahme.«

»Was können wir Svensson bislang vorwerfen? Findest du einen Staatsanwalt, der bei der Faktenlage mitzieht?« Christian blickte Zeiner skeptisch an.

Sybille kicherte plötzlich: »Findet er. Er muss nicht mal lange suchen. Unsere Oberstaatsanwältin heißt Silvia Zeiner. Wenn ich mich nicht irre, ist sie mit einem Kommissar verheiratet.«

»Und zwar sehr glücklich«, fügte Zeiner zufrieden hinzu.

Während Christian und die anderen unterwegs nach Starnberg waren, ging Svensson seine Dateien durch. Natürlich war er erschüttert über die Morde, er war schließlich kein Unmensch. Aber es kam nicht infrage, die Kundendateien offenzulegen. Svensson schätzte, dass er seit 1991 das Embryonenschutzgesetz bei mehr als fünfzig Prozent seiner Eingriffe verletzt hatte. Und zwar in allen Punkten. Für die Zeit davor war er durch den rechtsfreien Raum abgesichert. Aber da war noch die Entführung der Zehnjährigen. Die Polizei würde sich bei der Durchleuchtung der Akten also nicht auf den Zeitraum vor dem Embryonenschutzgesetz beschränken. Er könnte den Laden dichtmachen. Das wäre zwar für ihn persönlich nicht tragisch, denn er dachte wegen seines fortgeschrittenen Alters schon seit Jahren über den Rückzug ins Private nach. Aber er würde sich weder sein Lebenswerk noch seine Reputation als Eugeniker zerstören lassen.

Svensson studierte die Akten, die dieser Kommissar Beyer von ihm haben wollte. Wie viele Frauen hatten in den Achtzigern einen Elite-Spender gebucht? Es waren sehr wenige gewesen, die es sich sowohl finanziell als auch moralisch geleistet hatten. Damals hatten donogene Insamination und In-vitro-Fertilisation noch einen eher experimentellen Status. Die Frau, die das erste sogenannte Retortenbaby zur Welt gebracht hatte, war von den behandelnden Ärzten nicht darüber informiert worden, dass sie die Erste war. Und schon faselten die Feministinnen von Humanexperimenten, von Menschenwürde, dem Selbstbestimmungsrecht der Frau, dem Recht auf körperliche Unversehrtheit und unterstellten dazu den durchweg männlichen Reproduktionsmedizinern eine Art Gebärneid als Motiv für die Forschung, mit deren Hilfe sie sich dann als Schöpfer der weiblichen Fortpflanzungsfähigkeit begreifen könnten. Was für ein Blödsinn! Svensson erinnerte sich noch mit Schrecken an eine wortgewaltige Studentin, die ihm bei einer Pressekonferenz in den späten Achtzigern das Zitat einer Feministin namens Gena Corea aus ihrem Buch »MutterMaschine« an den Kopf geworfen hatte: »Die Frau, einst vergöttert als Lebensspenderin, liegt heute auf dem OP-Tisch mit zugeklebtem Mund und bekommt ihre Eier aus dem Leib gesaugt!« Einige der anwesenden Journalisten hatten diesen plakativen Schwachsinn dankbar aufgegriffen. Und er hatte mit ansehen müssen, wie seine vielversprechende Forschungsarbeit immer mehr durch die Ahnungslosigkeit der öffentlichen Meinung und schließlich durch das Embryonenschutzgesetz beschränkt wurde. Und das nannten sie dann Fortschritt!

Svensson konnte sich immer wieder echauffieren über die Widrigkeiten, die ihm seiner Meinung nach vornehmlich lesbische Studentinnen in lila Latzhosen eingebracht hatten. Er sprach dem Feminismus ganz klar jegliche Existenzberechtigung ab. Eine Gleichstellung von Männern und Frauen wäre eine Katastrophe für beide Seiten, fand er. Frauenquoten, Frauenparkplätze und andere Bevorzugungen in allen Bereichen waren nur unsinniger Ausdruck der Meinung, man könne eine – lediglich subjektiv empfundene – Ungerechtigkeit mit einer anderen ausgleichen.

Ihm war immer klar gewesen, dass ein Teil seiner Patientinnen sich künstlich befruchten ließ, weil sie Männer als ein Übel betrachteten, das nun nicht mehr notwendig war. Die alte Martha Weininger war genau der Fall von verblendeter Männerhasserin, die ihm sein wissenschaftliches Leben immer erschwert hatten. Andererseits hatte sie ihre Tochter Sybille zu einer Elite-Samenspende überredet, ihm damit eine erhebliche Summe in die Kasse gespült und geholfen, den menschlichen Genpool zu verbessern. Bedauerlich hatte Svensson lediglich gefunden, dass viele dieser reichen und selbstbewussten Frauen, die damals zu ihm kamen, unbedingt eine Tochter haben wollten. Hochbegabt und gesund bitte schön. Er hatte ihnen den Gefallen durch Selektion und Präimplantationsdiagnostik getan. Beides war seit 1991 verboten.

Svensson ließ von seinen verbitterten Gedanken ab und konzentrierte sich auf die Akten. Er wusste, dass es nur wenige Patientinnen gab, die sich das Elite-Programm hatten leisten können. Vier davon hatten Söhne geboren. Die schloss er aus. Eines der Mädchen war kurz nach der Geburt gestorben. Er erinnerte sich an Regressforderungen der Mutter. Ein lächerlicher Vorgang! Ein anderes Mädchen hatte im Alter von dreizehn Jahren Selbstmord begangen, eine dritte war durch einen Verkehrsunfall ums Leben gekommen. Es blieben in chronologischer Reihenfolge die Tochter von Isabelle Brandauer, die von Sandrine Lacour, Sybille Weininger, Petra Rahnberg und Barbara Jacob, die den Elite-Samen von ihrem Erbe bezahlt hatte. Als er auf das Geburtsdatum des Jacob-Kindes blickte, wurde ihm klar, dass es sich bei ihr um die entführte Zehnjährige handeln musste. Über die Tochter Isabelle Brandauers wusste er nichts. Da die Mutter schon während ihrer Schwangerschaft nach Australien ausgewandert war und nie wieder von sich hören gelassen hatte, konnte eine Gefährdung dieser Tochter am anderen Ende der Welt wohl ausgeschlossen werden. Svensson schloss die Dateien mit dem Gefühl, seine Schuldigkeit getan zu haben. Das kleine Detail, das ihm bei der Durchsicht aufgefallen war, würde der Polizei nichts nützen, noch ergab sich daraus eine Bedrohung für ein weiteres Mädchen. Es erschien ihm lediglich wie eine anekdotische Fußnote. Dennoch wollte er sich absichern, denn es betraf nicht irgendeine seiner Patientinnen, sondern die, die ihm aufgrund ihrer Machtfülle am ehesten Ärger bereiten konnte. Und es jederzeit ohne Zögern tun würde, wenn irgendetwas über sie an die Öffentlichkeit drang. Also rief er sie an.

»Hallo, Clarissa, hier Svensson … Ich will dich nicht beunruhigen, nur informieren. Auch wenn es gar nichts mit dir zu tun hat. Aber die Polizei war gerade hier.« Svensson fasste so knapp und verharmlosend es ging zusammen, was er erfahren hatte.

Clarissa unterbrach ihn nicht. Er hörte sie nur schwer atmen. Als er geendet hatte, verlangte sie klar und unmissverständlich, dass er sofort alle Dateien zu löschen hatte, die sie auch nur im Entferntesten betrafen. Und dass er als kompletter Computeridiot das gefälligst nicht selbst zu bewerkstelligen habe, indem er einfach auf die »delete«-Taste drückte, sondern seinen fähigsten Systemadministrator damit beauftrage, jegliches Fitzelchen zu atomisieren, sodass nichts, aber auch gar nichts auf irgendeiner Schleife der Festplatte herumschwirrte. Svensson wusste nicht genau, wovon Clarissa sprach. Er hatte keine Ahnung von Schleifen und Festplatten. Aber er kannte Clarissa. Sie hatte damals im Rahmen ihres Studiums der Biochemie auch Seminare bei ihm belegt. Nie hatte er eine bessere Studentin gehabt. Dass sie in die Kosmetikbranche gegangen war, erschien ihm wie ein Verrat an der Wissenschaft. Seitdem hatten sie nur noch sporadisch Kontakt gehabt. Aber er kannte sie gut genug, um aus ihrer Stimme herauszuhören, dass sie gewaltig unter Druck stand. Also versprach er ihr, alles genau so zu tun, wie sie gesagt hatte. Wegen ihrer Aufgebrachtheit verschwieg er dabei, dass die Akte »Wedekind« schon Anfang Februar gelöscht worden war. Allerdings nicht von ihm oder in seinem Auftrag, sondern von einem unbekannten Hacker, dem es gelungen war, in ihren Zentralcomputer vorzudringen. So viel zu seiner Datensicherheit. Sonst war damals allerdings nichts gelöscht worden. Allein schon deswegen war Svensson klar, dass Clarissa Wedekind irgendetwas mit den Vorgängen zu tun hatte, die ihm seinen heutigen Tag vermiesten.

Gleich darauf rief er den Computerfachmann von »Living Angels« zu sich und befahl ihm, die Akten des Elite-Programms zu löschen ebenso wie eine Vielzahl anderer, von denen er jetzt sofort eine Liste machen würde. Svensson sah zwar keine Gefahr, dass die Polizei so schnell wieder bei ihm auftauchen würde, aber sicher war sicher. Er begann mit der mühsamen Arbeit, eine Liste aller Fälle zu erstellen, bei denen er gegen das Embryonenschutzgesetz verstoßen hatte. Es würde endlose Stunden dauern.

Sie hatten noch nicht einmal die Hälfte gelöscht, als Udo Zeiner und Christian Beyer mit jeder Menge uniformierter Beamte und einem Durchsuchungsbeschluss wieder in Svenssons Büro standen. Svensson konnte nur noch zusehen, wie Computer, Akten und Karteien abtransportiert wurden. Und in den Kisten sein Lebenswerk und seine wissenschaftliche Reputation endgültig begraben wurden.

Luxemburg.

Howela parkte seinen Mietwagen auf einem Waldparkplatz am ausgefransten Rand eines Kaffs etwa fünfzehn Kilometer vor der Stadt Luxemburg. Konzentriert besah er sich das hochauflösende Satellitenfoto von der Gegend, das er mitgebracht hatte. Wenn er etwa dreihundert Meter westlich durch das Wäldchen ging, musste er auf der anderen Seite bei seinem Ziel ankommen. Howela wuchtete seinen massigen Körper aus dem Sitz, schloss das Auto ab und machte sich auf den Weg. Es war drückend heiß. Schon nach hundert Metern war sein Hemd durchgeschwitzt. Er sehnte sich nach der Klimaanlage im Wagen. Aber er konnte nicht riskieren, sich mit dem Auto zu nähern. Laut seiner Satellitenkarte stand das Haus weitab von den nächsten Nachbarn. Ein sich näherndes Auto hätte Aufmerksamkeit erzeugt. Falls jemand zu Hause war.

Nach einem kurzen Spaziergang trat Howela am westlichen Waldrand aus dem kühlenden Schatten wieder hinaus in die Sonne. Auch hier wurde der Forst von einem nicht asphaltierten Weg begrenzt. Auf der gegenüberliegenden Seite des Weges stand in einer Entfernung von etwa achtzig Metern das Holzhaus, das er suchte. Es war umgeben von brachliegenden Feldern, die keinerlei Deckung boten für eine unauffällige Annäherung. Also musste Howela warten, um herauszufinden, ob sich jemand im Haus befand.

Zwei Stunden lang beobachtete er das Holzhaus. Nichts geschah. Während Howela sich in Geduld übte, hing er zufrieden seinen Gedanken nach. Da konnte sich dieser arrogante Pisser Rafael Jürgens in seinem Frankfurter Knast noch so viel auf seine Computerkünste einbilden. Howelas Hacker, der unter dem Decknamen »Smash« arbeitete, hatte alle Firewalls und sonstige Barrieren durchbrochen und in Parkinsons Laptop den Pfad zu einem Computer gefunden, von dem aus Niklas Schmitt unter diversen Namen und Absendern seine Mails in die Welt schickte. Auf diesem Computer war eine zwei Monate alte Konversation mit einem luxemburgischen Kabelanbieter abgespeichert. Darin beschwerte sich ein Nicolas Boucher, dass er immer noch nicht freigeschaltet wäre in seinem luxemburgischen Haus. Smash hatte nicht ohne Selbstzufriedenheit vermeldet, dass der Einbruch in den Computer ein hartes Brot gewesen sei. Auch auf der Gegenseite waren Profis am Werk, die den Zugang mit ausgeklügelten Sicherheitssystemen, Viren und Nebelbomben erschwert hatten. Doch schließlich fand Smash ein Schlupfloch. Von da an war es relativ einfach gewesen. Howela fühlte sich bestätigt. Mochten die Zeiten noch so modern, der Mensch noch so mobil und die Kommunikationswege noch so virtuell sein, das Bedürfnis nach einer Höhle war in einer Art kollektivem Unbewussten seit Urzeiten verankert. Fast jeder Mensch besaß ein Rückzugsgebiet, in dem er sich von dem Rollenspiel der Realität erholte. Fast jeder besaß eine Adresse. So auch Niklas Schmitt.

Howela stand schwitzend vor der Höhle des Mörders und wollte seinen Beobachterposten gerade aufgeben, um in das Haus einzubrechen, als Schmitt vor die Tür trat. Howela konnte sein Glück kaum fassen. Er hatte lediglich gehofft, in der Behausung Anhaltspunkte für die künftigen Reisepläne und Aufenthaltsorte von Niklas zu finden. Er wollte ihn irgendwo abpassen, damit Clarissa ihre noch offenen Fragen klären und sich vor unliebsamen Überraschungen schützen konnte. Danach würde er ihn töten. Nun spielte der Zufall ihm in die Hände. Niklas Schmitt war nur etwa achtzig Meter von ihm entfernt. Zum Greifen nah.

Die Dämmerung senkte sich langsam über die Stoppelfelder.

Am Himmel brauten sich Unwetterwolken zusammen. Schon zuckten in der Ferne Blitze durch das Ultramarin, das immer mehr von einem schweren Bleigrau verdrängt wurde. Howela stand im Schatten einiger verkrüppelter Tannen und wedelte genervt die Stechmücken hinweg, die seine schweißnasse Stirn und die Wangen bevölkerten. Er hasste diese Viecher. Nicht nur juckten ihn die vielen Stiche, das ständige Sirren störte ihn in seiner Konzentration. Howela überlegte, wie er vorgehen wollte. Es gab nicht allzu viele Optionen. Soweit er das beobachten konnte, war Niklas allein, saß in aller Gemütsruhe auf der aus losen Holzdielen improvisierten Veranda und trank Bier. Es war unmöglich, sich unbemerkt heranzupirschen. Howela wusste nicht, ob Niklas bewaffnet war, aber er ging davon aus. Er selbst trug seine SIG Sauer P220 im Schulterhalfter. Es war kein Problem gewesen, die Grenze nach Luxemburg vom Saarland aus ohne Kontrolle zu passieren.

Er würde warten, bis Niklas sich ins Haus zurückzog, und dann das Überraschungsmoment nutzen. Er würde ihn niederschlagen, fesseln und knebeln, sein Auto holen, Niklas in den Kofferraum packen und nach Deutschland verfrachten. Dort wollte er Clarissa an einem verschwiegenen Ort einen letzten Kontakt ermöglichen. Denn danach würde Niklas in irgendeinem See verschwinden, klassisch beschwert mit Betongamaschen oder Ähnlichem. Howela schlug ein paar Mücken tot, die angeregt durch die Dämmerung und das aufkommende Gewitter in Schwärmen über ihn herfielen.

Erleichtert sah Howela, dass Niklas endlich die Veranda verließ und ins Haus schlenderte. Im Wohnzimmer flammte Licht auf. Ein wenig wollte er noch warten, bevor er sich im Schutz der Dunkelheit auf den Weg zum Haus machte. Plötzlich vibrierte sein stumm geschaltetes Handy in der Hosentasche und vermeldete den Eingang einer Nachricht: ›Wie lange wollen Sie noch sinnlos da rumstehen, Howela? Ich erwarte Sie schon seit Stunden. Falls Sie eine Extra-Einladung brauchen, drehen Sie sich um. Am besten ganz langsam und ohne hektische Bewegungen. N.‹

Howela begriff sofort. Er war in eine Falle getappt. Smash war von Rafael Jürgens gezielt durch die Nebelbomben geführt worden – bis hin zu der luxemburgischen Adresse. Er war offensichtlich sogar so dämlich gewesen, die vermeintliche Erfolgsmeldung ohne jegliche Verschleierung vom gleichen Computer aus an ihn zu senden. Damit hatte er Howelas Identität offengelegt. Howela nahm sich fest vor – falls er den heutigen Tag überleben würde – Smash einen Besuch abzustatten, seinen Schädel in eine Bratröhre zu stecken und sein verblödetes Hirn zu grillen. Vorsichtig und ohne hektische Bewegung drehte Howela den Kopf zur Seite. Er blickte in die Mündung einer 44er-Magnum.

»Beweg dich, sale boche«, sagte ein breitschultriger, dunkelhaariger Kerl Anfang dreißig, der einen ledernen Cowboyhut trug und gelangweilt auf einem Zahnstocher herumkaute. Zweifelsohne versuchte er die Coolness des frühen Clint Eastwood zu kopieren. Howela bewegte sich.

Niklas saß in seinem kleinen Wohnzimmer und schaute entspannt zu, wie der Eastwood-Verschnitt Howela durchsuchte und entwaffnete. Der Cowboy legte Howelas SIG Sauer, sein Handy und sein Portemonnaie mit allen Ausweispapieren wie Opfergaben vor Niklas auf den Tisch. Dann fesselte er Howela fachmännisch mit Händen und Füßen an einen Stuhl. Niklas verabschiedete seinen Helfer auf französisch. Howela verstand kein Wort. Er sah sich um. Niklas besaß einen exklusiven Geschmack. Die hässliche Bude war mit wenigen, aber erlesenen Bauhaus-Möbeln bestückt. Neben dem Eames-Lounge-Chair, in dem Niklas saß, stand eine Corbusier-Liege. Zudem gab es noch einige andere Stücke, deren Designer Howela nicht identifizieren konnte, die aber aus derselben Periode stammten und allesamt nicht nach Kopien aussahen. Clarissas Geld finanziert also nicht nur Morde, sondern auch Möbel, schoss es Howela durch den Kopf.

»Einen wunderschönen guten Abend, Herr Howela. Verstehen Sie, wieso Sie sich jetzt in einer misslichen Lage befinden und nicht ich?«, eröffnete Niklas die Konversation.

Howela vermutete, dass es keine erfreuliche für ihn werden würde. »Mein Hacker ist in ein offenes Scheunentor gelaufen.«

»So ist das im Wilden Westen. Es gibt immer einen, der schneller zieht. Rafael Jürgens hatte richtig Freude an Ihrem Trottel. Er ist ihm vertrauensvoll durchs extra für ihn angelegte Labyrinth gefolgt, bis die Ratte in der Falle saß. Die Ratte sind in diesem Fall Sie.«

»Schon klar. Und jetzt?« Howela blieb nach außen hin souverän. Innerlich jedoch tobte er, weil er sich wie ein Anfänger hatte schnappen lassen. Er war zu sicher gewesen, zu überheblich. Arroganz hatte schon vielen das Genick gebrochen. Er fragte sich ernsthaft, ob er die seine überleben würde. Zurzeit waren seine Karten schlecht gemischt.

Auf dem Wohzimmertisch begann Howelas Handy stumm zu tanzen. Vibrationsalarm. Niklas griff danach und sah auf das Display. Grinsend ging er ran. »Hallo, Clarissa ... Ja, da staunst du! ... Nein, tut mir leid, aber dein dicklicher Liebhaber kann im Moment nicht so gut sprechen ... Was?«

Niklas schien von Clarissa etwas zu erfahren, was ihm nicht gefiel. Seine Miene verdüsterte sich kurz. Das selbstbewusste Lächeln war jedoch schnell wieder zurück. Howela fragte sich, wann die Arroganz endlich Niklas das Genick brechen würde.

»Dann hatten die Bullen doch endlich mal eine konstruktive Idee!«, kommentierte er Clarissas Gekeife auf der anderen Seite der Leitung. Howela konnte zwar kein Wort von Clarissa verstehen, aber dass sie auf Hundertachtzig war, drang durch.» Machst du dir Sorgen um mich? Das wäre echt süß von dir ... Nein? Wie egoistisch! Aber so kenne ich dich ... Ach, das weiß ich noch nicht so genau, lass dich überraschen. Du, ich will jetzt nicht zu lange plaudern, das wäre unhöflich meinem Gast gegenüber ... Gut, ich will mal nicht so sein. Ich halte ihm den Hörer ans Ohr, denn er hat gerade die Hände nicht frei. Du kannst ihm kurz ›Auf Wiedersehen‹ sagen. Obwohl ...« Niklas lachte kurz auf. »Sag lieber einfach und schlicht ›Good bye‹.«

Howela begriff, *wie* schlecht seine Karten gemischt waren. Es blieb ihm nur eine einzige Chance: Clarissa wusste, wo er war. Er hatte ihr die Adresse gegeben. Sie brauchte nur die luxemburgische Polizei zu informieren. Dann würde es hier innerhalb von zwanzig Minuten von Bullen wimmeln.

Düsseldorf.

Clarissa legte auf und erlitt zum ersten Mal in ihrem Leben eine Art Nervenzusammenbruch. Dabei war der Zeitpunkt denkbar ungünstig. Sie stand im Garten der Villa des »Aglaia«-Vorstandsvorsitzenden Rüdiger Roth. Mit zittrigen Fingern steckte sie das Handy zurück in ihre mit Swarowski-Kristallen bestickte Clutch-Bag. Nie zuvor hatten ihre Finger oder sonst etwas an ihr so sehr gezittert. Sie fühlte sich plötzlich fremd in ihrem Körper, der ein von ihr unkontrollierbares Eigenleben führte. Die Lippen kribbelten, ihr Herzschlag rauschte rhythmisch in den Ohren, ihr wurde heiß, gleichzeitig fröstelte sie. Clarissa schalt sich eine unbeherrschte Kuh, atmete tief durch und ließ den Blick zur Entspannung durch den Garten schweifen. Frau Roth hatte das weitläufige Gelände von einem Landschaftsarchitekten im englischen Stil anlegen lassen. Es sah hübsch aus. Das Arrangement der Stauden und Wildkräuter zwischen Moosen und Gräsern wirkte sehr natürlich. Die wenigen Blühpflanzen waren farblich sehr geschickt aufeinander abgestimmt, ergänzten sich Ton in Ton oder bildeten harmonische Kontrapunkte. Clarissa fragte sich, ob sie vielleicht ihr Penthouse verkaufen sollte. Sie könnte in ein schönes Haus am Stadtrand einziehen. Ihren Job aufgeben. Sich zenmäßig in Gartenarbeit vertiefen. Ihr ganzes Leben ändern …

Clarissa schüttelte energisch den Kopf über ihre lächerlichen Fluchtphantasien. Sie würde jetzt ins Esszimmer gehen, in dem ein opulentes Essen vorbereitet war. Ein Abendmahl, an dem Rüdiger Roth seine Jünger ein letztes Mal prüfen wollte, um dann die Besten der Besten in die Geschäftswelt hinauszusenden. Natürlich war Uwe Dietrich, ihr einziger ernst zu nehmender Konkurrent um den Posten des »Aglaia«-Vorstands, ebenfalls anwesend. Ebenso seine übermäßig geliftete Gattin, die schon während des Aperitifs im Salon versucht hatte, Rüdiger Roth mit tiefem Ausschnitt und deutlichen Avancen auf die Dietrich-Seite zu ziehen.

Clarissa würde mit ihren makellosen Umgangsformen und ihrer intellektuellen Überlegenheit punkten. Uwe Dietrich war gegen sie nur ein langweiliger Rechenschieber, der zwar mit Zahlen jonglieren konnte wie kein Zweiter, aber auf gesellschaftlichem Parkett eine schlichtweg hölzerne Figur abgab. Dabei war die Fähigkeit zur stilvollen Repräsentanz eine unabdingbare Eigenschaft für den oder die Vorsitzende.

Leider war Clarissa gerade nicht in der Verfassung zu stilvoller Repräsentanz. Der Tag hätte nicht schlechter laufen können. Zuerst der Anruf von Svensson. Nun wusste sie, wer die jungen Frauen waren, denen Niklas die Herzen herausgeschnitten hatte. Und inwiefern sie damit in Zusammenhang stand. Bislang hatte sie sich hinter der vagen Hoffnung verschanzt, dass sie nichts, rein gar nichts mit den mörderischen Machenschaften dieses Irren zu tun hatte. Weit gefehlt. Natürlich trug sie keine Schuld an den Morden, zumindest nicht im juristischen Sinne. Aber wenn Niklas gefasst werden würde, war sie erledigt. Das hatte sie von Anfang an befürchtet. Aber nun wurde immer deutlicher, wie tief sie in die Geschehnisse verstrickt war. Wenn sie sich gleich bei der Polizei gemeldet hätte, wäre ihre Karriere in Mitleidenschaft gezogen worden. Inzwischen aber gab es jede Menge Indizien, die ein halbwegs geschickter Staatsanwalt als Beihilfe zum Mord auslegen könnte. Ihr bisheriges Schweigen genügte. Und dann war da auch noch diese andere Sache … Konnte Niklas ihr tatsächlich den Tod von Beatrix Kowalski anhängen? Bislang hatte Clarissa gehofft, Thomas Howela würde sie aus dem ganzen Schlamassel befreien. Er würde sozusagen den Teppich seiner Skrupellosigkeit über diese elende Pfütze aus Mord und Erpressung ausbreiten, und sie könnte trockenen Fußes weitermarschieren auf ihrem Weg an die Spitze.

Jetzt war alles anders. Niklas war bei ihr im Büro aufgetaucht und hatte sich Rüdiger Roth vorgestellt. Die Polizei hatte Svensson unter Beschuss und seine Kundendateien im Visier. Sie kannten Niklas' Namen. Howela war in Niklas' Gewalt. Es war aus. Aus und vorbei. Clarissa wusste nicht, was sie tun oder denken sollte. Gab es noch eine Chance? Hatte sie noch Handlungsspielraum? Sie konnte nicht die Polizei in Luxemburg anrufen, um Howela zu retten, völlig unmöglich! Niklas würde gefasst werden und alles ausplaudern. Aber wenn sie es nicht tat, würde Niklas Howela töten. Und an ihren Händen klebte noch mehr Blut. Zum ersten Mal verspürte Clarissa so etwas wie Skrupel. Sie musste sich entscheiden, und zwar schnell. Jede Minute, die sie zögerte, brachte Howela dem Tod ein unaufhaltsames Stück näher.

Clarissa wurde von Rüdiger Roth in ihrer verzweifelten Bestandsaufnahme gestört. Er trat neben sie, fasste sie behutsam am Unterarm: »Wo bleiben Sie denn, meine Liebe? Wir vermissen Sie schon.«

»Verzeihen Sie, ein überaus wichtiges Telefonat hat mich aufgehalten …«

»Mein Gott, Sie zittern ja! Die abendliche Kälte oder schlechte Nachrichten?«

»Ein bisschen von beidem, fürchte ich. Aber wir haben Wichtigeres zu besprechen.« Clarissa lächelte Roth bemüht an. Noch war sie nicht am Ende. Aufgeben würde sie erst ganz zum Schluss. Oder kurz danach.

Clarissa straffte sich und ließ sich von dem sichtlich irritierten Roth zum Speisezimmer führen. Howela sollte sich gefälligst Mühe geben, die Situation aus eigener Kraft in den Griff zu bekommen. Er hatte es schließlich auch selbst vermasselt. Wie konnte er sich übertölpeln lassen? Er war schließlich ein Profi. Genau wie sie. Sie würde jetzt erst einmal diesen Abend hinter sich bringen. Danach konnte sie weitersehen.

Mit wiedererlangtem Selbstbewusstsein nahm Clarissa an der langen, gedeckten Tafel Platz. Sie würde diesen lächerlichen Uwe Dietrich im Angesicht der Hauptaktionäre vernichten. Keiner konnte sie aufhalten. Keiner!

4. September 2009: München.

Christian war unzufrieden. Als er am vorigen Tag mit Zeiner, dessen Kollegen und einem Durchsuchungsbeschluss in der Hand zum zweiten Mal bei »Living Angels« auftauchte, beschäftigten sich Svensson und sein Computerbeauftragter gerade mit dem großflächigen Löschen von Dateien. Natürlich vermutete Christian, dass als Erstes genau die Daten verschwunden waren, die er so dringend sehen wollte. Danach hatten sie bis spät in die Nacht auf dem Polizeipräsidium das beschlagnahmte Material durchgearbeitet. Oberstaatsanwältin Zeiner half tatkräftig mit. Sie wurde sehr schnell fündig. Es gab jede Menge Beweise für Gesetzesübertretungen bei »Living Angels«. Frau Zeiner war erleichtert, denn sie wusste, dass ihr Durchsuchungsbeschluss auf wackligen Füßen gestanden hatte. Die Ergebnisse rechtfertigten ihre Vorgehensweise. Christian jedoch hielt nichts in seinen Händen.

Übermüdet saß er mit Petra Rahnberg im plüschigen Speisesaal des Münchner Hotels beim Frühstück. Sybille hatte ihnen am Vortag zwar angeboten, in der Weininger-Villa zu übernachten, doch beide hatten dankend abgelehnt. Martha Weiningers Verkniffenheit hätte ihnen den Tag schon beim ersten Schluck Kaffee vergällt.

Petra hingegen war ausgeruht und entspannt, soweit die Umstände das zuließen. Den gestrigen Nachmittag hatte sie im Wellness-Bereich des Hotels verbracht, um für ein paar Stunden abzuschalten. Danach hatte sie lange mit Jochen Kratz telefoniert, der ungeduldig in Berlin saß und nach neuem Material für seine Reportage über den »Herzensbrecher« gierte. Er konnte es kaum erwarten, mit der Fülle seiner Informationen endlich an die Öffentlichkeit zu gehen, hielt sich jedoch strikt an die Abmachungen mit Christian.

»Was ist mit der Vermutung, Schmitt könnte unter falschem Namen bei ›Living Angels‹ arbeiten oder gearbeitet haben?«, fragte Petra, während sie sich saftige Melonenstücke von der Schale löste.

Christian köpfte sein Ei. »Alle Angestellten, die vom Alter her infrage kommen, werden überprüft. Der erste Vergleich zwischen den Passbildern der Angestellten und dem von Schmitt macht mir allerdings keine große Hoffung, dass wir fündig werden.«

Petra sah ihn enttäuscht an: »Und was hat die ganze Aktion dann gebracht?«

»Nur die Ruhe. Das Material ist längst nicht ausgewertet. Außerdem warte ich auf eine Zusammenfassung von Daniel.«

»Deinem Hacker? Was kann der denn tun? Du hast gesagt, vom Elite-Programm sind nur noch Sybille, Madame Lacour, Frau Jacob und ich als Kundinnen erfasst. Du glaubst doch nicht, dass wir die Einzigen waren?«

»Ich habe Daniel direkt nach unserem ersten Besuch bei Svensson grünes Licht gegeben. Bis zu unserem zweiten Besuch und der Beschlagnahme sind ungefähr drei Stunden verstrichen. Ich hoffe sehr, dass Daniel einige Daten kopieren konnte, bevor Svensson und sein Gehilfe mit den Löscharbeiten begonnen haben.«

»Ich finde es unglaublich, dass Svensson das Leben der anderen Kinder durch sein Schweigen gefährdet!«

»Er wusste, wenn herauskommt, dass ›Living Angels‹ gegen das Embryonenschutzgesetz verstößt, kann er den Laden dichtmachen.« Christian grinste: »Das macht jetzt Staatsanwältin Zeiner für ihn. Vielleicht zeigt sich der Herr Professor nun etwas kooperativer. Er hat nicht mehr viel zu verlieren. Wenn Frau Zeiner die für eine Anklage relevanten Fakten zusammengestellt hat, will sie mit ihm reden. Vielleicht bietet sie ihm einen Deal an. Noch gibt es Hoffnung, dass Svensson ein Einsehen hat und mit der Sprache rausrückt.«

»Und einen weiteren Mord verhindert.«

»Vielleicht könnten wir diesem Schmitt eine Falle stellen …«

Erschrocken sah Petra auf: »Du würdest eine junge Frau als Lockvogel benutzen?«

»Die Gefährdung wäre kontrollierbar. Ich bevorzuge die schnellste Methode, den Kerl zu fassen. Nicht die sicherste.«

Die beiden frühstückten schweigsam zu Ende. Danach begaben sie sich in den Innenhof des Hotels auf eine Zigarette. Es nieselte, der Himmel war schiefergrau. Sie stellten sich unter eine Kastanie, die Schutz vor dem feinen Regenschleier bot.

»Ich war damals dreiunddreißig Jahre alt und die jüngste Professorin an der Humboldt«, begann Petra plötzlich zu erzählen. »Alles lief bestens. Seit vier Jahren lebte ich mit einem Kollegen zusammen. Ich fand, es war der richtige Zeitpunkt für ein Kind. Er sah das anders. Nach monatelangen, zermürbenden Auseinandersetzungen über eine gemeinsame Zukunftsplanung packte er seine Sachen und zog aus. Ich habe mich in das Elite-Programm bei ›Living Angels‹ eingekauft. Und bekam Catrin. Sie war das Beste in meinem Leben.«

Nachdenklich blies Petra den Rauch aus und blickte den Schwaden hinterher.

»Wusste sie, dass sie ein Retortenbaby ist?«

»Retortenbaby sagt man nicht mehr. Es klingt furchtbar negativ. Ich habe es Catrin erzählt, als sie vierzehn wurde. Vielleicht ein wenig zu früh. Andererseits war sie zu alt für die Lügen über ihren Vater, die ich ihr seit Jahren auf die Nase band. Zuerst reagierte sie stinksauer. Schließlich hatte sie die ganze Zeit geglaubt, sie wäre in einer heißen Nacht auf einem Rockfestival entstanden, wo ich mich mit einem Bassisten im Gebüsch wälzte.«

»Nette Geschichte. Weitaus poetischer als ein Reagenzglas.«

Lachend schnippte Petra ihre Kippe in eine Pfütze. »Stimmt. Sie hat ziemlich lange gebraucht, bis sie die Enttäuschung verkraftete. Außerdem war sie wütend, weil sie nun nicht herausfinden konnte, wer ihr Vater war. Den Rockmusiker hätte sie irgendwann aufgespürt, meinte sie. Aber einen anonymisierten Samenspender? Keine Chance. Ihre komplette Pubertät hat sie mich deswegen angezickt. Erst als ihre Jugendliebe sich von ihr trennte, hat sie mir in einem Anflug von Frauensolidarität verziehen. Sie fand plötzlich, alle Typen seien scheiße und nur als

Samenspender zu gebrauchen. Glücklicherweise hat sich das auch wieder gegeben. Sie war eine fröhliche junge Frau.« Petras Lächeln verschwand. Trauer blieb zurück. Sie zündete sich eine zweite Zigarette an.

»Bei Sybille ist es anders gelaufen«, fuhr sie nachdenklich fort. »Sie wurde schon als junges Mädchen von den Männern ignoriert. Ein einziges Mal hatte sie einen Verehrer, wie sie mir erzählte. Aber ihre Mutter konnte belegen, dass der Kerl nur am Reichtum der Familie interessiert war und nicht an Sybille. Martha Weininger hat diesen wenig schmeichelhaften Umstand Sybille völlig schonungslos eröffnet. Und sie dann zur künstlichen Befruchtung überredet. Mit dem Argument, dass sie ja sowieso keinen Mann finden würde, der sie aus Liebe besamt. Das waren ihre Worte, laut Sybille. Eine charmante Dame, die alte Weininger!«

»Und Frau Lacour?« Christian erinnerte sich an das diffuse Gefühl, das ihn schon zu Anfang der Ermittlungen beschlichen hatte: Er sollte sein Augenmerk auf die Mütter richten. Das Gefühl hatte ihn nicht getrogen.

»Ähnlich wie bei mir. Eine Karrierefrau, bei der die Bio-Uhr getickt hat. Damals war kein geeigneter Lebenspartner in Sicht. Ihren jetzigen Mann hat sie erst kennengelernt, als Sandrine schon zwölf Jahre alt war.«

Christians Handy klingelte.

»Hey, Chefe! Ich hab Neuigkeiten!« Daniel klang aufgeregt.

»Schieß los!«

»Also: Die Nasen von der Spermabank haben etwa zwanzig Minuten, nachdem du mich angerufen hast, mit dem Schreddern der Daten begonnen. Fast so lange habe ich leider gebraucht, bis ich drin war. Ich habe zwei Dateien voll verpasst, von den anderen konnte ich ein paar Dokumente absaugen. Sie haben zuerst dieses Elite-Programm genullt, dann sind sie auch an andere Dateien ran.«

»Mich interessiert hauptsächlich das Elite-Zeugs!«

»Okay. Svensson hat die Daten behalten, von denen ihr eh schon wusstet. Gelöscht hat er zwei, bei denen ich zu spät kam, dann noch fünf andere, von denen ich drei retten konnte. Sind aber uninteressant, weil eine Datei die Geburt eines Jungen betrifft. Die anderen zwei Kundinnen haben Mädchen geboren, aber die sind beide schon länger tot.«

»Mehr konntest du nicht retten?«

»Sorry, Chefe, aber wenn du mich erst ranlässt, wenn die den Staubsauger schon auf Hochtouren haben! Interessant ist übrigens, dass ich Spuren von einem erfolgreichen Einbruch ins ›Living Angels‹-Datennetz gefunden habe. Das lief im Februar ab. Der Hacker, der da dran war, hat echt richtig was drauf. Ich konnte leider nicht nachvollziehen, was er gerippt hat. Die Datenströme liefen angeblich zu einem Leihbibliotheks-Computer in der Ukraine. Dort war Endstation. Saubere Arbeit. Aber ich hab vielleicht noch was Leckeres für dich, läuft gerade durch mein Suchprogramm. Dauert max noch ein, zwei Minuten. Um dir die Wartezeit zu versüßen, gebe ich dir Anna, die sitzt hier neben mir, weil es ihr ohne dich zu Hause zu öd ist. Sie hat das Täterprofil fertig.«

Christian ging ein paar Meter durch den Innenhof. Bei seinem Gespräch mit Anna musste Petra nicht direkt danebenstehen: »Hallo, Liebling, wie geht es dir?«

»Gut. Nur … Ich vermisse dich.« Anna erzählte ein paar private Belanglosigkeiten, um den fehlenden Beziehungsalltag wenigstens zu simulieren. Sie wollte am Abend Karen bekochen. Karen hatte nach ihrem Straßburg-Aufenthalt einige Tage freigenommen und für eine ausgedehnte Shoppingtour in Paris genutzt. Jetzt war sie zurück und begierig, Anna ihre neue Schuhsammlung zu zeigen. Christian interessierte sich herzlich wenig für Karens Schuhe. Er bat Anna, ihm doch lieber das Täterprofil zusammenzufassen.

Sie kam seiner Bitte nach: »Wie du weißt, habe ich mich wegen der Spiegel gefragt, ob der Täter seinen Opfern die Pflicht zur Selbsterkenntnis vor Augen hält oder ob er vielleicht sein Selbstbild projiziert. Ich vermute inzwischen, es ist eine etwas unausgegorene Mischung aus beidem. Er hält die Mädchen aufgrund ihrer künstlichen Zeugung für Freaks, Monster,

Menschmaschinen. Darauf weist er mit den Ablieferungsorten der Leichen hin und mit dem Dynamo, den er der Französin eingepflanzt hat. Er nimmt ihnen die Herzen, um das Menschliche aus ihnen zu entfernen und auf das Maschinelle hinzudeuten. Das könnte bedeuten, dass er ›künstlich hergestellte‹ Wesen hasst und vom Erdboden tilgen will. Weil er sie nicht als human betrachtet und das sowohl ihnen selbst als auch uns, der Gesellschaft, klarmachen will. Seine Präsentation der Leichen ist offensiv und sucht Publikum. So weit, so gut. Die Decknamen, die der Mörder wählt, weisen für mich aber auf etwas anderes hin. Unser Frankenstein ist nicht der Schöpfer, sondern das Geschöpf. Das Geschöpf Frankensteins trägt denselben Namen wie sein Schöpfer, einen eigenen hat es nicht bekommen. Ein Detail, das mit verantwortlich ist für die Suche nach der eigenen Identität. Letztlich sind sie eins. Ich glaube, der Mann, hinter dem du her bist, sieht sich selbst als Monster und sucht eine Gefährtin. Wie Frankensteins Monster. Eine, die ihm möglichst ähnlich ist, denn eine ›normale‹ Frau würde ihn, den Homunkulus, nicht lieben können. Ich glaube, dein Mann ist selbst im Reagenzglas gezeugt worden. Dass er nur Frauen auswählt, die über ›Living Angels‹ geboren wurden, könnte den Schluss zulassen, dass auch er dort herstammt. Leider sind die Männer, die aus dem Elite-Programm entstanden sind, gelöscht bis auf einen. Aber den hat Daniel schon überprüft. Der ist erst sechzehn.«

»Na toll«, entfuhr es Christian.

»Es ist nur eine Spekulation von mir. Eine recht vage sogar. Er könnte auch aus einem anderen Labor kommen. Wie du weißt, gibt es inzwischen Millionen künstlich gezeugter Menschen beiderlei Geschlechts. Vielleicht liege ich aber auch komplett falsch. Du solltest diesen Professor Svensson noch mal richtig unter Druck setzen. Oder den Computerfuzzi, der für ihn gelöscht hat.«

»Der hat nur Anweisungen ausgeführt und Dateien gelöscht, die mit Nummern und Codes gekennzeichnet waren. Von den Inhalten weiß er nichts.«

»So ein Pech! Ich schicke dir mein Täterprofil per Mail zu. Am besten an Kommissar Zeiner, oder?«

»Ja, bitte. Und an Volker, Herd und Petra Rahnbergs Mailadresse, die hast du ja. Wir sind nämlich noch im Hotel, und hier gibt es W-Lan. Ich könnte es also gleich lesen. Petra hat ihren Laptop dabei.«

»Schläfst du mit ihr?«, fragte Anna unvermittelt.

Christian lächelte: »Sie ist eine scharfe Braut, die Frau Professor, aber nein. Anna, ich liebe dich! Und es gefällt mir, dass du eifersüchtig bist.«

»Bin ich überhaupt nicht!«

Im Hintergrund hörte Christian Daniel triumphierend aufschreien.

»Ich gebe dir Daniel, der hat was gefunden. Ich liebe dich auch. Bis bald.« Anna reichte den Hörer an Daniel weiter.

»Chefe, ich bin der Größte! Ich wusste es! Also, pass auf! Dieser Svensson hat ein paar Daten löschen können, aber was ganz Billiges, Blödes hat er vergessen: Telefonverbindungen! Als du mir grünes Licht für meine kleine Recherche gegeben hast, rief Svensson fast gleichzeitig die einzige externe Nummer für diesen Tag an. Also sofort, als ihr aus der Tür raus wart. Muss dringend gewesen sein. Ich habe die Nummer gecheckt. Eine Clarissa Wedekind in Düsseldorf. Der Name kam mir verdammt bekannt vor. Also hab ich ihn gerade durch unser gesammeltes Material gejagt. Bingo! Ich hab ihn gleich zwei Mal gefunden: Wedekind ist die Geschäftsführerin von ›Aglaia‹, diesem Kosmetikkonzern, über den der Entführer von Haltern am See den Wagen angemietet hat. Und weißt du, wie Sarah Koppers Mutter Evelyn mit Mädchennamen heißt: Wedekind. Diese Clarissa ist Evelyn Koppers Schwester und damit Sarahs Tante! Bin ich gut?«

Christian bat Daniel, nicht gleich abzuheben und legte auf. Nachdenklich ging er zurück zu Petra Rahnberg, die inzwischen ihre dritte Kippe rauchte.

»Ich muss nach Düsseldorf. Kommst du mit?«

»Ich würde gerne. Zu Hause in Berlin fällt mir nur die Decke auf den Kopf, und Kratz stresst mich. Aber wäre das denn okay? Wegen deiner Freundin … Wenn ich mich nicht irre, hast du eben am Telefon was von ›eifersüchtig‹ gesagt.«

Christian registrierte, dass Petra Rahnberg ein ausgezeichnetes Gehör besaß. »Vergiss das. Du könntest mir unterwegs erzählen, was du bei deinem Besuch in Reutlingen mit Evelyn Kopper besprochen hast.«

»Nicht viel. Sarah ist natürlich gezeugt. – Wieso willst du nach Düsseldorf?«

»Es gibt eine Verbindung von Sarah zu den anderen. Und die führt über eine Clarissa Wedekind aus Düsseldorf. Sie ist das fehlende Glied in der Kette zwischen Sarah und den ›Living Angels‹!«

Petra musste hinter Christian hereilen, denn der war schon mit langen Schritten auf dem Weg zurück ins Hotel. Er wollte so schnell wie möglich einen Zug nach Düsseldorf besteigen. Fliegen lohnte sich nicht für die kurze Strecke, fand er. Sie würden maximal zwei Stunden sparen. Dafür setzte er nicht sein Leben aufs Spiel.

Als Christian sein Zimmer betrat und sein Gepäck zusammenklaubte, ging eine SMS auf seinem Handy ein: »Kommissar Beyer, Sie und Ihre Truppe scheinen nicht völlig verblödet zu sein. Aber geben Sie sich keine allzu große Mühe, mich zu suchen. Ich werde zu Ihnen kommen. Ganz in Ihre Nähe. Näher, als Ihnen lieb ist, das verspreche ich. Der ›Herzensbrecher‹.«

Düsseldorf.

Die ersten hundertfünfzig Kilometer war die Sicht durch Schlieren getrübt. Regentropfen prasselten vom grau bedeckten Himmel und wurden durch die Geschwindigkeit des ICEs in fast waagerechten Miniwasserstraßen über die Fensterscheiben des Großraumwagens gepeitscht. Die Welt hinter diesem Filter aus Feuchtigkeit wirkte wie ein verwischtes schlammig-grünes Sumpfloch.

Christian und Petra fuhren erster Klasse. Normalerweise begnügte sich Christian mit der zweiten, um sich nicht dem Vorwurf der Verschwendung von Steuergeldern auszusetzen. Aber wie so oft war die zweite Klasse überfüllt von labernden Müttern mit schreienden Kindern, von Jugendlichen, die mit kaum gedämpfter Lautstärke Ballerspiele auf ihren Laptops und Gameboys spielten, und von Bundeswehrsoldaten in Kompaniestärke, die übers Wochenende nach Hause fuhren, um sich zwei Tage lang richtig zu besaufen. Womit einige schon im Zug begannen. Christian hatte sich mit Petra im Schlepptau durch zwei Waggons gekämpft, war über Militärsäcke geklettert und Kinderwagen, und hatte schließlich festgestellt, dass er immer mehr zum Misanthropen wurde. Die Vorstellung, mit all diesen Menschen für Stunden eingepfercht zu sein, sich ihren Geräuschen und Gerüchen auszusetzen, verursachte ihm schlechte Laune. Er musste Petra nicht zu dem Kategoriewechsel beim Bahnfahren überreden. Ihr schien es ähnlich zu gehen. Die erste Klasse war zwar auch gut besetzt, bot aber die Möglichkeit, einen einigermaßen angenehmen Abstand zu den Mitreisenden zu wahren.

Kurz nachdem sie in München losgefahren waren, bekam Christian einen Anruf von Daniel. Christian hatte schon vom Hotel aus die SMS vom »Herzensbrecher« mit der Bitte um Zurückverfolgung an ihn weitergeleitet. Das Ergebnis enttäuschte: Die Nachricht war angeblich von einem öffentlichen Internetcafé in Südafrika abgeschickt worden. Da war ein Profi der Verschleierung am Werk gewesen. Vermutlich der Gleiche, der im Januar ins Datennetz von »Living Angels« eingebrochen war. Der Täter hatte also nicht dort arbeiten müssen, um an die Daten zu kommen. Wieder eine Sackgasse.

Genervt rief Christian bei »Aglaia« an, um Clarissa Wedekind zu sprechen. Nach einigen Zwischenstationen drang er bis zu ihrer Assistentin, einer Tanja Sowieso, durch. Mit dem Verweis auf Frau Doktor Wedekinds übervollen Schedule bot sie Christian einen Termin für Donnerstag in zwei Wochen an. Christian verwies auf seine bundesweiten Kompetenzen und bot im Gegenzug an, seine Düsseldorfer Kollegen zu informieren. Sie könnten Frau Doktor Wedekind ganz offiziell und unverzüglich mit dem Polizeiwagen und einer Vorladung in der Firma abholen, um sie aufs Präsidium zu geleiten, wo sie dann warten dürfe, bis er in ein paar Stunden eintreffe. Tanja bat ihn, in der Leitung zu bleiben. Eine Minute später informierte sie ihn über ein glücklicherweise gerade frei gewordenes Zeitfensterchen bei Frau Doktor. Ob es so gegen fünf Uhr in der Firma passe, und zwar ohne Polizeiwagen, Blaulicht, Sirenen oder sonstiges völlig unangemessenes Aufsehen?

Sie kamen gegen halb fünf in Düsseldorf an und checkten in einem kleinen, preiswerten Hotel am Rhein ein. Christian bezog sein Zimmer, duschte sich in aller Gemütsruhe und kleidete sich frisch ein. Er wollte Clarissa Wedekinds Zeitfensterchen ein wenig strapazieren.

Gegen Viertel vor sechs traf er bei »Aglaia« ein. Tanja Sowieso warf ihm einen giftigen Blick zu, als er sich bei ihr anmeldete. Sicher hatte sie freitags üblicherweise früher Feierabend. Clarissa Wedekind hingegen unterließ es souverän, Christians Verspätung zu kommentieren. Sie begrüßte ihn freundlich und bot ihm Platz und Kaffee an. Christian bevorzugte Mineralwasser, das Clarissa per Sprechanlage orderte. Christian hatte sich noch nicht richtig vorgestellt, als Tanja das Chefzimmer betrat. Sie stellte ein Tablett mit einer Karaffe Mineralwasser, zwei Gläsern und einem kleinen Postpaket auf Wedekinds Schreibtisch. Tanja reichte ihrer Chefin das Päckchen: »Diesmal aus Luxemburg laut Poststempel. Brauchen Sie mich heute noch, Frau Doktor Wedekind?«

Christian beobachtete, wie Clarissa Wedekind auf die Post starrte. Sie wirkte fassungslos, nahm das Päckchen weder aus der Hand ihrer Assistentin an noch beantwortete sie deren Frage. Irritiert legte Tanja die Fracht auf den Tisch und wiederholte ihre Frage. Erst da löste sich Clarissa aus ihrer Lähmung, nahm mit schnellem Griff das Päckchen, stopfte es in eine Schreibtischschublade und entließ ihre Assistentin knapp und mit leicht brüchiger Stimme ins Wochenende.

Als Tanja draußen war, räusperte sich Clarissa und wandte sich, nun wieder völlig gefasst, an Christian: »Was kann ich für Sie tun, Kommissar Beyer? Ich dachte, die leidige, wenn auch rätselhafte Angelegenheit mit dem unter unserem Firmennamen angemieteten Wagen wäre erledigt. Die Düsseldorfer Polizei war hier und hat den Fall mit unserer Verwaltung besprochen. Dass nun ein Kommissar aus Hamburg die Notwendigkeit sieht, mich als Geschäftsführerin dazu zu befragen, erscheint mir – verzeihen Sie meine Offenheit – etwas übertrieben. Zumal ich mich mit derlei Dingen wie unserem Fuhrpark oder Mietwagen-Gepflogenheiten nun wirklich nicht beschäftige. Mein Aufgabenbereich erstreckt sich auf andere Gebiete.«

Christian hatte die lange Ansprache geduldig über sich ergehen lassen. Diese Wedekind mochte sich zwar redlich um einen zuvorkommenden Tonfall bemühen, doch der Hochmut dampfte ihr aus allen Poren.

»Deswegen bin ich nicht hier, Frau Wedekind. Auch mein Aufgabenbereich erstreckt sich in der Tat auf andere Gebiete. Ich möchte mit Ihnen über Ihre kürzlich verstorbene Nichte Sarah Kopper reden.«

Clarissas Augen verengten sich. Christian hatte ihre ungeteilte Aufmerksamkeit. »Ein tragischer Fall. Unsere gesamte Familie steht immer noch unter Schock.«

»Können Sie sich irgendeinen Grund vorstellen, warum Sarah das passiert ist, was ihr passiert ist?«

»Um Himmels willen, nein! Kein normaler Mensch kann sich für eine solch sinnlose und grauenvolle Tat einen Grund vorstellen! Haben Sie denn den Mörder inzwischen gefasst? Oder wenigstens eine Spur?«

Christian sah keine Veranlassung, den Spieß von Clarissa Wedekind umdrehen zu lassen und ihre Fragen zu beantworten. »In welchem Verhältnis stehen Sie zu Professor Svensson aus München?«

Die unvermittelte Frage brachte Clarissa Wedekind wieder kurz aus dem Gleichgewicht. Sie sah eine Millisekunde fast so erschrocken aus wie in dem Moment, als ihr das Päckchen gereicht wurde. »Er war einer meiner Professoren, als ich noch studiert habe. Seitdem verbindet uns eine Art kollegiale Freundschaft. Warum fragen Sie?«

»Haben Sie häufig Kontakt?«

»Eher selten. Das letzte Mal, warten Sie ... Das ist nicht lange her ... War das gestern oder vorgestern, als er mich anrief? Ach, jetzt verstehe ich! Das waren Sie!« Clarissa tat, als wäre ihr gerade erst der Groschen gefallen. »Er hat mir erzählt, dass die Polizei bei ihm war. Weil eine junge Frau umgekommen wäre. Genaueres hat er nicht erwähnt.« Clarissa gab sich irritiert: »Es ging aber nicht um Sarah, oder? Was hat meine Nichte mit Svensson zu tun, die beiden kannten sich nicht einmal!«

»Kennen Sie vielleicht einen Niklas Schmitt?« Christian legte ihr das Foto vor.

Clarissa warf nur einen flüchtigen Blick darauf: »Nein. Nie gesehen. Wer ist das?«

Es war Christian klar, dass Clarissa Wedekind das Blaue vom Himmel herunterlog. Statt seine Fragen wahrheitsgemäß zu beantworten, versuchte sie mehr oder weniger geschickt, etwas aus ihm herauszuholen. Manchmal verrieten Fragen mehr als Antworten. Auch Lügen offenbarten häufig mehr, als sie zu verbergen suchten.

»Haben Sie sich jemals künstlich befruchten lassen?«

Clarissa sah ihn herablassend an: »Diese Frage ist reichlich vermessen. Bloß, weil ich Svensson kenne, muss ich noch lange nicht seine Dienste in Anspruch nehmen!«

»Darf ich Sie trotzdem bitten, meine Frage schlicht und einfach zu beantworten?«

»Nein, dürfen Sie nicht. Aber aus reiner Nettigkeit bin ich kooperativ. Ich habe mich niemals künstlich befruchten lassen. Ich war niemals schwanger. Ich bin kinderlos und werde das, schon aufgrund meines fortgeschrittenen Alters, auch bleiben. Wieso fragen Sie mich? Wenn Sie nicht möchten, dass ich unser Gespräch für beendet erkläre, dann sagen Sie mir klar und deutlich, was Sie von mir wollen! Und was das alles mit meiner Nichte zu tun hat!«

»Ich nehme an, das wissen Sie erheblich besser als ich.« Christian erhob sich. Im Moment hatte es keinen Zweck, weiter mit ihr zu reden. Diese Frau wusste etwas, aber sie mauerte. Aus ihr würde er nichts herausholen. Nicht jetzt. »Frau Wedekind, Sie können sicher sein, dass wir uns wiedersehen. Dann wird unser Gespräch erheblich länger dauern.«

»Immer gerne«, gab sie spöttisch zur Antwort.

»Bis dahin«, sagte Christian und ging.

Kaum war er zur Tür hinaus, nahm Clarissa das Päckchen aus der Schreibtischschublade. Sie drehte es zögerlich in ihren Händen, stellte es vor sich hin. Sie verspürte keinerlei Verlangen, es zu öffnen. Sie glaubte zu wissen, was es enthielt. Aber sie musste sichergehen. Also schnürte sie es tief durchatmend auf. Sie fand, was sie vermutet hatte: einen Körperteil von Howela. Allerdings nicht sein Herz, das wäre kaum zu identifizieren gewesen. Niklas dachte an alles. Es war Howelas sauber abgetrennter kleiner Finger inklusive Siegelring mit Achat.

Hamburg.

Beide Hände durch Topflappen geschützt, zog Anna das Pilz-Gemüse-Soufflé aus dem Backofen. Anscheinend war es gelungen. Anna atmete erleichtert auf. Sie hatte das Kochen erst vor einiger Zeit für sich entdeckt und mit Grundrezepten wie Gulasch oder Kartoffelsuppe begonnen. Seit Kurzem wagte sie sich nun an kompliziertere Herausforderungen, frei nach dem Motto: Wer lesen kann, kann auch kochen. Ihre erste Béchamelsoße war gründlich missraten. Die Panade des nächsten Experiments, eines Steirischen Backhuhns, geriet klumpig, nass und schlaff. Doch dadurch war nur Annas Ehrgeiz geweckt worden. Sie betrachtete das Kochen inzwischen als einen Krieg zwischen ihr und den Zutaten. Sie würde sich nicht von widerspenstigen Lebensmitteln und unverständlich formulierten Rezepten terrorisieren lassen, sondern sich Fleisch, Gemüse, Soßen, Suppen und jegliche Art und Weise der Zubereitung untertan machen. Häufig zu Christians Leidwesen, dem ein saftiges Steak mit Pommes oder eine schlichte Pizza jederzeit lieber waren als Annas kulinarische Kämpfe um ihren Sieg in der Küche. Deswegen kochte er meistens selbst und tarnte diese Vorsichtsmaßnahme als selbstverständliches Verhalten eines emanzipierten Mannes. Vorsichtig stellte Anna das Soufflé auf den gedeckten Tisch. Die knusprige Entenbrust stand schon da und ruhte vor dem Aufschneiden noch etwas in ihrem Saft.

»Hmmm, das sieht gut aus«, lobte Karen das Soufflé.

»Ich habe nur Angst, dass, wenn ich den Schöpflöffel reinstecke, alles in sich zusammenfällt. Oder vielleicht mit einem lauten Knall explodiert!«

Karen nahm den Schöpflöffel und rammte ihn ohne jegliche Rücksicht in die empfindliche Speise. Das Soufflé stieß einen heißen, dampfenden Seufzer aus und fiel in sich zusammen. Karen und Anna lachten, schnitten das Fleisch auf, gossen sich Rotwein ein und begannen zu essen.

Seit einiger Zeit verband die beiden so etwas wie Freundschaft. Annas langjährig gewachsene Beziehungen zu ihren Freundinnen hatten in den letzten Jahren schwer gelitten. Einige waren durch divergierende Ansichten abrupt weggebrochen, andere durch unterschiedliche Lebensweisen erodiert und wieder andere durch Umzüge erschwert worden. Ihre wenigen, übrig gebliebenen Kontakte pflegte sie inzwischen fast nur noch per Mail oder Telefon. Karen hingegen hatte Kontakte noch nie sonderlich gepflegt. Zwar kannte sie jede Menge Menschen, doch waren es fast ausschließlich Männer, mit denen sie selten mehr als eine unverbindliche Affäre einging. Überhaupt schien Unverbindlichkeit ein entscheidender Wesenszug von Karen zu sein, der gerade Frauen davor zurückschrecken ließ, ihre Freundschaft zu suchen. Anna und sie jedoch hatten sich langsam, geradezu unbeabsichtigt angenähert. Die Voraussetzung für diese Annäherung war das Nicht-Suchen, das Nicht-Brauchen und das Nicht-Fordern gewesen, sodass zwischen ihnen mit fast mathematischer Zwangsläufigkeit aus dem Negativen etwas Positives entstand.

Vor dem Essen hatte Anna Karens Pariser Einkäufe gewürdigt: Schuhe, Shirts, Schuhe, Hosen, Schuhe und einen Kurzmantel. Inzwischen waren sie beim Thema Männer angelangt. Karen gewährte Anna ein paar kleine Einblicke in ihren neuesten Flirt, den sie vor ein paar Tagen in der Hotelbar in Straßburg kennengelernt hatte. Es war das erste Mal und ein großes Privileg, dass Karen Anna etwas Derartiges anvertraute. Anna wusste, dass die Ärzte in der Rechtsmedizin und auch ein Großteil der Kriminalbeamten, die regelmäßig mit ihr zu tun hatten, mit großer Phantasie über Karens erotische Gepflogenheiten rätselten. Ihre Kollegen schwelgten geradezu lüstern in ihren Mutmaßungen, mit denen sie nichts als ihre eigenen Sehnsüchte beschrieben. Vor Jahren war Karen eines Nachts im Putzmittelraum der Rechtsmedizin mit einem Studenten beim leidenschaftlichen Austausch von Körperflüssigkeiten ertappt worden. Damals verstummten die Vermutungen der Erfolglosen, Karen wäre eine Lesbe. Seitdem sickerte über ihr Liebesleben nichts mehr an die kollegiale Öffentlichkeit durch, was die Auswüchse der Phantasien nur noch mehr wuchern ließ. Würde man den Gerüchten glauben schenken, hätte Karen vor lauter Sex mit den unterschiedlichsten Männern, an den unterschiedlichsten Orten und in den unterschiedlichsten Positionen nur schwerlich noch Zeit gehabt, ihren Beruf auszuüben.

Tatsächlich war, wie so oft, eher das Gegenteil der Fall. Karen mochte Männer und mochte Sex. Doch fiel es ihr schwer, eine Beziehung aufzubauen. Die Zeiten, in denen sie hemmungs- und gedankenlos herumgevögelt hatte, waren vorbei. Nun gewann sie mehr und mehr den Eindruck, dass die Männer sie zwar als äußerst begehrenswerte Trophäe betrachteten, aber genau deswegen aus Angst vor dem mutmaßlichen Scheitern schon im Vorwege kapitulierten und nicht nur sprichwörtlich den Schwanz einkniffen. Der Typ in Straßburg jedoch hatte sich von ihrem perfekten Äußeren und ihrem sicheren Auftreten nicht einschüchtern lassen. Er war ihr auch nicht dumm-dreist gekommen wie die meisten der Männer, die ihren Mut, sie anzusprechen, lediglich aus einer völlig falschen Einschätzung ihrer eigenen Attraktivität generierten. Die Feiglinge strafte Karen mit Verachtung, die Aufdringlichen mit Hohn und Spott.

»Und der Typ in Straßburg? Ein Franzose?«, fragte Anna interessiert.

»Belgier. Er arbeitet als Lobbyist für eine internationale Firma, die in ganz Europa Container-Terminals baut und hatte in Straßburg ein paar Termine mit EU-Abgeordneten. Der Abend mit ihm war äußerst unterhaltsam. Einen Tag später ist er mir für ein Date nach Paris gefolgt. Schmeichelhaft, oder?«

»Es gibt jede Menge Männer, die würden dir bis nach Feuerland nachreisen!«

»Aber Sie tun's nicht! Julien hat es getan. Wir waren essen, führten wunderbare Gespräche, flirteten ein bisschen. Mehr nicht. Er besitzt Stil, lässt sich Zeit. Wir mailen hin und wieder. Demnächst hat er geschäftlich in Hamburg zu tun. Dann will er mich besuchen.«

»Bist du verliebt?«

»Verliebt? Keine Ahnung. War ich das jemals? Wenn ich einen Mann treffe, der mir gefällt, dann will ich Zeit mit ihm verbringen. Ich will mit ihm schlafen. Wenn es besonders gut läuft, will ich sogar neben ihm aufwachen. Aber Liebe? Ich hatte noch nie richtigen Liebeskummer. Vielleicht, weil ich noch nie richtig geliebt habe. Was meint die Psychologin dazu?«

Anna lächelte: »Ich bin mir nicht sicher, ob die Erfahrung von Liebeskummer lebensnotwendig ist oder zur Bildung des Charakters beiträgt. Ich jedenfalls habe mir schon oft gewünscht, ohne auszukommen. Dieses entsetzliche Gefühl, nicht mehr leben zu wollen, nicht mehr leben zu können ohne den anderen, dieser brennende Phantomschmerz, wenn du verlassen wirst, und es sich so anfühlt, als sei dir ein wichtiges Organ oder ein Arm oder ein Bein amputiert worden, und du kannst keinen Schritt ohne mehr machen, dich nicht mehr bewegen, nicht mal mehr eine Gabel halten, um etwas zu essen, wobei Essen sowieso völlig unnötig wird, weil du ja keinen Lebenswillen mehr hast und deinen Körper nicht mehr spürst, nicht mehr spüren willst vor lauter Herzschmerz und …«

Karen hob abwehrend beide Hände und lachte: »Okay, ich hab's verstanden! Ist ja ekelhaft! Wer will das denn?«

Die beiden räumten gemeinsam den Tisch ab, nahmen den restlichen Rotwein und ihre Gläser und gingen nach nebenan ins Wohnzimmer. Beiläufig fragte Anna: »Wie heißt denn dein belgischer Wunderknabe?«

»Julien Offray.«

Anna stellte ihr Weinglas, das sie gerade an die Lippen hatte heben wollen, mit einem solchen Ruck auf der Tischplatte ab, dass etwas überschwappte. Sie starrte Karen fassungslos an.

»Was schaust du denn so? Kennst du jemanden, der so heißt? Hattest du mal was mit ihm?« Karen lachte.

»Julien Offray de la Mettrie«, flüsterte Anna. »Französischer Philosoph des 18. Jahrhunderts.«

»Wenn mein Julien so alt wäre, würde ich bestimmt nicht mit ihm ausgehen.«

»Du verstehst nicht. De la Mettries Hauptschrift hieß ›L'homme machine‹. Der Mensch als Maschine. Hast du eine Telefonnummer von diesem Julien? Eine Handynummer, über die man ihn orten könnte?«

Karen wischte mit einem Papiertaschentuch die Rotweinpfütze von Annas Wohnzimmertisch. »Nein. Wie schon gesagt, wir mailen. Und ich verstehe absolut nicht, wovon du redest.«

Da Karen ein paar Tage verreist gewesen war, kannte sie weder die aktuelle Entwicklung des Falles noch das vorläufige Täterprofil. Anna stockte fast der Atem. Ihr fiel die SMS ein, die Christian von dem Mörder bekommen hatte. Dass er in die Nähe kommen würde. Näher, als ihnen allen lieb sein würde. Hatte er Karen gemeint?

»Ich muss dich etwas Wichtiges fragen, Karen. Was weißt du von deinem Vater?«

»Nichts. Wieso?«

»Bist du in-vitro gezeugt worden?«

Karen sah erstaunt über den Rand ihres Weinglases: »Wie kommst du darauf? Das weiß keiner außer mir. Abgesehen von meiner Mutter natürlich, aber die ist vor Jahren verstorben. Ich rede nie darüber, weil du dir vorstellen kannst, wie meine schandmäuligen Kollegen … Verdammt noch mal, sagst du mir jetzt, was los ist, Anna?«

Anna war aufgestanden und kramte hektisch in einem Stapel von Akten, der neben dem Sofa auf dem Boden lag. Aufgeregt hielt sie Karen eine Kopie von der Zeichnung, die Liesel Stamminger in Tübingen angefertigt hatte, unter die Nase: »Ist das Julien Offray? Haben die beiden auch nur entfernte Ähnlichkeit miteinander?«

Anna vermutete, dass Karen das Phantombild nicht kannte. Karen beschäftigte sich eingehend mit Leichen, besah sich auch Tatorte und Tatwaffen. Aber nicht unbedingt jedes Asservat oder sonstiges Ermittlungsmaterial. Das gehörte weder zu ihren Aufgaben, noch hatte sie die Zeit dazu. Karen nahm die Zeichnung in die Hand und betrachtete sie eingehend. »Der Kerl hier ist blond und blauäugig. Julien hat sehr dunkle Haare, fast schwarz. Und grüne Augen. Aber er ist es. Ganz eindeutig. Scheiße noch mal. Kannst du mich bitte endlich aufklären, was hier gespielt wird?«

Anna erzählte Karen von Petra Rahnbergs Blitzreise nach München und Straßburg. Sie erzählte von Haltern am See und Christians Besuch bei »Living Angels«. Und sie berichtete von der bedrohlichen Nachricht, die Christian auf seinem Handy erhalten hatte.

Karen wirkte schockiert: »Ich bin in Australien geboren und aufgewachsen. Die ersten fünf Jahre ohne Vater. Dann hat meine Mutter in Sydney einen Deutschen geheiratet, der mich adoptierte. Deswegen heiße ich mit Nachnamen Kretschmer. Meine Mutter hieß Isabelle Brandauer. Sie ist leider viel zu früh gestorben. Brustkrebs. Erst auf dem Sterbebett hat sie mir erzählt, wie ich gezeugt wurde. Bei »Living Angels« in München. Sie hatte Samen von irgendeinem Nobelpreisträger bestellt. Mein Aussehen habe ich angeblich von meiner Mama. Mein hoher IQ ist wohl eine saubere Mischung aus beiden.«

»Du bleibst heute Nacht hier«, sagte Anna. »Du wirst keine Sekunde mehr aus den Augen gelassen.«

»Den Teufel werd ich tun! Ich will nach Hause!«

»Keine Widerrede, Karen. Ich rufe jetzt zuerst Volker an, damit der auch hier pennt. Er kommt gleich aus Essen zurück. Dann sage ich Christian Bescheid, dass er nach Hamburg kommen soll. Er ist noch in Düsseldorf.«

»Wieso Volker? Was soll der denn hier? Händchen halten?«

»Kannst du mit einer Waffe umgehen? Ich nicht«, erklärte Anna leicht gestresst.

»Ich schon. Es gibt wenig, was ich nicht kann.« Karen blickte ein wenig verächtlich. Sie fühlte sich durch Annas Pläne in ihrer Autarkie bedroht.

Doch Anna ließ sich nicht umstimmen: »Schön für dich. Aber im Haus ist keine Waffe. Christian hat seine mit in Düsseldorf. Falls du dich erinnerst, weiß ich nur zu gut, wie einfach es ist, in mein Haus einzudringen und mich niederzuschlagen. Oder dich. Und jetzt tu bitte nicht so, als könnte dir so was Blödes nicht passieren!«

Anna war vor einigen Jahren überfallen und in ihrer eigenen Küche gefesselt und gequält worden und nur knapp dem Tode entronnen. Karen gab klein bei und zog sich kurz darauf ins Gästezimmer zurück. Sie wollte ein paar dringende Telefonate führen. Ihr war ein verwegener Verdacht gekommen, den sie zuerst überprüfen musste, bevor sie Christian und die anderen darüber informierte.

Anna rief Volker an, der gerade gelandet war. Er versprach, sich sofort auf den Weg zu machen. Dann klingelte sie bei Christian durch. Sofort sprang die Mailbox an. Offensichtlich war sein Handy abgeschaltet. Sie fasste ihm Karens Geschichte konzentriert und sachlich zusammen. Dabei verzichtete sie auf jedes private Wort. Nachdenklich legte sie wieder auf. Sonst war sein Handy nie abgeschaltet.

5. September 2009: Hamburg.

Christian hatte am Morgen in aller Ruhe mit Petra Rahnberg gefrühstückt, die sich dann auf den Heimweg nach Berlin machte. Erst danach bemerkte Christian, dass er den Akku seines Handys aufladen musste. So erreichte ihn Annas Nachricht relativ spät. Ursprünglich hatte er sich mit der Düsseldorfer Mordkommission kurzschließen wollen, um die Kollegen über einen mutmaßlichen Zusammenhang Clarissa Wedekinds zu den Morden des »Herzensbrechers« zu informieren. Nun änderte er seine Pläne abrupt. Er bestieg sogar ein Flugzeug.

Gegen Mittag kam er in der Einsatzzentrale der Soko Bund in Hamburg an. Herd, Daniel und Yvonne saßen am Tisch im Konferenzraum und nahmen eine Art Mittagessen zu sich. Ein dicker Geruch von Pommes und Currywurst hing in der Luft. Nur Yvonne ernährte sich gesund und aß einen Salat. Christian setzte sich dazu und klaubte mit den Fingern ein paar Pommes aus Daniels Pappschale.

Daniel berichtete, dass er – selbstredend versehentlich – in Clarissa Wedekinds Computerakte bei ihrer Privatkrankenkasse geraten war. Sie sagte die Wahrheit. Clarissa Wedekind war niemals schwanger gewesen. Es blieb also weiterhin ein Rätsel, was sie mit den Morden verband – außer ihrer Verwandtschaft zu Sarah Kopper. Ebenso blieb im Dunkeln, was sie mit Svensson verband – außer einem alten kollegialen Verhältnis zwischen Professor und Musterstudentin. Oder was sie mit der Anmietung des Wagens für Haltern am See zu tun hatte – außer dass sie Geschäftsführerin der angeblich anmietenden Firma war. Viele Fäden liefen zu ihr. Aber da sich die Fäden noch nicht entwirren ließen, konnte man sich auch nicht an ihnen entlanghangeln bis zum Ein- oder Ausgang aus dem Labyrinth.

Anna traf kurz nach Christian ein und begrüßte ihn mit einem flüchtigen Kuss. Dann fasste sie noch einmal ihr

Gespräch mit Karen für alle Anwesenden zusammen. »Karen ist jetzt auf der Arbeit. Sie will irgendetwas abklären. Dann holt Volker sie in der Rechtsmedizin ab und bringt sie her«, endete Anna ihren Bericht.

»Was wollt ihr jetzt machen?« Daniel hatte zu essen aufgehört. Die Geschichte war ihm auf den Appetit geschlagen. »Könnt ihr Karen überhaupt beschützen? Ich finde, sie sollte sich verstecken, bis ihr diesen Irren gefasst habt.« Es war bezeichnend, dass er sich nicht ins aktive Team mit einschloss. Daniel mochte es ganz und gar nicht, wenn sich das Verbrechen in seine unmittelbare Nähe begab. Seine Welt bestand aus mehr oder weniger sauber angeordneten Bits und Bytes, mit dem Rest wollte er nichts zu tun haben.

»Karen ist unsere beste Chance bisher, den Kerl zu schnappen«, sagte Christian.

»Du willst sie als Lockvogel benutzen?« Anna war sich nicht sicher, wie sie das finden sollte.

»Wenn sie dazu bereit ist. Ja.«

»Ganz schönes Risiko«, meinte Herd.

Christian nickte: »Es wird knifflig. Niklas Schmitt weiß, dass Karen mit uns zusammenarbeitet. Er weiß, dass wir in München bei Svensson waren. Er kann nicht davon ausgehen, dass Karen über ihre Herkunft im Unklaren ist. Dazu ist er zu klug. Also wird er mit Polizeischutz für Karen rechnen.«

Herd schlug sauer mit der Faust auf den Tisch: »Wenn ich daran denke, dass der Kerl in der Hotelbar in Straßburg nur ein paar Meter entfernt gesessen hat! Direkt vor unserer Nase! Ich könnte wirklich kotzen!«

»Und dann ist er auch noch so arrogant, uns seinen Besuch per SMS anzukündigen. Anscheinend will er spielen«, sagte Christian ebenso verärgert. »Genau das müssen wir nutzen, um ihm eine Falle zu stellen.«

»Hast du einen Plan?«, fragte Herd.

»Er geht garantiert davon aus, dass wir Karen beobachten und verkabeln. Dass wir uns bemühen, sie keine Sekunde aus den Augen zu lassen, um ihm keine Angriffsfläche zu bieten.«

»Was erfahrungsgemäß und laut Chaos-Theorie schier unmöglich ist«, warf Daniel ein.

»Er ist kein Heckenschütze. Er will Karen lebend. Das macht es für ihn erheblich schwieriger.«

»Aber für uns nicht unbedingt leichter.« Herd blieb weiterhin skeptisch.

»Im Grunde schon. Wir könnten Karen einen nahezu lückenlosen Schutz bieten. Es würde extrem schwierig, vielleicht sogar unmöglich sein, unser Bündel an Sicherheitsmaßnahmen auszuhebeln. Aber der Kerl ist hochintelligent. Wir dürfen ihn nicht unterschätzen.«

»Deshalb halte ich es für grundverkehrt, Karen einem solchen Risiko auszusetzen«, sagte Anna.

»Geht mir genauso«, mischte sich Yvonne zum ersten Mal zaghaft ein.

Christian insistierte: »Bevor Schmitt eine Lücke in der Überwachung seiner Zielperson finden kann, müssen wir ihm eine inszenieren. Sie muss überzeugend sein, damit er genau dann zuschlägt, wann wir es wollen. Und wo wir wollen. Wir werden eine Flanke öffnen und hinter ihm wieder schließen.«

»Du redest von Karen, nicht von irgendeiner ›Zielperson‹!« Daniel war mulmig bei Christians Überlegungen.

»Wir werden nichts tun, was Karen nicht will. Und nichts, was sie gefährdet.«

»Glaubst du, dass er schon in der Stadt ist?«, fragte Anna.

»Er hat mit ihr in Straßburg und Paris Kontakt aufgenommen. Bei den bisherigen Opfern war die Zeitspanne zwischen Erstkontakt und dem Gewaltakt sehr kurz.«

»Warum hat er nicht gleich in Paris zugeschlagen?«, überlegte Yvonne.

»Unbekanntes Terrain. Weder in Straßburg noch in Paris hat Karen ihre üblichen Wege eingeschlagen und ist fest gefügten Zeitplänen gefolgt. Er konnte nichts vorbereiten, nichts planen«, mutmaßte Herd.

»Das sehe ich genauso«, stimmte Christian zu. »Ich glaube, dass er sich schon vor der ersten Kontaktaufnahme eingehend mit den Lebensgewohnheiten seiner Opfer vertraut macht.« Er wandte sich an Daniel: »Wann, sagtest du, wurde in die Computer von ›Living Angels‹ eingebrochen?«

»Der Crack, dem ich bis in die ukrainische Leihbibliothek folgen konnte? Das war am sechsten Februar.«

»Seitdem besitzt er eine Liste seiner Opfer. Er hatte ausreichend Zeit, sie auszukundschaften.«

»Und ich habe ihm auch noch alles Mögliche erzählt, blöd wie ich bin!« Karen stand entspannt im Türrahmen. Keine Spur von Angst, kein Schatten um die Augen, der von dem Damoklesschwert über ihrem Haupt geworfen wurde. Volker trat hinter ihr ein. Die beiden setzten sich dazu. Volker schnappte sich die Reste von Daniels Essen und stopfte die kalten Pommes in sich hinein. »Es gibt was Neues. Erzähl mal, Karen!«, sagte er mit vollem Mund.

»Hat Schmitt sich bei dir gemeldet?«, fragte Christian.

»Noch nicht. Aber gestern Abend nach meinem Gespräch mit Anna kam ich auf eine Idee. Ärgert mich, dass ich es nicht schon früher überprüft habe.«

Außer Volker, der aufs Essen konzentriert war, sahen alle Karen erwartungsvoll an.

»Ich habe gestern Nacht meine Kollegen in den rechtsmedizinischen Instituten in Tübingen, München, Berlin und Straßburg angerufen und um eine Simulationsberechnung der autosomalen Marker von den Opfern gebeten.«

»Wie schön«, meinte Christian trocken. »Und was ist das?«

»Ein Test des Verwandtschaftsverhältnisses. Funktioniert ähnlich wie der allseits bekannte Vaterschaftstest. Die Ergebnisse sind eben angekommen.«

»Aha.« Christian wusste nicht, worauf Karen hinauswollte.

»Alle Opfer, außer Sarah Kopper, stammen nicht nur von der gleichen Samenbank, sondern auch vom gleichen Spender. Mira Weininger, Catrin Rahnberg, Sandrine Lacour und Jenny Jacob sind Halbschwestern – meine Halbschwestern.«

9. September 2009: Hamburg.

Müde saß Christian mit einem abgestandenen Kaffee im Konferenzraum der Soko-Einsatzzentrale. Zum wiederholten Male las er die Berichte der letzten Tage und besah sich die beiliegenden Skizzen. Alle an Karens Personenschutz Beteiligten waren so sehr bemüht, alles richtig zu machen, dass sie entgegen üblicher Gepflogenheiten sogar Berichte anfertigten über Tage, an denen absolut nichts Erwähnenswertes geschah. Es waren Dokumente des Scheiterns:

> Montag, 7. September 2009, Hamburg, Bahrenfeld.
> Um 22:36 Uhr verlässt Kommissaranwärter Henry Bohm mit der zu schützenden Person Karen K. das Restaurant »Rach & Ritchie« am Holstenkamp 71. Gemäß der Absprache lässt sich Kommissaranwärter Bohm von der als Passantin getarnten Polizeimeisterin Beate Schumacher ansprechen. Er gibt ihr Feuer, verwickelt sich in ein kurzes Gespräch und zeigt sich abgelenkt von der Schutzperson. Die Schutzperson geht gemäß Absprache allein weiter und begibt sich zur Seitenstraße, wo ihr Fahrzeug in einer dunklen Ecke geparkt ist. Im Umfeld ihres Fahrzeugs halten sich verdeckt Kommissaranwärter Franke und Kommissar Kolle auf, falls …

Christian ließ das Protokoll sinken. Sie hatten Niklas Schmitt ein Zeitfenster von einigen Minuten gegeben, in denen er sich Karen scheinbar relativ gefahrlos hätte nähern können. Aber nichts war passiert. Karen erzählte ihm danach am Telefon, dass sie in höchster Anspannung zu der schlecht beleuchteten Seitenstraße geschlendert war. Sie hatte sich nicht gefürchtet, schließlich besaß sie einen schwarzen Gürtel in Karate und trug eine Waffe. Außerdem gab es in zwei Hauseingängen versteckt noch die zusätzlichen Beamten, die auf eine Möglichkeit zum Zugriff warteten. Angst war es nicht, was sie gefühlt hatte. Es war Ungeduld gewesen. Sie wollte, dass etwas passierte. Christian hatte Karen ernsthaft ermahnt. Sie durfte nicht schon am zweiten Tag die Geduld verlieren. Sonst würde sie das Ganze unmöglich noch eine Woche aushalten oder gar zwei.

Nach dem Telefonat mit Karen hatte Christian überlegt, ob er sich vielleicht irrte und Niklas Schmitt noch gar nicht in der Stadt war. Der nächste Tag jedoch sollte seine ursprüngliche Vermutung bestätigen. Christian ließ ihn noch einmal Revue passieren:

> Dienstag, 8. September 2009, Hamburg, Rotherbaum, Grindelhof 14 a. Um 22 : 17 verlässt Schutzperson Karen K. nach einem After-Work-Getränk mit Kollegen aus der Rechtsmedizin das »Abaton Bistro«. Sie wird begleitet von Kommissaranwärter Henry Bohm. Die beiden inszenieren gemäß Absprache einen Streit, in dessen Verlauf die Schutzperson deutlich verlautbaren lässt, dass sie für fünf Minuten allein Luft schnappen möchte. Die Schutzperson entfernt sich Richtung Allende-Platz. Kommissaranwärter Bohm behält sie vorerst im Auge und zündet sich eine Zigarette an. Durch einen aus dem »Abaton Bistro« herauskommenden Pulk von Gästen (vier an der Schutzmaßnahme beteiligte Polizeibeamte) verliert Henry Bohm die Schutzperson weisungsgemäß aus den Augen. Die Schutzperson begibt sich zwischen die auf dem Allende-Platz geparkten Autos und schlendert zum Unigelände ...

Karen hatte auf dem recht verlassenen Gelände herumgestanden und gewartet. Zwei vereinzelte Passanten waren achtlos an ihr vorbeigegangen. Dann war sie allein gewesen. Vergeblich hatte sie in sich hineingehorcht, ob sie eine Art Bedrohung fühlte. Ob *er* in der Nähe wäre. Aber sie hatte nichts gespürt außer dem Unwohlsein, von ihren Beschützern beobachtet zu werden. Dann näherten sich Schritte. Aus dem Schatten eines Baumes löste sich ein Mann. Karen konnte nur die Umrisse erkennen. Es schien, als hätte er eine Mütze auf. Er kam ein, zwei Meter auf sie zu, anscheinend absichtslos. Plötzlich stutzte er und hielt an. Ein Rascheln und ein unterdrücktes Geräusch hatten seine Aufmerksamkeit erregt. Er sah in die Richtung der Müllcontainer, die am Durchgang zur Unibibliothek standen, drehte sich abrupt um und rannte weg. Ein Beamter kam hinter dem Müllcontainer hervorgestürzt, Henry Bohm sprintete aus Richtung Allende-Platz dazu. Beide hetzten sie dem Unbekannten hinterher. Erfolglos. Die Verfolger hörten nur noch das Geräusch eines Motorrads, das angeworfen wurde und sich mit hohem Tempo entfernte.

Bei der darauffolgenden Manöverkritik hatte sich herausgestellt, dass dem Beamten hinter dem Müllcontainer eine Ratte über den Fuß gelaufen war. Vor Schreck gab er das verräterische Geräusch von sich. Der dritte der auf dem Gelände verteilten vier Beamten, der das Unigelände von der gegenüberliegenden Schlüterstraße aus im Auge behalten sollte, hatte das geparkte Motorrad zwar bemerkt, war aber just in dem Moment, als der Mann es bestieg, mit einer kleinen Pinkelpause beschäftigt. Ihm blieb nur noch, mit offener Hose ein paar nutzlose Schritte hinter dem Verdächtigen her zu hasten. Das unbeleuchtete Nummernschild konnte er nicht lesen.

Christian legte die Berichte und Skizzen beiseite. Pleiten, Pech und Pannen, anders konnte man das nicht nennen.

Herd kam mit frischem Kaffee aus der Küche und setzte sich dazu. »Das ist genau das, was Daniel gemeint hat«, sagte er sauer. »Chaos-Theorie. Oder Murphy's Gesetz: Wenn Scheiße passieren kann, dann passiert sie auch.«

Natürlich bestand die Möglichkeit, dass der Flüchtende ein harmloser Kleinkrimineller gewesen war. Doch keiner von ihnen glaubte daran. Sie hatten es vergurkt. Die Falle war offensichtlich geworden, ohne dass sie zuschnappen konnte. *Wie* offensichtlich ihre Falle gewesen war, hatten sie allerdings erst am heutigen Morgen begriffen. Bei Christian war gegen sieben Uhr eine SMS auf dem Handy eingegangen, die Daniel wieder einmal bis in die Ukraine zurückverfolgen konnte: »Halten Sie mich für blöd? Ich habe mir einen Idioten gemietet, der für ein paar Euro bereit war, sich Karen zu nähern und dann zu verschwinden. Er hielt es für ein albernes Spiel mit meiner Freundin. Für mich war es sehr erhellend. Die bescheuerte Nummer vorgestern bei ›Rach & Ritchie‹ stank schon meilenweit gegen den Himmel! So wollen Sie mich kriegen? Amüsant. Viel Glück weiterhin, Sie können es brauchen. Und herzliche Grüße an Karen. Julien«

Nach der SMS hatte Karen darum gebeten, das Ganze abzublasen. Julien, Frank, Thorsten oder wie auch immer der »Herzensbrecher« sich im Moment nennen mochte, würde sich garantiert nicht mehr blicken lassen. Er sah doch, wie gut sie bewacht war. Christian ließ sich nicht darauf ein. Auch wenn seine Idee der offenen Flanke grandios gescheitert war, galt es weiterhin, Karen zu beschützen. Ob sie wollte oder nicht. Sie war erst außer Gefahr, wenn der Mörder gefasst wurde. Christian warnte ebenso davor, die Bewachung mit weniger Konzentration fortzuführen. Sie beobachteten Karen. Der Mörder beobachtete die Bewacher. Er würde den ersten Fehler zu seinem Vorteil nutzen.

Christian nahm von Herd dankend den frischen Kaffee an und sah auf die Uhr. Es war kurz vor acht. In einer Stunde ging seine Maschine nach München. Christian plante, Svensson noch ein letztes Mal wegen des Samenspenders und Clarissa Wedekind in die Mangel zu nehmen. Große Hoffnung hatte er nicht. Karen war für den heutigen Tag in Volkers Obhut. Den Plan einer inszenierten Lücke in der Bewachung hatten sie fallenlassen. Jetzt gab es keinen Plan mehr.

Seit vier Tagen lebte Karen unter permanenter Überwachung. Entweder trabte ein Beamter direkt an ihrer Seite oder es gab mehrere Beobachter in Zivil, die sie aus gebührendem Abstand im Auge behielten. Langsam ging es ihr auf die Nerven. Egal, ob sie in ihrem Cabrio zur Arbeit fuhr, ob sie einkaufen oder essen ging, einen Arzt besuchte, an der Alster entlangjoggte oder einfach nur auf einer Parkbank saß und in einer Fachzeitschrift las: Sie war nicht allein. Für jemanden von Karens Charakter war diese Fülle an unerwünschter Aufmerksamkeit schwer erträglich. In ihrem normalen Alltag kontrollierte sie selbstbestimmt, wessen Nähe sie wie weit zuließ. Sie genoss ihre Freiheit, hielt Fremde, sowie Kollegen und mitunter sogar ihre Freunde auf Distanz. Nun fühlte sie sich eingesperrt in ihrem eigenen Leben. Es war, als würde sie in einer übervollen Zelle sitzen, in der es keinerlei Privatsphäre mehr gab. Sie fühlte sich selbst beim Zähneputzen, Duschen und Pinkeln kontrolliert. Auch wenn sie in ihrem Badezimmer nicht gesehen werden konnte, ihre Aufpasser hörten, was sie tat. Karen war verkabelt, und Christian hatte ihr eingeschärft, die Verbindung niemals zu unterbrechen. Karen bekam das Gefühl, dass sie langsam eine Art Verfolgungswahn entwickelte, wobei sie der fatalen Verwirrung erlag, diejenigen zu hassen, die sie beschützen wollten. Ihre Kollegen könnten aus Langeweile mit der Armbanduhr stoppen, ob sie sich tatsächlich die empfohlenen drei Minuten lang die Zähne putzte. Sie könnten hämisch kommentieren, wie häufig sie zur Toilette ging, und außerdem hören, ob sie im Schlaf regelmäßig atmete oder schnarchte oder gar leise in erotischen Träumen stöhnte. Diese Vorstellung war ihr mehr als zuwider. Fast wünschte sie, der angebliche Julien Offray würde endlich zuschlagen und sie mitnehmen, heraus aus dieser Zwangssituation und hinein in eine andere, eine private, die den Vorteil hätte, nur einem Paar Augen und Ohren ausgeliefert zu sein statt gefühlten Tausenden. Die Vision von der Zweisamkeit mit ihrem Mörder besaß fast etwas beruhigend Intimes.

Christian hatte ihr genau das prophezeit. Sie würde wie viele andere, die unter Personenschutz standen, früher oder später an einen Punkt kommen, an dem sie sich heimlich die Verkabelung vom Leib reißen und irgendetwas Verrücktes tun wollte. Etwa nachts aus dem Badezimmerfenster klettern, um den Aufpassern zu entkommen und sich wenigstens für ein, zwei Minuten wie ein freier Mensch zu fühlen und nicht wie eine Laborratte. Diese ein, zwei Minuten jedoch konnten über Leben und Tod entscheiden. Christian hatte sie gebeten, auf die Zeichen einer drohenden Dummheit zu achten und ihm rechtzeitig

Bescheid zu geben. Dann würden er, Volker und Herd für einen von ihr gewünschten Zeitraum persönlich und exklusiv ihre Überwachung übernehmen, damit sie wenigstens Freunde um sich hatte, statt fremder Beamte, deren unsichtbare Anwesenheit sie als Belastung empfand.

Karen versuchte, sich abzulenken. Es gelang ihr nur halbwegs. Bei der Arbeit ließ sie sonst keinerlei Unaufmerksamkeit am Obduktionstisch zu. Nun stellte sie fest, dass ihre Gedanken abdrifteten. Karen war von sich selbst überrascht, pflegte sie doch sonst mühelos den Ruf einer nicht zu erschütternden Eisente. Nun zeigte sie Nerven. Deswegen gab sie am Vortag die Leitung der vorzunehmenden Obduktionen an ihren Assistenten ab, bis ihr Kopf wieder frei war von privaten Belangen.

Als ihre Mutter Isabelle ihr auf dem Sterbebett von der In-vitro-Fertilisation erzählt hatte, war ihr klar gewesen, dass mit an Sicherheit grenzender Wahrscheinlichkeit irgendwo auf der Welt noch andere Menschen lebten, die vom gleichen Samenspender wie sie abstammten. Aber da dieser Gedanke niemals bebildert wurde, ließ sie ihn wieder fallen und vergaß ihn schließlich. Nun aber gab es Gesichter. Es gab Namen, Lebensläufe, Schicksale. Nun besaß Karen, Einzelkind seit ihrer Geburt und Vollwaise seit dem siebzehnten Lebensjahr, plötzlich eine Familie. Als Kind hatte sie sich oft Geschwister gewünscht: einen Bruder, mit dem sie um die Wette gelaufen, geschwommen und getaucht wäre. Oder eine Schwester, mit der sie über Jungs hätte reden können. Jetzt hatte sie eine Schwester. Die zehnjährige Jenny Jacob lebte noch.

Karen grübelte immer wieder darüber nach, ob ihr Bedürfnis nach Kontakt Sinn machte. Oder ob sie damit nur alte, längst begrabene Sehnsüchte nach Zugehörigkeit schürte. Sie hatte sich ihr Leben in relativer Bindungslosigkeit eingerichtet und war bislang von der Richtigkeit dieser Entscheidung überzeugt gewesen. Nun spürte sie erstmals wieder andere Impulse. Sie würde Jenny gerne kennenlernen. Und sie wollte den Mann treffen, der ihr durch seine brutalen Morde unverhofft eine Familie geschenkt und sofort wieder genommen hatte. Karen wollte ihre toten Halbschwestern rächen. Nur deshalb hielt sie durch und gehorchte Christians Anweisungen.

Am frühen Nachmittag wurde sie von Volker aus der Rechtsmedizin abgeholt, der ihren Aufpasser bei der Arbeit ablöste. Karen hatte ihren Dienst schon um fünf Uhr in der Früh begonnen. Die halb verweste Leiche einer alten Frau war gefunden worden. Die Witwe hatte seit Wochen tot in ihrer Wohnung gelegen, bis sich die Nachbarn über die Geruchsbelästigung beschwerten. Danach landete ein junger Fixer auf ihrem Tisch, der auf einer Kneipentoilette an einer Überdosis krepiert war. Es war in beiden Fällen kein Problem gewesen, die Todesursache zu bestimmen. Dennoch war Karen erschöpft. Volker schlug einen Spaziergang im Stadtpark vor.

Die Sonne schien warm vom blitzblauen Spätsommerhimmel. Auf den sattgrünen Wiesen saßen Grüppchen von jungen Leuten, die ihren Grill neben den Bierkästen aufbauten. Andere spielten Fußball, warfen Bälle für ihre Hunde oder ließen Drachen steigen. Zum ersten Mal in ihrem Leben fragte Karen sich, warum sie einen Beruf gewählt hatte, in dem sie sich ausschließlich mit toter Materie beschäftigte. Still und in sich gekehrt trottete sie neben Volker her. Volker war ihr der liebste Begleiter. Er konnte stundenlang schweigen, ohne dass das Schweigen bedrückend wurde.

Nach dem Spaziergang fuhren sie zu Karens Wohnung, die nicht weit vom Stadtpark entfernt lag. Volker würde Karen bis in ihre Wohnung bringen, sie für den Abend verkabeln und die Observation an die Beamten von der Nachtschicht übergeben, die in einer halben Stunde eintreffen sollten. Karen stellte ihren Wagen in der Tiefgarage ab. Als sie aus der Garage kamen, bemerkten sie einen Tumult schräg gegenüber auf der anderen Straßenseite. Zwei Jugendliche in Bomberjacken traten wild und unter wüsten Beschimpfungen auf einen älteren Mann ein, der blutend auf dem Bürgersteig lag und sich mit beiden Händen vor der nächsten Attacke zu schützen suchte. Einige Passanten begafften die Situation ratlos. Andere wandten sich ab, taten so, als hätten sie nichts gesehen, und gingen eilig weiter ihres Weges. Volker jedoch überquerte blitzschnell die Straße und versuchte, die Situation zu klären. Er zog einen der Angreifer von seinem Opfer weg und drehte ihm den Arm auf den Rücken. Laut identifizierte er sich als Polizist, um den zweiten Jugendlichen gleich mit einzuschüchtern.

Karen hatte eine Schrecksekunde lang verharrt. Doch auch sie reagierte instinktiv. Ein Mann wurde verletzt. Sie war Ärztin. Volker hatte es mit zwei Gegnern zu tun. Sie war ausgebildet im Nahkampf. Karen war im Begriff, über die Straße zu sprinten, um Volker und dem Mann, der wimmernd am Boden lag, zu helfen. Doch schon nach zwei Schritten fuhr ihr ein Auto in den Weg. Reifen quietschten. Fast hätte der Fahrer sie mit der Kühlerhaube erwischt. Karen fluchte leise. Sie musste den Wagen umlaufen, um zu Volker zu gelangen. Sie kam nicht weit. Die Fahrertür wurde abrupt aufgerissen und prallte wie ein Rammbock gegen Karen. Sie stürzte zu Boden. Als sie sich schimpfend wieder aufrappeln wollte, hörte sie ein geflüstertes »Hallo, Karen« und spürte einen Nadelstich im Hals. Das Ganze dauerte nur wenige Sekunden.

Unterdessen hatten die beiden Jugendlichen von ihrem Opfer abgelassen. Den einen hielt Volker immer noch im Polizeigriff, der zweite interessierte sich plötzlich überhaupt nicht mehr für Volker und starrte stattdessen auf die Straße. Volker wurde plötzlich von dem unheimlichen Gefühl befallen, dass hier etwas ganz und gar nicht stimmte. Er drehte sich suchend nach Karen um. Und sah, wie ihr leblos scheinender Körper von einem jungen Mann mit Baseballcap in den Fonds eines Mercedes bugsiert wurde. Der Mann hatte es eilig.

Volker war etwa zwanzig Meter entfernt. Entsetzt ließ er von den Jugendlichen ab und rannte zu dem Benz, der mit quietschenden Reifen anfuhr. Volker warf sich mit seinem ganzen Körper auf das Heck des Wagens, als könnte er dadurch irgendetwas aufhalten oder verhindern. Es war eine Verzweiflungstat. Durch eine abrupte Lenkbewegung des Fahrers wurde Volker, der keinen Halt auf dem Heck fand, von der Karosserie geschüttelt. Unsanft landete er auf dem Asphalt, direkt vor der

Stoßstange eines anderen, hektisch abgebremsten Fahrzeugs. Volker ignorierte den Fahrer, der sofort ausstieg und ihn erschrocken nach seinem Befinden fragte. Er starrte wie fixiert dem Mercedes hinterher und merkte sich die Autonummer. Die beiden Jugendlichen, die eben noch gnadenlos den Mann attackiert hatten, kamen zu ihm gelaufen und halfen ihm freundlich aufzustehen. Ebenso munter und gut gelaunt stand auch der ältere Herr plötzlich neben Volker.

»Mann, was für eine geile Action!«, sagte einer der beiden jungen Typen.

»Cooler Stunt!«, stimmte der andere zu und klopfte Volker anerkennend auf die Schulter.

»Wo sind eigentlich die Kameras versteckt?«, fragte der ältere Mann. »Ich habe keine einzige gesehen. Das macht ihr wirklich gut, dieses versteckte Dings. Aber ich war auch super, oder?« Er wischte sich Sirup aus dem Gesicht.

Volker begriff nicht, was die drei von ihm wollten, noch was hier überhaupt gespielt wurde. Er schubste alle helfenden Hände beiseite, zog sein Handy heraus und gab hektisch Marke, Beschreibung und Kennzeichen des flüchtigen Wagens an die Notrufzentrale durch. Alle verfügbaren Streifenwagen würden sofort ausschwärmen, Verstärkungskräfte der Bereitschaftspolizei und ein Hubschrauber würden schnellstens dazustoßen. Volker hoffte inbrünstig, dass der Wagen innerhalb der nächsten Minuten irgendwo abgefangen und gestoppt wurde. Erst danach wandte er sich mit mulmigem Gefühl dem Trio zu, das ihn von Karen abgelenkt hatte.

Seine böse Vorahnung bestätigte sich schnell: Die Straßenschlägerei war inszeniert gewesen. Irgendein TV-Redakteur hatte am nahe gelegenen S-Bahnhof schon am Tag zuvor die beiden gelangweilt herumhängenden Jugendlichen angesprochen. Den älteren Mann hatte er mit einem Sixpack vor einem Obdachlosenasyl »gecastet«. Angeblich wollte er einen möglichst realistischen Beitrag über Zivilcourage drehen: Wer hilft einem bedrohten Mann unter Gefahr für das eigene Leben? Seine Laiendarsteller hatten seit Stunden auf der Straße vor

Karens Haus herumgelungert und sich gewundert, warum der Regisseur so ewig lange wartete, bis er »Action« rief. Dann aber spielten sie mit vollem Einsatz. Nun verlangten sie stolz ihre versprochene Gage von dem vermeintlichen Fernsehteam.

Volker hätte vor Wut heulen können. Er war blind auf eine Variante von Christians gescheitertem Planspiel hereingefallen. Niklas Schmitt hatte die Strategie der Soko Bund durchschaut und gegen sie gewendet. Er hatte punktgenau vor der täglichen Wachablösung zugeschlagen und eine inszenierte Lücke in Karens Bewachung gerissen. Nun befand sich Karen in seiner Gewalt. Und er, Volker, war schuld.

München.

Christian erhielt die niederschmetternde Nachricht von Karens Entführung, als er in München gemeinsam mit Oberstaatsanwältin Zeiner Professor Svensson vernahm. Volker selbst rief ihn an. Er klang, als würde er sich am liebsten besinnungslos besaufen wollen vor lauter Schuldgefühlen. Christian war so schockiert, dass er Volker wütend anbrüllte, um Dampf abzulassen. Volker wehrte sich mit keinem Wort. Schließlich entschuldigte sich Christian bei seinem Freund. Er wäre vermutlich auch auf die Scharade hereingefallen. Sie hatten ihren Gegner unterschätzt. Christian legte auf und versuchte die Nerven zu behalten. Er wusste, dass Volker wie auch Herd, Daniel und die anderen Kollegen in Hamburg alles nur erdenklich Mögliche taten, um Karen so schnell wie möglich zu finden. Das Einzige, was er von München aus beitragen konnte, war Informationsbeschaffung.

Er ging wieder zum Vernehmungsraum und nahm Staatsanwältin Zeiner beiseite. Mit knappen Worten setzte er sie über die Neuigkeiten in Kenntnis und bat um ein paar Minuten allein mit Svensson. Zeiner sah in seinen Augen, dass es unter den gegebenen Umständen besser war, Christian ohne juristische Spitzfindigkeiten etwas Spielraum zu geben. Sie ging hinaus, um mit ihrem Büro zu telefonieren. Christian bearbeitete Svensson mit möglichen und unmöglichen Drohungen, damit er endlich den Mund aufmachte. Seine Nerven lagen blank. Am liebsten hätte er die gewünschten Informationen aus Svensson herausgeprügelt. Erst als der Professor von dem neuen Entführungsfall hörte, schien in ihm etwas in Bewegung zu geraten. Er räumte ein, auch Isabelle Brandauer behandelt zu haben. Da er ihr Kind aber nicht für gefährdet hielt, weil Frau Brandauer schon in der Schwangerschaft nach Australien ausgewandert war, hatte er die Information aus Datenschutzgründen für sich behalten. Svensson sprach den Namen Karen Kretschmer mehrfach leise hintereinander aus. Dann sagte er: »Fragen Sie Clarissa Wedekind.« Nach diesem Satz schien Svensson in eine Art nostalgische Katatonie zu verfallen und brummelte nur noch abwesend von seinen ehemaligen idealistischen Plänen, den menschlichen Genpool zu verbessern.

Christian überlegte kurz. Clarissa Wedekind würde ihm kaum freiwillig erklären, in welchem Zusammenhang sie mit den Geschehnissen stand. Schon gar nicht am Telefon. Er musste nach Düsseldorf, auch wenn er am liebsten nach Hause geflogen wäre. Doch er musste die Suche nach Karen auf anderem Wege unterstützen. Denn Wedekind hielt wertvolle Informationen zurück, da war er sicher. Seine Nachforschungen bei der Düsseldorfer Polizei hatten ihr einen untadeligen Leumund geliefert. Selbst Daniel war nicht fündig geworden. Clarissa Wedekind war ein äußerst nützliches Mitglied der Gesellschaft, ihre Weste blütenweiß. Um diese Frau emotional zu knacken, falls das überhaupt möglich war, brauchte Christian Hilfe. Er führte ein kurzes Telefonat. Dann verabschiedete er sich dankend von Frau Zeiner und ihrem Mann. Kommissar Zeiner drückte Christian in stummem Mitgefühl die Hand.

Düsseldorf.

Zu Christians Erleichterung hatten die Flugpläne der Lufthansa mitgespielt. Die Maschine aus Stuttgart kam fast gleichzeitig mit seiner aus München an.

Es war gegen acht Uhr abends, als Christian das schicke Sterne-Restaurant betrat, in dem Clarissa Wedekind laut Aussage ihrer Assistentin Tanja Sowieso mit wichtigen Geschäftspartnern dinierte, und »garantiert nicht« gestört werden wollte. Christian war das vollkommen schnuppe. Es gab immer noch keine Nachrichten von Karen. Am Eingang des Restaurants wurde er von einem Kellner im Smoking aufgehalten, der ihn dezent auf das Fehlen einer Krawatte hinwies. Ohne jegliche Dezenz schob Christian den Smoking beiseite. Er ging energischen Schrittes zu der langen, mit acht Männern besetzten Tafel, an deren Kopfende Clarissa Wedekind thronte. Sie sah ihn erst, als er direkt neben ihr stand: »Frau Wedekind, wir müssen reden. Jetzt!«

Blasiert blickte sie hoch zu ihm: »Sie sehen doch, dass ich beschäftigt bin. Lassen Sie sich einen Termin von meiner Assistentin geben.«

»Die Angelegenheit duldet keinen Aufschub. Also bewegen Sie bitte Ihren Hintern und …«

Neben Christian erhob sich ein älterer Herr von seinem Polsterstuhl, der sich offensichtlich als Beschützer und Alphatier aufspielen wollte: »Mein Name ist Rüdiger Roth. Ich bin der Vorstandsvorsitzende von ›Aglaia‹, und ich muss Sie doch dringlich auffordern …«

»Von mir aus können Sie Papst oder Weltkanzler sein, halten Sie Ihre Klappe!«

Roth schnappte nach Luft und setzte sich wieder.

Christian nickte durch die große Fensterscheibe nach draußen. Eine Frau kam herein.

»Evelyn!« Clarissa Wedekind war völlig perplex.

Evelyn Kopper sah ihre Schwester kalt an: »Ich will nur eins von dir wissen, Clarissa! Was hast du mit der Ermordung meiner Sarah zu schaffen?«

Clarissa spürte die Augen aller auf sich ruhen. Einen Skandal konnte sie nicht gebrauchen. Schon gar nicht hier und jetzt.

Während Christian seine Ungeduld mühsam zügelte, verlor Evelyn Kopper die Nerven und fing an zu schreien: »Sag mir die Wahrheit!«

Clarissa erhob sich und zerrte ihre Schwester beiseite. Sie drückte ihr einen Schlüsselbund in die Hand. »Bist du verrückt geworden? Halt den Mund! Du fährst jetzt in meine Wohnung. Ich bin in einer Stunde bei dir. Tu, was ich dir sage. Bitte!«

»Sie haben zwei Sekunden, mehr nicht. Wir warten mit dem Taxi vor der Tür.« Christian nahm Evelyn Kopper am Oberarm und zog sie sanft, aber bestimmt von Clarissa weg. Es war ganz offensichtlich eine gute Idee gewesen, bei Wedekind Druck über Sarahs Mutter aufzubauen. Er allein hätte sie nicht so schnell aus ihrer Honoratiorenrunde herauslösen können. Nicht ohne Gewalt.

Noch im Hinausgehen hörte er, wie sich Clarissa entschuldigend an die Anzugträger wandte: »Verzeihen Sie die rüde Unterbrechung. Meiner Schwester wurde vor einem knappen halben Jahr auf grausame Weise die Tochter entrissen, meine geliebte Nichte. Sie werden hoffentlich Verständnis dafür haben, wenn ich mich jetzt verabschieden muss, um mich um meine ... wie Sie sehen konnten, emotional etwas instabile Schwester zu kümmern. Manchmal geht Familie vor Geschäft.«

Auch Evelyn Kopper hatte Clarissas Worte im Hinausgehen noch vernommen. »Wenn diese verlogene Schlampe etwas mit Sarahs Tod zu tun hat, bringe ich sie eigenhändig um.«

Christian kam auf ähnlich illegale Ideen, wenn er an die Gefahr dachte, in der Karen schwebte. Die Zeit raste. Sandrine Lacour war an einem Freitagabend verschwunden und samstags schon tot. Christian hatte schon zig Mal in Hamburg angerufen. Dabei wusste er wohl, dass er seine Kollegen damit mehr nervte als unterstützte. Die Hamburger Polizei hatte inzwischen den Benz sichergestellt. Er war im Norden Hamburgs verlassen aufgefunden worden. Nun durchkämmten Suchmannschaften die Gegend nach Hinterhöfen, Gartenhäuschen und Ähnlichem. Christian bezweifelte allerdings, dass Niklas Schmitt sich mit Karen noch dort aufhielt. Sicher hatte er nur den Fluchtwagen gewechselt und befand sich längst woanders. Daniel klinkte sich mit Feuereifer in die Server aller Hamburger Mitwohnzentralen und Anbieter von möblierten Wohnungen für Kurzfristmieten ein. Er hatte sich sogar Hilfe von zwei befreundeten Hackern geholt, die eine Polizeidienststelle normalerweise nur als vorläufig Festgenommene betraten. Anna saß neben den dreien und ging die gehackten Listen nach einschlägigen Decknamen durch. Bislang nichts.

Bei ihrem letzten Telefonat hatte Anna versucht, Christian zu beruhigen. Er hörte dabei nur allzu deutlich, wie ihre Stimme zitterte. Dennoch lag ein Hauch von Trost in Annas Argumenten. Im Moment griffen sie alle nach jedem Strohhalm: Karen wusste eine Menge über ihren Entführer. Nachdem sie begriffen hatte, dass ihr Verehrer Julien Offray und der gesuchte Serienmörder ein und dieselbe Person waren, hatte sie das Täterprofil aufmerksam studiert. Karen konnte mit ihrer bestechenden Intelligenz diese Informationen zu ihrem Vorteil nutzen. Sie würde zumindest Zeit schinden, indem sie zurückhaltend agierte und ihren Entführer nicht provozierte. Christian hoffte mit jeder Faser seines Herzens, dass Anna recht behielt.

Hamburg.

Karen erwachte mit dröhnendem Kopf und einem metallisch bitteren Geschmack im Mund. Sie saß auf einem unbequemen Holzstuhl, die Hände an die Rückenlehne, die Füße an die Stuhlbeine gefesselt. Benommen sah sie sich um. Soweit sie etwas erkennen konnte, war der kleine Raum ziemlich schäbig eingerichtet. Durch eine verdreckte Butzenscheibe drang etwas dämmeriges, rötliches Licht herein. Sonnenuntergang. Sie musste ein paar Stunden bewusstlos gewesen sein. Die leichte Übelkeit, die mit jedem Atemzug mehr abebbte, kam vermutlich von dem Betäubungsmittel, das er ihr gespritzt hatte. Karen bemerkte ein leichtes Schaukeln. Alles schwankte. Zuerst nahm sie an, dass auch das Schwanken eine Nachwirkung der Betäubung sei. Doch dann hörte sie das leise Geräusch von schwappendem Wasser. Sie war auf einem Schiff, das keine Fahrt machte, sondern irgendwo festgemacht lag. Aus der Ferne ertönte eine Schiffssirene. Karen vermutete, dass sie sich auf einem alten Hausboot befand, demnach nicht auf der Elbe, sondern eher auf der Bille oder im Holzhafen. Falls sie überhaupt noch in Hamburg war. Sie uberprufte vorsichtig die Festigkeit ihrer Fesseln. Es gab keine Chance, sie zu lösen. Plötzlich wurde Karen bewusst, in welcher Situation sie sich befand. Sie würde hier nicht mehr lebend herauskommen. Trotzdem verspürte sie keine Angst, sondern wurde von unermesslicher Wut und Verzweiflung gepackt.

Sie begann, wie wild an den Fesseln zu zerren. Dabei fluchte sie laut, beschimpfte sich selbst. Als sie bemerkte, wie ihre Handgelenke durch das Zerren aufgescheuert wurden und zu bluten begannen, gab sie auf. Unkontrollierte Gefühlsausbrüche brachten sie nicht weiter. Sie musste sich zusammennehmen und Zeit schinden. Volker und Christian würden Himmel und Hölle in Bewegung setzen, um sie zu finden. Sie musste nur überleben, bis es so weit war. Einfach nur überleben.

Die Tür ging auf. Julien alias Niklas kam herein. Er trug seine Baseballmütze tief in die Stirn gezogen und trotz der relativen Dunkelheit in der Kajüte eine Sonnenbrille. Er schaltete eine Stehlampe ein. Nun konnte Karen ihre Umgebung besser sehen. Sie saß an einem Tisch mit einer braun-weiß karierten Resopalplatte, des Weiteren gab es noch einen Stuhl, eine Metallpritsche, auf der eine gammelige Matratze lag, eine kleine Kommode und eine Miniküchenzeile in dem Raum. Niklas ging zu einer Kochplatte und kochte Kaffee.

Karen fühlte sich langsam besser. Er hatte die Betäubung hervorragend dosiert. Ihr war kaum übel. Aber sie war immer noch wütend. Finster blickte sie ihn an: »Du hast meine Halbschwestern getötet.«

Er stellte die Kaffeekanne ab und goss zwei Tassen voll. »Sie hatten es verdient.«

»Wieso? Weil sie im Reagenzglas gezeugt wurden?«

Verblüfft sah er sie an: »Sag bloß, ihr seid immer noch nicht weiter?«

»Was meinst du?«

Er stellte die Tassen auf den Tisch. »Wenn du nicht zickst, löse ich eine Handfessel. Dann kannst du Kaffee trinken. Schwarz und ohne Zucker, wenn ich mich recht an Paris erinnere.«

»Ich zicke nie.«

Er band ihr die rechte Hand los und setzte sich gegenüber auf den Stuhl. Der Kaffee weckte Karens Lebensgeister vollends aus der abklingenden Betäubung.

»Wirst du mir das Herz herausschneiden?«, fragte Karen in beiläufigem Tonfall, ganz so wie man beim Kaffeekränzchen fragt, ob der andere einem den Teller mit den Plätzchen reichen mag.

»Das weiß ich noch nicht.«

»Warum machst du eigentlich so schlechte Nähte? Du bist doch ein ziemlich geschickter Chirurg!«

Niklas war kurz irritiert: »Das wisst ihr? Immerhin. Ihr seid besser als ich dachte. Nun ja. Nähte langweilen mich. Ich habe mich schon immer mehr für das Innenleben als für die Dekoration interessiert.«

»Dafür hast du die Leichen aber recht aufwendig dekoriert.«

»Freut mich, dass es dir gefällt.«

»Tut es ganz und gar nicht. Was soll der Scheiß?« Karen wollte möglichst viele Informationen aus Niklas herausholen. Vielleicht konnte ihr irgendetwas nützen. Dabei schwankte sie zwischen einem möglichst unverbindlichen Tonfall, um ihren Entführer nicht zu provozieren, und haltloser Wut auf ihn, die sie unbedingt kontrollieren musste.

»Nur eine kleine Nachhilfe in Selbsterkenntnis. Anders war

es ihnen nicht beizubringen. Du hättest mal Sandrine hören sollen. Die hatte keine Ahnung, dass sie ein Homunkulus ist. Herumgeschrien hat sie und geflennt und geleugnet. Statt voller Stolz in den Spiegel zu sehen und mit mir ein neues Leben anzufangen. Ein erhöhtes Leben jenseits vom Mittelmaß.«

»Ach, du meine Güte, hältst du dich für etwas Besonderes? Für so eine Art Übermensch à la Nietzsches ›Zarathustra‹? Einer mit Sonderrechten wie der Lizenz zum Töten?«

Niklas sah sie interessiert an. In seinen Augen blitzte Kälte: »Und du? Hältst du dich nicht für was Besonderes?«

Karen schwieg. Sie war schon als Kind hübscher gewesen als alle anderen. Intelligenter. Sportlicher. Sie hatte niemals Mühe gehabt, irgendetwas zu lernen. Naturwissenschaften? Hervorragend. Philologie? Sie sprach mehrere Sprachen fließend. Hatte zwei Studiengänge mit Auszeichnung abgeschlossen. Preise beim Karate, Schwert- und Stockkampf gewonnen. Schon immer betrachteten und behandelten andere sie als etwas Besonderes. Mitschüler, Lehrer, Freunde, Neider, Professoren, Kollegen und Konkurrenten ... Niklas hatte recht. Auch sie hielt sich für etwas Besonderes. Sie kannte es nicht anders. Gleichzeitig wusste sie aber auch, was sie mit allen anderen Menschen verband und letztlich gleichmachte: die Sterblichkeit. Vielleicht hatte Karen deshalb ihr berufliches Leben der Erforschung des Todes gewidmet. Der Tod machte demütig. »Erzähl mir von meinen Schwestern«, forderte sie Niklas auf.

»Mira und Catrin waren fast so hübsch wie du. Sandrine nicht mal halbwegs. Hochbegabt waren sie alle. Aber sie zogen nicht die richtigen Konsequenzen daraus. Machten sich klein. Passten sich an. Simulierten, normale Menschen zu sein. Jede für sich war eine Enttäuschung. Ich hoffe, du bist anders.«

Die Wut brach aus Karen hervor: »An mir wirst du auch nicht viel Freude haben. Ich werde dich töten, wenn ich die Gelegenheit bekomme!«

Niklas grinste. »Das gefällt mir. Du jammerst wenigstens nicht elend herum.«

Karen war etwas erleichtert. Sie durfte sich solche Provokationen nicht leisten. Also schaltete sie wieder einen Gang zurück. »Wieso haben dich Mira, Catrin und Sandrine enttäuscht?«

»Willst du dir Vorteile durch Information verschaffen? Hast du das nötig?«

»Dann sag mir wenigstens eins: Haben Sie mir ähnlich gesehen? Ich kenne nur ein paar miese Fotos. Und die Leichen. Die haben sich selbst nicht mehr ähnlich gesehen.«

Niklas schwieg kurz und nippte an seinem Kaffee. Auch er trank ihn schwarz und ohne Zucker. »In Straßburg und in Paris trug ich aufgepolsterte Wangen, Kontaktlinsen sowie gefärbte Haare und einen falschen Schnurrbart. Genau wie all die anderen hast du mich bislang immer nur getarnt und niemals im Originalzustand gesehen.« Langsam nahm er die Baseballkappe vom Kopf und zog die Sonnenbrille aus. Er hatte exakt die gleiche flüssiggoldene Haarfarbe wie Karen, das gleiche eindringliche Kornblau leuchtete aus seinen Augen. Liesel Stammingers Phantombild wurde dem wahren Niklas nicht gerecht. »Ich würde sagen, von all deinen Halbgeschwistern sehe ich dir eindeutig am ähnlichsten.«

Düsseldorf.

Die Taxifahrt von dem Sterne-Restaurant zu Clarissa Wedekinds Penthouse war in einer Art Hochspannungs-Schweigen verlaufen. Auch im Aufzug war kein Wort gefallen. Die beiden Schwestern hatten jeglichen Blickkontakt vermieden, als würden sie sich vor dem entscheidenden Duell noch einmal sammeln müssen. Jetzt saßen sie sich in Clarissas cremefarbenen Polstern gegenüber, bewaffnet mit Whisky und Wasser, Hass und Angst. Christian war nicht ganz glücklich mit der Entscheidung, in Wedekinds Wohnung zu fahren. In einer offiziellen Umgebung wie dem Polizeipräsidium konnte er mehr Druck machen. Die meisten Menschen ließen sich allein schon durch die nüchternen Räumlichkeiten eines Vernehmungszimmers einschüchtern. Im Penthouse war Clarissa Wedekind in ihrem

Reich. Andererseits hatte er durch das Mitbringen von Evelyn Kopper einen ungewöhnlichen, inoffiziellen Weg eingeschlagen. Und Wedekind war sowieso nicht der Typ, der sich von irgendeiner Umgebung einschüchtern ließ.

Christian saß wie ein Sekundant neben Eveyln Kopper, sodass für Clarissa der durchaus beabsichtigte Eindruck entstand, einem Tribunal beizuwohnen.

»Erzähl!«, sagte Eveyln mit gepresster Stimme.

»Wenn ich nur wüsste, was?« Noch gelang Clarissa ein leichthin unschuldiger Tonfall.

»Frau Wedekind«, mischte sich Christian ein. »Meine Geduld ist an ihrem Ende. Der ›Herzensbrecher‹ hat eine Kollegin von mir in seiner Gewalt. Jede Sekunde zählt! Wenn ihr auch nur ein Haar gekrümmt wird und ich herausfinde, was ich schon lange vermute, nämlich dass Sie genau wissen, wen wir suchen müssen, dann gnade Ihnen Gott!«

»Sie drohen mir?«

»Was hat Sarah mit all diesen geklonten Mädchen zu tun?« Evelyns Stimme war kurz vorm Kippen.

»Die waren nicht geklont«, belehrte Clarissa ihre Schwester verächtlich. »Klonen ist etwas ganz anderes. Sie waren in-vitro gezeugt.«

»Danke für die Belehrung!« Evelyn wandte sich an Christian: »Schon in der Schule hat sie mich immer als ihre kleine, hässliche Schwester vorgeführt!«

Christian verspürte keinerlei Interesse, die beiden Frauen in die Scharmützel ihrer Kindheit und Jugend abdriften zu lassen. Karens Leben stand auf dem Spiel. »Frau Wedekind, ich habe Grund zu der Annahme, dass Sie den von uns gesuchten Mörder schützen. Ich habe ebenfalls Gründe für die Vermutung, dass er mit dem Elite-Programm von ›Living Angels‹ in Zusammenhang steht. Genau wie Sie. Nur ist mir die Art des Zusammenhangs nicht klar. Sie sind der Schlüssel, das weiß ich. Selbst Professor Svensson hat mich darauf hingewiesen. Also rücken Sie endlich raus mit der Sprache, sonst vergesse ich mich!«

In Clarissa Wedekind arbeitete es kaum merklich.

Ihre Schwester hakte nach, nun in einem fast bittenden Tonfall: »Hast du dir vielleicht auch ein Kind von Svensson machen lassen und mir nie davon erzählt? Immerhin hast du mir mal von Svensson und seiner Arbeit bei ›Living Angels‹ erzählt! Vielleicht willst du nicht darüber sprechen aus Angst, dass dein Kind auch getötet werden könnte? Das könnte ich verstehen, wirklich, Clarissa. Aber sag es mir endlich! Ich muss wissen, warum das alles mit Sarah passiert ist!«

Christian wandte sich an Eveyln. Er wollte durch ihre Einwürfe keine wertvolle Zeit verlieren: »Ihre Schwester war niemals schwanger. Das haben wir überprüft.«

Evelyn lachte bitter auf: »Das hat nichts zu sagen. Ich traue Clarissa ohne Weiteres zu, dass sie sich 'ne Leihmutter kauft. Nur damit sie ihre prima Figur nicht verdirbt und dann auch noch mit Schwangerschaftsstreifen herumläuft!«

Im Augenwinkel bemerkte Christian, wie Clarissa bei Evelyns Satz zusammenzuckte. Er sah sie an. Clarissa bemühte sich, seinem Blick fest und unverfroren standzuhalten. Doch in ihren Augen flackerte es.

Die schlagartige Erkenntnis peitschte Christians Puls in die Höhe. Konnte das wirklich sein? Hatte Evelyn gerade nichtsahnend den Nagel auf den Kopf getroffen. Erregt stand Christian vom Sofa auf, machte einen Schritt auf Clarissa zu und stützte sich mit beiden Händen auf Clarissas Sessellehnen, sodass sie ihm keinesfalls ausweichen konnte: »Sie haben einen Sohn, nicht wahr? Niklas Schmitt ist Ihr Sohn! Und er stammt aus dem gleichen Programm wie seine Opfer! Vom gleichen Samenspender, einem Nobelpreisträger! Er hat seine Halbschwestern gesucht. Und getötet.«

Clarissa gab keine Antwort. Die Erwähnung des Namens Niklas Schmitt hatte sie versteinert.

Evelyn blickte von Clarissa zu Christian und wieder zurück. Es dauerte ein paar Sekunden, bis sie begriff, was Christian gerade gesagt hatte. Dann kam Bewegung in sie. Sie sprang auf, stieß Christian beiseite und stürzte sich auf ihre Schwester. Mit beiden Fäusten schlug sie auf Clarissa ein: »Stimmt das? Sag mir, ob das stimmt? Wenn er dein Sohn ist, dann war Sarah seine Kusine!«

Als Christian die beiden Frauen mit ein paar rigorosen Griffen voneinander trennte, begriff er zum ersten Mal, wie Sarah Kopper in die Reihe passte: Niklas Schmitt klapperte seine Familie ab. Christian hielt die nach ihm tretende und kratzende Evelyn eisern umklammert, fixierte aber Clarissa. »Wo ist der Scheißkerl? Wie kann ich ihn finden?«

Clarissa erhob sich langsam und strich mit einer gezierten Bewegung ihren Bleistiftrock glatt. Ihre Hände zitterten kaum merklich. »Alles, was Sie sagen, Herr Beyer, und auch was du dir da zusammenphantasierst, liebe Evelyn, entbehrt jeglicher Grundlage. Wenn ich jetzt bitten dürfte, meine Wohnung umgehend zu verlassen. Oder soll ich den Polizeichef von Düsseldorf anrufen, ein guter Freund übrigens?«

Christian gab zum zweiten Mal vor Clarissa Wedekind klein bei. Sie würde nichts sagen. Keine Drohung würde fruchten. Diese Frau besaß weder Herz noch Gewissen. Er musste es anders angehen. Also bugsierte er die widerstrebende Evelyn hinaus, schickte sie in ein Hotel und schärfte ihr ein, die Füße stillzuhalten. Er selbst fuhr zu den Kollegen der Düsseldorfer Kripo. Im Taxi rief er Anna an. Von Karen gab es immer noch nichts Neues. Die Chancen, sie lebend zu finden, sanken rapide. Christian war hundeelend.

Während Christian auf dem Weg zur Düsseldorfer Kripo mit Anna sprach, führte auch Eveyln Kopper einige sehr zielgerichtete Telefonate.

10. September 2009:
Hamburg.

Karen wachte auf. Dunkelheit umfing sie. Sie war allein im Raum. Das Boot schaukelte sanft in den Wellen, die Bretter knarzten. Ein paar Möwen schrien in der Nähe. Karen fröstelte ein wenig. Über Nacht war es klamm geworden in dem ungeheizten Raum. Feuchtigkeit kroch in ihre Glieder. Sie hätte gerne die grobe kratzende Decke etwas höher gezogen, doch ihre Hände waren auf dem Rücken an einen Fußpfosten der Pritsche gebunden. In ihren Armen kribbelte es. Das aufgestaute Blut kam wieder in Fluss. Sie zerrte an den Fesseln, das grobe Tauwerk schnitt ihr ins Fleisch. Dennoch mühte sie sich weiter ab. Ergebnislos, die Fesseln saßen so fest wie gestern Abend. Die Knoten zogen sich mit jeder ihrer Bewegungen nur noch mehr zusammen. Als sie sich umsah, ob sie einen für sie erreichbaren scharfen Gegenstand entdecken konnte, wurde die Tür geöffnet. Ein Schwall schwachen Tageslichts drang in die Kajüte. Niklas brachte Frühstück.

Am gestrigen Abend, nach der überraschenden Erkenntnis, dass er ihr Halbbruder war, hatte Karen ihm tausend Fragen stellen wollen. Doch er gab ihr eine Spritze. Er gestand, von den letzten schlaflosen Tagen und Nächten erschöpft zu sein. Außerdem wusste er, dass Karen im Nahkampf ausgebildet war und hatte nicht riskieren wollen, neben ihr einzuschlafen, wenn sie lediglich gefesselt und geknebelt war. Auch die Dosierung dieser Betäubung war ihm gut gelungen. Karen fühlte sich ein wenig matt, aber ihr war nicht schlecht.

»Du wärst ein guter Anästhesist«, sagte sie, als er sie von der Pritsche hob und mit den Beinen an den Stuhl fesselte. Seine Pistole legte er auf die Kommode. Er achtete darauf, dass sie in keiner Sekunde in Karens Reichweite kam.

»Die gibt es massenweise.«

Das Frühstück nahmen sie weitgehend schweigend ein. Karen war hungrig. Niklas sah ihr fast vergnügt beim Essen zu. Er hatte offensichtlich schon gefrühstückt. Oder er ließ es aus.

»Und was machen wir jetzt? Nach der Henkersmahlzeit das Herz rausschneiden?«, fragte Karen sarkastisch, als sie mit dem Essen fertig war.

»Kannst du Schach spielen?«, fragte er zurück.

»Klar. Aber wozu?«

»Ich könnte dir für den Anfang bei jedem verlorenen Offizier zur Strafe einen Finger abschneiden.«

»Warum solltest du das tun?«

»Um Dummheiten zu bestrafen, falls du welche begehst.«

Karen schüttelte den Kopf. »Was soll das? Willst du meinen IQ testen? Ich habe 156. Und du?«

»Schachmatt. 163.«

Plötzlich begann Karen lauthals zu lachen. Verärgert fragte Niklas sie nach dem Grund für die plötzliche Freude.

»Als ich ein kleines Mädchen war, habe ich mir immer einen Bruder gewünscht, mit dem ich um die Wette laufen und schwimmen könnte. Jetzt weiß ich, wie sich das anfühlt.«

Niklas betrachtete sie eine Weile: »Hast du überhaupt keine Angst vor mir?«

Karen wurde ernst. »Ich glaube, ich habe noch nie richtig Angst gehabt. Vielleicht kann ich das nicht.«

»Kannst du lieben?«

»Vielleicht will ich das nicht. Willst du das?«

Niklas schwieg eine Weile. Dann sagte er: »Ich würde zumindest gerne wissen, wie es sich anfühlt, ohne Wenn und Aber zu jemandem zu gehören.«

»Das kannst du nicht erzwingen. So schon gar nicht. Also lass mich gehen.«

»Vergiss es. Dass du meine Halbschwester bist, ist keine Überlebensgarantie.«

»Ich weiß«, sagte Karen. »Es ist mein Todesurteil.«

Düsseldorf.

Christian befand sich mit zwei Düsseldorfer Kollegen im obersten Stock eines neu gebauten Bürohauses, direkt gegenüber von Clarissa Wedekinds Wohnung. Es war schwer gewesen, die Düsseldorfer Kripo davon zu überzeugen, dass Frau Wedekind Beweise in mehreren Mordfällen zurückhalte. Also hatte Christian behauptet, dass sie zudem noch in akuter Lebensgefahr schwebe und deshalb rund um die Uhr observiert werden müsse. Daraufhin waren die Kollegen so hilfsbereit gewesen, eins der noch leer stehenden Büros als Operationsbasis zu beziehen und Christian bei der Überwachung zu helfen. Christian wusste nicht, ob die Düsseldorfer von seiner Geschichte über den Mörder und die Retortenbabys aus Nobelpreisträgersamen wirklich überzeugt waren. Aber es war ihm egal. Er würde sich mit Vergnügen zum Affen machen, wenn es auch nur das Fitzelchen einer Chance gab, durch Clarissa Wedekind irgendeine Information über Niklas Schmitt zu bekommen.

Die Beamten, die die Observation durchführten, hatten ein Teleskop auf Wedekinds Wohnzimmer ausgerichtet. Ein Richtmikrofon von passender Reichweite fehlte. Christian hatte ebenso wenig die Erlaubnis bekommen, Clarissa Wedekinds Festnetz oder ihr Handy anzuzapfen. Das tat Daniel ganz ohne Erlaubnis von Hamburg aus. Christian hoffte inbrünstig, dass die Wedekind den Mörder irgendwie kontaktierte und Daniel das Telefonat, die Mail oder was auch immer, würde verfolgen können. Eine andere Möglichkeit, Karen und ihren Entführer aufzuspüren, sah Christian nicht mehr. Die Suche in Hamburg war ergebnislos geblieben. Mit jeder Stunde, die verrann, wurde ein Erfolg unwahrscheinlicher.

Anna hatte Christian am Telefon erzählt, dass Volker nervlich am Ende war. Er schrie erschöpfte Kollegen von der Bereitschaftspolizei an, weil sie Karen nicht fanden, er schrie den Hamburger Polizeichef an, weil er nicht mehr Männer zur Verfügung stellte, er schrie Herd an, weil der es – hungrig und übernächtigt wie sie alle – gewagt hatte, einen Hotdog zu essen, während Karen womöglich gerade das Herz herausgeschnitten wurde.

Inzwischen war es Abend geworden. Clarissa Wedekind war nicht zur Arbeit gegangen. Den ganzen Tag war sie nervös in ihrer Wohnung auf und ab getigert. Wenn eines ihrer Telefone klingelte, kontrollierte sie das Display, nahm aber kein einziges Gespräch an. Christian war mehr als verzweifelt. Karen konnte längst tot sein. Er wusste nicht mehr, was er überhaupt hier wollte. Vielleicht waren seine Thesen kompletter Schwachsinn und er hielt sich am völlig falschen Ort auf, statt in Hamburg mit den anderen nach Karen zu suchen. Er hatte den ganzen Tag nichts gegessen, nur Unmengen von Kaffee in sich hineingeschüttet und darauf literweise Wasser gekippt, um das Koffein zu neutralisieren. Die beiden Beamten aus Düsseldorf, die ihm vermutlich nur aus reiner Kollegialität beiseitestanden und nicht etwa aus Überzeugung, pflaumte er mehrfach an. Er benahm sich aufgrund seiner Schuldgefühle ähnlich ekelhaft und unprofessionell wie Volker.

Pausenlos stierte Christian in Wedekinds Penthouse. Nichts geschah. Clarissa Wedekind saß einfach auf ihrer Couch und blickte ins Leere. Menschen gingen in dem Wohnhaus aus und ein, doch bei Clarissa klingelte seit zwei Stunden nicht einmal mehr das Telefon. Patrick, einer der beiden Beamten, die mit Christian die Nacht auf dem Beobachtungsposten verbringen würden, bot ihm zum wiederholten Mal eine von seinen Stullen an. Christian nahm sie endlich, auch wenn er keinen Hunger verspürte. Das Einzige, was er spürte, war, wie die Zeit verrann. Mit jedem Herzschlag, der sein Blut durch seine Adern pumpte und ihn am Leben hielt, konnte Karen das ihre verlieren. Am liebsten wäre er hinübergegangen und hätte Clarissa Wedekind so lange gewürgt, bis sie ihm die Wahrheit sagte.

»Hey, Beyer, da kommt jemand zu ihr rein!« Patrick reichte Christian das Fernglas.

Clarissa stand an der Wohnungstür. Christian sah, wie sie einen Mann hereinbat. Ihr Gesichtsausdruck wirkte verwirrt, soweit Christian das auf die Distanz beurteilen konnte. Enttäuscht reichte Christian das Fernglas zurück an Patrick. »Das ist er nicht. Zu alt. Bestimmt einer ihrer Geschäftspartner.«

In der Tat war Clarissa verwirrt, und zwar hochgradig. Als der Concierge von unten auf der Hausleitung angerufen und einen Besucher namens Howela gemeldet hatte, war ihr ein gewaltiger Schreck in die Glieder gefahren. Nun stand Howela vor ihr, äußerst lebendig, nur um zwei Finger an der linken Hand ärmer. Noch wusste Clarissa nicht, wie sie reagieren sollte. Sie hatte Howela in einer lebensgefährlichen Situation im Stich gelassen. Aber er wirkte locker und entspannt, wie bei seinem letzten Besuch. Clarissa tat erfreut, ihn zu sehen. Sie goss zwei Whisky ein und setzte sich möglichst verführerisch in Szene.

Howela genoss den Whisky, und er genoss Clarissas fast schon devote Bemühungen um sein Wohlbefinden. Mit einer gewissen Selbstzufriedenheit erzählte er von seiner Begegnung mit Niklas: »Ich hatte Glück, großes Glück, das muss ich gestehen, auch wenn du mich für einen gewieften Profi hältst.«

Clarissa fiel auf, dass er sie duzte. Sie hielt das für ein gutes Zeichen und lächelte ihn aufmunternd an.

Howela fuhr fort: »Das Schwein hatte mir schon zwei Finger abgeschnitten. Ich schätze, er hätte mit den anderen gerne weitergemacht. Und dann mit den Zehen und den Ohren. Zumindest hat er das so angekündigt.«

»Das ist krank! Wie bist du entkommen?« Clarissa konnte nur mit Mühe die eine Frage, die sie wirklich interessierte, zurückhalten: ob Niklas tot sei. Aber sie wollte Howela keinesfalls verärgern, indem sie ihm seine Heldengeschichte zerstörte.

»Er bekam einen Anruf. Ich weiß nicht, worum es ging, er sprach französisch. Jedenfalls war er sehr verärgert, zog seine Jacke über und fuhr mit dem Auto weg. Vorher hatte er noch einmal meine Fesseln überprüft und mir einen stinkenden Lappen als Knebel in den Mund gestopft.«

Clarissa verzog angewidert die Mundwinkel.

»Dann war er weg. Ich saß da, gefesselt auf einem Stuhl und war kurz vorm Verbluten. Der ganze Saft lief aus mir raus.«

Howela nahm einen kräftigen Schluck vom Whisky.

»Ich sah mich um. Da war nicht viel, was ich hätte tun können. Von den Küchenmessern war ich zu weit entfernt. Ich saß im Wohnzimmer. Aber in der Nähe meines Stuhles stand eine Skulptur aus grob gehauenem Stein. Dein Sohn hat übrigens einen exklusiven Kunstgeschmack.«

»Er hat dir gesagt, dass ich seine Mutter …?« Clarissa brach verunsichert ab. Sie wusste nicht, was sie von all dem zu halten hatte. War es vorbei? Was hatte Niklas noch alles erzählt? Sie hasste Howelas Weitschweifigkeit.

»Ich habe keinen Schimmer, was die Skulptur darstellen sollte. Aber sie besaß an einer Seite einen scharfkantigen Rand. Mit dem Stuhl warf ich mich zur Seite um und konnte mich bis zur Skulptur robben. Es hat bestimmt zwei Stunden gedauert, ehe ich meine Handfesseln durch hatte. Ich habe Blut und Wasser geschwitzt, dass er vorher zurückkommen könnte.«

»Das ist er aber nicht, oder?« Clarissas Hoffnungen auf einen final erledigten Niklas schwanden.

»Dann würde ich jetzt nicht mehr leben«, sagte Howela. Dabei verfinsterte sich nun doch seine Miene.

Zögernd legte Clarissa ihre Hand auf seinen Oberschenkel. »Bist du sauer, dass ich nicht die Polizei geschickt habe? Aber weißt du, ich dachte, die kommen unmöglich noch rechtzeitig. Außerdem ...«

Howela unterbrach sie regungslos: »Lass. Bei derartigen Aufträgen ist man nun mal auf sich allein gestellt. Ich hätte es an deiner Stelle vermutlich nicht anders gemacht.«

»Und warum meldest du dich jetzt erst? Du hast mich tagelang glauben lassen, dass du tot bist!« Es gelang ihr sogar, ein wenig vorwurfsvolle Entrüstung in die Stimme zu legen.

»Dein Sohn wohnt leider etwas außerhalb der Zivilisation ...«

»Bitte nenne ihn nicht so«, warf Clarissa verärgert ein.

»Ich musste bis zur Straße, an der mein Auto stand, durch ein Wäldchen. Unterwegs bin ich aufgrund des hohen Blutverlustes zusammengebrochen. Dort hat mich ein Förster gefunden und ins Krankenhaus einliefern lassen. Als ich wieder zu mir kam, saß ein luxemburgischer Polizist an meinem Bett. Es war gar nicht so einfach, ihm meine abgeschnittenen Finger zu erklären. Seine Nachlässigkeit beim Protokollieren hat mich einige Euros gekostet. Heute Morgen haben sie mich dann entlassen. Ich dachte, ich überrasche dich.« Howela lächelte Clarissa an.

Sie lächelte zurück. »Wie schön. Ich bin wirklich froh, dass es dir gut geht.« Ihr Blick streifte Howelas verstümmelte Hand. »So weit.«

»Hast du in der Zwischenzeit von ihm gehört? Glaube mir, das mit den Fingern, das wird er mir büßen!«

Clarissa erzählte ihm knapp von den beängstigenden Ereignissen der letzten Tage. Doch Howela stand der Sinn inzwischen nach etwas anderem.

»Jetzt poppen sie«, sagte Patrick und reichte seinem Kumpel Hannes das Fernglas. Hannes griff interessiert danach: »Na, supi. Licht ausgemacht. Dabei hätte ich echt gerne mal gesehen, was so 'ne alte Schickse noch drauf hat.«

Christian ging das Geschwätz auf die Nerven. Ihm ging alles auf die Nerven. Er wollte weg hier. Sein schlechtes Gewissen trieb ihn an den Rand des Wahnsinns. Niemals hätte er Karen als Lockvogel benutzen dürfen. Niemals hätte er eine so durchsichtige Falle gegen einen Gegner bauen dürfen, der sich als äußerst intelligent und planend erwies. Christian wartete sekündlich auf den Anruf, dass Karens Leiche irgendwo gefunden worden war. Aufgeknüpft an Seilen und mit herausgerissenem Herzen. Als sein Handy tatsächlich klingelte, bekam er fast einen Infarkt. Aber laut Display war es Jochen Kratz, die Nervensäge von der Berliner Zeitung. Christian hatte keine Lust, mit jemandem zu reden. Doch er hatte Lust, jemanden anzuschreien. Also ging er ran.

»Hören Sie, Beyer, ich stehe hier unten auf der Straße vor dem Bürogebäude und weiß nicht, wo ich klingeln soll. Die Düsseldorfer Kripo hat mir gesagt, dass Sie hier sind. Lassen Sie mich rein, schnell, oder es gibt ein Unglück!«

Irritiert schickte Christian Patrick nach unten, um Kratz abzuholen. Woher, verdammt noch mal, wusste der Journalist, dass er in Düsseldorf war?

Kratz sparte sich eine Begrüßung. Er war aufgeregt: »Was ich jetzt tue, tue ich nur, um Schlimmeres zu verhindern. Ich folge Petra Rahnberg seit Tagen. Bis hierher. Mir sagt ja sonst keiner was! Die Rahnberg wird mich vierteilen, aber es geht nicht anders. Sie steht unten an einer Häuserecke mit den anderen Müttern. Sybille, die Französin und diese Kopper. Alle versammelt. Und der Hölle Rache kocht in ihren Herzen! Sie wollen mit Koppers Hilfe bei der Wedekind eindringen und die fehlenden Infos aus ihr herausholen. Koste es, was es wolle. Die Weininger hat sogar eine Knarre dabei!«

»Ja, ist das denn …?« Christian verschlug es die Sprache. Er würde die Frauen in der Luft zerreißen und einzeln … Ihm fiel vor Ärger und Fassungslosigkeit nicht ein, was er mit ihnen noch alles anstellen wollte.

Kratz begleitete ihn auf die Straße. Auch Hannes kam mit. Christian erteilte ihm Schießbefehl, »falls eins von den durchgeknallten Weibern Widerstand leisten sollte«. Sie konnten die Frauen gerade noch vor Clarissa Wedekinds Wohnhaus abfangen und den Tross auf die gegenüberliegende Straßenseite umlotsen. Wenig später standen sie zu siebt in dem engen Aufzug des Bürogebäudes und fuhren hinauf. Petra Rahnberg trat Kratz gegen das Schienbein, sodass er aufschrie.

Christian fuhr ihn an: »Ich will keinen Ton hören! Keinen einzigen! Von niemandem!«

Als sie oben waren, grinste Patrick ihnen amüsiert entgegen. Er hatte die Aktion über das Fernglas beobachtet. Christian beauftragte Hannes, in der Zentrale anzurufen und einen ausreichend großen Zivilwagen zu bestellen, der die fünf abholen und über Nacht verwahren sollte.

»Wieso mich auch?«, fragte Kratz verblüfft.

»Klappe«, sagte Christian. Er hatte die Nase gestrichen voll.

»Und unter welchem Vorwand sollen wir die Hübschen einsperren?«, fragte Hannes.

Christian sah ihn nur scharf an.

»Verstehe. Behinderung einer Polizeiaktion, Widerstand gegen die Staatsgewalt, Exhibitionismus, Sodomie, was weiß ich.«

Die Frauen protestierten mit keinem Wort.

Hannes war noch nicht am Telefon, als Patrick sich zu Wort meldete. »Christian, ich bin mir nicht sicher, aber eben ist drüben das Licht im Schlafzimmer kurz angegangen. Wenn ich mich nicht irre, war da plötzlich noch ein zweiter Mann. Also eine dritte Person.«

Christian riss ihm das Fernglas aus der Hand. Er konnte nichts sehen. Alles war wieder dunkel. »Sicher?«

»Nein, Herrgott noch mal, ich sagte doch, dass ich mir nicht sicher bin!«

Patrick hatte recht. Nach einer schnellen Nummer auf dem Sofa waren Howela und Clarissa ins Schlafzimmer gegangen. Clarissa war innerhalb weniger Minuten eingeschlafen. Es dauerte jedoch nicht lange, bis Howela sie wieder weckte. Er rüttelte unsanft an ihrem Oberarm: »Aufwachen, meine Schöne, du hast Besuch!«

Clarissa blickte verständnislos ins Halbdunkel. Vor ihr standen zwei Schatten, ein kleiner und ein großer. Instinktiv machte sie das Licht an. Niklas grinste auf sie herab. Howela schaltete das Licht wieder aus und wandte sich an Niklas: »Dieser Beyer ist in der Stadt. Er hängt Clarissa dicht am Arsch. Also lass das Licht aus, und mach schnell.«

»Was soll das?«, rief Clarissa entsetzt. »Erschieß ihn, Thomas!«

»Das werde ich nicht tun.« Howela lächelte Clarissa kalt an: »Und ich werde auch nicht die Polizei rufen, um dir zu helfen. Mach's gut.« Dann verließ er im Dunkeln die Wohnung.

»Hat Howela dich hereingelassen?«

»Er war so freundlich«, sagte Niklas und setzte sich vertraut zu Clarissa aufs Bett. Sie konnte ihn nicht richtig sehen, aber sie hatte das Gefühl, dass seine Augen glühten.

»Warum? Was willst du hier?«

»So viele äußerst dumme Fragen, Mutter! Howela hat mir bei unserem luxemburgischen Stelldichein damit gedroht, dass du meine Adresse hast. Es bestand also die Chance, dass du die Luxemburger Bullen alarmierst. Dachte er. Hoffte er. Der kleine Idiot. Ich kenne dich besser. Deswegen habe ich ihm eine Wette angeboten: Wir warten gemeinsam auf die Bullen. Und für jede Stunde, die wir vergeblich warten, bekomme ich einen Finger von ihm. Nach zwei Fingern bot er mir einen Deal an: Falls ich jemals Lust verspüren würde, dir deinen Hals umzudrehen, würde er mir Zugang zu dir verschaffen. Fand ich keine blöde Idee. Und so praktisch. Du hast ja leider nach meinem letzten

Besuch die Schlösser austauschen lassen, und ich bin schließlich kein Einbrecher. Klar könnte ich dich jederzeit auch ohne die Hilfe dieses Idioten kaltmachen. Aber das Spiel gefiel mir. Ein nettes Überraschungsmoment für dich. Du wirst verraten und verkauft! Die Königin wird ans Messer geliefert! Und das von einem ihrer Angestellten, den sie in ihr Bettchen gelassen hat. Hat er dich noch gut durchgevögelt?«

»Was willst du?«, fragte Clarissa tonlos. »Geld? Ich habe genug, das weißt du.«

Niklas schüttelte den Kopf. »Nein, Mutter. Das Spiel ist aus. Für dich und für mich.«

»Was meinst du damit? Es gibt noch viele Optionen. Du kannst fliehen, ich gebe dir Geld. Du kannst dich stellen. Ich besorge dir den besten Anwalt, und du plädierst auf Schuldunfähigkeit wegen seelischer Störungen ...«

»Und dich erwähne ich im Prozess am besten gar nicht?«

»Dafür übernehme ich alle anfallenden Kosten. Und sorge dafür, dass du nur ein paar Jahre Sicherheitsverwahrung in einer angenehmen Klinik bekommst.« Clarissa verlieh ihrer Stimme einen einfühlsamen Ton: »Niklas, du bist so jung, du hast das ganze Leben noch vor dir. Wirf es nicht sinnlos weg!«

Niklas schlug ihr mit der flachen Hand ins Gesicht: »Das ist für diesen unterirdischen Versuch, mich zu verarschen!«

Clarissa ließ sich nichts anmerken: »Ich hab's ernst gemeint. Wirklich!«

Noch einmal schlug er ihr ins Gesicht. »Ich habe mir Mühe gegeben, ich habe mir wirklich Mühe gegeben, mir ein eigenes Leben aufzubauen. Mit einer Partnerin, die mich liebt, die mir ein Kind gebärt ...«

Clarissa lachte hysterisch auf: »Und weil die Frauen dich nicht wollen, schneidest du ihnen das Herz heraus? Du bist ein Irrer, ein Monster, weißt du das?«

Mit eisenhartem Griff legte Niklas die rechte Hand um Clarissas Hals und drückte zu: »Falsche Antwort, Mutter. *Du* bist das Monster. Du hast auf wissenschaftlichem Wege ein paar Materialien zusammengefügt. Dann hast du deiner Schöpfung das Ur-Glück versagt: die symbiotische Einheit. Und wenn dem Golem die endgültige Menschwerdung durch die Liebe versagt bleibt, wird er zum alles zerstörenden Ungeheuer. So ist das, Mama. Hast du nie darüber nachgedacht?«

Clarissa würgte und schnappte nach Luft. Niklas ließ sie wieder los. Sie hustete. Ihre Stimme klang krächzend. »Ich war damals genauso alt wie du jetzt! Ich hatte mein Studium mit Bravour abgeschlossen. Eine große Karriere stand mir bevor. Also dachte ich, bevor ich voll einsteige in die Berufswelt, will ich ein Kind. Es war der perfekte Zeitpunkt. Die meisten Karrierefrauen sind Spätgebärende. Dabei ist man mit vierzig auf dem Höhepunkt der Karriere. Dann steigt man doch nicht aus, um Windeln zu wechseln! Ich fand es viel klüger, jung ein Kind zu bekommen.«

»Warum hast du dann eine Leihmutter gekauft? Du hättest mich doch selbst austragen können.«

»Und mit einem dicken Bauch meine Bewerbungsgespräche führen? Dann hätte ich nie einen Job bekommen.«

Niklas sah sie kalt an: »Sehr pragmatisch. Aber wieso hast du Beatrix Kowalski auf dem Balg sitzenlassen?«

Clarissa schlug betont schuldbewusst die Augen nieder: »Zwei Tage vor deiner Geburt unterschrieb ich einen Vertrag bei ›Aglaia‹. Als Leiterin des Forschungslabors. Andere müssen auf so ein Angebot Jahrzehnte warten!«

»Da konntest du mich nicht mehr brauchen.«

»Die Kowalski hatte mir erzählt, dass sie während der Schwangerschaft eine emotionale Bindung zu dem Baby aufgebaut hat. Also war es besser für alle Beteiligten, wenn ich ihr den Säugling nicht wegnahm. Zumal es ja auch ganz offiziell und laut Gesetz ihr Baby war und nicht meins. Ich war mir sicher, dass das Kind bei ihr gut aufwachsen wird. Dass sie es weggibt, konnte ich nicht ahnen.«

»Red nicht ständig von ›es‹ und dem ›Kind‹ oder dem ›Baby‹! Dein Homunkulus lebt. Ich bin hier! Ich habe einen Namen!«

»Es tut mir leid, Niklas, es tut mir wirklich leid. Aber es ist noch nicht zu spät.« Clarissa blickte ihn flehend an.

Niklas zog ein kleines Diktiergerät aus der Brusttasche seines Hemdes und drückte auf Play. Die Stimme einer Frau ertönte: »Niklas, hier ist Beatrix. Ich habe dir bei deinem Besuch letzte Woche nicht die Wahrheit gesagt. Du kannst nichts für all das, was mit dir geschehen ist. Ich will jetzt reinen Tisch machen. Morgen Abend kommt deine biologische Mutter zu mir. Sie heißt Clarissa Wedekind. Sie hat mir damals sehr viel Geld gezahlt, damit ich dich für sie austrage. Dass sie dich dann doch nicht wollte, als du geboren wurdest, war ein echtes Problem für mich. Deshalb habe ich dich zur Adoption freigegeben. Es ging nicht anders. Niklas, es tut mir alles so leid. Aber ich werde mit Frau Wedekind reden. Sie weiß nicht, was für ein hübscher, kluger, junger Mann aus dir geworden ist. Vielleicht können wir alles wiedergutmachen. Ich melde mich. Bis dann.«

Niklas stoppte das Band. »Als Beatrix mir das auf meine Mailbox sprach, bin ich nach Hamm gefahren. Ich habe mich gegenüber ihrer Wohnung in ein Café gesetzt und auf dich gewartet. Du glaubst nicht, wie neugierig ich auf dich war. Meine Erzeugerin. Die Schöpferin der Menschmaschine! Und als du dann kamst und bei Kowalski geklingelt hast … Du warst so schön, so elegant! Ganz anders als diese miese Unterschichtenfamilie Schmitt in Gelsenkirchen, zu denen ich für sieben Jahre verdonnert wurde.«

»Das wusste ich doch alles nicht«, versuchte Clarissa kleinlaut eine Rechtfertigung.

»Weil es dich nicht interessiert hat! Jedenfalls sitze ich in dem Café und fange an zu träumen. Dass Beatrix dir von mir erzählt. Dass du dich freust. Dass du mich anrufst. Wir uns treffen. Du mich magst. Dass du mich in dein Leben aufnehmen willst. Und während ich noch so träume, segelt Beatrix durch die Luft und klatscht ein paar Meter vor mir auf den Asphalt. Die Botschaft war deutlich: Du wolltest nichts von mir wissen.« Niklas zeigte Clarissa den grobkörnigen Ausdruck eines Fotos von schlechter Qualität. Dennoch konnte man Clarissa erkennen. Sie stand halb verborgen hinter einem offenen Fenster. »Hab ich mit dem Handy aufgenommen. Gefällt es dir?«

»Diese gefühlsduselige Kuh wollte mich zwingen, dich als meinen Sohn anzuerkennen. Sie wollte mit der Geschichte an die Presse gehen, falls ich ihr nicht helfe, unsere sogenannte Sünde wiedergutzumachen. Was hätte ich denn tun sollen?«

»Na, schubsen. Ist schon klar.«

Christian starrte angestrengt durch das Fernglas, während die anderen schweigend auf den Beamten warteten, der Kratz und die vier Frauen abholen sollte. In der Zwischenzeit waren schon mehrfach die Wolken vor dem vollen Mond gewichen und hatten ihm einen schemenhaften Blick in Clarissa Wedekinds Schlafzimmer gestattet. Er konnte Patricks Angaben nicht bestätigen. Immer wieder sah er nur zwei Personen in dem Zimmer. Dennoch stimmte irgendetwas nicht. Aber was?

»Und? Willst du jetzt deinen Brutkasten rächen? Diese Kowalski hat nichts mit dir zu tun. Sie war nur eine gemietete Gebärmaschine!«, sagte Clarissa abfällig.

»Keine Angst, Mutter, solche Sentimentalitäten liegen mir absolut fern.«

»Was willst du dann? Warum hast du diese Mädchen umgebracht? Und warum Sarah?«

Niklas erhob sich vom Bett und setzte sich Clarissa gegenüber auf einen Sessel. Entspannt lehnte er sich zurück und blickte sie an. Genau wie damals in Hamburg im »Riverside«-Hotel, als Clarissa ahnungslos mit ihm ins Bett gestiegen war. »Sarah war die einzige natürlich gezeugte Verwandte, die als Partnerin für mich infrage kam. Ich dachte, wir seien uns ähnlich genug, weil wir durch dich und deine Schwester gemeinsame Gene hatten. Ich dachte, wir seien unterschiedlich genug, dass ich das, was mir fehlt, von ihr lernen könnte. Welch ein Irrtum! Wir waren uns überhaupt nicht ähnlich. Sarah war ein dummes kleines Ding. Eine Enttäuschung. Ich wollte sie nicht töten, das ist einfach so passiert. Sie hat mich sehr verärgert.«

Clarissa versuchte, ruhig durchzuatmen. Es war gut, dass Niklas mit ihr sprach. Dadurch gewann sie Zeit. Sie wusste nicht, was er vorhatte. Aber sie fühlte Todesangst. »Und die anderen? Was war mit den anderen?«

»Als Sarah sich als Fehlgriff erwies, wurde mir klar, dass nur meine Halbschwestern aus der Samenbank meinen hohen Anforderungen genügen konnten. Wir sind schließlich eine genetische Elite. Ich habe sehr viel Zeit und Geld – deins übrigens – darauf verwendet, meine Halbschwestern aufzutreiben. Letztlich waren sie fast alle eine Enttäuschung. Sie wollten nicht akzeptieren, was sie sind: künstliche Wesen. Sowohl körperlich als auch geistig perfekt, eher Maschine als Mensch. Also habe ich ihnen den Spiegel vorgehalten. Und ihnen das Herz, diese alberne Metapher für Menschlichkeit, entfernt.«

»Sind sie jetzt alle tot? Ist es vorbei?« Clarissa zog fröstelnd die Bettdecke höher. Sie sah zur Zimmertür. Es gab keine Chance, den Flur zu erreichen. Niklas saß im Weg.

»Ich werde der Sache jetzt ein Ende bereiten. Denn weißt du, was ich eingesehen habe? Der einzige Mensch, der so kalt und gefühllos ist wie ich, das bist du.« Niklas lachte laut auf: »Deswegen bist du auch der einzige Mensch, der es auf ewig mit mir aushalten kann. Als Mutter bist du doch schon von Natur aus dazu verdammt, oder? Denn es muss ja eine Verdammnis sein, so etwas wie mich zu lieben.« Niklas stand vom Sessel auf, beugte sich vor und küsste Clarissa auf den Mund. »Liebst du das, was Gott nicht gewollt hat? Liebst du mich, Mama?«

Clarissa schlug ihn mit beiden Fäusten. Langsam wurde ihr klar, worauf der Besuch hinauslief. Sie war halb wahnsinnig vor Angst. »Du bist verrückt, du bist ja komplett verrückt!«, schrie sie.

Niklas glitt mit seinem Zeigefinger Clarissas Hals entlang, hinunter zum Dekolleté. »Genie und Wahnsinn liegen eben eng beieinander.« Als er mit dem Zeigefinger in Clarissas Herzgegend gelandet war, tippte er kurz darauf.

Sie erschrak zu Tode. »Hau ab, hau endlich ab!«

Niklas zog Clarissa an den Haaren hoch und zischte ihr zu: »Nein, Mutter. Heute gehen wir gemeinsam. Der letzte Gang von Schöpfer und Geschöpf! Du wirst mich nicht noch einmal verlassen. Was ist dir lieber? Von deiner schicken Dachterrasse hüpfen oder erwürgt werden? Ich kann mich einfach nicht entscheiden. Der Sprung wäre eine hübsche Reminiszenz an Beatrix. Andererseits würde ich dich wahnsinnig gerne eigenhändig erwürgen. Und dir dann das Herz herausnehmen. Ist schließlich ein recht überflüssiges Organ in deinem Körper. Oder soll ich es dir bei lebendigem Leib herausschneiden? Keine Panik, du wirst nicht viel spüren. Unsere Herzen sind doch so gefühllos wie überflüssig, nicht wahr, Mutter?«

Im Büroraum auf der anderen Straßenseite wurde Christian plötzlich klar, was nicht stimmte: »Das ist ein anderer als eben! Der hier ist viel größer! Zugriff, los, Zugriff!«

Patrick, Hannes und Christian stürmten gleichzeitig zum Fahrstuhl. Kratz griff zum Fernglas. Die Wolken vor dem Mond hatten sich vollständig verflüchtigt und gestatteten ihm eine einigermaßen gute Sicht. Hektisch stellte er eine Handyverbindung zu Christian her. »Sie sind noch im Schlafzimmer. Diese Wedekind rutscht bettelnd auf dem Boden rum. Beeilt euch!«

Unten auf der Straße trafen gerade zwei Beamte ein, die Hannes angefordert hatte, um Kratz und die Frauen in Verwahrung zu nehmen. Sie wurden beauftragt, Verstärkung zu rufen und den Hauseingang zu sichern.

Die Frauen oben im Büro konnten durch Kratz' Handylautsprecher alles mit anhören. Sybille Weininger nahm ihre Waffe aus der Handtasche. Christian hatte in der Hektik versäumt, sie ihr abzunehmen. Sie entsicherte die RG 70 Ladystar und warf einen entschlossenen Blick zu Petra und den anderen Frauen: »Ich nehme den Hintereingang, falls es einen gibt.« Petra, Evelyn Kopper und Madame Lacour sahen sich kurz an und folgten Sybille.

Kratz wollte widersprechen. Er war der Mann, er sollte mit Sybille Weiningers Minipistole den Hintereingang sichern ... Doch bevor Kratz den Kavalier geben konnte, waren die Frauen schon außer Hörweite.

Im Gebäude gegenüber wiesen sich Christian und die Düsseldorfer Beamten beim Concierge aus. Der etwa sechzigjährige Mann gab ihnen ängstlich seinen Zweitschlüssel zu Wedekinds Penthouse und versprach, sofort den Hintereingang des Gebäudes abzuschließen und sich dann in seine Kaffeeküche zurückzuziehen. Kaum waren die Polizisten im Fahrstuhl auf dem Weg nach oben, lief der Concierge zur Rückseite des Gebäudes, um zu tun, was ihm aufgetragen worden war. Er war vollständig verschreckt, als durch den Hintereingang vier Frauen hereinkamen – allen voran eine kleine Person mit einer Waffe im Anschlag.

Da Gefahr im Verzug war, klingelte Christian nicht an Wedekinds Apartment oder machte sonst wie auf den Einsatz aufmerksam. Leise schloss er die Tür auf. Ebenso leise drang er, flankiert von Hannes und Patrick, in die Wohnung ein. Schon im Eingangsbereich hörten sie unterdrückte Schreie. Nach allen Seiten sichernd begaben sie sich in Richtung Wohnzimmer. Dort stießen sie auf Niklas, der mit der linken Hand Clarissa Wedekind wie eine Puppe an den Haaren hinter sich herschleifte. Den Mund hatte er ihr mit Paketband verklebt. In der rechten Hand hielt er ein großes Fleischmesser.

Als er Christian und die beiden anderen Beamten mit vorgehaltener Waffe bemerkte, ließ er Clarissa fallen. Ihr Kopf prallte mit einem dumpfen Geräusch auf das Parkett. Clarissa blieb wimmernd liegen. Niklas sah Christian abwartend an. Sein Blick war unergründlich.

Christian bat Patrick und Hannes, Clarissa Wedekind vorläufig festzunehmen und ihn ein paar Minuten allein zu lassen. Er würde mit Niklas Schmitt gleich nachkommen. Die beiden Düsseldorfer verstanden. Ohne ein weiteres Wort halfen sie Clarissa auf und führten sie hinaus. Sie gab keinen Laut von sich, zitterte jedoch wie Espenlaub. Die Tür zu Clarissas Apartment zogen sie hinter sich zu.

Christian war mit Niklas allein. Er konnte keine Zuschauer gebrauchen. Mit entsicherter Waffe zielte er auf Niklas' Kopf. »Wo ist Karen?«

Niklas lächelte ihn charmant an. »Einen wunderschönen guten Abend, Kommissar Beyer. Ich nehme doch an, dass Sie es sind? Karen hält große Stücke auf Sie. Sie hat mir geschworen, dass Sie mich kriegen werden.«

»Was hast du mit ihr gemacht, du krankes Schwein?« Christians Hand zitterte. Vor Wut. Vor Angst. Er wollte die Antwort nicht hören.

Ein Schlüssel wurde in der Wohnungstür gedreht. Überrascht senkte Christian seine Waffe, ließ Niklas jedoch nicht aus den Augen. »Hannes? Patrick? Ich bin noch nicht fertig!«

Doch nicht seine Kollegen, sondern Petra Rahnberg und Sybille Weininger traten langsam neben ihn. Sie hatten Evelyn Koppers Schlüssel benutzt und keuchten ein wenig, denn sie waren über den Treppenaufgang gekommen, um der Gefahr, von Polizisten am Fahrstuhl aufgehalten zu werden, zu entgehen. Sybilles Gesicht war von hektischen roten Flecken übersät, dafür war Petras Miene weiß wie Schnee. Das ganze Blut schien aus ihr gewichen. Beide starrten mit einer Mischung aus Hass und Abscheu den Mörder ihrer Töchter an. Sybille hatte ihre Pistole im Anschlag und zielte auf Niklas, wie es Christian gerade selbst noch getan hatte. Ihre Hand zitterte.

»Raus hier!«, zischte Christian.

Sybille würdigte ihn keines Blickes. Sie fixierte Niklas: »Du hast unsere Töchter umgebracht. Dafür werden wir dich jetzt erschießen. Mit vier Kugeln. Eine für Mira. Eine für Katrin, eine für Sarah und eine für Sandrine.«

Frau Lacour war mit Evelyn Kopper unten geblieben. Ihr Kreislauf war zusammengesackt, ihre Nerven flatterten. Sie saß auf einem Sessel in der Lobby und trank ein Glas Wasser, das ihr der ratlose Concierge brachte. Als Hannes und Patrick mit Clarissa Wedekind aus dem Fahrstuhl ins Foyer traten, um sie zu dem draußen bereitstehenden Einsatzwagen zu führen, stürzte sich Evelyn auf ihre Schwester. Hannes und Patrick mussten alle Mühe aufwenden, Clarissa Wedekind vor Evelyn Koppers ohnmächtiger Wut zu schützen. Das Gerangel zog sich bis auf die Straße hin, wo auch Kratz inzwischen angelangt war. Die Verstärkung kam mit zwei Streifenwagen an.

Christian sah, dass Sybille Weininger nicht ansprechbar war. Starr fixierte sie Niklas. Ihre Hand zitterte weiterhin, doch es stand außer Frage, dass sie entschlossen war, ihre Waffe zu benutzen. Christian stand zu weit weg von Sybille, um sie ohne Risiko zu entwaffnen. Er wandte sich flehend an Petra Rahnberg: »Petra, bitte! Wenn ihr ihn jetzt erschießt, werde ich nie erfahren, wo meine Kollegin Karen ist! Vielleicht lebt sie noch! Wollt ihr ein weiteres Opfer zulassen?«

Petra kämpfte mit sich. Auch sie wollte Niklas sterben sehen, auch sie wollte eine Kugel in seinen Körper jagen. Doch dann nickte sie langsam. Sie ging zu Sybille und legte ihr bestimmend die Hand auf den Arm, mit dem sie die Waffe hielt: »Sybille, Christian hat recht. Dieses Schwein wird seine Strafe bekommen. Aber nicht jetzt und nicht hier.«

Sybille konnte den Blick nicht von Niklas abwenden. Ihre Hand begann noch stärker zu zittern. Fast bekam Christian Angst, dass sich aus Versehen ein Schuss lösen könnte. Mit ruhigen Worten redete Petra weiter auf Sybille ein, bis diese schließlich wie in Trance die Pistole sinken ließ. Petra nahm sie ihr weg und reichte sie Christian. Dann brach Sybille zusammen, die Anspannung war zu viel für sie. Petra nickte Christian zu, nahm die von einem Weinkrampf geschüttelte Sybille in den Arm und führte sie hinaus. Christian hörte, wie die Wohnungstür wieder leise geschlossen wurde.

»Wo ist Karen? Ich frage nicht noch einmal!«

»Wie nett, dass Sie mich vor diesen Megären beschützt haben. Aber mal ganz ehrlich: Ich habe absolut kein Problem damit, wenn mich jemand abknallt. Ihnen müsste ich dazu doch nur sagen, dass ich Karen das Herz herausgeschnitten habe, richtig?«

Christian entfuhr ein qualvolles Stöhnen. Sein Zeigefinger krümmte sich um den Abzugshahn. Niklas wartete lächelnd ab. Als Christian mühsam beherrscht den Druck wieder vom

Abzug nahm, schimmerte Verachtung in Niklas' Augen. »Sie halten mich für ein krankes Schwein. Wie alle anderen auch. Vermutlich haben Sie recht. Aber Karen ... Karen würde ich niemals etwas tun. Karen ist wie ich.«

Christian schlug Niklas so hart auf den Mund, dass die Lippe aufplatzte. »Das ist sie nicht!«

Niklas lächelte nur. »Was wissen Sie schon? Das können Sie nicht verstehen. Niemals. – Karen ist in Hamburg auf einem Hausboot. Auf der Bille. In der Nähe der Grünen Brücke. Es geht ihr gut. Grüßen Sie sie von mir. Wenn mich nicht alles täuscht, dann liebe ich sie.«

Hamburg.

Nicht mal eine Stunde später stürmten Volker und Herd das einzige anscheinend unbewohnte Hausboot auf der Bille, einem kleinen Nebenfluss der Elbe. Karen lag auf der Pritsche, an Händen und Füßen gefesselt, der Mund geknebelt. Kaum hatten sie Karen von dem Knebel befreit, mussten sie sich Vorwürfe anhören: »Wo bleibt ihr denn so lange, ihr Penner!?«

Volker standen die Tränen der Erleichterung in den Augen, als er Karens Fesseln durchtrennte. Herd räusperte sich rau. Er verzichtete auf eine seiner üblichen missmutigen Antworten. Karen wollte aufstehen, doch ihre Beine knickten ein. Volker fing sie auf und hielt sie fest. Lange. Es war das erste Mal, dass Volker es wagte, Karen zu umarmen. Und Karen ließ es zu. Als Volker sie endlich freigab, war sie schon wieder sicherer auf den Beinen. Sie umarmte auch Herd.

Trotz dieser kleinen emotionalen Einlage war es für niemanden eine Überraschung, dass Karen sich weigerte, in ein Krankenhaus zu gehen, um sich untersuchen zu lassen. Sie wollte nach Hause, wollte duschen, Zähne putzen und frische Klamotten anziehen. Das Ganze bitte schön ohne tausend Augen, die an ihrem Körper klebten. Außerdem forderte sie unmissverständlich, dass zusätzlich zu Volker und Herd auch Anna,

Yvonne und Daniel zu ihrer Wohnung kamen. Sie sollten ihr ungeachtet der mitternächtlichen Uhrzeit ein Steak mit Pommes mitbringen und helfen, ihre Wein- und Biervorräte zu tilgen. Karen wollte ihr Überleben feiern.

Am Morgen, gegen sieben Uhr, kam der völlig übermüdete Christian in Hamburg an. Er hatte den ersten Vernehmungen in Düsseldorf beigewohnt und dann ein Flugzeug bestiegen. So viel wie in den letzten paar Wochen war er noch nie geflogen. Aber er wollte Karen so schnell wie möglich sehen. Er wollte ihr in die Augen blicken und darin lesen, ob sie ihm verzieh. Wenn er sich schon nicht selbst verzeihen konnte.

Während der Taxifahrt zu Karens Adresse in Eppendorf sah er unverwandt aus dem Seitenfenster. Der Taxifahrer hatte das Radio laufen. Es kamen Nachrichten. Danach ertönte »Stairway to Heaven« von Led Zeppelin. Christian nahm das alles nicht wahr. Er blickte auf die Bäume, die die Alsterdorfer Chaussee säumten. Er dachte an den kommenden Herbst. Bald würden die Blätter fallen. Es würde wie Sterben aussehen. Christian dachte an den Tod.

Als er bei Karen eintraf, öffnete ihm Volker die Tür. Die beiden umarmten sich stumm. Wenn Karen etwas passiert wäre, hätte die Schuld bis an ihr Lebensende auf ihren Schultern gelastet. Das wussten sie, das mussten sie nicht bereden. Herd hatte die Wiedersehensparty schon verlassen. Er war kurz vor Mitternacht nach Hause zu seiner Familie gegangen. Daniel und Yvonne schliefen aneinandergelehnt auf dem Sofa. Anna begrüßte Christian mit einem innigen Kuss. Karen lächelte ihn nur an und drückte ihm ein Bier in die Hand. Er sah keinerlei Vorwurf in ihrem Blick. Nur Freude.

Christian setzte sich an den Esstisch. Anna und Volker waren inzwischen auf Kaffee umgestiegen, nur Karen hatte noch ein Bier vor sich stehen. Christian stieß mit ihr an und nahm einen langen Zug. Dann erzählte er, was in Düsseldorf passiert war. Niklas hatte ohne Zögern ein umfassendes Geständnis abgelegt und dabei Clarissa schwer belastet. Clarissa Wedekind schmorte wegen Beihilfe zum Mord in mehreren Fällen, Verdacht auf Mord im Fall Beatrix Kowalski und anderer Klagepunkte in Untersuchungshaft. Nach Thomas Howela wurde gefahndet. Die vier Mütter waren mit Kratz nach Berlin gefahren. Sie wollten sich näher kennenlernen und gemeinsam einen Anwalt suchen, der ihre Interessen bei der Anklage gegen Schmitt und Wedekind vertrat. Nach Christians Vermutung jedoch gründeten sie eine Art Klub postmoderner Erinnyen – emanzipiert und bis an die Zähne bewaffnet. Während Kratz an seinem Pulitzer-Preis feilte, den er sich mit Nico vom Radio teilen wollte. Als Christian seinen Bericht beendete, bemerkte er, wie wahnsinnig müde er war. Er wich allen Fragen nach den Details der Verhaftung aus und trat tief durchatmend auf Karens kleinen Balkon, um das Glühen der Morgensonne zu bewundern. Die frische, kühle Morgenluft tat ihm gut.

Nach einer Minute stiller Beschaulichkeit trat Karen plötzlich neben ihn.

»Er lässt dich grüßen«, sagte Christian leise.

Karen sah schweigend nach Osten, wo sich der Morgenhimmel rosa einfärbte.

»Was ist auf dem Boot passiert, Karen?«

»Wir haben geredet. Schach gespielt. Sonst nichts.« Karen nippte an ihrem Bier. Sie wirkte ein wenig angetrunken.

»Er hat gesagt, er liebt dich.«

Karen lächelte. »Ich habe auf diesem Gebiet bislang keine praktische Erfahrung. Aber ist das nicht ganz normal unter Geschwistern?«

27. September 2009: Haltern am See.

Es war ein prachtvoller Sonntag, an dem die Temperaturen noch einmal über zwanzig Grad kletterten. Das Laub einiger Bäume verfärbte sich schon langsam rötlich und ockerfarben. An diesem Nachmittag hing seidiger Spätsommer in der Luft.

Frau Jacob saß auf der hölzernen Gartenbank und strickte. Sie sah zufrieden aus. Dann und wann wanderte ihr mütterlich besorgter Blick zu Jenny, die ein paar Meter entfernt zwischen verblühten Rhododendren spielte. Ein Gehweg aus Kieselsteinen schlängelte sich zwischen den Rabatten hindurch. Die Kieselsteine faszinierten Jenny, was Frau Jacob wunderte. Normalerweise spielen Drei- oder Vierjährige mit Kieselsteinen. Jenny war zehn. Aber Jenny war eben in vielen Dingen wunderlich. Nachdem Frau Jacob ihren Blick ein paar Minuten auf ihrer Tochter verweilen ließ, wandte sie sich wieder ihrem Strickzeug zu. Jenny indes nahm die Konstruktion, die sie gerade aus Kieselsteinen gebaut hatte, sorgsam wieder auseinander. Eine Dreiecks-Statik zu bauen, wo die kleinen Steine oben auf den großen unteren ruhten, erschien ihr eine zu geringe Herausforderung. Also machte sie es nun umgekehrt. Die Basis musste sehr breit sein, damit der größte Stein ganz oben dennoch nicht die Form des Dreiecks torpedierte. Aber auch das war zu einfach. Sie sortierte nun ihre Steine wieder nach der Größe, mischte die Häufchen nach einem bestimmten System und legte sie zu anderen Häufchen zusammen.

Karen, die seit etwa einer Stunde hinter einem Baum vor dem Garten der Familie Jacob stand und Jenny heimlich beobachtete, lächelte glücklich. Jenny legte Primzahlvierlinge und markierte mit den kleinsten Steinen jeweils die beiden Häufchen, deren Summe teilerfremder Zahlen nicht wieder eine Primzahl ergab. Sie spielte schweigend und in sich versunken. Jenny war wirklich etwas ganz Besonderes. Und sie besaß die gleichen kornblumenblauen Augen wie Karen und Niklas.

Karen konnte die Ereignisse der letzten Tage immer noch nicht ganz begreifen. Plötzlich hatte sie einen Halbbruder, der wegen mehrfachen Mordes in Untersuchungshaft saß. Und vor ihren Augen spielte eine hinreißende kleine Halbschwester mit einer augenscheinlichen Leidenschaft für Mathematik. Karen spürte ein warmes Gefühl von Zugehörigkeit, das sie so noch nie in ihrem Leben empfunden hatte.

Danksagung

Wieder – und von Herzen – danke ich meinen Agenten Nadja Kossack und Lars Schultze-Kossack wie auch dem Piper Verlag, allen voran Thomas Tebbe für sein Vertrauen und Henriette Schimanski für ihr präzises Lektorat und den freundlich entspannten Umgangston.

Großer Dank geht an Charles Gossmann für die hervorragende Beratung in allen kriminalistischen Fragen und seine genaue Durchsicht des Manuskripts, die mich eine Menge Dummheiten und Fehler vermeiden ließ.

Außerdem danke ich meinem Bruder Rainer, der mir stets bei therapeutischen Fachfragen weiterhilft und auch sonst der beste Bruder der Welt ist.

Und ich danke Tom Waits. Für den im Buch erwähnten Songtext »Dead and Lovely«. Und für jeden seiner anderen Songs.

Marina Heib

Tödliches Ritual

Thriller. 304 Seiten.
Piper Taschenbuch

Der Mörder schlägt an keltischen Festtagen zu, akribisch zelebriert er seine Rituale, und immer sind es grausam zugerichtete Frauenleichen, die man findet. Bei dieser mysteriösen Mordserie tappen selbst die Sonderermittler um Christian Beyer im Dunkeln. Erst die Intuition der Psychologin Anna Maybach führt sie auf eine heiße Spur …

»Das Blut kann einem schon in den Adern gefrieren … Für hartgesottene Krimifans.«
Hamburger Morgenpost

05/2496/02/L

Marina Heib

Weißes Licht

Kriminalroman. 288 Seiten.
Piper Taschenbuch

Sie nennen ihn nur den »Bestatter«, weil er bei jeder Leiche einen Bibelvers hinterläßt. Der tote Junge auf der Waldlichtung ist sein viertes Opfer – und Kommissar Christian Beyer und seine Sonderermittler müssen den Täter finden, bevor er noch einmal zuschlagen kann … »Weißes Licht«, ein packender psychologischer Kriminalroman, der unter die Haut geht!

»Ein fesselndes Krimidebüt, das feinfühlig die Hilflosigkeit der Opfer und die psychischen Abgründe der Täter auslotet.«
Bücher

05/2344/01/R

Marina Heib

Eisblut

Thriller. 304 Seiten.
Piper Taschenbuch

Schnittverletzungen am ganzen Körper und Salz in den Wunden: Uta Berger ist das erste von drei Opfern, die vor ihrem Tod offensichtlich grausam gefoltert wurden. Die Zeit drängt, denn der Täter geht mit größter Akribie und Intelligenz vor. Und seine Motive zu verstehen, scheint der einzige Schlüssel zur Lösung des Falls. Daher ziehen die Hamburger Sonderermittler um Christian Beyer auch in diesem Fall die Psychologin Anna Maybach hinzu.

»Höchst unterhaltsam. Mit den vielen verschiedenen Handlungsstrangen und Verdachtsmomenten gehört der Krimi zu den besten seiner Art.«
Heidelberg aktuell

05/2345/01/L

Arne Dahl

Totenmesse

Kriminalroman. Aus dem Schwedischen von Wolfgang Butt.
416 Seiten. Piper Taschenbuch

Ein brutaler Banküberfall samt Geiselnahme in Stockholms Nobelviertel Östermalm eröffnet für die Sonderermittler um Kerstin Holm und Paul Hjelm die gnadenlose Jagd nach einer geheimen Formel, für die viele Leute über Leichen gehen würden. Der raffiniert verschachtelte Fall, der die geballte Kompetenz des Stockholmer A-Teams erfordert, führt bis nach Wolgograd und zurück in die Zeit des Kalten Krieges.

»Arne Dahl hat einen wunderbaren Rhythmus drauf, eine geradezu musikalische Fähigkeit, das Tempo zu drosseln oder zu verschärfen und so einen Spannungsbogen zu halten, wie es vielleicht noch Grisham schafft.«
Stern

05/2489/01/R

Arne Dahl

Ungeschoren

Kriminalroman. Aus dem Schwedischen von Wolfgang Butt. 416 Seiten. Piper Taschenbuch

Vier mysteriöse Buchstaben, P-U-C-K, und vier Opfer, die scheinbar nur ein grausiges Detail miteinander verbindet – eine kaum sichtbare Tätowierung. Am hellsten Tag des Jahres präsentiert uns Arne Dahl einen gespenstisch düsteren Täter …
Ein kniffliger Fall für das Stockholmer A-Team um Kommissarin Kerstin Holm. Raffiniert, atemberaubend und geradezu teuflisch geht dieser Kriminalroman an die Grenzen des Genres.

»Ein Buch, das immer mehr Fahrt aufnimmt – bis zum spektakulären Showdown.«
Brigitte

05/2353/01/L

Arne Dahl

Rosenrot

Kriminalroman. Aus dem Schwedischen von Wolfgang Butt. 400 Seiten. Piper Taschenbuch

Dag Lundmark war Leiter der rasch und effektiv durchgeführten Razzia. Winston Modisane mußte dabei sterben – aber war der Tod des Südafrikaners wirklich unvermeidlich? Paul Hjelm und Kerstin Holm ermitteln in einem Fall, der im Milieu illegaler Einwanderer beginnt und in der trügerischen Idylle eines schwedischen Sommers atemlos endet. Ein Fall, der mehr mit ihnen selbst zu tun hat, als sie wahrhaben wollen …

»Der schwedische Bestsellerautor Arne Dahl zählt unbestritten zu den Größten seines Fachs: Seine Thriller sind nicht nur packend, sondern auch modern, international und sensibel.«
Iris Alanyali, Die Welt

05/2291/02/R

Michael Kibler
Schattenwasser
Kriminalroman. 336 Seiten. Piper Taschenbuch

Zwei Frauen werden nur wenige Tage nacheinander in Darmstadt ertränkt aufgefunden. Treibt ein Serienmörder in der beschaulich kleinen Großstadt sein Unwesen? Margot Hesgart und Steffen Horndeich von der Mordkommission versuchen fieberhaft, die Fälle zu lösen. Bekennerschreiben, die die vernichtende Kraft des Wassers beschwören, eine alte Leiche unter dem Fundament des Jugendstilbades – das Puzzle scheint kaum entwirrbar. Margot Hesgart tut alles, was in ihrer Macht steht. Trotzdem kann sie nicht verhindern, dass auch Menschen aus ihrem privaten Umfeld in höchste Gefahr geraten.

05/2486/01/L

Wolfgang Burger
Schwarzes Fieber
Ein Heidelberg-Krimi. 288 Seiten. Piper Taschenbuch

Eine bewusstlose Frau mit starken Kopfverletzungen, die in der Nähe von Heidelberg gefunden wird, gibt der Polizei Rätsel auf: Wer ist sie? Und weshalb wird sie von niemandem vermisst? Als sie aufwacht, stellt sich heraus, dass sie nicht sprechen kann. Kripochef Alexander Gerlach übt sich in Geduld, doch dann kommt es zu weiteren Mordanschlägen auf die Fremde. Erst als die Leiche eines Mannes aus Angola auftaucht, beginnt Gerlach die wahren Zusammenhänge zu erahnen, und ein gefährlicher Wettlauf mit der Zeit beginnt.

05/2217/02/R

PIPER